我们阅读
WOMENYUEDU

魅丽文化 花火工作室

# 少女星

容光 著

Rong Guang works

江苏凤凰文艺出版社
JIANGSU PHOENIX LITERATURE AND ART PUBLISHING, LTD

图书在版编目（CIP）数据

少女星 / 容光著 . -- 南京：江苏凤凰文艺出版社，
2020.2
ISBN 978-7-5594-4502-5

Ⅰ . ①少… Ⅱ . ①容… Ⅲ . ①长篇小说 - 中国 - 当代
Ⅳ . ① I247.5

中国版本图书馆 CIP 数据核字 (2020) 第 012941 号

# 少女星

容光 著

出版人 张在健
责任编辑 张 倩 王 青
特约编辑 朵 爷 夏 沅
装帧设计 苏 茶
出版发行 江苏凤凰文艺出版社
南京市中央路 165 号，邮编：210009
网 址 http://www.jswenyi.com
印 刷 湖南凌宇纸品有限公司
开 本 880mm × 1230mm 1/32
印 张 10
字 数 217 千字
版 次 2020 年 2 月第 1 版，2020 年 2 月第 1 次印刷
书 号 ISBN 978-7-5594-4502-5
定 价 38.60 元

# 目录 CONTENTS

001 Chapter 01 少年意气

022 Chapter 02 不共戴天

040 Chapter 03 千千晚星

082 Chapter 04 星河入梦

102 Chapter 05 恩怨两清

123 Chapter 06 闪耀的星

144 Chapter 07 萤火之光

2

# 目录 CONTENTS

162 Chapter 08 清花巷陌

180 Chapter 09 热血江湖

200 Chapter 10 人生如梦

219 Chapter 11 勇敢的心

239 Chapter 12 一往无前

258 Chapter 13 价值连城

274 Chapter 14 温柔夜色

Chapter 01

# 少年意气

十月初的蓉城，气温依然居高不下。

窗外的老树上，知了们妄图留住夏天，扯着嗓子没完没了地叫喊。

已经是上午最后一节课了，高二（3）班的班主任罗学明正在讲解上个星期的数学周考卷子。

“第十题，错了的举手。”

台下窸窸窣窣地举起五六只手。

“已知长方体的三条棱长之比，又知道它的表面积，求对角线的长度是多少——”罗学明站在讲台上，一只手拿着书，一只手擦了一把额头上的汗，越念越气，最后痛心疾首地戳了几下空气，“这么简单的送分题，居然还有人做错！”

台下鸦雀无声，个个耷拉着脑袋，也不知道是被热的，还是被唬的。

罗学明口沫横飞地骂了一通，恨铁不成钢地呼叫课代表：“徐晚星，你来，到黑板前来给大家讲一遍。”

台下没有动静。

“徐晚星？”

依然没有动静。

罗学明一愣，这才抬头朝倒数第二排的角落望去。在前排高个子的掩映下，那个空座位显得格外不起眼。

他一惊："徐晚星呢？"

前排的高个子挠了挠头："报告老师，徐晚星今天没来上课……"

接到班主任的电话时，徐义生正在厨房里拌抄手馅。他是夜市卖抄手的，每天凌晨三点才收工，差不多睡到中午就起床准备晚上的生意。

"喂——欸，是罗老师啊——对、对、对，我是，我是徐晚星的爸爸。"

"哎哟，什么风把您吹电话里来了？"

"什么？她没去上学？！"声音一下子提高了几度，险些破音。

几分钟后，徐义生砰的一声挂了电话，气势汹汹地摘了围裙就往大门外走。鞋子穿到一半时，他忽然瞥见一旁的女式帆布鞋，又顿住，狐疑地朝角落里那扇紧闭的房门望去。

……

逼仄的屋子里只放得下一张单人床、一张旧书桌。

床上被子凌乱，有人姿势豪放，睡得正香，冷不丁被拍门声惊醒。

"徐晚星！

"小兔崽子，你在不在里面？

"我数三声，你要是再不开门，等我进来，你就等着挨揍吧！"

徐晚星迷迷糊糊地睁开眼，双目放空，盯着斑驳的天花板，失神好几秒，终于听明白了门外拉响的警报声，下一秒，噌的一下坐了起来。

几点了？

她一把拿过床头的闹钟。

十一点五十七分？！

徐晚星不可置信地瞪大了眼，懊恼地抓了一下鸡窝头，一边惨叫着"完蛋了，完蛋了"，一边以光速套上校服，硬着头皮开了门——正对上徐义生气急败坏的脸。

炎炎正午，缺课一上午的徐晚星被父亲拎着鸡毛掸子追到了学校，一路鸡飞狗跳，哀号不断。

"爸，爸爸，别打了！

"再打，要出人命了！

"咝——疼、疼、疼！

“我错了，我错了，我再也不敢逃学了！下次再逃，我就是龟儿子！”

徐义生气得直哆嗦，将鸡毛掸子朝她一指，咆哮：“你骂谁乌龟？！”

“……”

徐晚星：“不是，爸，你听我说，我不是那个意思——嗞！”

校门口，门卫赵大爷见怪不怪，笑眯眯地替小姑娘拦下了气势汹汹的徐父：“欸，欸，老徐，喘口气，喘口气。”

“这小兔崽子太气人，居然一上午没来上课！”老徐同志气得一顿乱舞鸡毛掸子。

赵大爷躲远了些，怕被误伤：“你说你，腿脚也不好，大热天的，跑什么跑啊。”

目光落在徐义生的右腿上，赵大爷叹口气，回头瞪了一眼溜进校门的徐晚星。

小姑娘个子娇小，校服松松垮垮地挂在身上，因为奔跑，双颊红扑扑的。她很识时务，咳嗽两声，讨好似的说：“爸，您消消气，我这就去负荆请罪啊！”

说罢，她逃命似的往教学楼跑去。

只可惜，刚出龙潭，又要入虎穴。

徐晚星在办公室外踟蹰半天，一口气上不来、下不去，把心一横，还是没能鼓起勇气走进去。

她的班主任罗学明，高二（3）班的数学老师，江湖人称“灭绝师爷”。

徐晚星正在做心理建设呢，冷不丁一只铁掌从天而降，重重地拍在她的肩上。

“你还知道来学校？！”一字一顿，咬牙切齿。

脖子一僵，徐晚星缓缓地转头，正对上从厕所归来的灭绝师爷的脸。

下场……

下场很惨烈。

三十五摄氏度高温的午后，学生们要么在家午休，要么在宿舍吹空调，唯独办公室外的走廊上，某徐姓同学伴着蝉鸣在做下蹲。

罗学明坐在办公室里，随手操起一本书，卷成一卷指着她。

“说，昨晚干什么去了！”

“熬夜做题……”

“我呸，你会熬夜做题，太阳打西边儿出来了！当我是老年痴呆吗？！”

“哪能啊，您老当益壮，离痴呆差了一百个我。”徐晚星觍着脸，恬不知耻地说道。

罗学明不吃这套，双眼瞪得圆溜溜的：“少给我插科打诨！说，是不是又在茶馆打通宵麻将？”

“我冤枉啊，您又不是不知道，我爸就在茶馆外面做生意，我活腻了，才敢在里面打通宵麻将！”

“那你说，到底干什么去了？”

“我真没干坏事。”徐晚星哭丧着脸，一边揉着发麻的膝盖，一边嘀咕，“我看流星雨去了——”

“又瞎掰！”罗学明怒了，操起那卷书就要冲出来，“编也编得像一点，雷阵雨、硫酸雨，什么雨都成，流星雨是你说看就能看到的？”

徐晚星都做好准备要抱头鼠窜了，罗学明的攻势却停了下来。

原因是他走到一半时，办公室里忽然传来一句：“罗老师，她没说谎，昨晚真的有流星雨。”

罗学明一愣，侧过头去。

徐晚星也愣住了。她是在办公室门口被抓包的，由始至终没有踏进去过，就开始在走廊上做起了下蹲。大中午的，除了在教师办公室恭候她大驾的罗学明，竟然还有别人在？！

那声音显然不属于年长的教师，干净的声线里带着一丝少年人的清冽。

谁啊？

她站在门口，因为视野有限，只能探头探脑地往里看。

冷不防那卷书砸下来，不轻不重地扣在她的后脑勺上，打断了她的观望。罗学明没好气地凶她：“看、看、看，下蹲做完了吗？给我老实点，继续做！”

回头，他和那看不见的人继续对话。

“什么流星雨？”

“猎户座流星雨。”两道声音同时响起，一道来自抢着答话的徐晚星，另一道来自办公室里的神秘人。

顿了顿，那人继续说：“今天凌晨三点十七分开始的，持续了大约七分钟——”

“七分三十二秒，是近二十年来猎户座流星雨的极大。”徐晚星补充。

办公室里的人仿佛笑了一声，因为笑声极轻，让人怀疑是错觉。

这下由不得罗学明不信了，他眯缝着眼睛盯了徐晚星好半天，才问：“做多少了？”

“一百三十二。”徐晚星努力挤着根本不存在的眼泪，寻求同情。

“哦，还差一百六十八个，努力。”

“……”

灭绝师爷果然灭绝人性。

徐晚星又做了十个，没忍住讨价还价：“罗老师，这次流星雨二十年来也就这么一回。我也是，我也是太想看了，反正也不会有下次了，您看……”

“我看什么看？！下次是不会因为流星雨逃课了，难道你因为其他事逃课还少了？！”

“……”

被戳中痛处，徐晚星闭嘴，认命地做完了剩下的一百六十八个下蹲，灰溜溜地走了。由于脚都快断了，她拖着“残花败柳”的身躯往教室走，也无暇顾及办公室里替她做证的好心人是谁。

而办公室里，罗学明一边唠嗑，一边把转学手续递给坐在对面的少年，和颜悦色地说：“好了，上午我都替你送去盖好章了，抓紧时间去午休一会儿吧。”

“谢谢罗老师，麻烦您了。”少年微笑着道谢，接过资料，站起身来往外走。

由于还没有校服，他只穿了件白衬衣，袖口挽至小臂处，露出的那节手臂匀称、白皙。大抵是因为长期打篮球，十七岁的少年身姿挺拔，已然突破一米八大关。

罗学明的目光追随他走出办公室，看着少年挺拔的侧影，满意地啧了一声，收回目光，转而看着桌上的资料……更满意了。

表格第一栏端端正正地写着他的名字：乔野。

再往下看，是曾经就读过的首都重点中学。详细介绍里，除去那高得叫人心花怒放的各科成绩以外，最亮眼的莫过于得奖经历——

北京市三好学生。

全市中学生篮球比赛第一名。

全国中学生物理大赛特等奖。

国际奥林匹克物理竞赛第三名。

……

大中午的，罗学明跟喝了酒似的，光是来来回回地看着这沓纸，都头晕目眩、无法自持了。

而另一边，这位优秀的乔野同学回到了三楼的教室。按理说，这个点的教室该空无一人的，却不知为何充斥着热火朝天的呐喊声。

他在门口停住了脚步。

“三万，三万，三万——”男生的声音带着变声期的沙哑，最后高呼一声，“喂，就剩两张都没自摸！什么鬼运气？！”

四周传来嘻嘻哈哈的嘲笑声。

然后是一道熟悉的、刚刚在办公室听到过的声音，带着一点少女的狡黠，全然没有刚才跟罗学明讨饶求情时的可怜。

“跟我打牌还想海底捞个清一色，我看你是没睡醒。”不可一世的、懒散的语气，来自刚从办公室做完下蹲回来的徐晚星。

她坐在教室最后一排。面前，四张课桌拼成了一张大的，桌上摆了一副迷你麻将。

教室里统共六个人，四个坐着，另外两人站着。她作为在场唯一的女生，跷着二郎腿，一边打呵欠，一边摸走了最后一张三万。

上家的于胖子不服气：“我还不信这张三万，你不打出来了，除非你不要叫了！”

徐晚星笑眯眯地把牌一摊，亮给大家看，嘴里慢条斯理地蹦出一个字：“和。”

众人定睛一看，清对自摸，极品。

于胖子：“……”

众人：“……”

徐晚星：“不好意思，我也和这张。”

她眉开眼笑地从桌上收走大家的零食，往包里一揣，哈欠连天地站起身来：“你们先打，我去洗把脸。”

为了看流星雨，她三更半夜骑了辆共享单车就往山上跑，早上五点半才偷溜回家，觉都没补好。这会儿，她的眼睛就跟涂了糨糊似的，随时随地眨个眼，就能立马粘上。

徐晚星揉着眼睛往外走，也不提防这个点会有人来教室，一转弯就撞到别人的身上了。咚的一声，她的脑袋正中谁的胸膛，要命的是，额头还撞在了纽扣上。

“嗷——”她惨叫一声，好不容易扶住门框，才稳住身形，下意识地抬头看去。

那人逆光而立，一张面孔不甚清晰，总之，个头极高。她这一米五七的小矮子居然只能撞上他的胸口。

徐晚星捂着额头费力地看清那张陌生的脸，脑子里卡顿片刻。

晕，这人是哪个班的，有点帅啊！

第二个念头，不可能啊，这种长相放在六中，她怎么可能不知道？！

第三个念头才轮到额头上的擦伤，疼痛感姗姗来迟，却一点没留情，火辣辣的，瞬间引来一阵热泪。

泪眼婆娑的徐晚星与那人对视几秒钟，见对方也没有要道歉的意思，眉头微微一蹙。

什么意思，长得帅撞了人就不用道歉吗？！

她跟他大眼瞪小眼，又等了几秒钟，终于确定对方不会道歉了，只能翻个白眼，不怎么客气地伸出手来，戳了戳刚才撞上的那一处：“这位同学，你的胸肌有点硬啊！”

这种提示够了吗，他总该来句“对不起”了吧？

“……”

乔野面色一僵，惊讶地看着那只戳在他左胸上的手指头。

什么意思？座位被征用，他在这儿站了好半天，结果这逃学少女打完麻将风风火火地冲出来，撞了人不说，还顺带戳了一把他的胸？！

他张了张嘴，忍了，念在自己初来乍到，只轻描淡写地拂开那只手，冷着脸朝教室里走，擦肩而过时，扔下一句：“谢谢。”

徐晚星：“……”

等一下，“对不起”都没有，“谢谢”是什么意思？！

难不成他以为她在夸他有胸肌？

她目瞪口呆地回过头，看见那人轻车熟路地走到最后一排，冷着脸扯开她“麻将桌”的四分之一，然后客客气气地对刚被截和的于胖子说：“劳驾。”

于胖子立马跳了起来，眉开眼笑地把椅子替人搬回原位：“您坐，您坐。”

徐晚星愤怒了。

这家伙谁啊？撞了人不道歉，居然跑到人家班上摆威风来了。

于胖子也真是的，㞞包一个，人都不认识，还这么客客气气地拆了“麻将桌”请人坐下。

她眼睛一眯，撸起袖子往里走，一把摁住少年刚翻开的一沓资料：“我说这位同学，你做人是不是嚣张了点？”

乔野顿了顿，试着抽出被她摁住的转学资料。结果，这位女同学力气出奇地大，他没抽出来，于是抬眼看她：“我怎么嚣张了？”

“你怎么嚣张了？”徐晚星笑了一声，正欲说话。

身后的于胖子赶紧拉住她的衣袖，插嘴说：“星姐——”

“你别打岔。”她头也不回地制止了于胖子，“姐替你教训他。”

于是，徐晚星不仅没有把那沓资料还给对方，还一屁股坐上了桌子，压住了它们，仔仔细细、居高临下地看着面前的少年，指着门外的班级名牌：“这是几班？”

乔野面无表情：“高二（3）班。”

“知道我是谁不？”她指指自己。

“我应该知道吗。”还是那么冷冷淡淡的眼神。

徐晚星的脾气噌的一下就上来了。

可以啊，这小子还有点个性，六中什么时候还有这号人物了？泰山崩于前而色不改。要不是他惹的是她，这种皮囊加胆色，她都快对他产生一点小欣赏了。

徐晚星微微眯眼，一双原本就有些上挑的眼睛更像狐狸了。

她腰一弯，从前桌自己的抽屉里掏出校牌，神气地往他的面前一亮：“身为六中人，居然不认识我徐晚星。我说，弟弟，初生牛犊不怕虎，你刚入校是吧？”

她一边说着，一边不耐烦地把于胖子试探着伸到肩上来的爪子一下拍了下去。

徐晚星拍拍屁股底下的桌子：“告诉你，我的麻将桌，没人可以拆。”

最后，她伸手，又一次戳上了少年的胸膛：“念在你初来乍到，再给你一次机会，刚才撞了人，又拆了我的麻将桌，现在该跟我说什么？”

教室里陷入一片沉寂。

打麻将的六人，包括徐晚星在内，十二只眼睛一眨不眨地望着神色冷淡的少年。

乔野低头看了看那只抵在胸口的手，抬眼盯着面前的人：“徐晚星是吧？”

徐晚星点头：“记住姐的名字了？很好，但我要听的不是这句。”

她还扯了扯自己的耳朵，一副洗耳恭听的样子。

乔野不紧不慢地站了起来，椅子与地面摩擦，发出吱的一声。他又一次占据了身高优势，居高临下地俯视着坐在桌上的女生和她指缝间圆润小巧的耳朵。

凑近了些，他微微笑着说：“你说，我现在下楼去告诉罗老师，你每天中午在教室聚众赌博，他会再让你做多少个下蹲？”

他的声音很小，小得只有徐晚星能听清他说了什么。

她倏地抬头看着他，瞪大了眼睛，笑意一点一点碎裂在脸上。

而乔野依然微微笑着，放大了音量：“所以，你想听的是这句吗？”

“……”

午后的教室，除了蝉鸣，还多出一声绵延不绝、气壮山河的咆哮。

在徐晚星气壮山河的呐喊声里，乔野……

乔野转身走了。

徐晚星以为他真要去罗学明那里告密，噌地跳下桌子：“你站住，不准走！”

少年步履从容，完全没有要理她的意思。

“喂，叫你呢，听不见吗？

“那谁，我知道刚才是你在办公室！

“我告诉你，这年头打小报告的人都不知道自己是怎么死的！”

在她一声比一声紧张却还故作凶狠的威胁之下，乔野已然走到门口。

徐晚星终于按捺不住了，一个箭步冲上前，拦在大门口。

“你以为师爷会信你的话？”

“师爷——”乔野扯了扯嘴角，“罗老师？”

徐晚星眯眼望着他：“不然呢？”

乔野不为所动：“劳驾，让让。”

“不让。想去告密，先踏着我的尸体出去！”徐晚星冷笑，开始撸袖子，“丑话说在前头，我跆拳道黑带。”

两人对峙片刻，一个仰头视死如归，一个低头面无表情。

最后是乔野伸手拨下她横在半空中的细胳膊：“我去小卖部买瓶水，你瞎紧张什么？！”

“……”

？

徐晚星一顿，霍地放下手：“谁紧张了？我，我就是——”

就是什么？亮亮拳头，打个招呼吗？她卡壳了。

于胖子带头，几个男生没忍住笑出了声，被徐晚星凶狠地一瞪，又紧急刹车，不敢再笑。

这一回，乔野当真消失在大门口。

“什么情况？”徐晚星匪夷所思，下巴朝门外一扬，“那家伙谁啊？”

于胖子伸手在她身后的课桌上一敲：“看这儿。”

徐晚星回头，目光落在于胖子的手指下，那沓刚才被她一屁股坐皱的纸上——转学手续。

高二（3）班。

乔野。

资料的右上角还贴着他的一寸照，蓝底白衬衣，刘海干净细碎。少年不苟言笑，唇是三月枝头初绽的一抹浅红，眉是春燕尾上的利落弧度。

这种惊艳程度的证件照还真是……

徐晚星使劲地拍了一下自己，中邪了吗这是？有的人，再好的皮囊也挡不住他从灵魂里散发出来的恶臭！

她眉头紧锁，飞快地翻着那沓资料，一目十行地看着，最后目光停在了获奖一栏里，不动了。

于胖子安慰她："姐，这事儿吧，不怪你。谁让你上午没来上课呢。这位——"他用又粗又短的食指在纸上敲了两下，"上午来报到的时候，师爷就介绍过了。人家可是首都来的这个——"

一边说着，他一边又竖起了胡萝卜似的大拇指。

徐晚星听得眼睛都瞪大了，也没忘推开他的手："跟你说过多少次了，说话就说话，别老动手比画。那么粗的手，视线都给我挡完了。"

于胖子一脸震惊地看着自己的手："有粗到这种地步？！"

"有。"一旁的"麻友"之一——春鸣跟着点头，补充说明，"下周一不是要换班委吗？我看罗老师那架势，估计这位已经是物理课代表的不二人选了。"

于胖子："是啊，你早上没来，没听说他有多厉害。师爷说他得过全国中学生物理竞赛特等奖，还有一堆这个奖、那个奖的。好家伙，特等奖长什么样，我这辈子都还没见过——"

春鸣中肯地说："没事，你见过那么多记过处分，乔野不也没见过吗，扯平了。"

"？"于胖子开始撸袖子，"春鸣，你皮松了？要不要我给你紧一紧？"

两人插科打诨间，徐晚星一把合上了转学资料，一言不发地往门外走。

春鸣摸不着头脑："欸，星姐，上哪儿去啊？"

徐晚星头也不回，气势汹汹地去厕所洗脸了。

教室里的几人还在继续——

"欸欸，她这是不高兴了？"

"废话，要你，你能高兴吗？！没见她额头上还有个红印儿吗，刚才那一撞，肯定磕得狠了。"

"不对啊，我看她刚才看了乔野的资料之后，才货真价实地不高兴了。之前还好吧，只是日常吓唬同学，正常操作——"

于胖子哈哈大笑，一把捂住对方的嘴："你小子不想活了？这么说徐晚星，让她听了，不把你宰了？"

春鸣是这支麻将小分队里最有智慧的人，沉思片刻，拍案定论："你们不觉得，她这是有威胁感了吗？"

于胖子眼睛一亮：“你是说，终于有新人敢跟恶霸对上了？”

“……”春鸣鄙夷地瞥他一眼，摇头说，“不是对上的问题。你忘了我们班理科遥遥领先、艳压群芳的是谁？这位——”

他再次翻开那沓资料，指尖停留在获奖纪录那一栏。

“徐晚星这回，可能要被人全线碾压了。”

而另一边，办公室里的老师们也陆陆续续地来上班了。

上周的周考成绩都出来了，老师们你一言、我一语地讨论各班状况，又一次不可避免地提起了恶霸徐晚星。

罗学明一说起自己的数学课代表，就一个脑袋一百个大：“别提了，她今儿又旷课一上午。”

隔壁班的班主任哈哈大笑：“哟，又打麻将去了？”

显然，他对这位麻将少女的行径早已了如指掌。

“这回不是打麻将。”罗学明牙齿咬得咯咯响，“说是昨天晚上什么狮子座流星雨特别大，看流星雨去了。”

高二（3）班的物理老师张永东，人称“东哥”，忍住笑纠正他：“是猎户座流星雨的极大。”

“我不管什么座，有多大，反正，她又逃课了。”罗学明伸出三只手指头，面无表情，“这个月已经三次了。”

而今天才 10 月 11 日。

“打麻将、逃课是不对，但是，看流星的话，她不是一向喜欢这些东西？”东哥抽出她的物理卷子，递给罗学明，“又是满分。”

高二（1）班的物理老师开始头疼：“又是满分。我们班最高分就 93 分，还有十来个都没及格。我说你们班的这个徐晚星可真是个奇葩，老逃课、打麻将就算了，怎么还老考满分！”

东哥哈哈笑，故作忧伤却难掩喜悦：“这我也纳闷啊。这回我和老张出题的时候，还特意挑了点难度系数比较大的题，就想挫挫大家的锐气。这不高二刚开始吗，得给大家紧紧弦，有点紧张感才行。谁知道这家伙，唉——”

最后一个哀伤的语气词，硬生生被他带出了喜气洋洋的感情色彩。

恰逢隔壁文科办公室的英语老师走了进来，把记分册往罗学明的桌上一扔，哼了一声：“物理满分有什么用？看看她的英语成绩吧。”

罗学明低头一看，两眼发黑。

好家伙，四十二分。

英语老师张春月毫不心软，跟着又补充了一句：“哦，我刚在隔壁听见陈老师说，她语文六十八分。”

罗学明：“……”

徐晚星此人，真的是奇葩。

从来生物学家分析男女的大脑构造时，都说男生偏理科，女生偏文科。可徐晚星偏偏不是这样。她的理科成绩出奇地好，天赋过人，记忆力惊人。

高一那年刚入学时，罗学明为培养大家对数学的兴趣，随口说了圆周率的发现与发展过程，并且在黑板上写下了小数点后二十位数。

谁知道课间时，值日生不慎擦掉了一半。

罗学明自己也背不出 π 的小数点后二十位数，下节课开始时，凭借记忆补充了几位，就开始翻笔记，哪知道有人口齿清晰地报出了缺失的那五个数字。

他朝人群中看去，扬了扬手里的粉笔，表扬说：“很好，大家看看，有的同学习惯多好啊，还知道上课记笔记。”

虽然 π 的小数点后二十位，其实并没有什么记笔记的必要，他也是无心地夸一句，想着和学生初次见面，多一点赞美总是好事。

哪知道在教室偏后的角落里，个子矮小的少女笑了笑，大大咧咧地接道：“没有，也就上节课多看了两眼，一不小心记住了。”

罗学明一愣，抬眼看见了本尊：“你叫什么名字？”

角落里，少女穿了件大红色 T 恤，醒目而耀眼，露出两排小白牙，嘻嘻一笑。

“徐晚星。”

那一天，罗学明以为这位新生在吹牛，哪知道这位吹牛少女竟在极短的时间里证明了自己过人的理科天赋，迅速成为他的得意门生。

当然，除了得意门生，她还是最让他头疼的超级恶霸。

这家伙嘴皮子利索，从小跟着父亲在夜市摸爬滚打卖抄手，愣是练出了一身市井气，不出半个学期，就在六中混出了名堂。

身为班主任，罗学明管不了学生那么多，毕竟当老师的一向如此，只要孩子成绩好，其他的都能睁一只眼、闭一只眼，宽容以待。只可惜，徐晚星的数理化成绩的确好得没话说，然而双语也差劲得让另两位老师吐血。

一整年过去，刚升高二的徐晚星被拎来办公室批斗过无数次，下蹲也做了少说有上万个，可惜这位偏科少女的科不止偏了那么一点点，就好比——

“事到如今，我也只能跟您实话实说了，我妈当初生我的时候，医生说我先天有点缺陷。”徐晚星信誓旦旦地站在办公室，方才提起来的心在看见办公桌上的几张周考卷子后，尘埃落定。

明明中午才被罚了下蹲，这会儿还腿发软呢，忽然又被叫来办公室，她当真以为是那姓乔的混账东西来打过小报告了。

还好不是。否则，他别想见到明天的太阳了。

罗学明眯缝着眼睛看着她：“什么缺陷？”

“医生说我天生少根筋。”徐晚星唉声叹气，满面愁容，像是不愿被人听见似的，凑过来小声说，“这话我也只跟您说了，医生说我左脑发育不太好，语言方面有所欠缺，恐怕就是因为这个，影响了英语和语文的成绩。”

“……”

罗学明默不作声地看着她，太阳穴生疼，片刻后，他动了。

他右手一抬，将桌上的数学书拿在手中，飞速地卷起，左手以迅雷不及掩耳之势抽走椅子，站起身来。

然而，说时迟，那时快，徐晚星的条件反射来得比他还猛，几乎在看见他有所动作的一刹那，就猛地朝后退了好几大步。

“罗老师，有话好说，有话好说！”

她退得太猛，冷不丁撞在谁的身上，险些一个趔趄。她顾不得回头看，一边撒腿就跑，一边头也不回地高呼一声：“对不起啊！”

罗学明卷着书冲她怒吼：“徐晚星，你给我回来！”

办公室里乱成一片，笑的笑，摇头的摇头。

罗学明气得够呛，把徐晚星的话复述给老师们听：“这鬼东西，胡扯一堆忽悠我，说什么医生说她天生有缺陷，左脑不发达，语言方面有问题——你听听，这是语言有问题的人能说出来的鬼话吗？！”

“这徐晚星，哈哈。”

“小丫头片子聪明着呢，就是心思不用在学习上。”

“她要是肯多花点心思在双语上，重点本科大学也没问题了吧，志在必得啊。”

“可惜了。”

物理老师张永东回头，看着刚才被徐晚星撞上的人，和颜悦色地招手：“来了？是班长跟你说的我找你吧，来、来、来。”

办公室门口站着一个少年，刚才被撞得一个趔趄，却只换来一句毫无诚意的“对不起”。

脸色发黑的乔野捂着第二次被撞疼的胸口，一阵气血翻涌。

不远处的张春月还在生气地指着谁的卷子说：“disaster 也能拼错，初中生都不会犯这种错误好吗？！”

乔野嘴角一扯，心想，可不就是个 disaster 吗？！

转学日，因为徐晚星的反复出现，彻头彻尾都充斥着 disaster 的气息，而他没想到的是，这还仅仅是个开始。

罗师爷这个班主任，向来为学生鞠躬尽瘁，就是细节上不太讲究。

新学期刚开始，他也没排座位，能不能抢到好位置，全看报名那天来得早不早。不过，他把话撂在那了，期中考试之后会再换一次座位，大家各凭本事，以排名选位置。

对于麻将少女徐晚星来说，迟到是家常便饭，于是报名那天姗姗来迟，理所当然地坐在了最后一排的角落里。只是，今天，她的身后多出了一套桌椅。她从办公室回来之后，就眯眼瞪着那个空座位。

下午第一节课快开始了，乔野才踏着铃声回来。看见徐晚星的那一瞬，他下意识地伸手摁住了隐隐作痛的胸口……都快产生条件反射了。

徐晚星见状，二郎腿一跷，邪里邪气地冲他笑：“啧，西子捧心这种柔情万种的姿势，也就貌美如花的乔同学可以驾驭了。”

周边传来窃笑声。

乔野面无表情地放下手，拉开椅子坐下来：“貌美如花有什么用，还不是一样被牛撞？！”

窃笑变成了明笑，以于胖子和春鸣为代表。

“……”

徐晚星的尊严受到冲击，简直不敢相信自己的耳朵，一拍桌子：“你骂谁是牛呢？！”

这个节骨眼上，恰逢英语老师走进前门。

“徐晚星，你干什么？”张春月眉头一皱，“没听见上课铃声吗？”

她是教英语的，不像罗学明他们那些教理科的，对徐晚星这种典型的偏科少女丝毫爱不起来。

徐晚星一向识时务，知道在谁面前能放肆，在谁面前得夹着尾巴做人，遂狠狠地剜了乔野一眼，忍了。

然而，这注定是个不平静的下午。

背后坐了个新来的刺儿头，徐晚星如坐针毡，浑身的毛孔都散发着警觉性。

首先是英语课——

周考的卷子按成绩高低发了下来。张春月是个严厉的老师，当众宣读成绩，被点名的同学会顶着全班的瞩目上去领卷子。

于是，排在前面的尖子生待遇非常优渥——

“万小福，一百四十二分。考得不错，继续努力。”

“辛意，一百四十点五分。下次注意一下啊，改错题错了一个这么不应该的。不过，作文写得很好。”

“李倩冰，一百三十八分。第二段阅读，你要好好再读一遍，下次争取上一百四十分。”

……

亲切的鼓励，送给自己喜爱的英语优等生们。

然而，对于排名倒数的差生们来说——

“于庆庆，七十分。”

张春月的声音在发卷子的全程，完美展现了热情的火焰被浇灭的场景。当然，浇灭她的是从第一个不及格的于胖子开始。

“这次机选的准确性还挺高啊，差一点就及格了。”

于胖子咳嗽两声，脸上泛起浅浅的红，一边走，一边对四周拱手：“低调，低调。”

“？”

张春月咬牙：“你觉得我在夸你？！”

四面八方都是哄笑声。

乔野初来乍到，还不太熟悉大家的名字，只是像个局外人似的看着这大同小异的发卷子场景，恍然生出一种其实自己还未转学的错觉。

当然，他很快注意到一件事，前座的不良少女和她的麻友们显然是物以类聚，倒数十名里，有四五个都是中午打麻将那一伙的。

更巧的是，春鸣和徐晚星是一前一后上台的。

这个时候，张春月的声音已经接近冰点，不带丝毫温度。

“春鸣，五十八分。倒数第二名。”

春鸣长得像根豆芽似的，白白净净，高高瘦瘦。也因此，他此刻的不脸红就显得有些突兀了。

秉承师德为重，张春月在心里告诫自己很多次，既然差生已经放弃了自己，她也没必要多费口舌。可看见春鸣跟个没事儿人似的，沉着冷静地拿了卷子就走，她还是气不打一处来。

“人家考一百三四十分，你差点只考了人家一个零头，拖了班级的后腿，还脸都不红一下。”

下一刻，还没被念到名字的徐晚星不疾不徐地站了起来。

“这不还有我给他垫底吗？！脸红这种事，春鸣同学是善解人意，想留给我来着。不然，他倒数第二都脸红了，我倒数第一该怎么发挥？！”

教室里又是一阵哄笑。

张春月冷着脸拿起最后一张英语试卷：“你是该脸红，四十二分，刚刚好是万小福的零头。”

忽然被提到的班长万小福坐在第一排，脸上一红，不知所措地望着越来越近的徐晚星。

徐晚星接过卷子，安抚地冲他笑了笑，后者的脸立马红得更厉害了。

张春月目送徐晚星回到座位，这才注意到她身后的乔野。

班上原本有四十九人，座位恰好是七个横排，七个竖排。眼下新同学转来，单独一人成为最后一排，也没有同桌。

张春月下意识地说：“乔野没有卷子，就和徐晚星一起——”

下一刻，她眉头一蹙。

“算了，她的卷子不能看，你把桌子挪一挪，看辛意的。”

辛意是第二名，也是徐晚星的同桌。

刚回到座位上的徐晚星正对上乔野的视线，对方淡淡地瞥了一眼她卷子上刺眼的分数，不发一言地挪了挪座位，和辛意一起分享卷子了。

徐晚星：“……”

等一下，这个眼神是怎么回事？

然后是第二节英语课——

这次的英语作文是写自然灾害。

张春月痛心疾首地说：“千叮咛，万嘱咐，作文里不会写的单词就不要写，拼写错误是要扣分的，有的人就是不听。”

她转身，拿起粉笔在黑板上唰唰写了几笔：“地震是怎么拼的？泥石流是 mudslide，不会拼写就别写，换成洪水不行吗？！”

一连串有关自然灾害的单词在黑板上诞生。

张春月生气地说：“跟你们有些人的作文比起来，泥石流、地震简直都不算 disaster！”

台下又是一阵哄笑，徐晚星也嘻嘻哈哈地跟着笑。

好死不死，张春月一抬头就看见角落里那个笑得一脸人畜无害的偏科少女，气不打一处来，手指间还夹着粉笔呢，朝她一指。

“你还笑别人啊，徐晚星？！”

全班齐齐回头，看着一脸迷茫的徐晚星。

张老师手里的粉笔一抖一抖的：“不会拼泥石流、暴风雪的单词还情有可原，那是词汇超纲。全班就你一个连disaster都不会写，你还有脸笑！”

徐晚星：“……”

再后来是语文课——

“祸不单行”这个词果然是有道理的，徐晚星的作文被当众批评，语文老师还选了一段当作“典范”进行全班讲解。

“读书是一件非常好、非常好、非常好的事情——徐晚星，你写作文还是说口水话呢？重复那么多遍，有你这么凑字数的？！”

徐晚星一脸诚恳：“是您说的，重要的事情说三遍。”

陈老师："……"

全班："哈哈哈。"

"这里，你用了一句名人名言，你说鲁迅先生说过——我扑在书上，就像饥饿的人们扑在面包上。"陈老师发出灵魂拷问，"徐晚星，我问你，这话是鲁迅说的吗？"

徐晚星："好像是？"

"好像是？"陈老师皱眉头，"这是高尔基说的。"

徐晚星顿了顿："可能他俩想到一块儿去了？"

陈老师："？"

她扶了扶眼镜："行，那你告诉我，你在哪本书上看到鲁迅也说了这句话？"

徐晚星信誓旦旦："也没哪本书上写了鲁迅没说这句话啊……"

"……"

陈老师："你给我站到后面去听讲！"

徐晚星习以为常，起立，拿着卷子原地转身，心里悲叹：双语老师就是这么没有幽默感。

然而，转身的瞬间，她一不留神对上了乔野的目光。全班都在哈哈大笑，唯独他的面上丝毫没有笑意，只淡淡地看了她一眼，仿佛她是个失败的笑话。

她心下一顿，忽然就笑不出来了。

站在教室最后方，徐晚星瞪着那个冷若冰霜的后脑勺，心想，就你最了不起。

全国物理大赛是吧？国际奥林匹克物理竞赛是吧？那不是因为她懒得参加吗！要是她参加了，有这厮什么事儿啊？！

徐晚星感到一阵空前的烦躁。

对大多数人来说，一周之中最讨人厌的日子莫过于星期一，但对于徐晚星来说，绝对是星期三。就像今天，数理化课程都集中在上午，下午居然是两节英语、两节语文，简直要了她的命。

晚自习时，别人都在写作业，徐晚星奄奄一息地趴在桌上半个小时，抬头问同桌："英语报纸写完了没？"

辛意点头：“差不多了，改错题还要再读一遍。”

徐晚星也不跟她客气：“作文借我看一下。”

辛意迟疑片刻：“这学期也要继续看啊？”

“看啊，干吗不看。”徐晚星打了个哈欠，从她的桌上拿走报纸，开始飞快地抄写，“你又不是不知道我，要我认认真真写作文，脑袋都要爆炸了。”

“可是，这都高二了，你一直这样，高考怎么办？”辛意有些着急，“你理科随便学学都那么好，双语稍微下点功夫，应该也会进步很快的。”

徐晚星冲她懒洋洋地笑：“那就高三再来下点功夫呗。”

说着，她伸手揉揉辛意白净秀气的小脸：“好了，好了，一天到晚瞎忧国忧民，有这工夫，多操心操心自己，你老爸——”

话说到一半，看着辛意暗淡下去的双眼，徐晚星收了声，开始转而说些有的没的。

后座的乔野在写物理最后一道大题，瞥了一眼抄作业动作异常娴熟的前桌，眼里闪过一抹不耐烦。

聒噪。

他眉头紧蹙，又尝试着写了几步，最后还是没能抵抗住噪音攻势，即便徐晚星说话的声音不大，但不知为何就是让他没法专心解题。

几分钟后，乔野站起身来：“陈老师，我去趟洗手间。”

他从书包里拿了一样东西，握在手里，得到老师的首肯后，从后门走出教室。

徐晚星回头看了一眼，恰好注意到他拢在手心的东西。少年手指修长，将那东西藏得严严实实，只露出一抹暗红，看样子是个盒子。

什么玩意儿？

她没放在心上。

只是，晚自习前没吃东西，肚子饿得不行，她抄完作业后，也借口上厕所，打算去小卖部买个面包填肚子。

途经走廊尽头，她不偏不倚地撞见蹲在楼梯间的后桌。少年好整以暇蹲在一级台阶上，手里拿着 switch，正在激烈的游戏厮杀中。

她的影子遮住了地上的一小片光，少年抬起头来，面无表情地和她对视片刻。

徐晚星笑了两声，“好学生？”

乔野扯扯嘴角，“要你管？”

说完，他收起游戏机，冷淡地起身走人。

正值黄昏，招摇过市一整日的太阳终于偃旗息鼓，躲进厚重的云层里，少年的身影也消失在走廊上。

徐晚星在楼道边上站了片刻，嘴角勾了勾。看不出来啊，这优秀的转学生还有两副面孔呢。

仿佛抓住了他的小辫子，她吹了声口哨，翻了个白眼。一个打麻将，一个打游戏，谁瞧不起谁啊，不都是违反校规校纪吗。

Chapter 02

# 不共戴天

晚自习结束时，夜幕已至。

教室里的人仔仔细细地收拾着书包，唯独徐晚星蔫了一整天，这会儿倒成了炮仗，拎起书包就风风火火地往外跑。

她没回家，径直往茶馆跑。这个点，徐义生已经开始摆摊卖抄手了。

蓉城是出了名的慢节奏城市，每到夜里，街边的灯火次第亮起，小摊小贩也推车出来做生意。烧烤、夜啤、烤鱼、干锅，夏天有蜀地独有的冰粉凉虾，冬日是热气腾腾的冒菜、串串。

徐义生一年四季都卖抄手，白天在家准备食材，下午五点推着小车来到茶馆一条街摆摊。

四川人热爱打麻将，这条街上茶馆不少，于是小吃摊子应运而生。

他卖了大半辈子的抄手，靠这门手艺糊口，养活了徐晚星。

晚上八点半，徐晚星准时抵达茶馆街，把书包往三轮车顶一扔，撸起袖子上阵。

“回来了？”徐义生在百忙之中扭头看了一眼。

“回来了。这是送哪的？”

徐义生雷厉风行往她的手里递了一个托盘，上面放了四个大碗，统统装着刚出锅的抄手：“老麻红汤，二号包间黄老板。中麻红汤，五号包间最胖那位大哥。酸辣汤，大厅里头穿红衣服的大姐。清汤也送到大厅，大胡子点的，你认识。”

徐晚星点头，稳稳地接过托盘，转身朝人声鼎沸的茶馆里快步走去。

兴旺茶馆，很俗气的名字，但打麻将都讲究那么一点玄学，这名字很讨人喜欢。

她轻车熟路地踏进大厅，跟柜台后的老板娘打了个招呼，然后准确无误地把抄手一一送到客人的手里。哪怕徐义生只讲了一遍，语速还飞快，她也记得分毫不差。

这个夜晚和往常一样，徐义生在三轮车前大汗淋漓，徐晚星就在摊前摊后忙活着。

大概九点多的样子，徐义生看了眼手表，哎哟一声：“该收摊了！”

徐晚星不解：“这才几点，怎么就收摊了？”

徐义生也不解释，手脚麻利地把东西往车里一收，拉着女儿上了三轮车。

茶馆老板娘隔着柜台喊：“欸，老徐，今天怎么这么早就打烊了？”

“我们那儿来了新街坊，我带晚星去打个招呼，拜访一下。”徐义生也大着嗓门儿回话。

徐晚星诧异地抬起头来：“新街坊？什么新街坊？”

“到了你就知道了。”

徐义生口风紧，任凭徐晚星如何打探，就是撬不开他的嘴。

十来分钟后，三轮车停在巷子口。

打从徐晚星记事起，她就和父亲住在这条名为“清花巷”的巷子里。巷子一头宽，一头窄，宽的地方房屋也宽敞，窄的地方房屋也窄。因此，同一条巷子里的居住条件也大相径庭。

徐义生停在窄的这一头，拉开陈旧的卷帘门，父女俩一个在前拉，一个在后推，把车挪进了家门。

他从车里拎出一个沉甸甸的食品袋：“走吧。”

谜底在几分钟后揭晓。

父女俩停在清花巷最宽处，爬满杏色蔷薇的庭院里伫立着一座两层高的小楼。前些年户主搬走了，一直空着，如今终于等来了新主人。

敲门前，徐义生凶狠地嘱咐她："一会儿给我老实点，怎么乖巧怎么来。"

徐晚星："……"

这架势，难不成是有什么大人物搬来清花巷了？

来开门的是一对中年夫妻，从气质到穿着都颇为不俗，得知是街坊邻居来打招呼，赶忙请人进门坐。

徐晚星虽然一头雾水，但还是谨遵父亲的指示，收起嚣张跋扈的一面，"叔叔""阿姨"叫得很乖巧。

"我叫徐义生，就在巷子尾住，这是我女儿徐晚星。"徐义生还递上了从车里拎来的食品袋，谦虚地说，"我是卖抄手的，这是自家做的，干净，味道应该也还行，毕竟卖了二十来年。"

父女俩应邀在客厅坐了下来，宽敞的两层小楼窗明几净，装潢雅致，不见一丝富贵气，却处处透着主人良好的审美。

四处张望了片刻，徐晚星的脑子里咔嗒一下，有根弦绷紧了。她侧头震惊地望着徐义生，一脸的不可置信。

看不出来啊，他们家老徐当了二十七年抄手独行侠，清高又清贫，今天竟然要贪慕富贵攀高枝了？！

真是士别半天，当刮目相看。

夫妻俩很有礼貌地自我介绍了一番。男人叫乔慕成，女人叫孙映岚。

"我是搞地质研究的，平常就挖挖土，风里来，雨里去。因为工作调动，上星期刚从北京回蓉城。"乔慕成很随和，笑容满面地说，"我太太是蓉城人，就在清花巷附近长大，所以这次回来，特意把家安在了这里。"

三个大人进行着亲切又客气的交谈，只有徐晚星如坐针毡。

她表面上岿然不动，笑容可亲，内心却在疯狂地揣测老徐的意图。

好在徐义生不善言辞，简单的一番交谈后，很快坐不住了，咳嗽两声，进入正题："我听隔壁老李说，你们家还有个儿子，和我们晚星一样在读高二，成绩可不得了。"

"哪里就不得了了，那是大家吹捧他。"孙映岚已过四十岁，依然很有风韵，"巧得很，你们来之前，小野刚骑车出门买文具去了。"

她看了看墙上的欧式挂钟："看时间，也快回来了。"

乔慕成的目光落在徐晚星的身上，笑着问："晚星也上高二了？在哪里上学啊，一中还是六中？"

离清花巷最近的两所中学就是一中和六中。

徐晚星老老实实地回答："六中。"

"哟，小野也在六中，今天刚办完转学手续，第一天上学呢。"乔慕成有些惊喜，又问，"你在哪个班啊？"

徐晚星没有第一时间回答这个问题。她回头看了看身旁岿然不动的老徐同志，仔细审视后得出结论：他对于她和这位叫小野的同校一点也不吃惊。

所以，老徐是冲着这家人的儿子来的？

徐晚星的心里千回百转，联想起老徐这么多年来的斑斑劣迹，顿悟了。她瞪着徐义生，用眼神传达："你又想坑我。"

徐义生见她不吭声，终于"打开天窗说亮话"，笑出一脸褶子："不瞒你们说，我就是听老李说了你们家孩子也高二，成绩又好，还拿过不少这个奖、那个奖的，这才紧赶慢赶地带着我们家孩子上门来拜访。"

他说得热情洋溢，十分诚恳，布满粗茧的手掌往徐晚星的背上一拍，拍得她虎躯一震，背都绷直了。

"我家晚星，从小就聪明懂事，小小年纪就开始上夜市帮我卖抄手，街坊邻居都夸她有孝心。"这是优点一。

"她还爱学习，特别勤奋。以前她年纪小，我不放心把她一个人扔在家里，就带她一块儿去卖抄手。她每天晚上就在摊子旁边蹲着做作业。茶馆老板看她那么刻苦，就让她去茶馆的柜台后面写，说这孩子多爱学习啊。"这是优点二。

"还有啊，这孩子特仗义，从小就侠义心肠，看不惯别的孩子拉帮结派欺负人。别看她是个女孩子，从小到大不知道多少次挺身而出、助人为乐了，学校里的同学都喜欢她。"这是优点三。

然后，徐义生又滔滔不绝地讲了更多点，一二三四五，观点鲜明，论据充分。

徐晚星目瞪口呆地望着老徐，素来不善言辞的人到底是怎么口若悬河地细数出她这么多优点的？

她严重怀疑他在来之前打了草稿。

当然，徐义生很快进入正题：既然两家孩子都这么出色，今后应该好好交个朋友，共同进步才是啊！

他慷慨激昂地展望未来：“你们家孩子成绩好，让晚星跟着多学学。我们晚星在学校人缘好，又喜欢帮助同学，正好让她带着你们的小野更快地融入新环境。”

乔慕成哈哈大笑：“那真是再好不过了！不瞒你说，我们家小野什么都好，就是性格不太开朗，我还担心他转来这边觉得孤单，没有朋友呢。有晚星带着他融入环境，那真是太好了。”

徐晚星：“……”

等一下，这个节奏是怎么回事？她都不知道这个叫小野的是何方神圣，怎么就要带他起飞了？！

徐晚星瞠目结舌地坐在那里，被老徐这一招先斩后奏惊得头皮发麻。

同一时间，门口传来动静，有人推门而入。

五分钟之前，乔野骑车从文具店回来，在庭院外就看见灯火通明的客厅里多出两个人影来。

他们一家三口才搬来没几天，理应没有熟人上门才对。

他疑惑地走上台阶，停在大门口，恰好听见屋内传来男人热情又激昂的“个人演讲”——关于一个活雷锋孝顺父母、吃苦耐劳、刻苦学习、乐于助人的各种事迹。

乔野：“……”

他严重怀疑蓉城治安不够好，有传销分子上门钓鱼。

严谨如他，很快从包里拿出手机，默不作声地录下了屋内接下来的对话内容，然而越听越糊涂。所以，这年头搞传销的也换招数了，不推销产品，改成推销女儿了？

徐义生几句话里就有一个“晚星”，乔野第一时间并没有听真切。

直到最后两位父亲奠定基调，迅速为双方孩子盖上“好朋友”的章时，他才分辨出徐义生重复的那个名字到底是什么。

“我们晚星”，“我家晚星”，“晚星”……

怎么好像有点耳熟？

盛夏的风吹过庭院，拂过他的脊背。下一秒，仿佛有道闪电从尾椎处蹿了上来，瞬间激起大脑皮层的应激反应。

晚星！

乔野表情一僵，握着手机推门而入，定定地朝沙发上看去。

同一时间，客厅里的四人听见开门声，也齐齐回过头来。

乔慕成：“哈哈，说曹操，曹操到。小野回来了。”

徐义生：“正好，快，晚星，快上去打个招呼。以后你要好好跟着人家小野学习，不懂就问。”

乔慕成：“哪里的话，晚星这么努力，是我们家小野要多跟她学习才对。”

徐义生：“那就互相学习，互相学习！”

……

两位父亲热情似火，寒暄了好一阵，最后才迟钝地发觉，咦，孩子们怎么没有反应？

乔慕成不解地望着站在大门口一动不动的儿子：“小野，你站在门口干什么？快进来啊。”

徐义生用手肘暗地里撞了徐晚星一下，压低了声音：“我该做的全做了，你给我发什么呆，赶紧配合！”

光线充足的客厅里，母亲一脸疑惑，两位父亲各自召唤着自家孩子，唯有两个当事者一动不动地站在原地。

徐晚星的表情完美诠释了她的心路历程——

！

？

……

而乔野——

乔野只剩下：……

数不尽的省略号。

他面无表情地盯着客厅里的徐晚星，终于在老乔同志的千呼万唤中走了过去，开口只有一句话，是对徐义生说的。

他彬彬有礼，客客气气地说：“叔叔，您还说漏了她一个优点。”

徐义生摸不着头脑，疑惑地问了一声：“嗯？”

“她是否刻苦学习，是否孝顺长辈、乐于助人，我都不知道。”乔野的目光落在徐晚星的脸上，诚心诚意地说，“但是她——”

万籁俱寂里，客厅里落下轻描淡写却掷地有声的一句："但是她聚众'赌博'的时候，麻将打得是真的好。"

乔野的这句话，杀伤力不亚于白天英语课上的各种泥石流、龙卷风。客厅里霎时陷入一片难以描述的沉默之中。

徐晚星："……"

徐义生："……"

乔父："……"

乔母："……"

而在场人的心理活动也迥然不同。

乔父是惊讶：等等，他们俩原来认识吗？

乔母是怀疑：说好的刻苦学习、孝顺长辈、乐于助人呢？

徐义生是震怒：什么玩意儿？聚众'赌博'？！

徐晚星——

徐晚星万念俱灰：姓乔的，我挖了你家祖坟吗？！

她真是万万没想到，乔野居然来这么一手，说什么不好，专门挑她的命门往老徐的跟前送。甭管他知不知道这事会害死她，总之，新仇旧恨加起来，他俩是不共戴天了。

但眼下还不是算账的时刻，因为她自顾不暇。

徐晚星心惊肉跳，扭头一看，只见老徐的脸已经黑成了非洲人。

"不是，爸，你听我解释——"

然而，徐义生已经暴走了。

"徐，晚，星——"一字一顿，从眼神到嗓门儿都透着不可置信，"你居然在学校打麻将，啊？！"

"不、不、不，我没有！"

"你没有？那人家是吃饱了撑的污蔑你吗？"徐义生咆哮。

"他，他那是——"徐晚星的大脑超负荷运转，急中生智，"他那是和你开玩笑呢。爸，你也太没有幽默感了，人家第一次见面，开开玩笑，活跃一下气氛怎么了。"

绝望之中，不知从哪儿生出了一丝希望，然后星星之火迅速燎原。

徐晚星仿佛抓住了救命稻草，回头望着乔野，眼里闪动着无比闪亮的希望之光：“乔同学，你说是吧？”

麻烦配合一下吧。

求求你了，看在这半天不到的同学情分上，好歹给条活路。

你说这是为了什么啊？好好的当个前后桌不行吗，干吗非要结仇呢？大家有事好商量，当着家长的面，何必呢。

然而，乔野用行动表明，他拒绝接受她满眼的求救信号。

乔同学，你说是吧——

“不是。”他正直无比地站在原地，看都没看她一眼，无比诚实地对徐义生说，“我没开玩笑。”

见过一句话引发的血案吗？

这就是了。

徐家父女俩都是一点就燃的炮仗，这下可好，客厅里顿时炸开了锅。

徐晚星跳脚，指着乔野的鼻子：“我跟你多大仇，值得你这么害我？！”

徐义生一把拉住女儿的手臂：“好你个徐晚星，当着我的面说不打麻将了，结果跑到学校聚众‘赌博’去了！你给我过来！”

“不是，爸，你误会了，我们就是闹着玩，输的都是零食——”

“你给我过来！”

……

客厅里简直鸡飞狗跳：徐义生追着要跟徐晚星算账；徐晚星一边绕场狂奔，躲避老徐的追杀，一边叫着乔野不仗义，小心眼子；而乔父乔母瞠目结舌，忙着劝解。

乔野倒是十分淡定地作壁上观。

那模样看得徐晚星气不打一处来。她跑到一半，恶向胆边生，一把揪住乔母的衣角，语速飞快：“叔叔阿姨，实不相瞒，我也有件事想告诉你们。”

乔父乔母正忙着劝解呢，见状，一顿，摸不着头脑。

乔慕成茫然地问：“什么事？”

徐义生还在咆哮：“少给我东拉西扯，我还没跟你算完账！”

百忙之中，徐晚星还抽空冲乔野勾了勾嘴角。

乔野心头一跳，还没来得及说话，就听见天崩地裂的一句——

“乔野他在学校打游戏来着，这事儿，您二位知道吗？”

乔野：“？”

这猝不及防的一手，迅速扭转了现场的局势。这下，乔父乔母也不劝架了，立马把视线转移到了儿子的身上。

乔野反应也很快：“我不是，我没有——”

“你有。”徐晚星咧嘴一笑，“我亲眼看见的。”

“你看见个鬼！”徐义生怒道，“自己做了亏心事，还有什么脸说别人，跟我回家！”

短暂的交锋很快结束，双方家长迅速而果断地道别，准备关起门来，清理门户。

两个少年人一边忙着自我开脱，一边不忘用死亡凝视表达对彼此的仇恨。

徐晚星一边穿鞋，一边听见那边的乔野从容冷静地对父母说：“这才转学第一天，我有那么想不开吗，别说我不打游戏了，就是打，时间、地点也没一个合适。”

她扭头插了句嘴：“晚自习去厕所，这不挺合适的？！”

乔野：“……”

徐义生一巴掌拍在她的脑门儿上：“自己的事还没交代清楚呢，哪来的脸说别人？！”

他拉着女儿走出门。

门外传来徐晚星再清晰不过的反驳声：“才没有，我冤枉啊！麻将那么大一箱，学校也没有麻将桌，我哪来的作案工具？！”

也不知哪来的冲动，乔野几步走到门口，冲外头扬声就是一句：“你那书包里不是有一副迷你麻将吗，麻将桌，四张课桌拼起来，这不刚刚好？”

徐晚星：“……”

原本是一次充满希望的会晤，老徐老乔都怀着美好的憧憬，希望孩子们能结交优秀的新朋友，却没料到给双方都造成了不可磨灭的心理创伤。

当然，对于徐晚星来说，大概还要加上肉体创伤。

毕竟老徐同志不比老乔同志文化素质高，论嘴上功夫，还比不过徐晚星呢，只得拿出搓衣板，勒令罪大恶极的她跪五分钟。

而另一边，品学兼优的乔野同学也面对着父母长久以来都没有过的严厉的审视。

反倒是两位父亲，仿佛有心灵感应似的，得出的结论简直惊人的一致。

徐义生一边指着徐晚星说“给我跪好了，动一下再加五分钟”，一边嘀咕：“小小年纪不学好，才转学第一天就敢违反校规校纪了，我看也不是老李他们说的那么品学兼优……算了，这朋友爱交不交，不交拉倒。”

——可别让小兔崽子弄得麻将没戒掉，反倒又染上别的坏毛病。

而乔慕成呢，乔慕成破天荒地严厉起来，一改慈父的形象，训斥了乔野一整晚。事后，他和妻子关起门来，说：“徐义生那女儿，我看也不是他说的那么好。”

孙映岚皱眉：“何止没那么好，我看简直是糟糕。小姑娘和父亲一样……”

剩下的话，她不再多说。

倒是乔野躺在床上，烦躁的念头渐渐平息下去后，眼前又浮现出在家门口看见的那一幕。

那时候他冲出门检举揭发徐晚星书包里的迷你麻将，话说完后，才隐隐察觉到什么。

巷子里，父亲气急败坏地数落着女儿，一边揪她的耳朵斥责她不听话，一边拉着她说要回家收拾她。

远去的两个背影一高一矮，一胖一瘦，只是仔细一看，会发现高的那一个走路的姿势有些奇怪，一脚高、一脚低的。

乔野翻了个身，目光落在地板上，从窗帘缝隙照进来一缕白茫茫的月光，照在这陌生的房间里。

就像他和这个环境格格不入一样，徐晚星的父亲也与那一幕有点违和。

他压根儿没想过，不可一世的徐晚星竟会有一位腿脚不便的父亲。

至于徐晚星，在这件事情上并没有多余的想法。她这人一向直脾气，一根筋，待人处事都跟她这极度偏科的特点如出一辙：两点一线，直达结论，最讨厌拐弯抹角。

所以，她在失去书包里那副赖以生存的迷你麻将后，只有一个念头——

“我和姓乔的不共戴天！”

她跟他不共戴天的第一日，从麻将小分队的一致对外开始。

一大清早，乔野从踏进教室的那一刻起，就感受到了来自四面八方的敌意。

首先是于胖子坐在他的座位上，二郎腿跷得老高，还抖个不停，见他来了，吆喝了一声：“哟，新同学来了。”

以前座的徐晚星为圆心，麻将小分队围成一个半圆，六个人，十二只眼睛，齐齐地朝他行注目礼。

徐晚星面无表情地说：“全体起立。”

六个人整整齐齐地站了起来。

班里的人还没到齐，约莫有一半的座位还是空的。而已经到教室的人坐在座位上，都回过头来看着这一幕。

徐晚星一向是话题人物，今天这架势，一看就有热闹可瞧。反正不给钱，他们不瞧白不瞧。

在离自己的座位还有两三步时，乔野停了下来。

虽然昨天才第一次见面，但这个不良少女的“光辉事迹”，他已经从罗学明口中听了个七七八八，贫嘴、逃课、……就没有一样是她不沾边的。

梁子已经结下了，怎么，这是要集结六个人的力量殴打他？

他盯着徐晚星：“你要干什么？”

徐晚星露出一口小白牙，阴森森地一笑，说：“让我们给见义勇为、大义灭同学的乔野鼓掌。”

下一刻，六个人齐齐鼓起掌来，那响亮的掌声在教室里突兀地回荡着，把乔野也弄得愣住了。

？

这是什么操作？

他狐疑地看着徐晚星：“什么意思？”

徐晚星笑意盈盈的，动作轻盈地跳上他的课桌，二郎腿一跷，响亮地拍了拍手，成功地将全班人的目光吸引到自己的身上——虽然本来大家也都看着他们。

她清了清嗓子，指着乔野说：“大家注意一下啊，从今天开始，这位乔野同学——就是我的人了！”

鸦雀无声的教室里，清晰地回荡着徐晚星的声音：“谁要是和他走得近了，不管男的，还是女的，都是跟我过不去。

“他遇到困难，必须是我徐晚星出手相助，别的人只能袖手旁观。

“他有喜事，必须是我陪着他哈哈大笑，谁跟他有共鸣了，相视一笑分享喜悦什么的，一律被视为我的仇人。

“总而言之，今天把话说开了，谁也别跟我抢人。”

宣布完毕，她笑意盈盈地跳下桌子，走到乔野的面前，凑近他的耳边，用只有他能听见的声音说：“啧，你就别想融入集体了，等着形单影只吧，转学生。”

“……”

万籁俱寂的早晨，教室里的人都睁大了眼睛看着这一幕。

徐晚星开心极了，不愧是想了半宿想出来的好办法，她觉得自己找到了成功报仇并且制裁乔野的办法。

以她的人缘和地位，她在班里校里都是说得上话的，这位转学生就别想结交什么朋友了。除非他跟她道歉，赔她一副麻将，否则，她绝对不给他好日子过。

徐晚星的一双眼睛异常明亮，毫不掩饰其中的得意扬扬。

乔野一时间没说话，仿佛真的被她唬住了。于是，她那双眼睛以显而易见的速度飞快地弯起，变成了两弯新月，更加得意。

只可惜，她的这点得意没能持续多久——

下一秒，乔野皱了皱眉，问：“你没跳级吧？”

这问题来得太突然，与上下文毫无关系。徐晚星一愣：“什么？”

“今年多大了？”

她微微一顿，不明白他要什么花招，但仍是理直气壮地说：“和你一样，十七岁啊。”

“是吗？”乔野淡淡地瞥她一眼，绕过她，停在自己的座位前面，冲于胖子敲敲桌子，“劳驾，这是我的座位。”

于胖子看看徐晚星，很有胆量地说：“你的位子又怎样，坐一下不行吗？！”

于胖子就是不让。

徐晚星满意地点了点头，笑容渐浓。

乔野也很有耐心，又问了一遍于胖子：“你呢，今年也十七岁？”

于胖子：“废话，大家都一样，没跳级，也没留级，当然你十七岁，我也十七岁。”

乔野点头，把书包往课桌上一放：“那你慢慢坐，我出去散个步。”

说完，他转身往外走。

徐晚星终于还是没忍住，在他擦肩而过时叫住了他：“喂，你问我多大干吗？”

乔野侧头看她一眼，面无表情道：“我就想知道你是不是跳过级，才会以高中生的身份做出小学生都不会做的幼稚举动。”

“？”

Excuse me？

徐晚星睁大了眼睛。

“现在看来，物以类聚是真的有道理。”乔野站在原地，目光在麻将小分队的众人脸上转了一圈，临走前，把话补充完整，“好一群志同道合的幼儿园大班生。”

说完，他思索了半秒钟，学着他们的样子抬起手来，啪啪鼓了几下掌。

“是我失敬了。”

徐晚星：“……”

爱打麻将的幼儿园大班生们，并没有因为乔野的嘲讽就终止他们的报复行动，只是后续该如何继续，方案有点棘手。

他们都是可怜的人，成绩差劲，回家饱受父母的批斗就算了，还不受老师待见，简直是小可怜。全靠那副迷你麻将的存在，他们才在灰暗的高中生活中艰难地挣扎着求生。

以上是春鸣饱含深情的陈词。

一番话说得众人慷慨激昂，一心要把罪魁祸首乔野给惩治了。

可于胖子摸着并不存在的下巴，神情凝重：“我寻思着，这新来的还有点胆量啊，咱们人多势众，他居然半点都不怕。”

春鸣：“他有什么好怕的，咱们只打麻将，不打人，又不可能真的跟他真刀真枪地干一架。”

“问题是他不知道我们是文明人啊。”于胖子挠头皮，“徐晚星威名在外，咱们狗仗人势都一年多了，你看看谁像他似的，一点都不怕我们，刚才那叫一个硬气。”

这就是棘手之处。

说起徐晚星的“光辉事迹”来，那六中大概无人不知。就连初来乍到的乔野，也只待了一天就知道了个八九不离十。

高一那年，刚入校不到两个月，班里的新生和高三的一群“社会哥”，就因争夺篮球场而发生冲突。刚入学的少年，哪有胆量和高三的老油条干架呢，见对方凶神恶煞的，立马准备后撤。

可社会哥得理不饶人，越是看对方㞞，越是得意，推推搡搡就动起手来。

“刚才是谁跟我叫嚣呢，啊？”

“就是，再嚷嚷一句试试？！”

“乳臭未干的小毛孩儿，打什么球啊，回家喝奶去吧。”

一伙人张牙舞爪的，嘴里不干不净，还一把夺过新生的球，说借去玩两天。

一个新生没忍住：“我们都说把球场让出来了，这么咄咄逼人干什么？！”

社会哥不满意了，为首的把球一扬，冲着人家的脑袋就砸了过去。众人倒吸一口凉气，然而球并没有落在谁的头上。

当天放学前，“徐晚星”三个字就传遍了球场。

第二天，全校皆知高一出了个硬茬，还是个女的。

关于球场冲突的转折点，据说是这个叫徐晚星的新生碰巧从小卖部回来，撞见了这一幕。起初她没打算插手，只蹲在一旁的栏杆上吃薯片，默默地当观众，直到社会哥拿球砸人。

她也不知哪来的好身手，倏地从栏杆上跳下来，抬手就拦截住了半空中的球。

众人都看愣了，这速度，这身手——

“你是哪根葱？”社会哥的眼睛都看得直了，耍威风耍到一半，居然被一个女孩子给打断了，面子上可真挂不住，“大老爷们儿在这打球，有你一姑娘家什么事，滚一边去！”

徐晚星回头看了眼差点被砸的男生：“没事儿？”

男生吓得脸都白了，哆嗦着摇头：“没、没事。”

“没事就好。”徐晚星转过头去，看着社会哥，平静地问，“你没听见他说的话吗，球场让给你们，他们走人。”

“听见了又怎么样？！”

“如果是听不见，耳朵聋了，那还算情有可原。既然听见了，还要动手砸人，那就该道歉。”

“我说你是不是脑子被门挤了？”社会哥破口大骂，“有你什么事儿啊，狗拿耗子——多管闲事。闲着没事干吗，上赶着找骂来了”

几乎是那句“狗拿耗子”刚出口，徐晚星就沉下了脸色。

下一秒，手起球落，众人都没有预料到，她竟然这么暴躁地就把篮球扣回那社会哥的脑门上了。

咚的一声，那位社会哥被球砸得一屁股坐在地上，蒙了好一会儿，才吃痛地叫起来：“都愣着干什么？给我打她！”

其实也没人真的冲上来打徐晚星，这些人的惯用手法，几乎都是口头威慑，受害者㞞了，才会换来更加严重的肢体冲突。

像徐晚星这样的硬气少女，因为气势太吓人，反倒吓得他们没人上前。

社会哥只好自己爬了起来，骂骂咧咧地冲上来撸起袖子揍人。可他拳头还没碰着徐晚星呢，就被一记回旋踢直接踹中胸口，又一次倒回原地。

这次他爬不起来了。

……

后来，徐晚星就出名了。

因为这次打架事件，她进了政教处，明白原委的灭绝师太并没有严肃处理她。但是，不管是路见不平、拔刀相助，还是正当防卫，在校园里使用武力毕竟还是不值得提倡，所以，她依然被斥责了一顿。

回家后，灭绝师太和灭绝师爷私下就此事进行了磋商。

罗学明其实还有点沾沾自喜：“没想到我的数学课代表不仅数学好，身手和心肠还都这么好。”

师太一巴掌拍在桌子上，咆哮：“你能不能给我正经一点！”

罗学明脸色迅速变了，立马严肃起来：“这徐晚星，帮助同学挺身而出的出发点是好的，但做法未免太偏激，该罚！”

师太：“……”

最后，球场风波结束于徐晚星和社会哥在国旗下的当众“忏悔”。

“我，李戈，诚心诚意地为自己在球场上仗势欺人的恶性事件悔过。在此，我要向高一（3）班的万小福等同学道歉。身为学长，我不仅没有起到带头的好作用，反而欺负学弟学妹……”

“我，徐晚星，诚心诚意地为自己在球场上用球砸人的行为道歉。在此，我要向高三(5)班的李戈同学道歉。身为学妹，我不仅没有顾及学长的尊严，还一球一脚把他打趴下了……”

操场上传来一片热闹的哄笑声。

灭绝师太：“……”

她赶紧冲上去给了徐晚星一掌：“你给我照着稿子念！”

但后续的稿子是什么，已然不重要。徐晚星毫无感情地念完，右手高抬，把薄薄的“悔过书”朝空中一扔，像一个英雄似的下台走人。

迎接她的，是欢呼声与掌声，是少年人的敬畏与仰慕。

后来，徐晚星理所当然地成了红人，不仅在年级上混得开，还在班上有了几个跟屁虫。

只可惜，她是个没有大志向的人，好不容易积攒起来的人脉，也没拿来干什么有出息的事，竟然就志同道合地建立起了麻将小分队……

过往遇见“仇敌”，这伙人只用扯虎皮做大旗，个个装得凶神恶煞的样子，而徐晚星众星拱月般出来指点几句，对面必定偃旗息鼓，夹着尾巴溜了。

哪知道今天遇见个不怕死的……

难办，真难办。

于是，最后的报复行动还真应了乔野的那句评价，实属幼儿园大班生的幼稚举动——

比如，乔野从外面回来时，走着走着，徐晚星一个眼神，过道上突然伸出一只脚来，绊得他一个趔趄，险些摔了个狗啃屎。

他好不容易稳住身形，抬头一看，正好对上于胖子无辜的表情。

“对不住啊，乔同学，我就想活动活动腿脚。”

乔野顿了顿，面无表情地瞥了徐晚星一眼：“没关系。”

又比如，课间时，乔野坐在座位上看书，课代表从办公室抱来一摞作业，准备下发。

徐晚星一个眼神，春鸣就热情洋溢地冲了上去：“来、来、来，课代表，我来帮你！”

课代表很是感动：“那就麻烦你——”

话音未落，戛然而止。

原因是春鸣无比热情地从那堆积如山的作业本上，抽走了最上面的那本。

“？”

课代表的感动突然间消失得无影无踪，甚至还有点想打人。

但这并不妨碍春鸣回头瞄准，朝着目标一扔。一道优美的抛物线在空中滑过，作业本准确无误地砸在了乔野的脑袋上。

课代表：“……”

课代表看看乔野，又看看春鸣，最后小心翼翼地侧头瞄了一眼在一旁笑容可掬的徐晚星……他仿佛知道了什么了不得的事情。

而春鸣呢？春鸣像只花蝴蝶似的，无比做作地捂住嘴，哎哟连天地奔向乔野。

“对不起，我不是故意的！我就是想帮着课代表发作业，哪知道一不小心扔到你的头上了！”

乔野面无表情地拿起作业本，念了一遍封皮上的名字：“万小福——”

他站起身来，把作业本重重地拍在春鸣的手上：“如果我没记错，班长坐在第一排。”

春鸣眨眨眼：“哦？第一排？”

他迷茫地回头看看，瞪大了眼睛：“哟，还真是第一排。”

他一边友好而不失礼貌地道着歉，一边忙不迭地把作业送去了第一排万小福同学的桌上。

乔野：“……”

看来他们不仅是幼儿园大班生，还是戏精专业的。

一堆小心眼的跟屁虫，为了那副被徐义生没收的迷你麻将，和新来的转学生杠上了。

当然，麻将也许只是导火索，真正令他们难以释怀的，是一年来横行霸道、无人可挡的锐气，居然到这个转学生这儿就生生受挫了。

这其中最讨厌乔野的当属徐晚星。

令厌恶感加剧的，是这位获过无数奖项的转学生，在开学第二日就显露出的理科天赋——此处需要画重点：超过徐晚星的理科天赋。

他居然在物理课上第一个得出压轴题的答案，而她还差两步才得出结果！

最令人懊恼的是，他并没有举手告诉老师。当时，台上的物理老师张永东看了眼手表："都十分钟了，大家还没做完吗？"

大家都埋头苦干，教室里静悄悄的。

然后，他一如既往地点了徐晚星的名："徐晚星，你呢，得出答案没？"

徐晚星："还差一点，马上——"

话音刚落，从背后传来一道低沉干净的声线，带着少年人的清澈与温和。乔野："三十二欧姆。"

非常低调、非常简单的几个字。

张永东一愣，低头看看自己的卷子，笑了："哦，乔野已经得出答案了啊——"

他抬起头来，充满赞赏的目光朝教室的最后一排投去，嘴角满是笑意："三十二欧姆是正确答案。"

徐晚星奋笔疾书十分钟，草稿用了一整张纸，此刻一个数字都写不出来了。

她抬起头来，不可置信地看着张永东那赞赏的目光硬生生地越过自己，送给了身后的转学生——这是从来没有发生过的事。

她，徐晚星，堂堂数学课代表、理科小公主，破天荒地输在了自己的强项之一，并且碾压她的，还是背后的那个人。

那个讨人厌的转学生！

一口血堵在嗓子眼里上不来、下不去，徐晚星回头，正对上乔野谦虚又迷人的脸。

台上，张永东还在问："刚做出来吗？"

乔野笑了笑，回答时目光却落在徐晚星的脸上，眼里闪烁着不怀好意的光。

然后，他云淡风轻地说："哦，已经做完两分钟了。"

徐晚星："……"

她有种冲动，想站起来当众表演一个"胸口碎大石"。

她当碎大石的，用这浑蛋的胸。

Chapter 03

# 千千晚星

在转学后的第一个星期一，乔野领到了自己的校服与校牌。

六中的夏季校服格外清爽，男生是白色衬衣、黑色长裤，袖子上绣着红黑相间的校徽，胸前还有一条黑色领带。女生则是白色衬衣加红格子短裙，胸前的领带也是与裙子配套的红色格纹。

这样酷似日本动漫或私立高校的校服，让六中的少男少女们成为众多高中生羡慕的对象。

而穿上校服的乔野俨然变成了升旗仪式上众多女生瞩目的焦点。

因为个子高，他只能站在高二（3）班的最后排，但这并不妨碍四面八方的女同学扭头围观。

原本只有零星几个人在看，但禁不住女孩子们的爱美之心——

“欸欸，高二（3）班新转来的男生，看见没？”

“哪儿呢？”

“最后一排啊，那么醒目，你看不到吗？！”

“能有多醒目？”被揶揄的女生不服气，目光落在高二（3）班的制高点，一顿，“我的妈，这是真的很醒目！”

于是一个戳一个，一个传一个，后来周边的人都在交头接耳：“隔壁班的在看什么呢？”

然后，他们纷纷加入围观“珍稀动物”的大军中。

台上的优秀学生代表在照例进行国旗下的讲话，台下的人却在左顾右盼看热闹。

罗学明注意到这一幕，咳嗽两声，对隔壁班的班主任说："现在的孩子真早熟，这个年纪就知好色而慕少艾了——"

一边说着，他一边也侧头去看自己班上的国宝转学生，没忍住，愣神了几秒钟。

"这孩子……"

隔壁班的班主任："怎么了？"

罗学明神色复杂，摸了一下逐年上移的发际线："……是真的帅啊。"

"……"

隔壁班的班主任笑得停不下来。

徐晚星自然也察觉到了四面八方的骚动，起初还摸不着头脑："这伙人看什么呢，看得这么起劲？"

升旗仪式上，各班都站成两排，男生一排，女生一排。

班长万小福恰好站在徐晚星的身旁，朝后瞄了一眼，笑了："都在看乔野呢。"

徐晚星听见这个名字就烦，翻了个白眼，冷哼一声。

万小福好奇道："你怎么这么不待见他啊？连我一男生都觉得他是真的好看，你还坐在他前座呢，近距离观看，难道没有半点蠢蠢欲动吗？"

蠢蠢欲动？

对他？

恐怕她想动的只有手，她只有揍他的冲动。

徐晚星仿佛听见什么惊天大笑话，仰天长笑，只是刚笑了两声，就听见万小福一个劲地咳嗽。

她很快察觉到哪里不对，赶紧低下头来，就看见灭绝师太不知何时从升旗台旁走到她的面前，一双眼睛直勾勾地盯着她。

师太面无表情地问她："怎么，今天国旗下的讲话，讲的是笑话？"

"不、不是——"

"你，去最前面站着，给大家做个表率。"师太朝旗台下面、人群最前方一指，这是抓了个典型，要把孩子们躁动的心从高二（3）班队伍的最后方重新拉回升旗台上。

师太要“杀鸡给猴看”，而徐晚星正是那只“鸡”。

徐晚星：“……”

她和乔野是真正的八字不合，不管有他，还是没他，总之，凡是牵扯到这个名字，她都会很倒霉。

更令人憋屈的是，升旗仪式刚结束，她回到教室里凳子还没坐热呢，罗学明就走进了教室。

“乔野，你的新书到了，去前面第二教学楼的书库领一下。”

乔野是转学生，没能赶上开学和全班一起领书，书库那边今天才通知教师办公室，说他的书都到齐了。

罗学明又想了想，整整十一本书呢，一个人抱回来未免太重……他的目光自然而然地落在了乔野的前座上，正对上徐晚星的视线。

徐晚星一惊，压根不用想，不祥的预感已然袭上心头。她迅速埋下脑袋，装死似的趴在桌上。

然而——

“徐晚星。”罗学明无情的催命嗓音响起，“你和乔野一起去领书。”

徐晚星垂死挣扎：“……罗老师，我想上厕所。”

“那正好，去书库要路过厕所，还顺路。”

“不是，其实我想上大号——”

“那你就上完再去帮忙。”罗学明毫无怜悯之心地说，接着抬起手来，瞥了一眼腕表，“下节课是我的课，你俩迟到一点不要紧。”

徐晚星：“……”

她挣扎无效，避难失败。

她抱着最后的希望，回头不耐烦地说：“咱俩八字不合，没法独处。你快跟罗老师说你自己拿。”

乔野已经从座位上站了起来，高出她一个头，以俯瞰的姿态对她微微一笑：“还是不了吧，没听说过八字不合会影响搬运工的操作。”

徐晚星：“！”

而罗学明已然开始催促：“少推三阻四的，乐于助人不是你徐晚星最爱干的事儿吗。打架的时候有你，搬书的时候就不干了？”

“……”

徐晚星咬牙，跟在乔野的身后出了门。

从第一教学楼到第二教学楼，两人下了三楼，途经植物园，这才从艳阳下走进一楼尽头的书库。

他们一路无言，谁也不肯先开口说话。

沿途不少学生盯着乔野看。新面孔一向有这样的待遇，更何况乔野还是传闻中拿奖拿到手软、现实中又生得一副好皮囊的少年。

女生们三三两两地窃窃私语，指着乔野的背影笑个不停。

徐晚星走在乔野的身后，一边不耐烦地借他的影子躲太阳，一边在暗地里想：“都瞎了吧。”

她抬头看了眼他的后脑勺。

这不还是黑头发、黄皮肤，除了个子高了点，有哪点值得那些女生含羞带怯地指指点点。

校服是一样的校服，人是一样的人，除了眼前这位格外讨人厌，张嘴就是刻薄话，闭口还会做压轴题……

一想到昨天的物理压轴题，她就心痛得无法呼吸。

乔野一路都没看到过徐晚星的正脸，只知道她牢牢地跟在他的身后。他快，她也快；他慢下来，她比他还慢。

她的斑斑劣迹让他心生警惕，怕她又在背后耍什么花招。

临近第二教学楼时，乔野回头瞥了一眼，脚下一顿。

十月的蓉城暑热未消，太阳晒得人睁不开眼。烈日炎炎下，徐晚星正面色不耐烦地走在他的影子里。他往左，她也往左，他往右，她也往右，一点太阳都晒不得。

也就在他停下的瞬间，她因来不及停步，一头撞上他的肩膀。

从粗鲁的人口中蹦出了更加粗鲁的字眼，徐晚星捂着额头，怒目而视：“你停下来干吗？”

乔野匪夷所思地看着她：“你拿我当遮阳伞？”

“有什么问题吗？”她丝毫没有半点愧疚，理直气壮地反问，“这么大的太阳，我一个肩不能挑、手不能提的弱女子，还助人为乐给你当活雷锋，你帮我挡一下太阳怎么了？！”

“肩不能挑、手不能提，弱女子——”乔野冷静地问，“你确定你说的是自己？”

“不，我说的是你。肩不能挑、手不能提，跟个大姑娘似的。”徐晚星站在太阳下面，热得心情更糟糕了，拔腿走进教学楼，“你拿不拿书？！跟你多待一秒钟，我都想打人，咱们速战速决吧。”

乔野几乎想扯住她的马尾质问她，跟个大姑娘似的是什么意思？！

他咬牙深呼吸，在听见上课铃声响起后，一言不发地往书库走。

书库里的老师从乔野的手里拿过领书单，核对完信息后，就进库房拿书了。

门口，两人面对面地等待着，俱是一脸冷漠。

徐晚星嘲讽他：“对老师讲话倒是彬彬有礼的。真厉害，看不出还有两副面孔呢，当面一套，背地里一套的。”

乔野云淡风轻：“过奖。我从小见人说人话，见鬼说鬼话。”

她是在夸他吗？！

徐晚星冷笑：“问你一件事，你知道‘廉耻’两个字怎么写吗？”

乔野挑眉：“怎么，你连这么简单的两个字都不会写？”

下一刻，他露出恍然大悟的表情：“也对，语文六十八分……”

一切尽在不言中。

徐晚星简直要被气炸了，碍于时间、地点不合适，也不能撸袖子直接动手，只能怒极反笑：“还忘了问，针对你打游戏一事，你爸妈心理承受能力还成吧？”

“不劳你操心。”

“你可别怪我检举揭发你，我这是太善良，好歹我们同学一场，我希望你努力学习、前途无量呀。”

乔野也笑了，不紧不慢地点了点头：“劳你挂心，咱们想一块儿去了。”

他是北京来的孩子，说普通话时带着一星半点的老北京味儿，儿化音说得自然又圆润，此刻这样温柔又和气地说起话来，倒让徐晚星有点出神。

可他下一句紧跟着就是：“我也不是故意告发你打麻将，可这毕竟违反校规校纪，还耽误前程。好歹我们同学一场，我也希望你早日戒掉恶习，好好学习，别影响了高考发挥。”

一个钉子一个眼，这还有完没完。

徐晚星指着他的鼻子直哆嗦，恨不得一拳砸下去，砸出个大窟窿。

可书库的老师已然捧着厚厚一摞书出来，累得腰都直不起来，见她将手伸在半空，赶紧往她的怀里一塞："哟，这书还挺沉，赶紧拿回去吧。"

徐晚星："……"

猝不及防被塞了一摞书是怎么回事？！

她咬牙，把那摞书往乔野的怀里一送："自己拿！"

两人并没能很好地衔接起来，她推了过去，乔野却没有接住。于是，那摞厚重的书籍摇摇晃晃，咚的一声散落在地。

徐晚星一愣，乔野也顿在原地。

老师："欸欸，干吗呢，这是不要书了？！"

书库的门口有细小的灰尘扬起，窗外的日光照进来，照在那七零八落的课本上，崭新的封面也蒙了尘。

乔野素来爱干净，也有好学生的"通病"——爱惜书本。

他低头看着散落一地的新书，眼神骤然一暗，冷冷地剜了徐晚星一眼，然后不发一言地蹲下身去，一本一本地捡起自己的书。

反倒是徐晚星有些手足无措地站在原地，前一秒的气性在这一刻陡然消失。

她张了张嘴，想说自己不是故意的。

可乔野很快捡起了书，一言不发地撞过她的肩，头也不回地走了。

于是，那句对不起就这样凝固在嘴边，她黑着脸跟了上去，心想有什么了不起的。你爱自己抱就自己抱，别回头又跟师爷告状，说我不帮你当这搬运工！

这梁子，当真是越结越大了。

晚自习前，持续四十分钟的大扫除时间。

没了麻将，麻将小分队的大佬们只能百无聊赖地站在走廊上放风，六双眼睛齐齐锁定教室里单出来的那个座位。

有人大扫除，有人在讨（抄）论（写）作业，有人聚在一起吃零食、聊天。唯独教室里最后那个座位的主人手里拿了本书，坐在嘈杂的教室里入定似的看着，姿态闲适。

于胖子："看表象还真是岁月静好、少年美如画。哼，谁知道里面是个坏胚子，净做些损人不利己的事。"

春鸣："看起来也是个文化人啊，没瞧人家手里还捧了本英文原著？"

大刘：“他看得懂吗，高二的学生看原著，装吧。”

一阵哄笑声。

徐晚星表情很臭，没有说话。

大家在这损人，只有坐在乔野前座的她知道，那厮是真的看得懂。课间休息时，他去了趟厕所，她一回头就瞥见桌上摊开的书，密密麻麻的英文单词里，夹杂着她看不懂的批注。

对于徐晚星来说，除了 is、am、are，I、you、she、he，剩下的单词长得跟火星文一样，又长又陌生。

偏偏乔野从厕所回来时，她还在那不信邪地跟满篇的批注死磕。一二三四……不能再多了，她执着地试图找到自己认识的单词，以证明自己不是文盲。

直到脑后传来那个熟悉的声音：“多看两眼，不认识的就能认识了？”

徐晚星石化，回头就对上那双略带嘲讽的眼睛，黑漆漆的眼珠仿佛融进了光——不，是淬了毒。

她在心里狠狠地抽了自己一耳光，也不知道自己怎么就失了心智，盯着他的书看个不停，导致被他抓住马脚嘲讽了一顿。

眼下，她和麻将小分队的成员们倚在走廊上，个个都戴着有色眼镜抨击乔野。

要是眼神能杀人，估计乔野已经被凌迟一百遍不带少的了。

正当空气里的杀气肆意弥漫时——

“徐晚星！”

走廊另一边来了一个人，声音带着与这杀气格格不入的欢欣雀跃。

小分队整齐划一地扭过头去，所有人的杀气都在此刻烟消云散，原本飞向乔野的眼刀瞬间变成揶揄的笑意，投向一旁的徐晚星。

“啧，卫老哥又来了。”

“星姐，还不跑路吗？”

“再不跑就来不及了，那位哥的爱意已经从走廊那头蔓延过来了。”

“我仿佛闻见空气里洋溢着爱的气息——”

大刘话没说完，被徐晚星一巴掌拍在后脑勺上，嗷呜一声叫了出来。

眨眼间，这位卫老哥已经站在了她的面前。他接近一米八的个头，小麦色的健康肤色，浓眉大眼，尤其是那双气势如虹的剑眉，看上去有点凶巴巴的。

可目光落在徐晚星的面上，很凶的人霎时笑成了一朵霸王花。

“徐晚星，在这儿乘凉啊。”他讨好地凑过来，笑得像条大狗。

徐晚星：“……找我有事吗？”

“有个东西想送给你。”他拍拍肩上鼓鼓囊囊的背包。

怕他当众说出什么令人头皮发麻的话，或者再掏出一束足以让她被耻笑一万年的玫瑰来，她用一个凶狠的眼神驱赶了几个想看热闹的人。

可卫冬这回似乎也有所长进，知道有的事当众不能干，干脆一把拉住徐晚星的手腕，朝楼顶走去。

“你跟我来。”

“干吗啊？撒手，我自己走！”徐晚星急了。

“行、行、行，我撒手，你来就知道了。”

这个叫卫冬的，是徐晚星在球场风波里的“后遗症”。

当初围观的群众不少，这位当时高二、如今高三的朋友，也是其中之一。球场那一架是高一新生与高三老油条的场地争夺战，而卫冬彼时是高二的社会哥，因此并未参与，但他全程看见了徐晚星的表现。

几乎是在那一记漂亮的回旋踢后，卫冬的脑子里咔嚓一声，有天雷一闪。

按理说他长得凶是凶了点，好歹是年级上的扛把子，校内校外趋之若鹜的女孩子都不少。可在谈恋爱这件事上，卫扛把子似乎一直缺了根筋，荷尔蒙迟迟不肯躁动起来。

直到那一记回旋踢，荷尔蒙忽然就复苏了。

那些娇滴滴的女孩子才不是他的菜，只有这样的金刚芭比才配得上他响当当的铁血真汉子！

于是卫冬当天就抓住了年级上语文最好、作文长期得奖的好苗子：“空吗？想找你帮忙办件事。”

好苗子瑟瑟发抖，脸都白了：“卫哥，你、你说，我赴汤蹈火，在所不辞……”

卫冬挠挠头：“也不是什么大事，就想请你帮忙写封信。”

“什、什么信？”

只见卫冬咧嘴一笑：“表达真心的那种信。”

事情进展得异常顺利。

第二天，迟到的徐晚星在走廊上做完下蹲，回到教室时，在桌上发现了这封信——

亲爱的晚星，

见字如晤。自球场上惊鸿一见，我辗转反侧，寤寐思服，心情久久无法平静。

那一记回旋踢虽是踢在李戈身上，却宛若击中了我的心脏。你那曼妙的身姿，优雅的气势，像是春天的一阵风，吹进了我干涸已久的心窝。

……

以上省略五百字。

可想而知，这样一封精致细腻、柔情万种的文科式信笺，对于糙到语文向来不及格的徐晚星有多大的震慑。她看信的时候，手抖得跟筛子似的，表情精彩纷呈。

亏得早上吃得不多，就这样胃部都传来一阵一阵的痉挛。徐晚星一把捏住那张纸，揉成团，往抽屉里死命一塞。

脑子里第一个反应是，有人在耍她吗？

当天课间时，走廊上一下子热闹起来。

春鸣叫她，下巴往窗外一努，徐晚星疑惑地侧头望去。

窗外，有人趴在大开的窗户上，一张凶巴巴的脸上泛起了柔情万种的爱意，露出一口大白牙，冲她笑得惨不忍睹。

徐晚星："……"

即便素未谋面，她也顿悟了。下一秒，她气势汹汹地冲出了教室，一把拎住那人的衣领："卫冬？"

卫冬又惊又喜，这这这，难道是信写得太动人了，心上人竟然直接感动到不能自已了，还记住了他的名字？

他被这突如其来的喜悦冲昏头脑，更加温柔地点头，娇羞得仿佛新过门的小媳妇，声若蚊蚋："对，对，我是卫冬……"

话音刚落，徐晚星一个过肩摔，硬生生把这个比她重了三十斤的汉子给放倒在地。

“你！”她火冒三丈地一脚踩住卫冬的衣摆，不让他爬起来，“下次再搞我，我把你从这儿扔下去！”

手一抬，不偏不倚，正好指着三楼的走廊外。

全场寂静。

万小福：“……”

于胖子：“……”

大刘：“……”

躺在地上的卫冬：“……”

最后是春鸣战战兢兢拉了拉徐晚星：“晚、晚星啊，这，这这这这，好像是高二的扛把子……”

徐晚星气吞山河，指着地上的人：“扛把子现在都这么闲吗？不是拿篮球砸人脑袋，就是写些鸡皮疙瘩掉一地的信来恶心人？！”

卫冬爬了起来，不可置信地问：“你说什么？恶心？”

他的表情由青转白，最后气势汹汹地说：“那家伙还跟我保证百分百叫你潸然泪下、小鹿乱撞！”

然后他怒不可遏地转身就走，去找人算账了。

徐晚星：“？”

这是什么剧情？

春鸣：“？”

被过肩摔了爬起来拍拍屁股就走人了，这是什么扛把子？

但不打不相识，卫冬这个人，从高二到高三，这是跟徐晚星杠上了。

偌大个粗犷汉子，一见她就跟小姑娘似的羞答答，简直叫徐晚星打也不是，骂也不是，稍微凶一点叫他滚远些，还会受到周围人的谴责。

真是要了命了。

通往天台的门被大铁链锁住了，但社会哥社会姐们才不会受限于这种笨重的玩意儿。卫东在前，徐晚星在后，轻轻一翻就过去了。

卫冬把肩上沉甸甸的背包往地上一放，砰的一声，还挺有分量。

徐晚星：“你到底要干吗？”

卫冬咧嘴一笑，从书包里掏出一个长方形的箱子，往徐晚星的怀里一送："喏，送给你的！"

那东西太沉，徐晚星被塞得猝不及防，胳膊还没使上力，险些砸在地上。

卫冬眼明手快，替她一捞："小心点，砸了还怎么打麻将啊。"

他笑得一脸柔情，剑眉都抖动了两下。他一边说着，一边把那箱子的盖子打开，就跟古代向君王献宝的奸佞小人似的，往徐晚星的面前一递。

"给你的。"

天台上，夕阳昏黄，燥热的风温柔地吹着，吹得人——火冒三丈！

只见卫冬手捧一箱麻将——硕大的麻将——麻将馆里用的那种，一个就能砸死人的大麻将！

"……"

卫冬丝毫没有察觉到她的震惊，还喜滋滋地说："我这不是听说你的麻将被你爸没收了吗？这不，我立马从我三姨夫的老丈人的干姐姐那搞了一副来。"

"……"

"这下你又有麻将玩儿了，开心吗？"

"……"

开心什么啊！

这是傻子吗？！

她连迷你麻将都藏不住，被老徐给没收了，他居然还送了副这么大的麻将来！这么大的箱子！这么重的麻将！她得是吃了什么熊心豹子胆、脑子被门夹了，才会抱着这东西往返于学校和家之间？！

不管是老徐，还是罗师爷，一旦逮到她，不是罚她跪搓衣板，就是做五百个下蹲！

徐晚星面无表情地看着卫冬，很想知道这厮是真的喜欢她，还是打着喜欢她的旗号一心一意想整死她。

僵持片刻，卫冬不解："怎么，你不要啊？"

"不要。"

"你怎么能不要呢。"卫冬急了，不停地把东西往她的怀里塞，"我跟你说，这东西我好不容易弄来的，你必须要！"

"我不要！"徐晚星也急了，不肯接受麻将，"你的好意，我心领了，但这玩意儿这么醒目，要了就是死——"

“你别推三阻四，你就是不肯接受我！”

“这跟你没关系，而是麻将的问题！”

“那你也必须要！”

“我不要——”

“你要！”

……

推推搡搡间，空气中忽然飘来一阵熟悉的气息，淡淡的，带着点不寻常的味道。

徐晚星心头一动，蓦地回头。

只见天台入口处，不知什么时候有人站在铁门外，手里拿着熟悉的switch，懒洋洋地看着她。而她呢，她还在和卫冬抱着麻将推来送去。

“……”

乔野收起游戏机，淡淡地扔下一句：“不知道这儿已经有人了，打扰了，你们继续。”

徐晚星怒问：“继续什么啊？！”

这个打小报告狂魔．口风一点也不严，万一他说出去了……

她气急败坏地跑了过去，隔着门上的铁栏杆冲他吼：“你给我回来。事情不是你想的那样！”

走到一半的乔野回头瞥她一眼：“我想的那样？我什么也没想。”

“那你跟我保证，一个字都不会说出去！”

乔野从善如流：“你放心，我对你的事没有半点兴趣。”

徐晚星：“？”

自“天台事件”东窗事发后，徐晚星每每对上乔野的目光，总觉得他似笑非笑、满眼嘲讽。

同时，麻将小分队和乔野的恩怨没断，这伙人依然在“幼稚园大班”的领域里打拉锯战。

可惜的是，拉锯战在第二周变了风向。

依然是课间，语文课代表抱着一摞老师刚批阅完的作业，气喘吁吁地从办公室回来。

花蝴蝶春鸣热情洋溢地扑了上去。

语文课代表面无表情："又要帮忙发作业？"

说完，他从顶上抽了本作业递过去，看着春鸣。

"……"

春鸣："谢谢啊，这次要三本。"

语文课代表又非常自觉地从顶上抽了两本出来。

这次春鸣没从前面往后扔，毕竟有过一次"爆头"的黑历史，再来一次，保不准乔野会大发雷霆。

他姿态优雅，假装不经意地走到教室最后方，瞄准乔野的头，一个天女散花，将三本作业一齐扔了过去。

前座的徐晚星早在语文课代表进门的瞬间，就把所有注意力放在了春鸣的身上，咧嘴等着某人大呼。

哪知道乔野就跟后脑勺长了眼似的，几乎是瞬间就弯下了腰，紧了紧自己的鞋带。也就在这一刻，作业本从他的头顶掠过，啪的一声，齐齐砸中了前座的徐晚星。

意料之中的吃痛声的确响起，然而并不是来自乔野。

徐晚星不可置信地捂住后脑勺，回头死死地瞪着乔野。

而后者慢条斯理地系好鞋带，直起身来看着她，挑眉："怎么，被砸了？"

徐晚星刚想骂你个混蛋，就见乔野一脸淡然地回过头去，对春鸣说："发作业不能好好发吗，每次都飞来飞去的，这不，又砸到人了。"

春鸣："……"

徐晚星："……"

春鸣无助地看向徐晚星："星姐……"

徐晚星捂着后脑勺，咬牙切齿地摆摆手，一句话都不想多说。

行啊，姓乔的还"吃一堑，长一智"了！

还是课间。

乔野从教室外归来，手里拿了瓶矿泉水，约莫是从小卖部回来的。

坐在教室门口的于胖子吹了声口哨，徐晚星立马戒备起来，表面上还装作在写物理题。

几乎是乔野从她桌边经过的一刹那，她以迅雷不及掩耳之势伸出右腿。

谁知乔野就跟脚下长了眼睛似的，抬腿的一瞬间，在空中停顿片刻，然后一脚踩在了她的脚背上。

徐晚星哎哟一声，痛得立马缩回来。

乔野仿佛这才注意到她横在过道上的腿，惊讶地垂眸看了一眼："踩着你了？"

"……"

徐晚星气急败坏地吼了句："你是故意的！"

"我不是。"

"那你是瞎了吗，看不见这么显眼的一条腿搁在这儿？！"

"那你瞎得比我更厉害，看不见这么大个人杵在这儿。"乔野云淡风轻地冲她微微一笑，"真是对不住了。"

"……"

徐晚星破天荒有了杀人灭口的心。

好在报复行动也并非全然落空，她也有占据上风、计谋得逞的时候。

譬如说，当梁子越结越大，又找不到办法制裁乔野时，她动了动脑筋，抓住了他的软肋下手。

那家伙不是爱干净吗，不是爱惜课本吗？！

徐晚星开始趁着课间，隔三岔五就动作幅度巨大地站起身来，猛地一下带动后座的课桌，晃得他桌面和抽屉里的书哗啦啦往地上掉。

她当然也学会了乔野的微笑技能，反正对方越生气，她越是要笑意盈盈地摆出无辜脸，"对不起"三个字能完美地堵住他的嘴。

然而，这一招终结在大扫除时，因为地面刚被拖过，湿漉漉的，能瞬间将课本浸渍得面目全非。她原本没有想过做得这么过分，书上沾点灰尘是她能想到的最坏的结果，却不料又一次报复过了头。

她成功地看见乔野黑了脸，阴森森地注视着她。

那种透心凉的眼神令她有一瞬间的退却。看见地上面目全非的书时，她原本准备好的微笑也僵在唇边。

两人有一瞬间的对视，谁也没有说话。

直到乔野不发一言地蹲下去，一本一本地拾起来。整个过程仿佛格外漫长，又短暂得惊人。

徐晚星最终没能克制住自己，也蹲了下去，只可惜刚捡起一本，就被他一把夺过。

“不需要你假好心。”他冷冰冰地说。

徐晚星蹲在那里，站起来也不好，继续帮忙捡书也必然遭到拒绝，最终手足无措地僵在原地，低声说了句：“对不起。”

她这一次不是揶揄，也不是为了气他，而是真心诚意地道歉。

乔野没有回答，甚至没有抬眼看一看她，只沉默着捡起了全部的书，用纸巾擦拭着湿漉漉的封面。

一整包纸巾都被用完了。

徐晚星从抽屉里拿出自己的抽纸，笨拙地往他的桌上放，却被他轻描淡写地一挥手扫落在地。

“我说过了，不需要。”

“……”

徐晚星捡起自己的抽纸，一言不发地塞回抽屉。

当天放学时，她目送乔野离开教室，把春鸣和于胖子等人叫住了。

“从明天开始，不用针对乔野了。”

于胖子讶异地望着她：“怎么，他道歉了？”

“没有。”

“那干吗停下来啊？！说实话，第一次遇见能跟咱们针尖对麦芒的，这感觉就像……”他琢磨片刻，咂咂嘴，“棋逢对手，旗鼓相当，还挺有意思的。每天就琢磨着怎么跟他对着干，他又能想出什么招数回敬给咱们——”

“你可闭嘴吧。”春鸣眉头一皱，“他只有一个人，咱们足足六个人。人数悬殊，还打个平手，也不嫌丢人。”

于胖子毫不引以为耻：“他本来就是学霸嘛，智商高。咱们是六个臭皮匠，顶他一个诸葛亮。”

大家嘻嘻哈哈，只有徐晚星没有笑。

春鸣察觉有异，侧头看着她：“怎么了？”

徐晚星顿了顿，说：“就当我良心发现吧，人家一个初来乍到的新人，被我们弄得没人敢接近，整天跟个孤家寡人似的……也怪可怜的。”

大刘叫了起来：“哟，徐晚星，你还有良心这种东西——”

话说到一半，他就被没有良心的徐晚星冷冷地一剜，住嘴了。

“总之，就到此为止吧。”徐晚星背上书包，头也不回地走了。

夜市还是一如既往地热闹。

入秋好一阵了，天气终于不再炎热，出门散步的人也多了起来。而兴旺茶馆不论春夏秋冬，每天都是一样的，店如其名，很兴旺。

徐晚星在茶馆外面的抄手摊子旁忙碌着，今晚异常沉默。

徐义生侧头瞄了她好几眼，好不容易空闲下来时，才一边擦碗，一边问：“你今天怎么了？”

“没怎么。”

“没怎么，干吗不说话？”

徐晚星翻了个白眼：“我说话，您嫌我聒噪；我不说话，您又质问我为什么不说。您老人家可真难伺候。”

徐义生一个栗暴敲在她的头上：“有你这么跟你爸说话的？！”

说话间，茶馆的老板娘出现在茶馆门口，朝徐晚星招招手：“晚星，来、来、来。”

接下来，徐义生抗议的话被忽视了，徐晚星被老板娘抓去当壮丁，凑了一桌麻将。

“张姐，晚星她都高二了，不能再帮你凑数了！”徐义生急得跳脚。

“少来，她就是不帮我凑数，不也一样没学习，还不是在帮你守摊子。”张姨翻了个白眼，“行了，别啰唆，还是老规矩——牌呢，晚星，帮我打，输了，我付账，赢了，钱归她。”

徐晚星在玻璃门后冲老徐笑得一脸贼样，挥挥手，潇洒地去打麻将了。

打从记事起，她就在这茶馆里外长大。

别的孩子在家待的时间最多，只偶尔往外跑，和同龄人一起玩。她却不同。

徐义生三十五岁时有了徐晚星这个女儿，因为是单身父亲，上无父母，下无兄弟姐妹，只一个人孤零零地带着她。因此，不论摆摊，还是去别的地方，他都只能把女儿拴在身边。

徐晚星年纪还小时，就知道乖巧地坐在小凳子上，仰头看着父亲摆摊，冲客人们叔叔阿姨、爷爷奶奶叫得欢。

客人们见她长得粉雕玉琢，煞是可爱，总忍不住摸摸她的头。

她也不生气，只笑嘻嘻地说：“摸了头就要多买一碗！”

客人忍俊不禁，冲徐义生说：“老板，你这女儿可真会做生意，小小年纪就有经商头脑了！”

徐义生听见这话，可不高兴。

他的女儿才不会继承他的衣钵呢。晚星这么聪明，将来一定会大富大贵，活得比他更像个人样！

兴旺茶馆的老板娘张姨看徐晚星可怜，不忍心让她跟着徐义生在外头风吹日晒，便把小姑娘招呼进了茶馆。

毕竟徐义生也在她的茶馆外做了这么多年生意，大家每天低头不见、抬头见的。

说不清是谁沾了谁的光，反正在茶馆外摆摊，徐义生从来不用发愁没有顾客。而他的摊子摆在她的茶馆外，她这兴旺茶馆的生意也总是比别家茶馆好一些。

大概是互惠互利，天长日久的，大家也像是邻居一般互相照应了。

“今后你就在张姨这儿待着，让你爸自个儿做生意去吧。”张姨摸摸徐晚星的头，怜爱地让她坐在柜台后，腾出桌子给她，“喏，外面热，就在这儿玩吧。”

后来，徐晚星上学了，开始在柜台后做作业。

只是，每当作业做完了，她也闲不住，不肯只待在柜台后这巴掌大的天地里，便帮着张姨端茶送水，顺便待在麻将桌旁饶有兴致地旁观。

后来，天赋惊人的徐晚星看会了怎么打麻将。

再后来，她不懂规矩地出言指点某位客人，那人当场赢了个清一色大满贯。

徐晚星被张姨拖走，后者还不住地跟其他三位客人道歉。

后来的后来，她“初生牛犊不怕虎”，在某桌凑不齐人数、三缺一时，当仁不让地坐了下来：“张姨，我帮你凑个人头呗。”

那一天，她赢得三个成年人的脸都黑了。

“杠。”

“清一色。”

“清对。”

“大对，自摸三家。”

“对不起，我又和了。”

小小年纪的少女仰着一张天真稚气的脸蛋，声音清脆，牌技娴熟。张姨在柜台后看得眼睛都直了。

后来的后来，她就成了兴旺茶馆凑人头的常驻嘉宾。

徐家条件并不好，全靠徐义生摆摊赚钱。这是小本生意，勉强糊口，而老徐对女儿百般呵护，虽然严厉了点，但任何同龄人拥有的物质条件，他都义无反顾地提供给她。

于是，张姨也从不贪图徐晚星赢的钱，总是手一挥："这点小钱，你自己收着吧。"

徐晚星赢多输少，赢来的钱能补总贴家用。

后来徐义生干脆也睁一只眼、闭一只眼了。

也不知是从小看麻将、打麻将锻炼出了徐晚星过目不忘、心算速度惊人的理科天赋，还是她过人的理科天赋带动了她打麻将的技能。总而言之，她就在这样的氛围里长大了。

夜里十一点，徐义生惆怅地从茶馆里把徐晚星抓出来。

"够了，别打了。我继续摆摊，你给我麻溜地滚回家洗洗睡了。"

"别啊，爸，我这正赢钱呢！"徐晚星乐呵呵地从包里抓出一大把零钱，"你相不相信，打两块的，我赢三家，两个小时不到，都进账两百八了！"

"你明天还上不上学了！"徐义生咆哮。

"寓教于乐，互不耽误嘛。"徐晚星嘀咕，冷不丁被徐义生一巴掌拍在后脑勺上。

"我辛辛苦苦养你这么大，不是为了让你当个赌徒！"徐义生是真的生气了，指着清花巷的方向，"你给我回家去！从明天开始，我不要你来摊子上帮忙了！"

这一幕被加班回来的乔慕成撞见了，脚下一顿，将自行车停在路边。

与他同行的是清花巷的另一位住户，传说中的老李。就是因为他，徐义生才对乔野起了贼心，试图撮合女儿与他成为学习小伙伴。

老李也是乔慕成转来蓉城工作后的新同事，清花巷的房子还是他介绍的。

"大晚上的，小姑娘怎么从茶馆出来？"乔慕成摸不着头脑。

老李看了一眼垂头丧气往家走的徐晚星，下巴朝路边的抄手摊一扬："老徐一向在兴旺茶馆外头摆摊，那孩子从小在这儿长大，耳濡目染的，常帮老板娘打麻将。”

乔慕成一愣：“这怎么能行？！小小年纪就……”

“不这样也没别的法子啦。”老李叹口气，“徐义生单身男人一个，带着个小姑娘，能养这么大，把人养得大大咧咧、没心没肺的，已经很不错了。谁还能苛求他又当爹又当妈，把人养成粉雕玉琢的呢。”

乔慕成是有涵养的人，不便过多地打听别人家的私事，只是车骑到一半，还是没忍住，问了句：“徐晚星的妈妈呢？”

老李摇摇头：“徐晚星没有妈妈。”

“……”

乔慕成糊涂了。怎么还会有孩子没母亲呢，难不成是石头缝里蹦出来的？！

老李同情地替他解惑：“非但没有妈，这孩子命不好，父母都不知道是谁。”

十七年前，小姑娘出生一个月不到，就被人丢弃在清花巷的巷口。

那一年，徐义生三十五岁，因儿时的一场车祸跛了脚，后来一直没有找到合适的对象，倔强如他，干脆单身到底。

那个夜里，他卖完抄手，摆摊归来，在巷口听见了小孩的哭声。

骑着三轮车的他一惊，猛然停下，左顾右盼老半天，总算在篱笆下找到了被裹得严严实实放在纸箱子里的小姑娘。

他扯着嗓门儿问：“是谁家的孩子给扔在这儿了？”

空空荡荡的巷子里无人应声，只有孩子的哭声。他急了，也不知这婴孩怎么了，只得手忙脚乱地抱起来。

奇妙的是，在他把她抱进怀里的那个瞬间，孩子不哭了。

寂静悠长的巷子里，黑夜是那样漫长，仿佛看不到头，仿佛天不会亮。

可他低下头来，与那小小的婴孩彼此对视着，猝不及防看见了一双明亮到令人屏息的黑眼珠。

小姑娘好奇地抬手碰碰他遍布胡楂的下巴，咯咯地笑了。

次日，他把孩子送去了警察局。孩子被搁在警察局三天，他每天都去看看，问问孩子的父母找到没有。

可答案总是否定的。

十七年前的蓉城并没有很好的福利机构，在警察决定把这女孩送去福利院时，徐义生不放心，亲自勘察了一遍。

福利院不但缺人手，孩子们也瘦巴巴的，吃不饱，穿不暖。角落里有小孩在哭，可工作人员视若无睹，置之不理。

徐义生急了，那孩子怎么能在这种环境下健康成长呢？！

他依依不舍地看着工作人员接过襁褓里的小姑娘，抱在怀里，往院子深处走。小姑娘趴在那人的肩头，目光触到了他，忽然间就咧嘴笑起来，一如初见的那个夜晚。

徐义生心中一动，不知怎的，忽然就冲了上去。

“把孩子给我！”

他不知道自己在做什么，但就是这样坚决地从那人手里轻轻地却又不容拒绝地抱回了小姑娘。

她还在笑，冲着他的下巴就是一啃，没有牙的小嘴咬不疼他，却留下一些晶莹透亮的口水。

徐义生黑了脸，一边骂着“小东西真坏”，一边又没忍住笑出了声。

后来，他把那孩子带回了家，取名徐晚星。

初见那一夜，他抱着小姑娘站在清花巷里，清风徐来，星辰漫天。他希望这孩子也能像那晚的星星一样，明亮如初，熠熠闪耀。

对于自己毁了乔野的新书一事，徐晚星自觉理亏，从第二天起就停止了报复行为。而且，因为心虚，她整整三天都没往身后的座位看上一眼。

同时，她觉得自己也有一双发现美的眼睛，虽然和乔野不对付，但也成功地发现了他的第一个优点：涵养好。

平心而论，如果角色互换，她是乔野，在看见自己那堆惨遭毁容的新书时，大概已经跳起来狠狠地抽他的脑袋了。但他没有这么做，他处理的方式成熟而冷静，只给了她一个“请你自我反省”的死亡凝视。

徐晚星不胜唏嘘，这人是真的有涵养啊！

不过，如果换个人，这种处理方式大概会更好。

上学期期末考试，她的双语都离及格线还差十万八千里。她被气得眼睛都红了的老徐摁在搓衣板上摩擦，也只反省了一分钟——因为剩下的时间都拿来龇牙咧嘴地感受膝盖的痛楚了。

啧，乔野真是所遇非人。

徐晚星一边摇头，一边对春鸣和于胖子感慨。

两位狗腿子对视一眼，很有默契地交换了一个眼神：徐晚星的语文可真是货真价实地烂到家了。

三天时间，麻将小分队没再与乔野发生冲突，因此也有了闲暇去思考更多有意义的事情。

譬如说，找点乐子填补午间没有麻将可打的缺失。

这日午间，于胖子做贼似的跑进教室，背包抱在胸前，双手还捂得严严实实的。一踏进教室，他就开始呼朋引伴。

“来、来、来，哥带了个好东西！”

教室里除了麻将小分队，并没有别人。

“什么好东西？”

几人兴致勃勃地凑过去看。

徐晚星趴在桌上打盹，被这动静吵醒，懒洋洋地揉了揉眼睛，也扭头看去。

只见于胖子小心翼翼地把书包放在椅子上，几人众星拱月般把那张课桌团团围住，个个脸上都带着翘首以盼的庄严、肃穆。

然后，他从里面掏出一副……飞行棋。

徐晚星：“……”

春鸣：“……”

大刘：“……”

老黑：“……”

小白：“……”

徐晚星客客气气地说：“我能问问这是什么好东西吗？”

于胖子摸不着头脑：“飞行棋啊！怎么，飞行棋都没玩过吗？”

徐晚星微笑：“就因为是飞行棋，才想问问这怎么就是好东西，值得你这么披星戴月地捧进来了。”

披星戴月？

众人交换了一个心照不宣的眼神，很想私底下跟徐晚星提个建议，语文不好，真的别乱用成语。他们每次听了，想笑又不敢笑的憋屈，她是不会明白的。

众人就飞行棋吐槽了于胖子一番，然后身体力行地实践了“真香定律”——

午后的教室里，没有麻将的小分队又开始了新一轮热火朝天的聚众赌博。

“六，六，六，六——”于胖子嘶吼得面红耳赤，最后惨叫一声，“晕，凭什么你动不动就连续几个六，我一个都出不来。”

徐晚星轻飘飘地拿走桌上的骰子，握在手里搓了搓：“跟我下飞行棋，还想把我炸回家，我看你是没睡醒。”

走到门口的乔野脚下一顿，又一次听见“我看你是没睡醒”这样熟悉的台词，简直梦回一周前。

可是，麻将不是被……

他疑惑地朝教室里看去，毫不吃惊地看见自己的桌子又一次被征用，四张桌子拼成了一张，原班人马以经年不变的姿势歪七倒八地聚在一起。唯一不同的是，这一次，他们下起了飞行棋。

乔野：“……”

下一秒，教室里掀起了新一轮的高潮。

起因是，在徐晚星的蓝色飞机前六步开外停着于胖子的红色飞机，九步开外是大刘的绿色飞机。

于胖子很不服气地说：“麻将你打得好，我还不信飞行棋你也赢遍天下无敌手了！”

大刘点头：“有本事，你把咱俩一块儿炸回家！”

徐晚星很淡定：“既然你们诚心诚意地邀请了——”

她微微一笑，一抬手腕，骰子欢快地落在桌面上，骨碌一滚，落定了。

众人定睛一看——六。

于胖子：“……”

春鸣没忍住：“噗。”

徐晚星拿起自己的蓝色飞机，往六步开外的红色敌机上一放，还配了音：“砰——”

然后，她就把于胖子的飞机扔回起点了。

不但如此，她还抬头真诚地补充了那句话——

“那我就大发慈悲地成全你。”

于胖子：“……”

另外几人已经笑得前仰后合。

掷出六点的人还可以再掷一次骰子，徐晚星又一次拿起骰子，故技重施，往桌上一扔。

这一次，笑到一半的大刘戛然而止，然后就惨叫起来：“三！”

他的绿飞机也滚回家了。

教室里有人惨叫，有人大笑，唯独徐晚星伸了个懒腰，把手伸出来：“今天的零食可以上交了，朋友们。”

大家在事后结账，于胖子嘀嘀咕咕地说徐晚星肯定在骰子上做了手脚。

徐晚星翻白眼：“Excuse me？”

可以，她这是狂妄得连素来不及格的英语都飙出来了。

她气势满满地说，在聚众赌博这件事情上，她徐晚星从来都是queen。她认第二，没人敢当第一。

还queen呢，真好意思往自己脸上贴金。

教室外的乔野扯了扯嘴角，面无表情地转身走人，也懒得去要回自己的座位。

Drama queen还差不多。

在迎来飞行棋后的这一周里，麻将小分队终于不再缅怀那副逝去的麻将，拥有了新的慰藉。也因此，大家对乔野的怨恨烟消云散了。

而就在徐晚星以为她和乔野恩怨两清时，他的回击才姗姗来迟。

一周时间，她沉浸在新的快乐里，而乔野做了什么呢？他是小心眼地在私底下酝酿大招，报复她了吗？

不，他没有。

事实上，乔野还真是什么损招都没放。

他不过就是把那天被徐晚星碰掉在地的各科练习册都上交了一次。不能上交的遍布污渍的课本，他就拿着去办公室问题。

原本可以清理得更干净的封面，他想了想，留下了显眼的污渍。

收作业时，有课代表暗示他要不要包个书皮什么的，挡住那难看的污渍，他不为所动。

于是，办公室的老师们也展开了一轮议论——

“欸欸，乔野这练习册是怎么回事啊，怎么脏成这样了？”

“哟，这才到手几天啊，怎么就脏兮兮的了？”

“你那科的也是这样？”张永东咂舌，从一摞练习册里抽出最显眼的那本，“瞧瞧我这科的，比你的还脏！”

“不应该啊，小伙子长得挺精神的，看着也爱干净，怎么这么不爱惜书本啊？”

罗学明听在耳里，心道，算了，谁还没个缺点呢？那孩子要真是十全十美的，他反倒有点不知道怎么为人师表了——因为压根儿没处下手。这样也不错，这孩子有点缺陷，更接地气。

可事情反转在课间时分，乔野拿着数学书来问课后习题了。

当然，以他的成绩和天赋，课后习题其实是小菜一碟，根本不值得一问。可他是多么勤学上进的好少年啊，直接自学到了最后一个章节，拿着超前近一学期的课后习题来问了。

罗学明那个欣慰啊，教了这么多年，竟然出了这么个学生！

什么叫教学生涯的巅峰！

什么叫长江后浪推前浪！

他充满感情地接过乔野的课本，刚准备答疑解惑，就被手里的书震慑了。

和这本数学书一比，英语练习册不算什么，物理练习册也真的不太脏。这本数学书的封面一片黑漆漆，每一页的一角显然都是被污水浸透，真是拿在手上都怕把手染黑了。

“……”

罗学明沉默片刻，艰难地组织着语言：“乔野啊，刚转来这里，生活和学习上可都还习惯？”

“谢谢罗老师关心，都挺好的。”

“这个，眼睛还好吗？座位会不会太偏、太靠后了？”

“我不近视，座位也挺好。”

“你放心，期中考试之后，咱们会按照成绩排一次座位，到时候你可以选个更好一点的位置……”

顾左右而言他许久，罗学明终于完成了铺垫，抖了抖手中的书。

“我说，乔野你这书到手才几天啊，怎么就——”他无语凝噎，不住地抖动着手里的书，“怎么就变成这副模样了？”

他指指张永东的桌子，再指指张春月的方向：“不止啊，各科老师都反映，你的练习册脏得不得了，一摞书里，就你的最醒目。”

他语重心长地叹口气：“咱们四川有句老话——马屎皮面光。你是北京来的孩子，没听说过吧？”

乔野没说话，非常安静地等他解答。

“这意思就是说，做人呢，要表里如一。你说你一个干干净净、漂漂亮亮的孩子，怎么这么不爱惜书本？！要知道，书本也是人的脸面，是智慧的结晶，比衣服和首饰更能体现出一个人的修养、气质……”

罗学明不愧当了几十年的班主任，几十年的教务处主任之夫，讲起大道理来，简直口若悬河，能把办公室里的蚊子都催眠。

乔野也确实是个非常听话的孩子，一句话也没反驳，认认真真地听完，然后还感谢他的教诲。

如果不是乔野临走前那欲言又止的表情，罗学明可能还真的察觉不出哪里不对。

心细如发的班主任一顿，狐疑地叫住学生：“等一下，乔野。”

乔野站定，沉静地看着他。

罗学明琢磨片刻，觉得这事不对。再不爱惜书本，能拿到书还不到一周，就脏成这样？一本就算了，怎么一本比一本脏？

再结合这孩子安静中透着一丝无可奈何的表情……他眼神一沉：“乔野，你跟老师说，到底怎么回事？”

“也没什么事——”乔野垂眸。

罗学明把书往桌上一放，眼睛一眯，直接问道：“不是你自己把书弄成这样的吧？”

乔野沉默不答。

“谁做的？”

“……”他还是沉默。

罗学明心里有谱了，和颜悦色地换了个方向：“对了，你来班上一个多星期了，和大家相处得还好吧？”

“还好。”

“和徐晚星呢？”师爷就是师爷，笑意盈盈地点题了，“这孩子有点凶巴巴的，性格挺霸道。你俩前后桌，没什么过节吧？”

乔野顿了顿，张了张嘴，最后还是回以一阵沉默。

OK，破案了。

罗学明拍拍少年的肩，说：“回去吧，老师知道了。”

乔野这才开口，一脸歉意地说：“罗老师，这事您不用替我操心，我知道徐晚星她也不是故意的。”

罗学明都快感动哭了。

他这是积了什么德，有生之年竟然遇到这样善良又优秀的孩子！这孩子不仅学习成绩出类拔萃，还这么有人情味，这么懂得以德报怨！

可是，以德报怨，何以报德？

罗学明的表情刹那间严肃起来，眼神一沉，有锐利的光从厚重的镜片后闪过。

他说：“你放心，老师一定好好处理这件事！”

离去前，乔野再三表明自己不愿初来乍到就与前桌交恶，希望罗学明千万不要激化矛盾。

罗学明点头：“我心里有数。”

心里有数的罗学明，当天下午在数学课前十分钟就抵达教室。

他从教室前溜达到教室后，停在了乔野的座位旁边。

“哟，乔野这书怎么这么脏呢？”他明知故问，皱皱眉头。

乔野：“……”

他不想配合表演，怎么办。

好在罗学明善解人意，装模作样地抛出问题后，径直点了一旁辛意的名：“辛意，你来说，乔野的书怎么会变成这个样子？”

辛意是徐晚星的同桌，出了名的好学生，成绩优异，温顺、胆小。

以前罗学明担心过徐晚星会欺负辛意，但出人意料的是，徐晚星这人“见人说人话，见鬼说鬼话”，对上那些凶悍霸道的社会哥，她比社会哥还社会。可坐在辛意旁边，她反而比谁都温柔，说话都和和气气的，生怕把辛意吓到似的。

当然，罗学明并不知道的是，在过去的一年里，辛意等于徐晚星的作文库，约等于麻将小分队的作文来源。

突然被点名的辛意有些蒙，但她素来不会撒谎，特别是面对老师时。

可徐晚星是她的好朋友，她也不能出卖朋友……

辛意白净的小脸涨得通红，不知所措地看看老师，再看看徐晚星，为难至极。

徐晚星一见，热血从胸口倏地升腾而起，干脆回头就招了："是我干的，别问辛意了，问我！"

乔野："……"

辛意："……"

罗学明："……"

下一秒，罗学明把手里的书卷成一卷，朝着她的脑袋就砸了下来，怒道："你还好意思说！这事儿很光荣？！人家乔野初来乍到，你就挤对人家，把人家刚领到手的新书弄成这副鬼样子！徐晚星，你还有没有点良心？！"

徐晚星争辩："我不是故意的！我没注意地上刚拖过，有那么脏……"

这是真话。千真万确。

可罗学明看看她这竭力狡辩、洗脱罪责的样子，又听见乔野突然开口："罗老师，她真的不是故意的——"

这样一来，对比更加鲜明了。

徐晚星蓦地回头："闭嘴吧你！谁要你做假好人。"

她又不是智障，罗学明这种垃圾演技，浮夸得别人只要长了眼睛，就能看出有鬼，不是乔野私底下告状了，又能是别的什么？！

可话音刚落，她的脑袋上又遭了罗学明一记重击。

"徐晚星，你不要欺人太甚！"罗学明痛心疾首地指着自己心爱的课代表，恨铁不成钢，"我也不罚你做下蹲了，这一次就教教你什么叫设身处地地换位思考。你，把书收一收，跟乔野的书对换。"

乔野：……

徐晚星：？

"不是，那是我的书，凭什么——"

"换书。要不然，三千个下蹲。你自己选。"罗学明阴森森地说。

徐晚星："……"

好的，她闭嘴了。

罗学明还在敲桌子："快点，当着我的面换！"

徐晚星咬牙切齿地从抽屉里拿出全部的书，码成一摞，重重地砸在乔野的桌子上："给你，都给你！"

罗学明还在念叨："瞧瞧你的书，上课不做笔记，就跟昨天才领到手一样。正好，乔野也刚领书没几天，就应该是这么个样子。"

乔野竟然也没拒绝，大大方方地接受了徐晚星的慷慨馈赠，末了，把自己那摞脏兮兮的书整整齐齐地放在她的桌上，笑得和颜悦色："谢谢了。"

还谢谢了！

倒打一耙不说，他还拿刀子戳她的心！

徐晚星双目圆睁，恨不得拿眼刀子在乔野的身上戳出一百个窟窿。

这卑鄙无耻、阴险狡诈的小人！

什么恩怨两清？什么烟消云散？她和他这辈子都不可能和解了！势不两立！水火不容！有仇必报！锱铢必较！

因为换书一事，徐晚星憋了一肚子气。偏偏更倒霉的是，放学后，刚跑到茶馆外面，她就被徐义生吹胡子瞪眼地骂了一通。

"你来干什么？"

"帮你守摊子啊。"她一头雾水。

"我昨天说什么来着？你全当耳旁风了吗！"

"不、不、不——"

是的。她全当耳旁风了。

徐晚星开始冥思苦想，昨天老徐的每日啰唆一百句里，到底有什么是她错过的信息。

不过，没关系，徐义生也知道她想不起来，于是凶巴巴地直接挑明："我说过了，从今天起，你别来这里帮忙了。每天放学，给我滚回家好好学习，不许再耽误时间！"

欸，那不是气话吗？！

徐晚星不可置信地看着他："爸，你来真的？"

徐义生没说话，围着油腻腻的围裙站在原地，把手往清花巷的方向一指，一脸坚决。

"好啦，好啦，我答应你，我不去茶馆了，就在摊子上帮你——"

"不行。"

“那……生意没那么忙的时候，我一定抽空看书——”

“也不行。”

徐义生是真的下定决心了，不管生意多么忙，哪怕少个人手，会少赚点钱，也绝对不能再让她每晚来这里瞎忙活了。且不说她会不会被抓进茶馆凑人头，她已经浪费太多时间在这茶馆里外了。

别的孩子，从小就参加各种兴趣班、辅导班，只有徐晚星从蹒跚学步起，就跟着他在这抄手摊子上混。

如今她都读高二了，他没法让她赢在起跑线上，至少不该再拖她的后腿。

徐家父女一个比一个倔，但在固执己见这件事情上，老徐还是拥有绝对领先的本事，毕竟他比徐晚星多了几十年的顽固经验。

最终，徐晚星只能战败归家。

徐家就在清花巷最窄的一头，外表是古老的红砖墙，并没有贴瓷砖。

因常年风吹日晒，上面生出了斑驳的青苔，又悄然跃上了青色的藤蔓，日积月累，竟长出一大片绿油油的爬山虎，细密的脉络交织成网，不经意间展示出生命的蓬勃、壮丽。

据说徐义生的爷爷那辈就住在这里了，这房子也可谓是年代久远。

可惜，徐家人丁单薄，到了徐义生这一辈，父母都过世了，他又是个跛脚单身汉。好在老天爷送来一个徐晚星，勉强给他凑了个家。

徐晚星拉开陈旧的卷帘门，没精打采地上了二楼。

所谓二楼，其实只是在一楼的屋顶搭了个棚子。棚外是晾衣服的地方，棚内有张旧木桌，一把椅子，一张宽大的老地毯。

天气适宜时，徐晚星可以在这里写作业，不用闷在一楼逼仄的卧室里。

上小学时，徐晚星去家境殷实的同学家玩过一次，回家就开始不屈不挠地央求父亲给她一间书房。

“我同学家的书房可大了，有沙发，有钢琴，有一面墙那么大的书柜，还有……”彼时，小晚星尚且不懂事，只眼巴巴地瞧着父亲，期望自己也拥有那样一个天堂。

徐义生为难了一夜，第二天就精神奕奕地爬上了屋顶，开始敲敲打打地捣鼓起来。

当晚，徐晚星放学归来，就看见平房上凭空“长”出了二楼——虽然是极为简陋的棚子，但也摆下了她的一箱旧玩具、一张旧书桌和一把椅子。

对于那个年纪的孩子来说，并非所有东西都追求豪华，徐晚星也不过是想拥有一个独立的空间罢了。而这个天堂，徐义生慷慨地赠予了她。

那一夜，她睡在徐义生不知从哪找来的宽大的地毯上，睁眼就能瞧见窗外的星河万千。

她高兴坏了。

虽然近几年城管来过好多次，说这是违章建筑，得拆，但秉承能拖就拖的钉子户原则，父女俩也还暂时保留着它。

徐晚星在窗前坐下来，把书包往地上一扔，没精打采地推开窗户。

隔着窄窄的巷子，对面的两层小楼比徐家的这一栋要体面些，好歹二楼不是棚户，是水泥建筑……但总归也好不到哪里去。

那扇窗后坐着一个苍白瘦弱的小姑娘，正在奋笔疾书。

徐晚星冲她吹了声口哨，叫她的名字："辛意！"

小姑娘蓦地受惊，抬头看着徐晚星，也不敢吱声，只着急地指了指身后的房门。

徐晚星会意了，辛意的爸爸在家。

徐晚星也不多说，轻车熟路地掏出作业本，又从笔袋里拿出一支大红色的记号笔，翻到新的一页，在上面龙飞凤舞地写了几个硕大的字，拿给对面的人看。

辛意定睛一看，只见本子上写了七个大字：作业借我对一下答案！

她也低头窸窸窣窣依样画葫芦，片刻后，举起自己的作业本给徐晚星看。

蓝色的记号笔，工工整整的三个字：哪一门？

徐晚星埋头，两秒后，举起本子：英语和语文。

然后两人就开始进行下一个环节——

徐晚星从晾衣服的平台上抽来一根长长的竹竿，把书包里的东西都清空，然后挂在竹竿上，从窗口小心翼翼地探出去，一直伸到了辛意的窗户里。

那边的辛意也整理好了今天的各科作业，悉数放进那只空书包里，然后比了个 OK 的手势。

徐晚星手脚麻利地把竹竿伸了回来，取下书包，作业就到手了。

只是打开书包一看，里面还有一张纸，纸上是辛意的笔迹——

“晚星，我知道你很聪明，可以用很短的时间学会我很长时间才能消化吸收的知识。可是还有两年不到就高考了，你真该多用点心在学习上，有的困难不是聪明就能解决的，比如时间。”

徐晚星一顿，表情忽然变得严肃起来。

这就是语文学得好的人能讲出口的话啊，听起来真是好有道理！随便写张小纸条都像从《名人名言》里扒拉出来的经典台词。

可她双语那么差劲，如果第二天批改作业，被老师发现满篇红叉，又得去办公室挨批。索性每天都拿辛意的先对一对答案，有不对也没必要检查，反正相信辛意永远胜过相信自己。

她咧嘴冲对面一笑，然后就低头检查。

其实也不是真的不懂事。她也知道该努力了，可是懒习惯了，再加上今天心情真的很糟糕……徐晚星想，从明天开始，她一定好好学习。

满脑子好好学习的徐晚星，对答案对到一半，因为没睡午觉，眼皮子上下打架，最后哐当一声倒在书桌上睡着了。

辛意和徐晚星是同桌，也是邻居，住在清花巷里的对门，从小就认识。

只可惜，虽然是邻居，但两人在很长一段时间里都没有熟悉起来。

原因之一：辛意的父母对她十分严格，从小就给她报了补习班、舞蹈班、古筝课……反正，徐晚星在外面当野孩子的时间里，她一直在家和少年宫之间奔波，勤勉地学习着，自然也没有多少机会和徐晚星熟悉起来。

原因之二：对于苛刻的辛意的父母来说，哪怕女儿有时间，徐晚星这样的野孩子也是不值得结交的。别说她从小打架打麻将了，不论什么时候，他们见到她，都跟一只泥猴子似的，没有半点淑女气质。自家孩子才不能变成她这样呢。

于是，两人真的熟起来时，已经是高中成为同桌以后了。

徐晚星迷迷糊糊地打着盹，直到被对面的动静吵醒。

老巷子本来隔音效果就差，何况这是清花巷最窄的一头。从辛意的窗口到徐晚星的窗口，距离也就两米多，谁家冲个厕所，另一家也能听得一清二楚。

徐晚星从睡梦中醒来，听见辛意的父亲在大声说话。

“作业做完了吗？这才几点，就开始趴在这儿睡觉？”

辛意的声音很微弱：“都做完了，本来只是想休息一下，不知道怎么就睡着了——”

“做完了？做完了就可以睡觉了？你看看谁家孩子上高中了，八点半就睡觉的。哦，就你累，就你想休息。你脑子本来就不好使，这么好逸恶劳下去，你能考上什么好大学？！”

“爸，我只是觉得有点累，以前没有这么早睡过，以后也不会——”

“凡事有一就有二，你还敢狡辩？！”

……

徐晚星看见男人有些狰狞的面孔，噌地一下站了起来。

而她这点动静也被对面的人捕捉到了，辛爸爸眉头一皱，唰的一声拉上窗帘，可骂声半点没少。

天色已晚，最后一丝白昼的光也消失在地平线。

从房顶传来细微的声响，下一秒，有只野猫姿态优雅地落在窗台上，然后轻车熟路地跃进书房。

那只猫黄白相间，是她的老相识，也是这附近众多野猫中和她关系最好的一只。

徐晚星心不在焉地下楼，打开冰箱找吃的，找到了一袋拆封的饼干和一盒用保鲜盒装好的盖浇饭。盖子上还贴着便利贴：全给我吃光，一粒米都不许留下！

她把饭盒放进微波炉，拧了一圈，等了两分钟，然后抱着饭盒和饼干咚咚地跑回楼上。

阿花还在窗台等她，看见她的身影，喵了一声，迫不及待地跳到她的脚边，贪婪地望着她手里的饼干。

夜色里，窗外吹来略带凉意的晚风，一人一猫蹲坐在桌前吃饭。

风里断断续续地传来对门的争吵，说是争吵，其实也算不上，毕竟辛意胆小怕事，从不敢反驳父母，那最多不过是单方面的斥责。

起初只是辛意的父亲在责骂她偷懒睡觉，后来母亲也加入了，说她脑子笨，从来都不能一心二用。高二不过是学习紧张了一点，她就连练古筝的时间都挤不出来了，十级连考两次都没考过，简直太丢人了。

辛意的声音很少响起，她也不是不为自己争辩，只是每逢开口，说不了两句就被打断。

强势的父母因为太过严苛，造就了软弱的子女。辛意不仅软弱，甚至连反抗的能力都快失去。

徐晚星越听越生气，一想起辛意那苍白瘦弱的小脸蛋，简直气不打一处来，最后把饭盒往桌上一放，噌地站起身来。

阿花吓了一大跳，喵呜一声，躲到桌子下面，瞪大了眼睛观察她。

饭盒的主人忘记了便利贴上的嘱咐，剩下一小半的饭，扭头咚咚地跑下楼，跨过窄巷，开始大力地拍门。

砰砰砰，辛意家的屋门被拍得震天响。

楼上的辛家父母正在生气，听见这种没礼貌的敲门声，就更是火大。男人扯着嗓门儿吼了一句："谁啊？拍坏了，赔门吗！"

门一开，男人愣住了。

门外，住在对面的小姑娘眼神冰冷地站在巷子里，声音比表情还要冷十来摄氏度："叔叔，麻烦您声音小点吧。这是清花巷，不是什么别墅区，您以为您家安了十级隔音设备呢，站在窗口就开始骂街了。"

辛家和徐家虽然住在对门，但平日里撞见了，也是不好不赖地打个招呼，两个大老爷们儿不对付，关起门来，谁也看不上谁。

辛父的眉毛一竖，指着徐晚星："小小年纪，说话这么冲，还懂不懂礼貌了！"

徐晚星针锋相对："您也一大把年纪了，骂起街来也不管不顾，影响左邻右舍，咱俩这不是半斤八两吗。"

她这简直是火上浇油！

"你爸呢？让他来管教管教你。你家的事，我一个外人不好插手。我家的事，也跟你半毛钱关系都没有。你打哪来回哪去，少跟我啰唆！"

男人抬手欲关门，却被徐晚星一脚卡住了。

"您管教女儿，我的确插不了嘴，但我在对面都听不下去了。"徐晚星忍无可忍，"她上个星期周考，考了全班第二，您夸过一句没？每天她做完作业，您还塞一大堆乱七八糟的练习题逼她做。她做完，阿姨又逼着她练古筝，她还能不能喘口气了？！有你们这么逼孩子的吗？！到底是生了个孩子，还是生了个奴隶！她的情绪，你们半点不在乎，全在乎自己的面子去了，这也配为人父母？！"

巷子里不隔音，又全是多年的街坊邻居，一丁点动静也能引来众人瞩目。

不少人推开窗来看，还有街坊怕小姑娘和大男人闹起来吃亏——毕竟姓辛的有过前科，喝醉酒了曾经打过自己的孩子，还打得不轻。

于是，很快，大爷大妈们拿蒲扇的拿蒲扇，穿围裙的穿围裙，这就出来劝了。

姓辛的觉得面上无光，破口大骂。

徐晚星呢，又是个天不怕、地不怕的主儿，人家骂得起劲，她则采取反弹的攻势，一个钉子一个眼，挤对回去。

比如，男人骂她没家教，她就认真地点头："要是有家教的都跟您这样，那我必须没家教。"

男人骂她狗拿耗子多管闲事，她就认真地反问："我是狗，您是耗子？"

男人暴跳如雷："你再胡说八道，我撕烂你的嘴！"

徐晚星咂舌："那可不得了。"她扭头就冲大爷大妈们说，"劳烦爷爷奶奶们帮我做个证，要是今晚我真的受伤了，让我爸问辛叔叔要医药费！"

末了，她还冲男人笑："您放心，我家教不好，一准儿讹得您倾家荡产。"

男人："……"

是可忍，孰不可忍！

一场闹剧持续将近二十分钟，最后才在街坊的劝解下落幕。

辛意被母亲关在家中出不来，男人最终颜面无存地关门回家。

大爷大妈们一边念叨徐晚星"热心肠是好事，但也别惹火烧身啊""那姓辛的一向这样，你帮小意，也帮不了一辈子"，一边散了。

徐晚星冲着辛家大门翻了个白眼，骂得痛快了，也思忖着他们大概是没力气去折腾辛意了，这才心满意足地转身回家，余光却看见不远处有个身影。

本该人去巷子空，可不远处昏黄暗淡的路灯下却站着一个人，上身白色卫衣，下着蓝色运动裤，挺拔又眼熟。

乔野站在那里，显然已经将刚才的一出闹剧尽收眼底。

呵，真是狭路相逢。

徐晚星还惦记着抽屉里那一堆脏兮兮的书，一见仇人，气不打一处来。

“怎么，看热闹看得很爽啊。”她隔着不远不近的距离，没什么好脸色。

可意料之中的挤对并没有出现，乔野居高临下地看着她，顿了顿，才不紧不慢地说了句：“口才不错。”

徐晚星一愣，怀疑自己的耳朵出问题了：“你说什么？”

“我说，看来你爸那天在我家说的那些优点，也不全是骗人的，至少侠义心肠、乐于助人，还是会昙花一现的。”

徐晚星怒道：“我爸从来不骗人好吗？！”

“那尊敬师长、遵纪守法、刻苦学习？”乔野哂笑，“如果跟班主任叫板算尊敬师长，课间打麻将算遵纪守法的话，你爸说得确实挺真实。”

“……”

徐晚星暴怒：“不许你说我爸的坏话！”

“你误会了。”乔野云淡风轻地说，“我一点也没有说他坏话的意思。”

“呵呵，是吗？”骗鬼呢！

徐晚星正欲反驳，就看见下一秒，乔野的目光落在她的脸上，坦然道：“是真的。我明明是在说你的坏话。”

“……”

附近又有大爷大妈探出头来看，徐晚星也怕老徐回来，听说她先跟对门儿的吵，吵完了又跟新搬来的吵，那才真是“秀才遇到兵——有理说不清”。

她索性狠狠地剜了乔野一眼。

“我告诉你，乔野，今天我不跟你一般见识，咱们的战场在学校。来日方长，咱俩没完！”

说完，徐晚星扬长而去。

徐晚星噔噔地爬上二楼，推门跑到窗前。

阿花还在书桌上，饼干已经被吃光了，只剩下一堆碎屑。秉承勤俭节约、不浪费粮食的美德，它十分认真地舔着剩下的残渣。

徐晚星没空理它，将右手凑到嘴边，吹了一声响亮的口哨。

片刻后，对面的窗帘被拉开了一条缝，辛意红着眼睛站在帘后，还在拼命地擦眼泪。

徐晚星压低了声音：“没事吧？”

辛意摇摇头，努力弯起嘴角，冲她笑，无声地说：“谢谢。”

说完，辛意吸了吸鼻子，眼里还有星星点点的泪光。

下一秒，她的手一松，窗帘拉上了。

徐晚星站在桌前发呆。阿花连饼干碎屑都吃光了，开始蠢蠢欲动地往她剩下的半盒饭里探头探脑。

她察觉到了，把饭盒抢回来，数落阿花：“你怎么这么贪心。”

阿花瞪着圆溜溜的眼睛冲她喵喵叫，一点一点地靠近，甚至伸长了脖子来蹭她，依然觊觎着她手里的饭盒。

反正她也吃不下了……

徐晚星慢慢地叹了口气，将饭盒拱手相让。

这世上贪心的又何止是猫呢。要是她有辛意那样的好成绩，人乖巧懂事，还琴棋书画样样都会，老徐怕是做梦都要笑醒。

为什么辛意的父母就是不满意呢？！

清花巷的另一头，乔野拎着酱油回家了。

乔妈妈在厨房忙活，听见声音，问他：“怎么去了这么久？”

乔野把酱油递给她，说：“看了场热闹。”

可不是吗。

有徐晚星在的地方，似乎永远都那么热闹。她和她的名字一样，出现的时候永远都是最受人瞩目的存在，虽然她的受人瞩目一般说来都不是什么正面含义。

夜里，乔野看书看到一半，去客厅接水，无意间听见父母提到了徐晚星，脚下一顿。

夫妻俩吃过晚饭后，出门散了个步，显然已经听说了今天巷子里的闹剧。

乔妈妈说：“这巷子里鱼龙混杂的，我看，也没老李当初说的那么好。”

老李是在清花巷长大的，土生土长的蓉城人，在蓉城地质环境监测中心待了几十年。十几年前去北京开会时，他认识了乔慕成。两人做的是同一方向的研究课题，脾气也合拍，一来二往，就成了朋友。

做地质环境监测工作的人很少停留在同一个地方，像老李和乔慕成这样的科研人员，大多在各地奔波辗转。

后来蓉城有了国家级项目，乔慕成主动接受了课题，调了过来，自然而然有老李为他打点一切。

孙映岚也是蓉城人，当初就不愿意搬来清花巷，说这里环境不好，可拗不过乔慕成乐意。

“我看这里民风淳朴，大家都不是什么势利眼，挺好。”

孙映岚瞥他一眼：“我看你就是想和老李住得近点。”

一拍即合说的就是这两人，明明人到中年才认识，在课题研究上还经常争辩得跟乌眼鸡似的，可就是好得跟穿连裆裤一样。

孙映岚对清花巷始终喜欢不起来，也就把今天的闹剧归结为此地鱼龙混杂。

乔慕成说：“什么鱼龙混杂啊，住哪里都有这种小打小闹的。”

孙映岚还是很坚持：“受过高等教育的人，干这种事的概率就小多了。”

夫妻俩也听老李说了辛家的事，辛家父母吹毛求疵，动辄打骂孩子。

“你这话说得就很嫌贫爱富了啊。”乔慕成斜眼看妻子，“仗义每多屠狗辈，负心多是读书人。这话你没听过？表面光鲜亮丽的地方，也不见得破事就少了。”

“我不跟你争。但有一点，我要表明态度，上回老徐还带着女儿来跟小野交朋友，把她吹得天花乱坠的，结果小野就把她在学校打麻将的事给揭发了。今天出岔子的又是她，我看这个小姑娘倒像个惹祸精，小野还是别跟她来往比较好。”

乔慕成张了张嘴，想起了老李说过的徐家的事。

“惹祸精”三个字，到底是严重了。

他叹口气，说：“小姑娘也挺不容易，一个人就敢挺身而出，上门去跟一个大老爷们儿叫板。我看老徐说得也没错，他这女儿还真是侠义心肠。”

“行、行、行，都你说了算。反正是你儿子，以后我不管了。”

“欸，怎么就生气了。”

……

乔野站在饮水机前，默然地喝了杯水，转身回到卧室。

他拿起看到一半的英文原著，却十分钟都没有翻页。最后，他又扔下了，顿了顿，打开了左手边的抽屉。

在一只装满信笺的铁盒最下方，有一个倒扣着的相框。

他拿出相框，翻过来，怔怔地看了很久。

相片上有个女人，怀中抱着一个两三岁的男孩子，对着镜头笑得灿烂至极。大人和孩子的眉眼依稀能看出有相似之处，都有一双自然带笑、微微上挑的眼睛。

没能去夜市帮父亲守摊的第一夜，徐晚星闲得磨皮擦痒，趴在窗户上夜观星象。

后来想到第二天要去学校面对乔野那堆脏兮兮的书，她决定养精蓄锐，好好睡觉。她有预感，明日可能有撕 × 大战。

睡得很早的徐晚星，第二天醒得比往常早很多。本想再赖一会儿床，可翻来覆去都睡不着，她索性爬起来煮了两个鸡蛋，又冲了一杯牛奶，破天荒地吃了早饭还有充足的时间晃悠着去学校。

她抵达教室时，里面只有零零星星几个人。

看见徐晚星的一瞬间，大家都惊了。

这位从来不是迟到就是踩点来的旷课大神，今天竟然来得如此早，太阳打西边出来了？

徐晚星随手抽过桌上的书，朝着春鸣就是一个假动作："看什么看，没见过人早到？！"

春鸣神情严肃地站起身来，啪啪鼓掌。

徐晚星："等一下，你几个意思？"

"有生之年看见你终于改过自新、重新做人，无以言表地感到欣慰。"

这一下，徐晚星手里的课本实打实地落在他的后脑勺上。

早起就能早到，早到就不用被罚做下蹲。

学生们陆陆续续地来齐了，在早自习开始前五分钟，罗学明就拿着课本来到教室旁。他也不急，先在走廊上眺望远处的风景，然后一口一口地品味着保温杯里的枸杞茶，最后听见铃声响起时，才不紧不慢地踏进教室。

下一秒，有人从后门进来，喊了声"报告"。

罗学明压根儿没抬眼，习以为常地指着门外，说出那句众人都耳熟能详的话："徐晚星，走廊上，一百个下蹲。"

这是高二（3）班的规矩，迟到的人都得去走廊上做完一百个下蹲才进来。而在这条规矩定下来之后，一个月里总有那么三十天，这句话的前缀固定为"徐晚星"三个字。

教室里安静了片刻。

片刻后，角落里的少女懒洋洋地举起手来："我在这儿呢，罗老师。"

？

罗学明一愣，抬头看去，徐晚星确实端端正正地坐在座位上。那么，今天迟到的是……

门口，辛意站定不动，低声说："罗老师，该做下蹲的是我。"

她的眼睛还有些肿，不知是没睡好，还是熬了夜。

罗学明词穷，费解地看看徐晚星，再看看辛意。该迟到的没迟到，从不迟到的迟到了，这事儿还挺离奇。

停。什么叫该迟到的没迟到，徐晚星怎么就该迟到了？！

罗学明觉得自己已经被她搞疯了。

等辛意做完下蹲回到座位，罗学明已经开始讲课了。

徐晚星偷偷凑过去，皱着眉问辛意："怎么迟到了？"

辛意把手伸出来给她看，小声地说："熬夜练琴了。"

那双白净纤细的手本该漂亮细嫩，却因为常年练琴，指腹上全是薄茧，此刻看上去，还充血红肿，也不知是熬了多久，练了多久。

徐晚星瞠目结舌："用得着这么用功吗？！"

"妈妈说下个月再去考级，如果还不过，就取消我的所有假期，包括周末在内。哪里都不许我去，只能在家练琴。"

徐晚星简直不敢相信世界上还有这样的父母。跟他们对比起来，老徐简直是跌入凡间的天使、行走的甘地、人间的慈父。

她想说点什么，可罗学明写完板书，转过身来就用警告的眼神盯着她。

她住了嘴，埋头看书，更是气不打一处来。

乔野的书又脏又黑，尤其是这本数学书。

虽然始作俑者是她，可真用起这种收破烂的人都不会要的玩意儿来，她的内心简直有一万只狗在咆哮。

徐晚星咬牙回头，给了乔野一个死亡凝视。

谁知道乔野察觉到她的目光，不闪不避，反而抬头就是一个充满善意的微笑。他笑得那叫一个风光霁月、人畜无害。

徐晚星牙都快咬碎了。

交换课本的第一天，对徐晚星来说简直是灾难。她从抽屉里掏出来的每一本书，都足以与卖破烂的存货对比，并且有过之而无不及。

可对乔野来说，竟然有些许始料未及的愉快。

他从来不爱用别人的书，跟干净与否无关，而是课本这种东西过于私密，笔记和笔迹都是无可替代的东西。

他是学霸级别的人物，不会瞧得上别人的笔记。然而，徐晚星的书，怎么说，带来了令人耳目一新的惊喜。

首先是数学课，她的课后练习题除了鬼画符般的解题步骤外，还有非常特别的个人点评——

课后习题一：智障题。

课后习题二：傻子题。

课后习题三：有点意思。

课后习题四：垃圾玩意。

课后习题五：和第二题一回事，换汤不换药，出题人真傻无趣。

课后习题六：同上。

课后习题七：同上。

课后习题八：建议出题人自刎谢罪。

乔野一路看下来，勉力维持镇定，不能笑。

然后是语文课。

语文课本上，她倒是没有什么笔记了，毕竟是一直以来不曾抵达及格线的科目，想来她也不敢大言不惭地发表什么点评。

不过，特别之处在于她别出心裁地发挥出了美术天赋。

在语文书的开篇几页上，印有本册出现的名人们的肖像，譬如散文大家朱自清、民国文思革传奇鲁迅以及俄国名人名言大师高尔基等人。

乔野本是漫不经心地往第九篇课文翻，匆匆扫过前几页的内容时，忽然一顿，明明都翻过了，又把书翻了回去。

只见素描鬼才徐晚星寥寥数笔，勾勒出了异常生动的名人肖像。

乔野：“……”

他的嘴角可疑地抽动了几下，到底还是绷住了。

第二节语文课时，老师别出心裁，给了大家半节课的时间写诗。

这一个月学的是诗歌单元，为了培养同学们对诗歌的兴趣，没有什么比亲自琢磨出一首韵律诗更有效了。

乔野语文不错，但也只是不错，谈不上多么热爱。男孩子对写诗这种事情也没有什么兴趣。他拿出草稿纸，正在琢磨题材时，忽然看见前座的人举起手来。

徐晚星：“陈老师，我想上厕所。”

陈老师和张春月一样，都不太喜欢双语不好的逃课少女徐晚星同学，当即皱了皱眉：“把诗写了再去。”

“我已经写好了。”

“……”

陈老师一脸不可置信的表情。她五分钟前才让大家写诗，这语文从来不及格的徐晚星就写好了？！

可话刚说出口，她也不能反悔……

“……那你去。快去快回。”

徐晚星笑嘻嘻地从后门走了。

陈老师还是不太相信徐晚星有这种即兴作诗的能力，当下眼珠一转：“乔野，你把徐晚星的诗念一下。”

她强烈怀疑徐晚星是在敷衍她。

可世事总是难料，这一回，徐晚星还当真没有骗她。

乔野得到指令，伸手去够徐晚星的诗，手伸到一半时，几不可察地在半空中停顿了瞬间。

徐晚星没有草稿纸。她是直接写在书上的。

她的语文书在他这里，那么，她写诗的书——很显然，是在他的那一本书上。

乔野拿过自己的语文书，按捺住情绪，把诗念了出来："老师喊写诗一首，我却不能写起走。要问这是为什么——"

五分钟的时间，没有人写出一首完整的诗，甚至很多人和乔野一样，正冥思苦想题材，煞费苦心地想取个特别有诗意的名字。

全班鸦雀无声，都在聆听徐晚星的大作，耳朵竖得尖尖的。

可乔野偏偏停在了这一句。

陈老师听到前文，眉头已经皱得紧紧的，谁知道乔野不念了。她问："然后呢？"

乔野："……"

并未抬头的乔野同学死死地盯着自己的书，一言不发。

陈老师催促他："要问这是为什么——所以呢，到底是为什么？"

"……"

"念啊！"

乔野深呼吸，面无表情地看着最后一行龙飞凤舞的字，握书的手指用力到泛白的地步。

要问这是为什么——

"其实我想去厕所。"他无比僵硬、无比耻辱地念出了徐晚星写的诗的最后一句。

一秒钟的停顿后，全班哄堂大笑。

陈老师："……"

不行了，批评的话已经在嘴边了，陈老师张嘴却也是一阵哈哈。

这个徐晚星！

哈哈哈。

在这样异常和谐的会心大笑里，唯独乔野没有笑。他死死地握着自己的书，看见上面永远无法消除的钢笔字迹，破天荒地想骂人。

他，乔野，生平第一次在自己的语文书上看见"去厕所"这种词，还当众给念了出来。

他现在只想要把菜刀，等这个人回来后，手起刀落，让她身首异处。

Chapter 04

# 星河入梦

徐晚星回到教室时，已经是五分钟后的事情了。

五分钟的时间里，陈老师重新整理好自己的情绪——不能笑了，然后又整顿了课堂氛围——你们也不能笑了，最后把孩子们赶回正轨——都给我安静一点，专心写诗。

可这都不妨碍徐晚星回到教室的那一瞬间，所有人抬头行注目礼。

下一秒，同学们异口同声地哈哈大笑起来，她的出现打破了好不容易恢复的课堂氛围。

徐晚星：“？”

发生了什么她不了解的事情吗？

她错过了什么？

徐晚星一头雾水地往座位走，直到看见乔野同学缓缓地抬起头来，面无表情地看着她。

徐晚星心里咯噔一下，下意识地看了眼自己的桌面，发现那本语文书的位置似有变化。

等等，她好像忘了这是乔野的书，居然提笔就在上面写诗了。

可是，她当时满脑子都是如何把诗写好，然后去厕所——人有三急，情有可原啊！

她最后才反应过来，等等，他怎么知道她写的诗？

徐晚星不可置信地望着他：“你偷看我的诗？！”

“……”

乔野简直为她的脑洞折服，他偷看她的诗？她的诗有什么值得偷看的？！他到底得有多想不开，才会去偷看她的梦幻之作？！

下一秒，讲台上的陈老师打断了两人。

“徐晚星，还站在那干什么，赶紧坐下！”

徐晚星很生气，扭头就是一句：“报告老师，乔野偷看我的诗！”

陈老师：“……”

乔野：“……”

其他同学：“……”

陈老师清了清嗓子，说：“这个吧，乔野没有偷看你的诗——”

“那他怎么知道我写了什么？”

片刻的沉寂后，陈老师说：“是这样的，你的即兴作诗速度太快了，所以我让乔野给大家念一念你写的诗。”

“……”

陈老师绞尽脑汁，斟酌字句，最后才说：“从速度和这个情感的真实度来说，你的诗还是可以的。但是，从文学性来看，除了押韵还行，平仄和语言的美上还有很大的提升空间。”

“……”

徐晚星无话可说。

答应辛意的事情，徐晚星说到做到，从和老辛同志在巷子里大吵那天算起，第二日她就没有再敷衍对待自己的作业了——虽然如此一来，她每天完成作业的时间就从天还亮着，一下子到了夜幕低垂时。

理科作业还好，她本来也做得不费力，但英语和语文作业就让她很忧伤了。

为什么英语阅读里总有那么多不认识的单词？为什么改错题压根让人找不到错处？为什么选择题每个选项看起来都是正确答案？为什么诗词鉴赏，她就算读上十遍，也不知道诗人想表达什么？

徐晚星有一肚子问题，往往写着写着就想表演“胸口碎大石”。

可隔着小巷，她抬头就能看见对面的辛意在奋笔疾书。所有人，不论老师，还是家长，哪怕辛意自己，都用“不聪明”三个字来评价自己，可勤能补拙——所有人也都这样说。

“作文借我看一下。”台词都写在纸上了，下一秒，徐晚星又把它揉成团，扔进了垃圾桶里。

算了吧，自己写就自己写。

她颓丧地写双语作业时，基本上每五秒钟出现一次抠头皮的动作。于是，她每晚睡觉前都生无可恋地想着，照这样下去，大概个把月的时间就足以让她成为高二（3）班被双语折磨成秃头的第一人——当然，也可能是全校第一人。

罗学明跟张春月说过好几次：“其实，徐晚星这孩子很聪明，品性也不坏的，她只是从小跟着父亲在夜市长大，活得不拘小节了点，并没有要在上课时捣乱的意思。”

徐晚星的确品性不坏，她只是双语成绩不好，家庭教育又缺失了阅读和语言这一块。

可男老师和女老师不太一样，尤其是把英语作为个人理想和职业追求的张春月，她看不到徐晚星的闪光点。也许罗学明能把徐晚星上课接话的坏毛病当成反应快、脑袋聪明，但对她来说，这就是令人忍无可忍的陋习。

教语文的陈老师呢，虽然也不太喜欢徐晚星，但也说不上讨厌。毕竟她是有幽默细胞的人，徐晚星时不时来一出像上次那种原创诗词之类的戏码，还是会令她捧腹大笑的。

和徐晚星一比，新转来的乔野就成了当之无愧的命运的宠儿。

办公室里的老师每天都会提到他的名字，而且，和提到徐晚星时的语气截然相反。

譬如说，提到徐晚星时，一般是这样——

张春月：“十五道选择题就对了五道，她是掐着零头来的吗？！”

罗学明：“又迟到了！我快被气死了！这个月过去二十天了，没迟到的日子加起来还不到一只手！”

陈琼：“纤云弄巧，飞星传恨，银汉条条偷渡。这个徐晚星是要气死我吗……噗，哈哈哈！”

总体来说，陈老师对徐晚星的感情态度比较复杂，气中带笑，笑里有点无可奈何的欢乐。

但提起乔野时，办公室里的气氛就只剩下欢乐——

张春月："我教书十来年，第一次看见机读卡满分的学生！真是，真是太优秀了！"

张永东："这么难的物理题，我出的时候都觉得有点超纲了，老郭还说估计年级里没人能做出来，就看看徐晚星能不能有个思路。没想到咱们班就有两个孩子做出来，徐晚星和乔野啊，真是叫我这心里熨帖得跟什么似的。"

而罗学明就更夸张了。

"下个月的秋季运动会啊，乔野，让乔野报名。他拿过首都市运动会的奖！"

"年底有场校篮球赛，乔野去，让乔野去！他打小前锋的，一投一个准！"

"明年有个数学竞赛啊，替我先留两个名额——对，徐晚星占一个，还有一个给我们班新来的小家伙！"

乔野这个名字的出现，俨然化解了徐晚星的孤独。从他转学来的那一天起，她的名字不再是办公室里独孤求败的热词，终于有了另一个旗鼓相当的对手。

可这两个人依然很不对付。

身为前后桌，其实他们也没有什么深仇大恨，但就是每一次无意中碰撞在一起的目光，都能火花四射，无形之中就彼此凌迟了一百遍。

徐晚星真讨厌乔野，身为理科出色的人，他的双语成绩凭什么也那么好？！当然，她尤其讨厌他在她唯一擅长的理科方面，竟然也有不逊于她的天赋。

第一次在物理课上比她早两分钟解出压轴题后，乔野又完成了好几次这样的壮举。

化学周考，她错了一道选择题，而乔野满分。

数学课，她被罗学明叫上讲台讲解最后两道大题的最简解题思路。

当低调且得意地把自己的解法写在黑板上后，她却听见罗学明说："大家看看，这是徐晚星的解题思路，是不是比你们的要简单很多？"

同学们异口同声："是。"

罗学明满意地笑笑，说：“现在我们请乔野同学上台，他还有一个更简单的思路。”

徐晚星：“？”

在乔野转来之前，故事通常进行到她上台写下自己的解法这一步后，就直接大结局了。可现在成了转折点，她俨然是乔野这个大高潮的铺垫。

两人一个下台，一个上台，在走道上擦肩而过。

乔野看都没看她一眼，而她只觉得耻辱。

当然，徐义生并不了解女儿和乔野之间旷日持久的交锋与战争，但他很欣慰的是，在把徐晚星从夜市赶回家后，她好像自动进入了高二紧张的学习状态。

好几次下起雨来，他提前收摊回家时，发现都夜里十二点了，徐晚星还在埋头做题。

“现在的高中生，作业有这么多啊。”徐义生咂舌。

“不是，早做完了。”徐晚星头也没回，还在草稿纸上唰唰地写着，“我多检查几遍，看看还有没有更简单的解法。”

“得出正确答案不就好了，还要这么费劲啊？”

“要。”她答得斩钉截铁。

徐义生不明就里，却深感女儿长大了，轻手轻脚地下楼煮了一碗抄手，又冲一杯牛奶，悄悄地端上楼，摆在她的手边。

“别太累了，努力了就行。”临走前，他还是忍不住这样说。

徐晚星一顿，回头冲他笑，说：“哟，以前不是还说要我拿出吃奶的劲儿好好学，一点余力都不许留？”

徐义生噎住了，下一刻，中气十足地说道：“你要是把这种好记性运用在语文和英语上，我看早就及格了！”

徐晚星：“……”

老徐下楼了，她坐在书桌前，看着热气腾腾的抄手和牛奶，再看看对面的辛意，有些不可名状的感慨。

对门还是一如既往，每天都会传来父母的责骂声，不论辛意有多努力。

和他们比起来，老徐是没有什么文化，也腾不出什么时间进行所谓的家庭教育，甚至为了生计，他连基本的陪伴都做不到，只能让她像野草一样在家自我成长。

可徐晚星心知肚明，关于爱这一点，徐义生付出得比谁都多。

同龄孩子拥有的，她一点没少。甚至，很多孩子不曾拥有的，老徐也一并给了她。他把一个大老粗能给予的一切，包括青春，包括全部精力，都奉献给了一个孩子。

一个和他并无血缘关系，被他捡回家来当作星星一样捧在天上的野孩子。

迟到归迟到，徐晚星大半个月没有旷课了。

直到十一月初，某个周三的夜里，或者应该说是周四的早上，凌晨三点，她定好的闹钟准时响起。

徐晚星窸窸窣窣地从床上爬起来，背好背包，拿上自己陈旧又笨重的望远镜，确定老徐还在卧室里睡得鼾声四起后，偷偷摸摸地溜出了门。

从清花巷到龙泉山，半个小时的自行车程，徐晚星像个不知疲惫的运动健将，越骑车，越精神抖擞，双腿就跟安了电动小马达似的。

早在一周前，新闻和天气预报就说了，今晚有月掩星。

理科少女徐晚星，除了对麻将无与伦比的热爱以外，还对物理和天文现象有着近乎狂热的执念。

从十岁那年接触到星空后，她几乎不曾缺席过任何一次天文现象。

今晚也不例外。

徐晚星抵达龙泉山顶时，那块平地上已经有六七个人了。

她把自行车往地上一扔，撒腿就跑了过去。

初秋的凌晨，气温低至十四五摄氏度，但徐晚星一路飞驰，额上也有了一层晶莹的汗珠。她脱掉外套，往腰上一系，在人群中搜索片刻，笑嘻嘻地锁定了目标。

“老梁！”她大声地叫着，跑到了那人的身边，“我就知道你肯定比我先到。”

叫老梁的是个年过半百的男人，回头看着她，笑了：“我也知道你肯定比我晚来。”

老人家头发都成了铁灰色，眉眼和善，精神矍铄。

比起徐晚星，他可不是只带了一副简陋的望远镜就来观星了。早到半个多小时的他已经架好了专业设备——三脚架、简易天文望远镜，好整以暇地原地待命了。

对于大众来说，天文现象也许只是出现在新闻里的遥远词汇，但对于天文爱好者来说，是实打实的 party，翘首以盼的盛况。

徐晚星在三年前遇见老梁，此后频频在各种天文现象之夜与他相遇，因志趣相投，遂很快确立下忘年交的友好关系——当然，这是徐晚星单方面的说法。

要老梁来说，就只有一句话——

“又来蹭我的设备了？”

徐晚星嘻嘻笑着，把背包搁在地上，掏出自己的望远镜，假惺惺地说：“哪儿能啊。我自己也有设备的，只是看不太清——”

她嘻嘻笑着指指老梁的天文望远镜：“一会儿我就在你那儿看三十秒，一秒不多，行吧？”

老梁哈哈大笑，说：“就你这设备还来看月掩星，实在捉襟见肘了点，还是早点淘汰掉，换个好点儿的吧。”

“我穷。”徐晚星掏出两只空空的裤兜，理直气壮。

她的全部注意力都在老梁的天文望远镜上，毫不掩饰自己充满渴望的目光，却并没有注意到，在几步开外，另一架专业设备后，一个穿着卫衣、戴着棒球帽的人，在她那声震耳欲聋的“老梁”之后，蓦地扭头看了过来。

深夜，龙泉山上只有几只手电筒发出的光芒。

借着那微弱的光，他不可置信地望着那个咋咋呼呼的人。

她怎么会在这里？！

十三分钟后，山顶趋于寂静，咋咋呼呼的徐晚星也安静下来。

月掩星要开始了。

对一次天文现象的时间掌控往往要精确到秒，才能完整地观看并记录一次奇观。在这群小众的爱好者脸上，有一种近乎虔诚的执着。

所谓月掩星，是一种一年会发生好几次的天文现象。就像日食，那是月亮通过地球和太阳之间，遮住了太阳。而月掩星和日食同理，只不过是月亮经过了地球和另一颗行星之间，挡住了行星，所以叫作月掩星。

所有人都在自己的望远镜后，双眼牢牢地捕捉着天际的变幻。

只有短暂的一分四十八秒，一秒都不容错过。

徐晚星不是爱打探的人，和老梁的会面也仅限于一年里屈指可数的偶遇。她并不知道老梁是什么人，只看他的设备和每次观测时异常专业的记录过程，猜测他是天文方面的专业人员。

也因此，蹭设备时，她其实也不敢随便造次，毕竟不敢真的耽误人家专业的观测。

可简陋的老式望远镜是真的不好使，仿佛一个人九百度近视却戴了副两百度的眼镜……

徐晚星费劲地看到一半，余光瞥见几步开外的人，那人穿着卫衣，戴着棒球帽，看着挺年轻，却拥有和老梁一样的庞大设备。此刻他离开了自己的天文望远镜，专心致志地在本子上记录着什么。

她的内心有点蠢蠢欲动。

下一刻，雷厉风行的徐晚星闪电一般飘了过去，觍着脸笑嘻嘻地问："朋友，相逢即是缘，可否赏脸让我用十秒望远镜？"

那人笔尖一顿，嘴唇动了动，却没有抬头。

沉默一秒钟后，他依然低着头，看着自己的本子，微不可察地点了点头。

"多谢，多谢。"徐晚星喜不自胜，幽灵似的蹿到了那架望远镜后，迫不及待地把眼凑了上去。

遥远的天际呈现出墨一样的深蓝色，浩瀚无垠。

那一轮椭圆形的月泛着银白色的光，已悄然经过行星的一半。行星本没有光，因月球经过而出现在地球上的人的视野里，神秘莫测的宇宙也初现端倪。

它们是那样安静地浮动在天上，在几亿光年的距离外，不露声色地展示着鲜为人知的美丽。

徐晚星屏息看着这一幕，每一次都为这样的美丽所震慑。

她喃喃地说："你是哪颗星呢？"

旁边传来不疾不徐的声音："阿尔法十六号。"

“……”

徐晚星一顿，略有些不满：“我知道，我只是在跟它打招呼。”

这人真是不解风情。她大半夜不睡觉，都跑来看星星了，能不知道是哪颗星在造作吗？！她就是单纯地想感慨一下大自然的瑰丽。

要他多事！

而这个多事的人客客气气地说：“十秒钟到了，望远镜能还给我了吗？”

“……”

徐晚星没精打采地从三脚架前走开，十分遗憾地拿起自己的“两百度眼镜”，凑过去争分夺秒地继续看。

体验过高端设备，才明白“高糊图（高度模糊的图）”是什么意思。

基本就是人家在看星星，你在看马赛克。

她一边费劲地看着，一边不愿错失良机地连连追问身旁的人。

“暗面出现了没？”

“嗯。”

“光面消失了？”

“嗯。”

“我这里看不太清，星星在本影出现了没？”

“还没有。”

“好像光度增强了？”

“……”

那人仿佛是按捺着性子，才陪她废话了这么久，可到这里，耐心也用得差不多了。他侧过头来，也没看星星了，只问她：“徐晚星，你是十万个为什么吗？”

“？”

望远镜后的徐晚星虎躯一震，他叫她什么？！

他怎么知道……

下一秒，她倏地拿下望远镜，打开另一只手里握着的手电筒，大惊失色地照向眼前的人。

被这突如其来的强光一照，那人下意识地闭上了眼，别开脸去，抬手遮住她的手电筒：“你干什么？”

他的声音异常紧绷，显露出难以忍耐的不悦。

可即便他别开了脸，她也一瞬间就认出了面前的人。

“乔，乔野？”

她睁大了眼，不可置信地望着他，同时，手上一松，咚的一声，手电筒落在地上，骨碌碌地滚下了山。

“欸，我的手电筒！”徐晚星嚷了一声，下意识地追了过去。

几步开外就是陡坡，往下虽不是什么悬崖峭壁，但也够她一路滚下去摔个鼻青脸肿了。

不过，她的动作很快，几下就追上了骨碌碌朝前滚的手电筒，堪堪在陡坡边上摸到那冰冷的手柄边缘，却因下一秒，胳膊被人猛地一扯，又与手电筒失之交臂，眼睁睁地看着它滚下山，消失在茂密的青草之中。

徐晚星：“……”

她回头不可置信地望着乔野：“你干什么？！”

乔野也是一脸不可置信：“手电筒重要，还是命重要？！”

“我这不是都够着了吗，要不是你用力一拉，我都捡回来了好吗？！”徐晚星简直没好气。

她只有那一只充电手电筒，还是偷偷攒了半个月的钱才买下来的——这是她每次偷溜出来观星的必备武器。

徐晚星不甘心，朝陡坡下看了看，发觉地势还比较缓，一簇簇的灌木丛遍布斜坡，再往下就是盘山公路。

也就是说，小心一点，她还能在灌木丛里找到自己的手电筒，最不济也就是滚下坡，最后四仰八叉地躺在公路上，没什么大碍。

两人这么一闹腾，月掩星转瞬即逝，观星的人开始陆陆续续地收拾设备。

徐晚星遗憾地看了眼天上，又狠狠地剜了乔野一眼，转身朝坡下纵身一跃。

“徐晚星！”乔野几乎是大叫一声，闪电般伸出手来，奈何比不上徐晚星的行动速度。他才堪堪触到她的衣袖边缘，就眼睁睁地看见她消失在面前。

乔野脸都白了，几步冲上前，朝坡下一看——一片漆黑，伸手不见五指，简直像是万丈深渊。

“徐晚星？”乔野的嗓子又干又涩，心脏都像被人紧紧地攫住。

“干吗？”意想不到的回答来自很近的地方，少女的声音比他要正常多了，还是一如既往地不耐烦——当然，只有在面对他的时候，她才总是带着这种敌意。

他能听见回应，心里的大石总算落地。

……虚惊一场。

乔野打开手电筒往下照，只见徐晚星好端端地蹲在下方几米开外的一块大石头上，费劲地伸手朝灌木丛里摸索。

老梁也走了过来，问：“小徐，你在下面干吗呢？”

徐晚星仰头回答：“找我的手电筒呢！”

这一次，她的语气十分正常，完全没有不耐烦。

“月掩星没看全吧？”老梁问她。

“没看全……”她的声音里带着一点故意的哭腔，可怜巴巴的，“看全了也没用，我那望远镜，就跟看马赛克似的。”

老梁哈哈笑，说：“没关系，改天我给你带录像。”

“欸？可你刚才没录啊！”

“我是没录，可我们站里的小朋友肯定录了。”老梁咧嘴笑，说，“好像还没跟你提过吧，我是空间站的退休老家伙。”

徐晚星一拍大腿，站起身来：“我就知道！看你那架势、那设备，我早就猜得八九不离十了！”

老梁又嘱咐了一番，说找着手电筒就赶紧回家去，大半夜看星星的人都走光了，小姑娘留在山上多危险。

侧头看了眼乔野，他问：“你俩是一块儿的吧？”

乔野：“是。”

徐晚星“不是。”

——同时响起的两个回答。

老梁：“……”

徐晚星补充了一句：“只是住在同一条巷子。”

乔野面无表情，不说话了。

老梁无可奈何地看了一眼还在灌木丛里的徐晚星，说：“总而言之，早点回家。”

山顶便只剩下两个人。

徐晚星急于找到手电筒，窸窸窣窣地在灌木丛里摸索。藤蔓上偶尔有刺，扎得她嘶的一声，抽回手后龇牙咧嘴的，然后又小心翼翼地继续朝里摸索。

她没有抬头去看山上的人，也估摸着他们肯定各回各家了。

真气人，反正碰见姓乔的就没好事，月掩星没看成就算了，还把唯一的手电筒给弄丢了……她在心里骂骂咧咧，冷不丁听见一声闷响，有人从山上跳了下来，正好落在她的身后，吓了她一大跳。

她猛地回头，却被一束突然亮起的光线照得睁不开眼，只得抬手去挡。

这一幕似曾相识，不久前才发生过，只不过持手电筒的人和被照得睁不开眼的人互换了。

片刻后，乔野移开那束光，照在她摸索的灌木丛里，一言不发地蹲下来，开始帮她找了起来。

"……"

"……"

徐晚星顿了顿，神色复杂地看他两眼，也重新蹲下去，继续摸索。

很长的时间里，两人都没有说话，只默不作声地在这一片的灌木里找。

她原本一肚子气，侧眼瞥见那人埋头往灌木丛里扒拉的样子，又渐渐消了气。

这个人，良心还是有一点的，至少没有因为两人有宿怨，就撇下她一个人跑路……但她随即在心里强调了一句：可是，哪怕有良心，也就那么一点！

初秋的寒气从山顶开始往下蔓延，灌木丛里湿漉漉的一片，打湿了他们的鞋袜，也浸湿了衣袖。

某个瞬间，徐晚星听见一旁的人也嘶了一声，终于还是侧头提醒了一句："灌木丛里有些植物有刺，小心一点。"

乔野没说话，只埋头去看刚才摸索的地方，又伸手去够。下一秒，他眉头紧锁，从黑魆魆的阴影里拿到那只沾上泥巴的手电筒。

徐晚星又惊又喜："找到了！"

她伸手去接乔野递来的手电筒，却冷不丁愣住。

借着乔野那只还在发光的手电筒，她看见他朝她伸来的右手又脏又湿，手背上还有一道渗血的小伤口。

显然，他为了拿到这只手电痛，付出了血的代价。

徐晚星下意识地去看他身旁的灌木丛，毫不意外地看见很多缠绕在上面的带刺藤蔓，心跳都慢了一拍。

乔野却很平静，见她迟迟不接手电筒，问她："怎么，不要了？"

"为什么不要？！"徐晚星一把接过来，转身往坡上爬，却还是没忍住，在他紧随其后站上山顶时，低声问了句，"手怎么样？"

乔野有些意外，侧头看她。

徐晚星又立马收回不安的表情，凶巴巴地说："受伤了，也不怪我。谁让你莫名其妙叫我的名字，吓我一跳，害我手抖，没拿稳手电筒！而且，要不是你猛地一拉，我早就够着它了，也用不着大半夜跳进灌木丛里找了这么久！"

她是如此理直气壮，仿佛要撇清关系，把心头那点不忍和心虚全部抛开。

乔野毫不意外她会把罪责都推到他的身上，这才是她会做的事。他懒得跟她多说，只大步往前走："回家。"

他是骑山地车来的，车就停在前面的空地上，他的设备旁边。

乔野走了过去，开始拆卸三脚架，把东西往背包里收。

收到一半时，他忽然听见徐晚星尖叫一声："我的自行车呢？！"

一惊一乍，热闹极了，这很徐晚星。

他抬眼望去，看见十来步开外，徐晚星绕场三周，不可置信地说："谁把我的共享单车骑走了？"

"……"

乔野："你都说那是共享单车了，别人不能骑吗？！"

"不是，这大半夜的，谁骑上来，肯定得骑回家啊！"徐晚星气得跳脚，"招呼都不打一声，直接就给骑走了。这也太缺德了！"

空气中有一刹那的静默。

乔野收好背包，推着山地车朝她走来："那你怎么回去？"

徐晚星下意识地看了一眼他的山地车——不成，山地车一没后座，二没车筐，她压根儿没法搭顺风车。

第二个念头来得慢了些，但也异常清楚：别说没地方让她坐了，就他俩这种仇敌关系，他不在这儿仰天长笑三声，说“您自个儿走路回家吧”，已经十分含蓄了。她还指望他大发慈悲地帮她一把吗。

徐晚星故作洒脱，翻了个白眼：“不劳您挂心，您自己先回吧。”

她把先前脱下来系在腰上的外套重新穿上，拢了拢几缕从马尾散落下来的头发，最后非常潇洒地把背包背好，大步流星地往山下走。

末了，她还不忘揶揄乔野一句：“毕竟你可不像我这种坏学生，迟到、逃课是家常便饭。大半夜跑上山来看月掩星，你明早要是迟到了，那可伤了办公室里一群老头老太太爱你的心。”

乔野没说话，只在片刻后追上了她，停在她身前几步的地方，单脚支地，头微微一偏：“上车。”

“？”

徐晚星瞠目结舌地望着他的山地车：“往哪儿上？”

乔野的目光落在车把和车座之间的横梁上，再看一眼徐晚星，意思非常清楚了。

徐晚星的脸噌的一下就红了。

这、这搭车的姿势是不是也太那个啥了？！

她要是这么坐上去，那跟乔野抱着她有什么两样？！

“这，这不太好吧。”徐晚星难得惊慌，想她堂堂一个粗糙的女汉子，竟然也有这么不知所措的时刻。

乔野只看着她，平静地说：“要么走一个小时回家，要么上车凑合一下，你选吧。”

“……”

徐晚星噎住了，看看这漫漫盘山路，又看看乔野和那辆令人尴尬的山地车，内心天人交战。

要妥协吗？

不妥协就要走路回家了……

可是，这种姿势是真的很屈辱啊！

她心有不甘，下意识地问了句：“能不能换我来骑车，你坐在前——”

“走了。”乔野面无表情地打断她，没有给她把话说完的机会，脚下一蹬，风一样地从她的面前离去。

“……”

欸，不是——

她就是提个建议！

他怎么就走了啊？！

喂，哪有这样的，提个建议都不行吗？！大不了，他回绝就是了，他们还可以好好商量，维持原判啊！

徐晚星张大了嘴，瞠目结舌地看着那个风一样离去的男子。

“喂，你就这么走了？”

“乔野！”

她又惊又怒，站在原地，突然有了一种被人遗弃的惊慌。

这荒山野岭的，一个人都没有，盘山公路漫长得像是望不到头的绝境。而她身上仅有一部非智能手机。

罗学明身为班主任，不允许学生带智能手机上学，所以，老徐谨遵老师定的规矩，就给了她这么一部破手机，连车都没法打。

可即便能打车，她也穷得叮当响，压根打不起。

徐晚星毫无自觉地向前走着，心头百转千回，无助感从心里涌上来，她觉得自己像个溺水的人，恐慌随着黑夜一同包围而来。

可也不过短暂的一分钟，她走到了盘山公路的口子上，忽然看见那人骑着车停在转弯处。

她脚下一顿。

“考虑清楚了吗？”乔野还是那样淡淡的语气，回头看着她。

“你，你不是——”不是走了吗？

徐晚星张了张嘴，没能把话说完。

乔野瞥她一眼：“你再提一句你载我，我就真的走了。”

“……”

“上来。”他单脚支地，提醒她，“把背包背在前面，不然，你坐不稳。”

徐晚星依然觉得屈辱，但抗拒感没有先前那么强烈了。算了，人在屋檐下，不得不低头，该将就时就将就，不然，受折磨的还是她自己。她在心里一个劲地开导自己。

可把背包挪到胸前了，她最后还是不放心地抬头问了句：“这事儿，你不会告诉别人吧？”

乔野一顿，疑惑地看着她：“告诉别人什么？”

“你载我——”她有点大舌头，费劲地说，“还以这种屈辱的姿势。”

乔野会意了，点头说：“是挺屈辱的。”

看吧，他们终于找到共识了。

徐晚星松口气，说：“你知道就好——扶稳了啊。”

“嗯。”

下一秒，她轻盈地一跃，侧身跳上了他的车，同时紧紧地抓住了车把，稳住重心。

乔野确实扶得很稳，车只是晃了一下，随即就定住了。他的双臂环着她，却没有过多的肢体接触，只说：“坐好了？”

“坐好了。”

他没说话，只脚下一蹬，载着面前的人一起奔向初秋的夜色。

大概安心了那么十来秒吧，徐晚星忽然一下就回过神来。

等等，他刚才说什么来着？

“是挺屈辱的。”——他说的屈辱和她说的屈辱，好像不是一个意思吧。

脑子里轰的一声，她清醒多了。

她蓦地回头问：“等下，你刚才说‘挺屈辱’的是什么意思？”

“字面意思。”

“你载我，你怎么就屈辱了？”徐晚星不可置信，“明明是我屈辱好吧，这么屈辱地缩在、缩在你——”

你的怀里？这四个字，徐晚星无论如何也说不出口了。

她却见乔野目视前方，嘴角微微一弯，漫不经心地说：“咱俩这关系，多相处半秒钟都能吵起来，互相看不顺眼。所以，要这么友好地相处半个小时，你觉得屈辱，我也觉得屈辱，这有什么好计较的。”

徐晚星瞪着眼睛看着他，想反驳，却又无话可说。

因为是下坡路，所以即便多了个人，他骑起车来也毫不费劲。

盘山公路静静地延伸向沉沉的黑夜里，山地车载着两人从寂静的山路进入五光十色的城市中。

原本也想说几句有气势的话，可这种龟缩在人怀里的搭车姿势实在叫人硬气不起来，徐晚星最终保持缄默，一言不发地坐在车前，努力忽略掉从后背环过她胳膊的双臂。

情势所迫。

大丈夫不拘小节。

如今人为刀俎，我为鱼肉。

管他三七二十一，她在心里默念了一百遍。

直到乔野开口：“你怎么会来看月掩星？”

徐晚星下意识地回答：“一个星期前就看新闻里说了啊，今天的月掩星七十八年才——”然后，她很快反应过来，“关你什么事！”

他俩是这种共乘一车还能友好攀谈的关系吗？！

乔野也没去理会这种十分不友好的语气，淡淡地瞥了一眼只到他下巴处的人，光看后脑勺也觉得，这是一颗倔强的后脑勺。

他还记得转学来六中的第一天，因为坐在最后一排单出来的那个座位上，他没有同桌，也没有后桌，只在前排还有个邻居。谁知道这位邻居十分嚣张，整整一上午都没到校。

中途有人不留神撞了她的课桌，有本书从抽屉里掉了出来，乔野弯腰捡起，看见封面上歪歪扭扭的小学生字迹：徐晚星。

看名字，应该是个女孩子。

午间，他在办公室办手续，顺便和班主任交流学习进度。结果，罗学明中途去了趟洗手间，回来就在门口训斥人了。

从他们的谈话里，乔野很快明白过来，这位做下蹲的朋友就是他那缺课一上午的前桌。而令人讶异的是，她迟到的理由竟然是熬夜看流星。

那时候她一张嘴就说出了星群的名字，还用了极大这样的专业术语。就好像刚才在山顶，她问及月亮的光面和暗面、本影和光度……种种一切都表明，她绝不是心血来潮才会上山看月掩星。

乔野又沉默了一会儿，忽略掉徐晚星的不友好，把先前没有进行下去的话题重新提起：“你对天文感兴趣多久了？”

徐晚星张了张嘴，吞下了带刺的话：“记不清了，反正从很小的时候就开始了。”

她又理直气壮地反问：“你呢？”

“八岁。”乔野倒是记得很清楚，这夜路漫长得望不到头，他也破天荒地有了些许放松，闲谈似的说起，“我爷爷是搞摄影的，最早是摄影人物，后来发展到拍摄自然风景。有一回被驴友——那时候还没有驴友这个说法——也就是被同行的摄影师拉着去露营了一宿，在海拔四千多米的山顶拍星星、拍日出，后来就一发不可收拾，开始四处跑，对星星着了迷。”

他说到那句“对星星着了迷”时，带了点笑意，声音轻快。

徐晚星一愣，下意识地回头看他。

少年高出她一个头，目视着前方，嘴角破天荒地有了上扬的弧度。

这是他与她相处这么多天以来，她头一回看见他笑——当然，嘲讽的笑不算在内的话。

路灯在街边一闪而过，一盏接着一盏，朦胧昏黄的光打在他的脸上，于是那抹很浅很淡的笑意也染上了些许夜色的温柔。

“那你倒是很幸运，有你爷爷带你入门。”徐晚星如梦初醒般回过头，酸溜溜地说，“我一向都是孤家寡人，唯一志同道合的，就你刚才看见的那个老梁——”

她还更心酸地补充了一句：“而且，觉得志同道合的很可能只有我，在他看来，可能我就是一个蹭设备用的小屁孩儿。”

在她看不见的地方，乔野笑了。

大概几秒钟的沉默后，他说：“我也一样。”

徐晚星一愣，没头没脑地回头看他：“什么一样？”

这一回，乔野没说话。

徐晚星翻了一个大白眼：“你怎么就一样了？！你刚才摆出来的那套设备，只差碾压空间站的专业天文望远镜了，这也叫一样？！”

她就知道这人没法好好说话，几句话的工夫，又原形毕露了。

有文化就是不一样，嘲讽人都不带脏字！

乔野想说什么，可话到嘴边，还是没有说出口。

天文爱好者，听上去很高端，但实际上只是非常非常小众的一群人。

在他爷爷的那个年代，通信和电子设备没有如今这样发达，常年四处跑着观星拍摄的最后下场，就是家庭生活不成样子，最后夫妻关系破裂，各自生活。

他没能说出口的是那句“我们都一样”，只是想告诉徐晚星，他和她一样，在追逐星星这条路上，都是孤家寡人。

八岁那年，他破例获准去爷爷家过暑假，初识天文。爷爷是个老单身汉了，家里逼仄拥挤，却对乔野有着谜一样的吸引力。只因他在那个“破烂堆”里——反正奶奶是这么称呼的——总能挖掘出各式各样新奇又有趣的玩意儿。

他找到一台老式望远镜，爷爷说那是好多年前用的，后来被淘汰了。可他跑到窗台上往天上看，能从望远镜里看见一轮与众不同的月亮，原来平日里明亮澄澈的月亮上也有阴影和纹路。

他还找到一张世界地图。那时候他还很小，将世界地图铺在地上，需要拿着放大镜跪趴着，仔仔细细地、一点点地挪动，才能看见比蚂蚁还小的一个小黑点，旁边写着他的故乡的名字：北京。

爷爷去过很多地方，爷爷把去过的地方在地图上用红笔圈了起来。

他说，人一辈子会听见很多种语言、见到很多张面孔，但归根结底，人心都一样，好的、坏的，复杂的、简单的，最终都可以分门别类出来。可风光是不可重复的，每一颗星星都有独特的轨道，永恒或毁灭，都有它不可复刻的一生。

那时候的乔野并不明白爷爷口中的话，但他也对这样的群星着了迷。

只可惜，那年暑假尚未结束时，奶奶就得知爷爷教他天文知识，盛怒之下，直接把他从那“破烂堆”里拎回了家。

“你不顾家，到处野，还想把小野也带上你的老路吗？！”

后来，乔野也成了星空下的孤家寡人。

他在夜色里沉默地骑着车，听徐晚星碎碎念：“你这个人，最要命的就是讲话刻薄。果然，上天给人开了一扇窗，就得给你关上一扇门。好皮囊就是你的窗，讲话招人厌就是你的门！”

乔野：“……”

徐晚星还在继续：“当然了，说你皮囊好，也只是跟你客气一下。你不要以为我觉得你长得有多帅！我这是欲扬先抑——等等，好像是欲抑先扬。”

她开始一个人嘀嘀咕咕的，费力地琢磨着这个词的意思。

“……”

乔野原本有那么点说不清、道不明的情绪，被徐晚星这么一打岔，直接给冲散了。他轻哂一声，不紧不慢地说：“这种超纲的成语不适合你，少说少错。”

果不其然，前座的人的反应完全在他的意料之中。徐晚星怒不可遏地回过头来，面上的神情生动得像一只举起利爪的豹子：“你说什么？！有种再说一次？！”

那样粗糙而蛮不讲理的少女，鲜活得像是刚从人间烟火里走出来，又粗鲁得丝毫没有斯文礼节。

乔野看着她，车把一转，停在了巷子一侧的口子上。

“到了。”

徐晚星一愣，抬头一看，那巷口斑驳的路标上果不其然地写着“清花巷”三个大字。他们到家了。

呵，她终于不用再受这窝囊气了！

徐晚星像吃了炸药，噌的一下跳下车，恨不得离他十万八千里远。

临走前，她还警告他：“不许把今天的事说出去！”

乔野单脚支地，似笑非笑地看着她：“多虑。”

扔下言简意赅的两个字，他头也不回地往巷子另一头骑去，直到抵达那座种满花的小院的门口。他下了车，却没急着进去，反而回头看了一眼。

巷子那一头，徐晚星的身影已经消失了。但他几乎能够设想到她那边的场景，大概是猫着腰、拎着鞋子，一点一点、小心翼翼地往屋里走，生怕被徐义生发现。

她若是被发现了，大概在他家这边也能听见那位抄手大叔的咆哮吧。

乔野笑了笑，把车停好，越过小院，打开自己的窗户，动作矫捷地跳进卧室。回身关窗前，他没有忍住，又一次望向来时的路。

像这样的夜色，他踏过无数次。从遥远的星空下归来，这是破天荒第一次有人同行。

他松开手，窗帘合拢，遮住了外面的温柔夜色。

只是，他没想到，多少年来好不容易遇见一个拥有共同爱好的同龄人，居然是那个徐晚星。

Chapter 05

# 恩怨两清

回到家时，已经是早上四点半。

徐晚星蹑手蹑脚地进入自己的房间，途经老徐的卧室门口时，隔着门也能听见震天响的鼾声。她松了一口气，知道自己很安全。

尽管有些遗憾，自己没能看完一整场月掩星，但困倦还是催得她躺上床就睡着了。

第二天，她理所当然地迟到了。

她在抵达校门口时就听见了上课铃声，于是立马拿出白米冲刺的速度开始狂奔。门卫赵大爷冲她乐："别跑啦，再跑也赶不上，还是省点力气做下蹲吧！"

徐晚星："……"

虽然他说得很有道理，但她好像还是听出了一点幸灾乐祸的味道，这是怎么回事？！

很不巧，第一节是英语课。

不喜欢徐晚星的张春月老师，非常不给面子地当众数落徐晚星："错过早读就算了，连第一节课都没赶上。下课了，你自己去办公室找罗老师，该做多少个下蹲，一个都别落下。"

徐晚星在全班的注目礼中走向自己的座位，余光瞥见了后座的乔野。

那厮端端正正地坐在座位上，书是摊开的，右手还拿着笔。刚做的笔记在灯光下透着一点水性笔尚未干涸的墨光，笔迹和人一样，漂亮干净，透着一股精气神。

她就奇怪了，同是天涯熬夜人，就不能一起迟个到？！

凭什么她耗尽全身力气和身体做抗争，才从床上勉强地爬起来，赶上了第一节课，乔野却能精神奕奕地按时到校？他是开了挂吗！

徐晚星内心非常不平衡，一屁股落座，把书包挂在椅子上，从抽屉里掏出英语书来。

讲到哪儿了？她侧头瞄了一眼辛意的书。

哦，三十八页。

徐晚星依然困意缠身，一边打着呵欠，一边心不在焉地往三十八页翻。大概翻了有十来页吧，她终于发现哪里不对。

等等，这书怎么这么干净？

呵欠打到一半，她张着嘴，睁大了眼睛，狐疑地又翻了几页。

不对啊，乔野的书上明明有挺多笔记的，她当时还暗自吐槽他呢，都开学一个多月才转来，居然还抽空把前面四个单元的笔记给补上了，简直是感天动地的壮举。这事要是搁在她的身上，老徐可能当众就要哭出声来，喜极而泣。

可眼前这本书干干净净，一点笔记都没有。

徐晚星瞪着眼睛，合上书，拎起来看封面，却发现不止内页干干净净，就连封面和书脊处也没有脏兮兮的污渍了。

她一顿，有所预感，翻到扉页一看，果不其然，全书唯一的记号就是那三个狗爬似的字：徐晚星。

这是她的书，而不是乔野的。

什么意思？

他俩不是按照师爷的指示，把书都换过来了吗。她都快适应每天用着那脏兮兮但充满学霸智慧的课本了，怎么……

徐晚星回头，压低了声音："喂。"

乔野抬头，对上她的视线，给了一个疑惑的表情。

"你搞什么？"徐晚星拎起书，匪夷所思地扬了扬。

下一秒，讲台上的张春月敲桌子了："徐晚星，自己迟到不说，还要影响别人？！"

同学们又一次回过头来，齐齐地看向这一角。

"Sorry，sorry。"徐晚星灰溜溜地转过身去，眼观鼻、鼻观心。

可乔野为什么要把书换回来啊？心头一动，她埋头去翻抽屉，一本接一本地拿出其他课本，一一打开来看。

令人吃惊的是，除了语文书之外，所有的课本都换回来了，都是干干净净的封面。当然，内页也干干净净的，笔记少得可怜。

徐晚星一头雾水，顿了顿，撕了一页作业纸，提笔唰唰地写了一行字，然后揉成团。抬眼看了看讲台，趁张春月转身写板书的时候，她迅速把纸团扔到乔野的桌上。

大概有两分多钟，就在她抓耳挠腮地想着难道他不打算回她字条的时候，张春月又一次转身写板书，而她的椅背上传来很轻的动静，嗒嗒两下。

后座的人曲起指节，敲了敲椅背，给出了信号。

徐晚星飞快地转身，一把接过他递来的纸团，迫不及待地摊开在英语书上。

最上面一行是她歪歪扭扭的小学生字体：你搞什么鬼，把书都换回来了？

下面一行是乔野同学干净飘逸的字迹：上课不要传字条。

徐晚星：……

她有一句脏话不知当不当讲。

好不容易挨到下课，在下课铃声响起的一瞬间，徐晚星第一时间回过头去，想问个究竟。哪知道乔野已经拉开椅子站了起来，从容不迫地往教室外走去。

"欸——"她叫到一半，乔野已经消失在门口。

第二节课下课，徐晚星再一次面临同样的状况。这人几个意思啊！她瞠目结舌地看着那个远去的背影，眯起眼睛。

第三节课下课后，乔野第三次从男厕所出来时，看见墙边倚着一个人，正好堵在厕所门口，土匪似的虎视眈眈。

见他出来了，徐晚星上前一步，堵住去路："哟，跑厕所跑得够勤的！"

乔野："碍着你了吗？"

徐晚星答非所问："你躲我？"

"你想太多。"

"那书是怎么回事，不打算解释一下？"

乔野不紧不慢地反问她："你不是一直想要回自己的书？"

"我当然想，可你怎么会这么好心？"徐晚星警惕地看着他。

乔野顿了顿，像是思索了两秒钟，才回答说："可能是看了几天你的书，觉得满书都是鬼画符，还不如脏一点吧。"

"……"

徐晚星想把那句未完待续的脏话补充完整。

两人正对峙着，楼道里大步流星地走过来第三个人，抬头就是一句："欸，徐晚星，你在这儿啊？我还说去教室找你呢！"

卫东从高三的走廊跑上来，手里拎了一个慕斯蛋糕，原本打算献宝似的送货上门，却不防在半路就遇见了徐晚星。

起初，他满心满眼都是徐晚星，看不见别人。

然后，等等，这个跟徐晚星面对面讲话的是谁啊？

再然后，小白脸长得挺好看啊，好像是上回在天台上突然出现的那个？！

他一脸警惕地插了一脚，硬生生地挤在两人中间，以护犊子的姿态挡在徐晚星的面前："星儿，怎么回事？"

他的话是对徐晚星说的，目光却很不客气地落在乔野的脸上。

徐晚星一个一米五八的小矮个，被两座超过一米八的大山牢牢地压在阴影里，瞬间感觉有些窒息。

她没好气地拨开卫东："没你的事啊，一边儿凉快去。"

卫东瞪眼睛："怎么没我的事？！"他斟酌字句，颇有气势地继续盯着乔野，"有人欺负你，那就是欺负我。"

徐晚星："你仔细看看我，我长了一张能被人欺负的脸？"

徐晚星和卫东的互动着实令乔野皱了皱眉，他用一种"空气里仿佛散发着愚蠢气息"的表情看了看这两人，不耐烦地说："没什么事的话，我先走了。你们慢慢聊。"

卫东还在叫他："喂，你等一下，我还没跟你讲完呢！"

乔野头也不回地扔下一句："没空。"

要不是卫东接下来就会死缠着和徐晚星互动，她简直想放声大笑。她的后桌还真是狂妄得天不怕、地不怕，不管是面对高二的女版大佬（她本人），还是高三的混混老油条（卫东），他都是这么一副厌世脸、刻薄腔。

问题是，他明明就不会打架啊，到底是哪里来的勇气，简直是我辈楷模。

接下来，徐晚星用半分钟的时间打发了卫东，不论他怎么示好，她都断然拒绝接受那个蛋糕。

"我不饿。

"早饭吃得太多，再吃会吐。

"送别人好了。你的好意，我心领了。

"不说了，还有事。"

这一幕看在路人眼里，妥妥的无情女对痴心汉。其实，卫东高高大大，五官也很有男子气，桀骜不驯的气质也挺吸引年轻小姑娘，可徐晚星就是不动心。

大抵不是不动心，而是她压根没有那根筋，开不了窍。

她十分不耐烦地往教室跑，还想问个彻底，到底、究竟乔野为什么把书换了回来，仅仅是因为嫌弃她的书没有笔记？

在上课铃声响起的那一刻，乔野终于回答了她的问题："因为时间有限，我想尽可能地避免跟你起冲突，即使不能好好相处，至少井水不犯河水，相安无事吧。"

"敢问是什么让你忽然打算冰释前嫌了？"

"就当是——"乔野顿了顿，嘴角一扬，"看在星星的面子上。"

徐晚星一怔，张了张嘴，又问："那要换就一起换了吧，你把语文书留下来，是几个意思？"

"因为，我这辈子都不想在自己的书上，看见你的诗。"

"……"

徐晚星的表情一言难尽。

然而，更令她一言难尽的是下午的物理课上。当拿出自己的物理书，翻到某一页的课后题时，她忽然发现在自己的解题步骤旁，多出了一行铅笔标注的字迹——

“有更简单的思路。”

?

她蹙起眉头，用脚指头想，也知道这是谁的杰作。可他什么意思?

徐晚星重新审了一遍题，记起两周前的课上，张永东在讲解时为了顾全全班的平均水平，讲的解题思路其实要更常规一些，她的这个思路已经比常规的要少用两个公式了。

还有更简单的思路?

就这样，简简单单的几个字，成功地困住了徐晚星。她无心再去听台上的张永东讲解昨天的家庭作业——反正她也全对，没什么可听的。她把剩下的时间全部拿来研究这道已经做过的课后题，试图找到更简单的思路。

可是，没有。

她演算了一遍自己的步骤，又尝试着套入几个新的公式，却怎么解都不如她原来的解法简单。

眉头越蹙越紧，她跟自己死磕上了。要真有更简单的解法，不可能就乔野知道，而她想不出!

一整个下午就这样过去。连晚自习前陪辛意去小卖部买吃的，徐晚星都在脑子里琢磨所谓的“更简单的思路”。

辛意不明就里：“你怎么一直不说话?”

徐晚星茫然地抬起头来：“啊?”

辛意把手里的面包分给她一半，下巴朝篮球场一指：“喏，你看。”

徐晚星下意识地侧头望去，却看见一个球场新面孔。少年一身校服，正好站在三分线处，被两人包夹得死死的，无论如何也挤不进内圈。

他的队友被人严防着，球传给谁似乎都不太合适。

下一秒，他果断地转身，起跳的同时瞄准了篮筐，在空中完成一个干净利落的跳投，然后稳稳地落地。

对方猝不及防地望向篮筐，同时，球场上传来一阵欢呼声。

三分球，进了。

那人也笑了，云淡风轻的那种笑，比大笑更叫人不是滋味。因为每一次他这样笑，都会让人觉得自己竭尽全力想做到的一件事，他却不费吹灰之力就做到了。

徐晚星面无表情地盯着他，往嘴里死命地塞那半个面包。

她怀疑根本没有更简单的解法，这家伙就是为了折磨她。

他比谁都清楚，他那几个字能挑起她最不服输的倔强，至少在物理和数学这两门功课上，她绝对不甘心输给他。

徐晚星用了一整夜的时间，在做完作业之后，冥思苦想琢磨那道题。

可她依然没有找到所谓的更简单的解法。

她在夜里十点钟，推开窗朝对面吹口哨，给辛意举起作业本示意：物理书第六十二页，你的解法给我看一下。

辛意用超大的字，列了两页在作业本上，举起来给她看。

徐晚星："……"

喏，比老师讲的解法还多两步。

她万念俱灰地扔了笔，下楼躺着去了。行了，不要跟自己过不去，这道题的最简思路就是她写的那样，没有别的了！

可自我安慰无效，她在床上翻来覆去老半天，次日还破天荒地起了个大早。

没办法，睡不着，她就想知道到底有没有更简单的解法！

徐晚星在早读开始前十分钟，不要命似的往教室冲。

她要趁着乔野还没到的时候，从他的抽屉里找出物理书看个究竟。他一定是在骗她，她才不信自己真的技不如人。

可没想到的是，她满怀期待地冲进教室的那一刻，竟看见乔野入座，正从书包里往外拿书。

徐晚星在心里大骂了一万句，气急败坏地走向自己的座位，砰的一声扔下书包。

春鸣在不远处慢条斯理地剥鸡蛋，手法优雅，闻声，抬头看她一眼："你这是被谁揍了吗？眼睛下面一大块暗黑色。"

徐晚星恨恨地从书包里掏出物理书，又回头面无表情地盯着乔野。

在她这种死亡凝视下，乔野很淡定地抬头问："有什么问题吗？"

有。

问题还很大。

徐晚星捏着手里的书，那句"到底更简单的解法是什么"已经到了嘴边，却无论如何也问不出口。

打死她，她也不想开口请教别人物理题。

是物理题，而不是别的科目的题目，尤其那人还是他！

可最终还是憋不住了，在第二节课下课后，徐晚星让辛意给师爷带句话："就说我拉肚子上厕所去了，课间操晚点到。"

她在厕所等了五分钟，确定教学楼人去楼空后，才鬼鬼祟祟地回到教室。

趁着四下无人，她弓下腰，开始朝乔野的抽屉里摸索，试图找到他的物理书。

乔野的抽屉很整洁，两摞书整整齐齐地摆在一起，最上面放着他的校牌。

徐晚星一摸，就摸到了那个金属边框、透明外壳的小玩意儿，拿出来一看，这张照片正是他转来第一日时，她在转学资料上看见的那一张。

蓝底，白衬衣，少年不苟言笑，眼角眉梢却透着春天般的晴朗。

光看他的皮囊，任谁都会忍不住被吸引。

徐晚星多看了两眼，只是两眼，也就两眼，意外就在这时候发生——

第三节是英语课，张春月准备讲语法，所以趁着课间操的时间，提前来到教室写板书。可她走到后门时，发现原本该空无一人的教室里居然还有个学生。

她再仔细一看，那人鬼鬼祟祟地猫着腰，从抽屉里掏了个什么东西出来，看得很起劲。

张春月定住脚，狐疑地叫了一声："徐晚星？"

教室里的人显然被吓了一大跳，噌地一下直起腰，转过身来，手一抖，那东西啪嗒一声掉在地上。

徐晚星的心跳都快停了，却还下意识地弯腰捡起了那块校牌。

可就这片刻的工夫，张春月已经大步流星地走了进来，质问她："你手里拿的什么？"

徐晚星卡壳了，几秒钟后才说："……校牌。"

"谁的校牌？"

"我的。"她下意识地把手背在了身后。

张春月眯起眼睛："是吗？我怎么不知道你什么时候剃了个平头？"

"……"

“不拿出来，我也知道，你也不看看你在谁的座位上。”看看乔野的课桌，再看看徐晚星，张春月生气地说，“徐晚星，你英语成绩这么糟糕，还不努力，却把时间用在早恋这种事情上，这样合适吗！”

什么？！

咔嚓一声，徐晚星的脑子里有根弦断掉了。

她说什么？

早恋？！

不多时，学生们陆陆续续地从操场上回来了，开始准备上第三节课——英语课。

乔野发现，他的前桌又不见了。

而办公室里，罗学明收到了张春月的检举，不可置信地看着自己的课代表：“什么？她暗恋乔野，还偷偷看他的校牌？”

因为太过匪夷所思，他的音量略微超出了平常的范围。同时，办公室外有前来问题的学生，他们前脚刚踏进办公室，后脚就又抱着书跑了出去。

“我的妈呀，三班的徐晚星，知道吧？”

“废话，谁不知道她啊。”

“哈哈哈，猜猜我刚才听说了什么？她暗恋他们班新转来的乔野，还偷他的校牌欸！”

“什么？！”听众震惊了，“你哪听来的八卦？！”

“不是八卦，而是实锤！我刚在办公室亲耳听见他们班的班主任灭绝师爷说的！”

大概也就一上午的时间吧，午休结束后，年级上，乃至认识徐晚星的人，基本上都听说了——

“欸，你知道了吧，高二那个特牛的徐晚星，趁课间操偷了他们班转学生的校牌呢！”

无聊的高中生活，少年们全靠八卦来打发时间。

于是，有关徐晚星偷校牌的事件，以迅雷不及掩耳之势传得沸沸扬扬，并且版本之多，多得炸破天际。

“我听说她还在班上宣布过，说乔野是她的人了，谁都不准接近。”

这是不知内情，但还算靠谱的版本。

“不是吧？我怎么听说她其实早就认识乔野了，他们俩住在一条巷子呢，他转学来之前好几天，他们就见过面了。听说前几天她还把人家堵在巷子里呢。”

这是把辛意她爸和徐晚星的争执给安在了乔野的头上，非常暴力的版本。

“难怪了，他们班的人说她自从乔野转来就和他不对付，原来是想引起人家的注意呀。”

这是把现实和虚拟结合起来，想象力非常澎湃的说法。

几个外班的人在走廊上聊得风生水起，嘻嘻哈哈个没完。下一秒，死神从天而降。

“你们吃饱了撑的没事干？！”

几人的话音戛然而止，猛地一回头，就看见从办公室归来的徐晚星，不，应该是徐煞星，像条喷火龙似的对他们怒目而视。

空气中有一刹那的沉寂，片刻后，几人作鸟兽散，跑得影都没了。

徐晚星攥着拳头，从来没觉得这么窝火过。尽管她语文差劲，“三人成虎”这个成语还是无法抑制地浮现在心头。

她暗恋乔野，暗恋个鬼啊！

徐晚星跟罗学明解释了一上午，下午课间，又被叫去谈心。口干舌燥地回到教室，她却在走廊上听到这么离谱的猜测，简直怒不可遏。

她气冲冲地扭头，下一秒，整个人都定住了。

八卦的男主角好死不死地立在几步开外，他们四目相对，谁都没说话。

徐晚星的脸色由青转白，最后红成了大番茄，回头就开始咆哮：“下次别让我撞见你们。见一次，我揍一次，揍得爸妈都认不出你们！”

她知道，乔野一定听见了。

可即便他知道那些话都不是真的，她被张春月抓了个现行时，手里还拿着他的校牌却是真的。

他会怎么想？

徐晚星面色难看，几乎是咬牙切齿地冲他说：“事情不是他们说的那样。你要是敢胡思乱想，我，我——”

她都不知道自己要干什么。揍他？开什么玩笑，他什么也没做错。

徐晚星头一次觉得词穷。

可乔野只是安静地看着她，点了点头："知道了。"

余光瞥见教室里的人都在好奇地往窗外看，他也没多说什么，径直往教室里走。

反倒是徐晚星一愣。欸，知道了？

他知道什么了？

上课铃声很快响起，最后一节自习开始了。

徐晚星冲回座位，抬头就看见四面八方都投来小心翼翼又充满好奇的目光。她从抽屉里拿出一本书来，砰的一声扔在桌上："看什么看！"

刹那间，所有脑袋都扭了回去。

徐恶霸的斑斑劣迹，同班人最是清楚，所以，即便是好奇，也不敢造次。

倒是乔野有些讶异，接触这么长时间，他当然知道徐晚星霸道又凶巴巴的，可再怎么也是个女孩子，偶尔还有笨拙又固执的一面，这些人的乖觉似乎有些夸张了。

还是万小福清了清嗓子，拿着自己的家庭作业走上讲台："好了，大家做自己的作业吧，别交头接耳了。"

他在履行班长的职责，每晚的晚自习都监督大家自习。

乔野抬眼就看见万小福深深地看了徐晚星一眼，眼里有藏不住的担心。

只是，徐晚星这种大大咧咧的人，压根接收不到信号。

麻将小分队的其他成员也开始趁着晚自习的时间，朝徐晚星这里发出嘘声，试图引起她的注意，问她到底怎么回事。

乔野静静地看着蹙眉的春鸣、满脸问号的于胖子，包括平日里从来都认真自习的辛意，此刻也无心做作业，反而频频抬头看徐晚星，小心翼翼地压低嗓音问她："晚星，你还好吧？"

种种关心都毫无保留地涌向徐晚星。

他顿了顿，笔尖在纸上停留了好一会儿，却没写出一个字。

那样一个无法无天又无知的女生，除了凶巴巴地冲人吼以外，从来不懂轻言细语，更别提嘘寒问暖了，到底有什么特别之处能引来这么多人的关注，甚至不由自主地靠近？

别告诉他是因为麻将。那几个男生哪怕没有麻将，也成日和她插科打诨，对她的话几乎是言听计从。

乔野沉思着。

下一秒，前座的人却忽然往他的桌上扔了一个纸团，展开来看，上面的字迹潦草得仿佛在宣泄愤怒：根本没有更简单的解法，你诓我呢？

乔野凝神一看，嘴角倏地一动，有了极不明显的上扬痕迹。

几秒钟后，他敲了敲前座的椅背。

徐晚星迫不及待地接过纸团，打开一看，上面只有一个简简单单、赏心悦目的字：有。

？

她回头瞪着他，压低了声音恶狠狠地说："把你的物理书拿来！"

讲台上的万小福注意到了这里的动静，轻轻咳嗽了一声。可徐晚星没搭理他，一把拿过乔野递来的书，迫不及待地翻到了第六十二页。

……

乔野只写了个答案在那道题的后面，压根没有解题步骤。

？

！

徐晚星万念俱灰，手一松，书落在了他的桌上，在心里"问候"了他一万遍。

她就真的不如他，是吗？就一定要她承认他赢了，低声下气地请教他最简单的解法吗？可是，为什么她就是想不出来？！

自尊和求知欲令她煎熬到快死掉。

可也不过短短几分钟，她的椅背传来轻微的、熟悉的动静。乔野破天荒地主动找她了。

"有事？"她头也没回，腮帮子鼓鼓的。

"伸手。"他倒是很有耐心。

徐晚星狐疑地回过头去，却看见他递来了他的草稿本——属于学霸的，干干净净、字迹工整到可以碾压她的作业本的草稿本。

那一页是崭新的纸，上面用她已然熟悉的字迹，巨细无遗地写下了那道物理题的最简单的解法。

她从头看到尾，一个字都没落下，只见答案后还跟了一句题外话：第三步引入机械能守恒定律，可以节省两个力的分解过程。

他把她死活想不出的点，清晰明了地指了出来。

徐晚星低头盯着那几行简短的解题步骤，很久很久也没有抬头。

下课铃声响起时，她几乎是迫不及待地收好了书包，临走前，把草稿本往乔野的桌上一放，匆匆地出了教室。

只是，在后门口，她还是没忍住，回头看了一眼。

有人拿着作业本拦截了乔野问题目。他还是那副一贯的模样，明明很有礼貌，却总是带着仿佛与生俱来的疏离。

他很认真地在跟人讲题，直到对方恍然大悟，笑着道谢时，他才站起身来，一边笑着说没事，一边下意识地朝门外望来。

夜幕里，他们隔着嘈杂的人群对视了片刻。

徐晚星不自在地移开了视线，匆匆地跑下了楼。

他没有羞辱她，没有让她问出口，没有非要她承认她输了。

他明明可以在两人结仇那么久之后，给予漂亮的一击，却硬生生地放弃了这个机会，不仅把她的书都还给了她，还主动把最简单的思路写了出来。

如果是她，她一定会得意扬扬地说："那你求我啊，你求我，我就告诉你。"

可乔野没有，一点也没有羞辱她。

徐晚星猛地一刹车，停在了教学楼的门口。外面不知什么时候下起雨来，淅淅沥沥，雨幕遮掩了天地。

唉，什么时候下的雨？

她一整个晚自习都在跟自己较劲，压根没注意到窗外的状况，想了想，又往楼上走。抽屉里长年累月放着一把雨伞，今天终于派上用场。

等她回到教室时，人已经走得七七八八，但乔野还在。

他侧头看她一眼，眉毛微扬，却没问她怎么又回来了。

倒是徐晚星有些不自在地从抽屉里抽出伞来，生硬地说了句："外面下雨了。"

乔野点头，收拾好书包，背上后，往外走。

徐晚星就默不作声地拿好雨伞，落后他几步，免得并肩而行。

走到教学楼门口了，她看见乔野望了望天，然后大步走进雨里。

欸？就这么淋雨回家吗？

徐晚星愣怔片刻，打开伞走了出去，看见乔野在一旁的雨棚下开山地车的锁。他是骑车上下学的，山地车就停在那里。

也只是片刻工夫，他打开了山地车的锁，骑了上去，顶着湿漉漉的头发开始往外骑。

心下一动，徐晚星快步冲了上去："乔野！"

雨声人声不断，怕他听不见，她也不由得加大了音量。下一刻，山地车停了，车上的人回过头来。

徐晚星停在他的身侧，把伞递了过去："我不喜欢欠人情，尤其是——"

她看了看他，高高抬起下巴，表示不屑。

乔野看看她，又看看那把举在半空中的伞，有些好笑："徐晚星，我骑车来的。"

"So？"

"一只手打伞，一只手扶车，我怕出交通事故。"

徐晚星："……"你可真是遵纪守法的好公民，胆小如鼠的大学霸。

可他俩的仇如他所说，已经两清了。或者说，他单方面还表示了些许善意，这种嘲讽的话，她便也不好说出口了，只能在心里默默地吐槽。

她把伞往乔野手里一塞，然后飞快地戴上卫衣的帽子："行了，别磨磨叽叽，我有帽子，你又没有。今天我把伞借给你，咱俩谁也不欠谁了，皆大欢喜！"

说完，她就往外跑。

结果，没跑两步就被人攥住了胳膊，她没好气地回头："是男人就别婆婆妈妈！"

却见乔野把伞递了回来，声色从容道："我推车回去，你替我撑伞吧。"

"？"徐晚星瞪大了眼睛。

喂，这种使唤人的话，你也能说得这么流畅？！Excuse me？你睁大你的狗眼看看你在跟谁说话呢？！

不知为何，这些还是内心独白，她没能说出口。

而下一秒，乔野已然推着车往外走，还非常自然地催促她："不是要两清吗？你替我打伞，恩怨就此揭过不提。"

"……"

徐晚星用死鱼般的眼睛盯着他的背影，艰难地撑开了伞，几步追上去，和他并肩而行。

一路上——

“我跟你讲，没人能这么使唤我。”

“好的。”

“我第一次给人撑伞。”

“谢谢。”

“要不是看在你主动把书换回来，又主动写了最简单的思路的份上，我是不会大发慈悲的。”

“明白。”

“……”

他明白什么！徐晚星狠狠地剜他一眼。

乔野却压根没注意到她的白眼，还非常有礼貌地说：“伞举高一点，麻烦你了。”

徐晚星：“有本事你自己撑！”

天知道她一个一米五八的小矮子到底为什么要给他这一米八几的混账撑伞！她举得手都酸了好吗？！

乔野侧头，看了眼雨幕里快要破功、满脸写着“我要发飙了”的少女，嘴角第无数次隐隐地上扬。如他所料，她即便满脸不耐烦，也还是一边骂他，一边死命地举高了伞。

其实，她也不总是那么凶神恶煞的。

至少相处久了，你会发现她表面上的凶神恶煞，似乎也藏着那么一点笨拙。

徐晚星果真是个实诚人，说好给他打伞，就把伞严严实实地撑在他的上方，一点雨都没让他淋到。可她一个女孩子，另一边肩膀被淋湿了。

乔野不着痕迹地把伞柄朝她那边拨了拨，对上她问询的视线，也不解释。

于是，徐晚星一路以来的嘀嘀咕咕戛然而止。

她忽然回过神来，要她打伞兴许只是个幌子，他真正的意图，不过是不希望她把伞给了他，自己反倒淋雨……

一小段路后，乔野停了下来。

“伞给我。”他单手扶车，朝徐晚星伸出手。

徐晚星还沉浸在关于“乔野是否真有那么好心”的揣测中，下意识就把伞给他了，发现不对时，他已经把山地车朝她偏了过来。

“你来推车。”

啊？

于是，两人很快交换位置，她这个一米五八的小矮子，终于不用再艰难地为巨人撑伞。

徐晚星甩了甩酸痛的手腕，嘀咕：“没想到你也有良心。”

乔野：“我也没想到你矮成这样。”

“……”

徐晚星瞪着眼睛盯他好几秒，气笑了：“你要想相安无事、全须全尾地走完这段路，最好还是闭嘴。”

接下来的一段路，谁也没说话，秋雨淅淅沥沥地落在伞上，像是一首沙哑的歌。

徐晚星推着车，抬起头来，却看见头顶的雨伞不断地向她倾斜。她又侧头看了眼他的肩膀，果然湿了。

张了张嘴，然后又闭口不言，她也学着他的样子，伸手朝他那边拨了拨伞柄。

乔野侧头对上她的目光，片刻后，说：“礼尚往来。”

说这话时，他眼底有笑，声音里淌着一点平素没有的愉悦。

于是，那把伞继续朝她那边倾斜着，将她好好地藏在这一方安稳的天地里。

徐晚星忽然就丧失了语言功能，推辞还是道谢，好像哪一个都不太对劲。

最后，她才撇撇嘴：“别把我当成什么娇滴滴的小姑娘。”

乔野礼貌地反问：“那我应该当你是五大三粗的壮汉吗？”

“……”

徐晚星卡壳，非常诚恳地说：“真的，我建议您还是闭嘴，为了生命安全。”

乔野的嘴角又开始抽动。

快到清花巷时，路过一家面店，乔野忽然问她：“吃面吗？”

徐晚星疑惑地看着他：“你不回家吃饭？”

“家里没人，今晚不管饭。”

徐晚星毫无羞耻之心，一拍口袋，十分爽快：“我没钱。”

乔野第无数次按捺住嘴角的笑意，说：“我请你——”

顿了顿，他又说：“就当是和好饭。”

“那哪能让你请？！”徐晚星心下一动，眼睛眯成两弯新月，笑意盈盈地说，“真要两清，那也该让我来请。”

乔野没说话，只看了一眼她刚才拍过的口袋。

徐晚星加快脚步，朝巷子里一转，风风火火地说：“跟上，跟上！换个地方，我请你！”

没想到的是，她把他带到了窄巷的口子上，停在了那扇陈旧的卷帘门前。

轻车熟路地掏出钥匙打开门，徐晚星不愧为怪力少女，哗啦啦一下就把卷帘门拉了上去，钻进屋里打开了灯：“进来吧。”

回头才发现，她只把卷帘门拉到容她通过的高度，乔野是猫着腰进来的。

“Sorry，sorry。”她笑出了声，几步走到厨房，一边拉开冰箱看，一边说，“家里乱，别介意啊，你找个地方随便坐。”

乔野四下一看，默然。

屋子窄小，所有的家电与家具都非常紧凑地挤在一起。

窄窄的双人沙发上，衣服堆积成山，衣架都还没取下来呢，想必是收下来了，还没空叠。

迷你四方餐桌上堆满了擀面杖、面粉筛等厨房用具，压根没留下吃饭的空间。

他倒是想找个地方坐，可就连两把餐椅上都放着围裙、菜篮。

徐晚星还埋在冰箱里扒拉，嗓门儿很欢快——

“我爸每隔几天就给我包一堆抄手在冰箱里，各种馅儿的都有。我请你吃抄手吧。”

乔野挑眉：“好。”

“你挑食吗？”

“不挑。”

“那荠菜肉馅儿的吃不吃？野生的，我爸亲自上山摘的。”

乔野顿了顿：“荠菜……好像有点粗糙、扎嘴。”

他从来不吃。

“白菜羊肉馅儿的呢？”

“……羊肉味重了点。”

“那——”徐晚星的动作已经开始迟缓下来，“萝卜牛肉的，你吃吗？”

乔野沉默了几秒钟，声色艰难：“萝卜……”

她从他挣扎的语气里领悟到了他的抗拒，再换：“那吃鲜虾蟹黄馅儿的？这个卖得特别好，我爸的拿手招牌菜。”

良久的沉默后——

“我不吃海鲜。”

听到这一句，徐晚星面无表情地从冰箱后探出头来：“你不是不挑食吗？”

饶是乔野素来淡定，这下也淡定不起来了：“喜欢吃的，我都不挑。”

徐晚星：“……”

这优秀的转学生，问题有点大。

最后的结果是，他们选择了普普通通、无功无过的香菇猪肉馅抄手。

徐晚星在烧上水后，才后知后觉地发现这屋里没有能供乔野坐的地方了，索性朝二楼一指：“你上去等我吧。”

她是不拘小节的人，没有女孩子的细腻、矜持，想什么就是什么，怎么爽快怎么来。

乔野自知不是下厨的料，从善如流，结果在屋里转了一圈，没找到楼梯，又回到厨房：“怎么上二楼？”

徐晚星哈哈大笑，给家境优渥的大少爷指路：“出门左转，梯子在那儿。”

乔野默默地站在门外，才明白为什么她说的是梯子，而非楼梯。通往二楼的，竟然真的只是一架脏兮兮的老木梯。

他挣扎了几秒钟，挽起衣袖，认命地爬了上去。

革命友情，从生平第一次爬梯子开始。

楼上是徐晚星的秘密基地。

昨日天晴，洗好的被单晾晒在棚屋旁的空地上，可今日家中无人，又可怜巴巴地被淋湿了。

乔野穿过洁白的被单，停在了棚屋门口，那木门一推就开，吱呀一声。

屋内，一张旧书桌，一把斑驳的椅子，墙边立了个一看就上了年头的大立柜，地上铺了一块都快洗得褪色的地毯，墙上是五花八门的海报。

他停在墙边，看见了 Coldplay、Beatles，还有 John Lennon。

他正失神时，窗外忽然跃入一个黑影，咚的一声落在书桌上，吓了他一跳。他回头一看，竟然是只黄白相间的橘白猫。

徐晚星端着两大碗抄手进来时，就看见乔野与阿花四目相对，双方都茫然无措的样子。

很显然，阿花以为是她回来了，从屋顶跳进来，才发现眼前的是个陌生人。

她哈哈大笑，把抄手往桌上一放，抱起阿花："又来要饭啦。"

她拉开抽屉，从里面拿出昨日未喂完的饼干，掰碎了放在一张草稿纸上，一边看饿猫扑食，一边说："这附近野猫很多，阿花常来我这。"

仿佛是听见她提到自己的名字，阿花一边呼哧呼哧地吃饼干，一边喵呜一声，抬头看她一眼，又探出脑袋往她的手臂上蹭了蹭。

徐晚星低头看着它，眼睛弯成了月牙。

窗外夜幕低垂，屋内，两人坐在地毯上，一人捧了一只比脸还大的不锈钢盆，吃徐义生包的抄手。

徐晚星得意扬扬地说："我爸手艺好吧？"

乔野点头。

侧头，看了眼墙上的海报，他问她："都是你喜欢的乐队？"

"当然。"

乔野沉默了几秒钟："都是英国乐队……"

四十二分的英语成绩，真的支撑得起 Coldplay 和 Beatles 的音乐吗？

徐晚星把碗往旁边一放："喂，我警告你啊，和好饭都吃完了，你要再挑衅，咱俩就只能干一架了！别说我没提醒你，我可是——"

"跆拳道黑带。"乔野笑了，也把碗放下，"我知道。"

他难得懒散地坐在那，什么也没做，不像往常那样手里总是拿着书。

他就这样随意地倚在墙边，嘴角带着一抹很浅的笑，衣袖还因爬梯子挽在小臂上。

少年如画，月色无边。

其实，不起冲突的时候，他是真的令人讨厌不起来，甚至有那样一种说不清、道不明的吸引力。

徐晚星看他片刻，撇撇嘴，说："急不急着回家做题啊，学霸？"

"不急。"

"那，反正饭也吃了，再请你听首歌。"她跳起来，从立柜里找出一盒市面上都不再卖的磁带，踮脚往立柜上的录音机里一插，啪嗒一声摁下播放键。

在录音机与磁带已经被淘汰好些年头，电子产品盛行的当下，Coldplay的英式摇滚伴着轻微的转轴声、爆豆声，流淌在逼仄狭小的棚屋里。

乔野不费吹灰之力就听懂了歌词。

Sat on a roof, named every star, you showed me a place where you can be who you are.

The whole milky way in your eyes, I drifted away.

And in your arms, I just wanna sway.

Amazing day.

Amazing day.

他看见徐晚星一跃坐在书桌上，背后是大开的窗和巷子外没有高楼遮蔽的广阔夜空。有风送来雨后的泥土气息，鼻端仿若萦绕着若有似无的青草味道。

而她开心地笑着，还微微晃着脑袋，用蹩脚的发音跟唱着。

乔野终于没忍住，低声笑起来，嘴角的笑意无限蔓延。

他说："徐晚星，四十二分的英语成绩，当真名不虚传。"

在她不可置信、渐渐凝固的笑容里，他开怀地笑着，因坐在地上，只能抬头仰望她。

破天荒的是他仰望她。

乔野懒洋洋地伸出手来，说："可是，怎么办呢，我今天特别想、特别想和英语只考四十二分的人交朋友。"

徐晚星噌的一下跳下桌子，一巴掌拍开他的手，眯眼："可是，四十二分的人不想交朋友，她只想打人。”

她是那样鲜活，笑或怒，瞪眼或弯成两弯新月。

乔野靠着墙，轻笑两声，慢条斯理地说：“那，打也打过了，现在是朋友了？”

“我什么时候打过——”徐晚星一愣，看着自己刚才拍了他一下的右手，不可置信地问，“这也算？！”

乔野伸手给她瞧：“都红了，还不算？”

她还当真凑过去仔细看了看，好像真的红了。

“什么啊，你是唐僧吗，吹弹可破、凝脂玉肌的……”徐晚星嘀嘀咕咕，退开了些，一把抱起了阿花，翻了个白眼。

乔野从地毯上站了起来，拎起书包，也没有非得要她答应。

“歌也听了，我回家了。”

他在又一首歌的前奏里爬下木梯，消失在遍布爬山虎的屋顶。雨后的天幕里清晰地映出一片璀璨的星光，像极了刚才那首歌唱的。

徐晚星趴在窗台上，抱着阿花，犹豫了一下，还是叫住了巷子里的人：“喂！”

乔野停下脚步，仰头看她。

她仿佛下了决心，深吸一口气，说：“把你的书弄脏是我不对，和春鸣他们一起针对你，也是一时气急——”

乔野一动不动地望着她。

下一秒，她忽地笑了：“反正你也没好到哪里去，大家都是小心眼，抄手也吃过了，伞也一起打过了，这下就真的两清了！”

夜色中，少年的嘴角扬起了再无克制的明亮笑意，声色从容地道：“嗯，两清了。”

Chapter 06

# 闪耀的星

恩怨两清之后，徐晚星的心态顿时矛盾起来。

虽说口头上没承认，但她和乔野也算是不打不相识，四舍五入就等于朋友了（吗？）。可她从来没有学霸朋友，尤其是这种在数理化每一科都碾压着她的学霸。

以往，中等难度以下的数学题，罗学明都会直接召唤徐晚星上台：“课代表，来，给大家讲解一下。”

这样，一来让其他学生看一看尖子生的解题思路，二来锻炼徐晚星的个人能力。

虽然徐晚星觉得以上都是扯犊子，真实原因明明是师爷懒癌发作，想奴役她！可是，自打有了乔野，她的工作量一下子就减轻了，甚至有时候直接失业了。

那句耳熟能详的“课代表，给大家讲解一下”，很快换成了——

“让我们来听听乔野的思路。”

“乔野，说说你的想法。”

“大家是不是想看看乔野有没有更简单的思路呢？”

不，她一点也不想！

徐晚星第无数次在心里呐喊，却只能眼睁睁地看着乔野一次又一次淡定地站起来，又或是走上讲台，分享他的解题思路。

她真的很想跟他讲，做人莫装×，装×遭雷劈。

虽然以前她总是吐槽师爷好懒，动不动就奴役她，可真到了农奴翻身把歌唱的这一天，她才深刻地意识到，没有机会装×是真的好惆怅，呜呜呜。

徐晚星从来没有这么失落过。

什么叫黯然销魂，什么叫怅然若失，什么叫失意者，语文不及格的徐同学终于体会得淋漓尽致。

偏偏乔野总是一脸“我很淡泊名利”的样子，天知道她有多想对他翻白眼。可不成，他俩都成四舍五入的朋友了，她这白眼一翻，前功尽弃，还会被人扣上“嫉妒”“小心眼”的大帽子。

徐晚星只能强颜欢笑，一边目送乔野又一次上台讲题，一边在心里咬手绢骂人。

除了数学，物理课上的徐晚星也失宠了。

乔野这个人真的太贪心了！他不光要当师爷的“宠妃”，还要当东哥的心腹！大家都是好朋友，为什么不给人留条活路？！

徐晚星真是太生气了。

她，理科小天后，在最擅长的物理科目上，三番五次受到新的冲击，眼看江湖地位就要不保。

凭什么他解压轴题的速度屡屡超过她？

凭什么年级上向来独一无二的满分常客，从一个变成了两个？

两个一点也不特别！

两个就显得庸俗了！

徐晚星捶胸顿足，最想不通的是，为什么有人能十项全能。她把所有的智慧都分给了理科，凭什么那个空降的、全年级第一的人，只用了一半的精力在理科上，也能与她一较长短？！

苍天不公！

可含泪幽怨后，“豁达大方”的徐晚星还要一次又一次地用微笑面对乔野，传达“我们是朋友，我为你骄傲、为你自豪”的感情。

当然，她并不知道乔野的嘴角抽动了多少次。

就好像她并不知道，其实她僵硬的微笑并未如她所愿地表达出什么友好的信息，只传达了一个中心思想：我真的好气哦。

枯燥单调的学习生活，因为这样鲜活的斗智斗勇，仿佛也变得缤纷、有意思起来。

另外，关于徐晚星和乔野之间那点传闻，虽说没人敢当面问询，但看热闹者甚多。

譬如说，某个课间，某同学急着去上厕所，从走道上飞奔而出时，一不小心碰到了徐晚星的桌子，水性笔骨碌碌滚落在地。

好死不死，那笔一路滚到了乔野的桌子下方。

徐晚星弯腰去捡，恰好和乔野在桌子下面撞了个正着。两人大眼瞪小眼，最后是乔野先一步够着了。

“你的笔。”他就这么猫着腰，在桌子下面把笔递给了她。

“谢谢啊。”徐晚星接了过来，挠挠头。

下一秒，前来找徐晚星混时间的于胖子疑惑地看着桌子下面的两人：“你们俩在干吗啊？”

徐晚星的背一僵，噌噌地爬起来，扭头就看见他那一声问询引来了无数人的注意，四面八方投来的都是火辣辣的目光。

她迅速举起手里的笔：“捡笔，捡笔。”

于胖子是纯粹的直男小胖墩儿，过于粗糙，压根没意识到四周都是看热闹的吃瓜群众，随口一笑：“嘿，捡支笔还在桌子底下互动一番，你不说，我还以为你俩在下头聊天呢。”

教室里没人起哄，但那几十道目光，以肉眼可见的速度，唰地亮了起来。

同一时间，装模作样的讲话声微弱了下去。

徐晚星：“……”

你不说话，真的没人怀疑你是哑巴。

她从来没有这么想对自己人发起邀请，约一场架，把人拎出去暴打一顿。但她是文明人，忍了，只拎着于胖子的衣领，出门左转，谈一谈心。

学霸和学渣的课间十分钟是有很大区别的。就好比辛意和万小福这样的好孩子，下课不是在教室里看书，就是在办公室问题。但徐晚星的麻将小分队绝对不会在这两个地方，他们不是在走廊上唠嗑，就是在走廊上观光。

观光的内容也比较多元化。

比如于胖子，他主要观赏整条走廊上各个班级的女生。

“贾小鱼今年长高了不少，高挑。”

“李春花这是长胖了啊，双下巴都出来了。”

春鸣凝神看他一眼：“您可别说别人了，您这四层下巴的人都在招摇过市。”

于胖子愤怒地挥了挥拳头，磨刀霍霍向猪羊。

春鸣的看点和于胖子不太一样，他主要关注同性。

“我初一的时候认识李佳许，他就一米六一，现在都高二了，他还是一米六一。我怀疑他妈给他吃了凝固剂。”

全场笑出唾沫星子。

至于徐晚星，话题一向天马行空，不过最近有了固定化趋势。

“气死我了，他怎么又比我快一分钟！”这是数学课后。

“那么难的题，我检查了三遍才敢交，还以为这回铁定碾压他。他居然也满分！”这是物理小考后。

“今天师爷留的奥数题超纲了，我做了十来分钟，还没头绪。”这是晚自习前，徐晚星烦躁地踹了一脚墙，“要是我没做出来，又要让他出风头了。”

于胖子是无法感同身受的，但他很有义气地拍拍徐晚星的肩，说：“没事儿，做人要想开点。女人也许会欺骗你，兄弟也许会背叛你，但数学不会。”

徐晚星：“？”

“数学不会就是不会。”于胖子咧嘴一笑。

下一秒，他在春鸣同情的眼神里，被徐晚星暴打一顿。

可也就是在这样的“钩心斗角”中，徐晚星渐渐接受了乔野的存在。他的到来，虽未把她从理科天才的宝座上挤下去，但那宝贵的单人座忽然变得拥挤起来，她得绞尽脑汁，才能死死地坐在那上面——虽说大部分时间，还得和他挤着坐。

可这对徐晚星来说未必不是件好事情，生于忧患，死于安乐，竞争往往才能让人有警觉感。过去，她只需凭借天赋技惊四座，如今呢，努力终于成了必不可少的环节。

至少，徐义生、罗学明和张永东都很欣慰。

罗学明还隔三岔五喜滋滋地跟张永东说：“咱们的办法还是管用啊，就是要挫挫这丫头的锐气，免得她恃宠生娇，懈怠了。”

一旁教语文的陈老师看过来，表情复杂，一言难尽。

她好像知道罗老师为什么这么喜欢徐晚星了，他俩简直是一个套路，用成语的水平“超凡脱俗”。

秋末时，冬寒已至，天黑得越发早了。

蓉城的冬天与北方不同，北方的冷是豪爽大气的，吹风就是吹风，狂风大作也表现得落落大方。但蓉城的冷是刺骨的，悄无声息地钻进骨子里，冻得人手脚冰凉。

有天晚自习时，徐晚星正在一边搓手，一边跟越来越难的奥数题死磕，于胖子小声地朝她嘘了嘘：“欸，春鸣呢？”

徐晚星抬头，朝春鸣的座位一看，空的。

她顿了顿，小声地说：“欸？刚才课间的时候，他不是还跟我们在走廊上东拉西扯吗。”

“快上课的时候，他说去小卖部买点吃的，晚自习看看小说、嗑嗑瓜子啥的，然后就没回来。”

万小福坐在讲台前，尽职尽责地监督晚自习。虽说心里是向着徐晚星的，但他偏袒也不好太过明显，于是咳嗽了两声，示意他们动静小点。

他是班长，是学霸，按理说，和徐晚星八竿子打不着，但高一在篮球场差点被人砸时，是她出手相救。

从此，知恩图报的班长就开始关照这位偏科的同学。

徐晚星看了眼手表，晚自习已经开始二十多分钟了，春鸣买什么，也该买回来了。

心念一转，她蹙眉站起来，跟万小福示意：“我去趟厕所。”

然后，她大步流星地往外走。

若是换作于胖子、大刘等人，哪怕一整个晚自习不回来，她也没什么好担心的。可一去不回的是春鸣……

徐晚星加快步伐，匆匆往小卖部跑。

找到春鸣的时候，她还没到小卖部，正在下坡路上飞奔。余光忽然瞥见篮球场的边缘坐着一个人，瘦筋筋、干巴巴的身材，偏偏个子很高，不容忽视。

春鸣抱着膝盖，埋头蹲在那，一动不动。

徐晚星脚下一顿，然后快步走了过去。

她停在那人面前，张了张嘴，没叫出“春鸣”二字。眼前，平日里干净整洁的少年一动不动地蜷缩在水泥地上，头发凌乱，校服也乱七八糟，沾了泥土不说，背上还有几个极为清晰的脚印。

天已经黑了，冷风从毫无遮挡的篮球场四面而来，无孔不入。

徐晚星蹲下来，伸手碰了碰他的手背，果然，冷得像冰。她一言不发，脱下自己的棉衣，一把罩在少年的背上。

“跟我回去。”她站了一会儿，握紧拳头说。

春鸣动了动，却没站起来。

“你想在这儿冻死吗！”徐晚星皱起眉，搓了搓手，“我可不想陪你一起受这罪。”

春鸣抬头看她，脸色一如既往地苍白到近乎透明：“我这样子，怎么回去？”

“只要不是死在这儿了，都得回去。”她不耐烦地伸出手来，一把拉起这比她高出一个头的家伙，“留在这儿有什么用，回去养精蓄锐，再谈后续。”

“后续？”

徐晚星的脸色沉下来，嘴唇一抿：“有仇报仇，有怨报怨。”

回教室的路上，她只问了春鸣一句话：“谁干的？”

春鸣淡淡地说：“还能是谁？！高三的那几个。”

也是，高一高二的，看在徐晚星的面子上，也不太敢招惹春鸣。可高三有那么一拨人，很快就要被分流了，也确定无法再继续考大学，当然天不怕、地不怕，尽情挥霍着这所剩无几的高中时光。

徐晚星点头，干脆利落地说：“知道了。”

“你可别去找人干架。”

“怎么，怕我干不过？”

春鸣笑了：“干不过？这我倒是从来没担心过。”

下一秒，他认真地侧头看着徐晚星：“我这毛病，一辈子大概都改不了。被人嫌恶、被人戳脊梁骨，我也没什么好在意的。可如果耽误了你的前途，那我真是粉身碎骨都赔不起。”

徐晚星：“好好说话，别跟我煽情！”

春鸣哈哈笑：“那几个本来就是人渣，你犯不着为了我去跟他们一般见识。他们倒是不怕记过，不怕被开除，可你不行。”

徐晚星侧头看着嘴角带笑的少年，他清瘦干净，即便在这样难堪的情况下，眼神也一如既往地淡若春风。他一向善良聪明，却被人诟病太女生气，不仅身材弱不禁风，连言谈举止也不够粗犷大气。

她是知道的，知道他所谓的“毛病”，知道他为什么被人戳脊梁骨，可是——

“春鸣。”她认认真真、一丝不苟地叫住他，郑重道，“那不是毛病，而是你来这世界一趟应有的权利和最特别的美丽。”

春鸣一怔，嘴唇动了动，眼底一片滚烫。

可下一刻，这个严肃不过三秒的大姐头又挥了挥手，大大咧咧地往教室走，说：“放心吧，该动手就动手，我绝对不多说废话。但脑子我也有，不会搞出事。”

徐晚星风风火火地带人回到教室时，乔野抬头看了一眼。

不知为何，她离去时还忧心忡忡，回来却是……杀气腾腾。乔野定定地看着她的背影，又看了眼落座的春鸣，眼底一片诧异。

徐晚星此人，热血中二少女，讨厌一个人时，恨不得拿鼻孔对着他，说好恩怨两清后，又大方得能在每天放学时都友好和气地扔下一句：“那我走啦，学霸！”

然而，今日，徐晚星在下课铃声响起后，一言不发地拿起书包，风一样地冲出了教室。

自从把春鸣领回教室后，她就没安分过，先是让辛意和于胖子换了座位，然后神情凝重地窃窃私语了半个小时。

乔野看在眼里，发现她的眉头就没松开过。

“你让大刘陪春鸣回家，咱俩去堵人。”这是下课铃声响起时，徐晚星终于提高了音量，乔野才模模糊糊听见的最后一句。

于胖子也背起书包就跟着往外冲，满脸惊恐地叫着：“姐，我这体格可动不了手啊！您老是不是换个人选，要不，我去送春鸣？！”

徐晚星并没有给他商量的余地，风风火火地消失在教室门口。

于胖子哭丧着脸，揪了揪衣角，认命地追了上去。

乔野骑上山地车，一路上有些心神不宁，下意识地放慢了速度，留意着道路两旁。他并没有意识到自己在找什么。直到骑到离学校不远处的一段下坡路时，他猛地一刹车，停了下来。

这一段路的路灯光昏暗，都是老旧的平房，路边有两家挨着的店——一家台球馆，一家游戏厅。

他看见于胖子在其中一家门口鬼鬼祟祟地往里看，显然在迟疑到底进不进去，可最后一跺脚，还是钻了进去。

乔野把车往路边一停，上了锁，走到了游戏厅门口。

这年头其实并不太流行电玩了，能见到这些机器，除了在商场里的电玩城，几乎没有别的场所。

可临近学校，被两所高中包围，老板也花了点心思，低价从电玩城搞来一些老旧的机器，修一修、抛抛光，搁在几十平方米的小屋里，还做起了不错的生意。

门是玻璃门，门内拉起了厚重的遮光门帘，免得来往的人看见里头的光景。

乔野走到门边，把帘子拉开了一条缝。

徐晚星今天穿了件浅蓝色卫衣，本来还有件外套，给了春鸣，这会儿就显得很单薄了。她单枪匹马地站在几个五大三粗、头发略显中二杀马特的少年面前，毫无惧色。

乔野一眼就看见了她。

于胖子有些缩手缩脚的，站在离她五六步开外的地方，脸上倒是露出了非常凶狠的表情，但背都挺不直，一看就是虚张声势。

游戏厅和台球馆是同一个老板开的，他一般坐在隔壁守着台球桌。反正游戏厅是自动投币系统，用不着人守，有事隔壁吆喝一声，他也后脚就到了。

正因此，此刻屋内剑拔弩张，却无人来管。

徐晚星也刚到，知道这哥几个成天都泡在这两家小店，直接上门寻人。

乔野拉开帘子时，恰好看见她把书包扔在脚边，甩了甩手腕，权当活络手脚，嘴里开门见山地点题：“你们谁先来，还是一起上？”

乔野：“……”

要不是目睹这一幕，他会以为她在演电影，还是二十年前的《古惑仔》那种。

为首的男生梳了个都快根根冲天的头，显然发胶用得不少。

他原本在玩摇杆机，没想到会听见女孩子的声音，还来得这么没头没尾的，于是不耐烦地说："哪儿凉快，上哪儿待着去！"

倒是他旁边的一个平头男生侧头看了一眼，认出了徐晚星，遂用胳膊肘推推他："欸，欸，是她。"

"我管她是——"话音未落，看清眼前人的发胶男戛然而止，松开了摇杆，眯眼盯着徐晚星，"是你？"

徐晚星扯了扯嘴角，皮笑肉不笑："是啊，很意外吗？"

其实也没什么好意外的，他俩干过架，就在半年前。

起因还是春鸣。

这个世界上从来不乏毫无缘由的仇视，就像有人种族歧视，有人性别歧视，有人欺凌弱小。

发胶男叫什么，徐晚星记不清，事实上，她活得没心没肺，一开始和春鸣也是八竿子打不着的关系。在一个班里待了半年，她还只记得人家的名字，根本没有来往。

可是，有一天中午和于胖子等人在教室打麻将，中途去上厕所时，她在楼道里撞见了挨打的春鸣。

她只认得被打的人，动手的几个男生统统不认识，但她徐晚星是谁啊！有人欺负同班同学，还几个打一个，她看得过去吗？！

当然看不过去，要打也该一对一。

"以多欺少算什么英雄好汉？！"她飞起一脚把人挡开，一把拉过春鸣。

可能社会哥们忙着混社会去了，语文都学得不好，动不动就是那两句话："你算哪根葱啊？！有你什么事儿？！"

这话，徐晚星在篮球场一战成名时，也听过。

她咧嘴一笑，说："对呀，我就爱多管闲事，怎么办呢？"

她狂妄而不可一世，这样的自信是天生的——或者，是跆拳道黑带给的。

那一天的动手其实还算客气，大家都只是小打小闹地折腾了一下，发胶男挨了几脚，徐晚星也被抽了一脑门儿。最后有老师赶来，大家一哄而散，谁也不想进政教处。

也是在那一天，徐晚星第一次认认真真地看着平常沉默寡言、仿佛活在自己的世界的少年，听他诉说了挨打的原因。

无他，仅仅是因为性格的问题，他就遭受了不公平的待遇与恶意欺凌。

瘦弱、漂亮而敏感的男孩子，因为带有一点女生气，被欺负、被侮辱，自尊心不允许他低声下气，所以不顾对方人多势众，开口反驳，然后就遭到了这样的打骂。

……

再后来，徐晚星把春鸣拉进了麻将小分队。

游戏厅里的一架，不会像半年前那样简简单单就过了。这里没有老师，春鸣也不再是她未曾交心的同班同学。

徐晚星握着拳头，质问对方："为什么又对他动手？"

发胶男笑了："我想打就打了，就是看不惯他，你有意见？"

如果公平存在于每个角落，如果善意能够感化所有丑恶，那么这世上也不会有无数隐忍而无力的灵魂仍在备受压迫与煎熬。

徐晚星十七岁，早已明白暴力并不能解决问题，但此刻面对这样的对手，公平也许只能诉诸暴力。

她咬紧牙关："我再问一次，跟他道歉，以后老死不相往来，这事儿就揭过不提，你同意不同意？"

"你逗我玩儿呢。谁跟你小孩子过家家！"发胶男极不耐烦，"有事说事，没事滚回家去。那人跟你有什么关系啊，要你一个女生出来替他撑腰？！"

他背后的两个男生也跟着起哄，笑得满脸褶子。

"而且，你跟他什么关系啊。"平头男生挤眉弄眼的，"我说，小姑娘长得也挺好看，犯不着去喜欢这种人啊。"

话音未落，徐晚星动了。

她一脚踹在平头的腹部，踹得他直接倒在身后的游戏机上，叫出了声。

几十平方米的室内昏暗潮湿，十来个学生埋头在各式游戏机上，被这动静惊得抬起头来，游戏也不玩了，纷纷围观起来。

一场混战在所难免。

起初徐晚星占上风，可也就是短短一分钟的时间，情势陡转。

一直落于下风的发胶男被一脚踢到了桌子上，一眼看见面前的水果刀，恶向胆边生。

“小心——”门边传来谁的声音，熟悉的音色里带着不熟悉的紧绷与慌张。

徐晚星分了心，下意识地回头去看，下一秒，胳膊被人扎了。

乔野也已经冲到了她的面前，一把推开发胶男，拉住她一看，只见水果刀划破了两层衣服，留下一道不浅的伤口。血很快涌出，染红了衣袖。

见血了，那三个男生也定在了原地。

发胶男把刀一扔，恶狠狠地说：“再有下次，就不是胳膊了！”

徐晚星还要冲上去继续，那几人却一溜烟跑了。

也就在这时，老板才从隔壁的台球馆姗姗来迟，慌慌张张地吆喝着：“欸，跑什么跑？！”

进门一看见满屋狼藉，桌子椅子倒在地，再一看满身狼狈的徐晚星，他大嚷起来：“欸，打架打坏了我的东西，不赔钱可不许走！”

于胖子总算从角落里哆哆嗦嗦地爬出来：“不是，我们是被打的——”

“我管你们谁打谁？！总之，打架的是你们，不把钱赔了，一个都不许走！”

乔野攥着徐晚星的胳膊，回头冷冰冰地看着老板：“那麻烦您先把营业执照拿出来看看。东西可以赔，但赔多少、怎么赔，恐怕要叫警察来算，您说了可不算。”

“欸——”

“还有，在场的都是未成年人，您这游戏厅不仅有电玩，赌博性质的机器也不少，后续怎么处理，您再好好琢磨琢磨。”

“……”

得了，有知识、有文化的学霸出手，老板一言不发，放行了。

乔野一言不发地拉着徐晚星往外走，手上很用力。

这样荒唐的夜里，胳膊上还被扎了一刀，徐晚星也不知道自己为什么没哎哟连天地叫痛，也好像不太担心老徐会怎么处理她，反倒在走出门的过程中笑出了声。

她侧头看他异常紧绷的脸，说：“欸欸，学霸，我今天才发现你虽然不会打架，但是临危不乱，气势还是很够的。”

乔野停在山地车旁，侧过身来，眼神像刀子一样朝她飞过去。

“闹成这样，你想说的只有这些？”

徐晚星一愣：“那我该说点什么？”

乔野盯着她，脸色难看得即便是昏暗的路灯光都能将他的怒意照得一清二楚。

“徐晚星，你没有脑子吗！什么事情都靠拳头解决。一个女孩子，也不知道对方底细，上去就是一打三。你是真觉得自己的身手打遍天下无敌手了，还是觉得贱命一条，死了就算了？”

“喂，你说话就说话，不要人身攻击啊！”徐晚星震惊了，也摸不着头脑，这家伙哪里来这么大的怒火。

她捂住伤口，莫名其妙地说：“要不是你忽然开口，就他那速度，这一刀，我完全可以躲开——”

“所以，还是我的错了？”

“那可不是。”她还是很讲道理的，这时候也不忘就事论事，“你要是不开口，我也不会受伤，所以，这确实是你的问题。”

乔野的脸色已经难看到让一旁的于胖子都忍不住退避三舍的地步了。在原地顿了两秒钟，他点头，说：“好，都是我的错。那你爱干什么就干什么，是我多事了。”

说完，他转身打开车锁，长腿一跨，骑了上去。

徐晚星一头雾水：“喂，怎么说来就来，说走就走的，我哪里又得罪你啦？”

那人骑上车，倏地远去，就好像上次半夜在山顶似的，她一句话没说对而已，他就小心眼地扬长而去。

徐晚星目瞪口呆地问于胖子：“他是哪根筋不对？莫名其妙跑进来骂我一通，又莫名其妙地跑了！”

于胖子也茫然地摸摸后脑勺：“我也不知道啊，要是春鸣在——”

话没说完，他就意识到春鸣是不可能在的。徐晚星要收拾那群人，怎么可能还让春鸣来现场。

可是，春鸣比于胖子聪明，甚至比徐晚星这个女孩子还要敏感，如果他在，一定知道乔野在想什么。

于胖子回过头来，说：“你这手还在流血呢，咱们现在去医院吗？”

徐晚星说："医院就算了吧，去诊所处理一下就完事。"

话音刚落，她想起什么："喂，你身上有钱吗？"

于胖子掏了掏裤兜："晚上买了面包，还剩三块。"

徐晚星摸了摸自己的包，掏出两块钱硬币。两人大眼瞪小眼，谁也没说话。

最后是于胖子弱弱地问了句："要不，咱们去买盒创可贴？"

贴上一二十块，大概能把血止住？

徐晚星无语地看看伤口，再看看于胖子，不明白自己为什么会和他交朋友。

可也就是一眨眼的工夫，那辆飞驰而去的山地车掉了个头，又像风一样骑了回来。

少年单脚支地，脸色难看得像黑面神："不去处理伤口，留在这儿等着血流尽而亡？"

"就这种伤口，血流尽而亡是不是太夸——"话说到一半，粗糙如徐晚星也察觉到了乔野的怒气值，再讲下去，可能她真得靠创可贴止血了。

她赶紧觍着脸凑过去："那什么，我俩没带够钱……"

乔野面无表情地看她一眼，说："下次打架之前，劝你把钱准备好。按照你这种不管不顾的打法，包扎费不够，最好准备个十万八万的手术费。"

徐晚星："……"

喂，够了啊，说教说一遍就行了，一直冷嘲热讽就没有意思了！

她用眼神警告他，结果对上他冷冰冰的视线，于是自动转化为春风一样热情温柔的目光："好了，好了，我知道了，同是天涯好同学，不如借钱止个血？"

"……"

她根本没有意识到事情的严重性，只知道插科打诨。

乔野很想扭头就走，可目光落在她的胳膊上，最终还是咬了咬牙，把手臂之间的位置空了出来："上车。"

咦？

又要共乘一辆山地车？

徐晚星愣了愣。

乔野的眉头就没松开过："你到底走不走？"

"走，走。"反正她受伤了，这是权宜之计，她就忍辱负重一下吧。

一回生，二回熟。徐晚星轻车熟路地跳上车前的横梁，握住乔野的车把，回头不忘跟于胖子说：“那我借乔野的钱去诊所包扎一下，你先回家？”

于胖子瞠目结舌地望着这两人，几个意思？

他错过了什么？

这不对啊，大家每天都在一个班里，他怎么不知道徐晚星和乔野啥时候好成这样了？！

这都共骑一车了，姓乔的还半搂着他家老大？！

他大着舌头说：“不，不成，我不看着你包扎好胳膊，不放心回家！”

徐晚星：“可车上没座了啊！”

于胖子：车上不早就没座了吗？！您老上去之前就没座了啊！

“不成，我不能丢下你！”他咽回几个问句，用余光瞥了眼乔野，非常警惕。

于是，最后，乔野载着徐晚星往几百米外的诊所行进，于胖子……

于胖子拖着一百六十斤的“娇躯”，大汗淋漓地在后面狂奔。

诊所就在每日放学必经之路上。

徐晚星在里间消毒、包扎伤口，于胖子坐在大厅等候，乔野在柜台前结完账后，侧身立在治疗室的门口看了两眼。

有她在的地方果然都很热闹，和头发泛白的医生，她也能聊得起劲。

医生问她：“这伤口是刀伤？”

“对，水果刀。”

“你切水果怎么还能把胳膊给切了？”医生匪夷所思。

“不是切水果，我是打架呢，结果差点被人当成水果切了。”

乔野：“……”可以，她还有心思开这种玩笑，他一局外人在这白担心了。

医生皱起了眉头：“小姑娘家家的，还跟人舞刀弄棍学打架？”

“嘿，您可别瞎说，我这是见义勇为、助人为乐呢！”

于是，两人很快就她如何见义勇为、助人为乐，展开了长达十来分钟的热聊。最后医生把她从治疗室送出来时，热情得跟亲爷爷似的，非得从柜台后头拿瓶络合碘、三盒创可贴送给她。

但在她出来之前，乔野从治疗室门口走开了，坐在了于胖子的身旁。

于胖子睨他：“你俩啥时候好成这样了？”

乔野一顿："哪样？"

"哼，都共骑一车了……"于胖子嘀嘀咕咕，发现乔野面无表情地盯着他后，又尿了，换了句台词，"反正你别动她的歪脑筋啊！我告诉你，虽然我尿，但哥们都不尿。要知道你对她有了什么歪心思，一人一口唾沫星子也能淹死你！"

想起徐晚星的麻将小分队，外加万小福、辛意这些好学生，还有上次在天台见过的送麻将的那位高三的社会哥……乔野扯了扯嘴角。

于胖子误会了："怎么，你不信？"

"我信。"乔野侧头看着窗外的夜色，不经意般问起，"你们为什么这么听她的话？"

"嘿，我说你，怎么说话呢！什么叫听她的话？大家感情好，一起玩儿，哪来谁听谁的这种上下级关系！"

于胖子翻了个白眼，却又忍不住挠挠头。

"我想想啊，为什么听她的……"

乔野笑了，这伙人，都和徐晚星一样的画风，大大咧咧，没心没肺，东拉西扯，却又真诚到毫无杂念。

于胖子用很简短的话叙述了他们和徐晚星之间的故事。

万小福，第一个被徐晚星出手相助的人，起因是在篮球场和高三的老油条发生的纠纷。徐晚星的出现让他免于挨打，同时，她还因为这事进了政教处，去国旗下做自我检讨。他感激涕零，从此成为她的忠实粉丝。

春鸣，因为性格内向的缘由，被人欺负——"就你刚才看见的和徐晚星干架的那几个"。从前他像个隐形人，沉默孤僻，后来进了麻将小分队，才成了军师似的存在，聪明才智有了用武之地。

当然，此处的"用武之地"有待商榷，乔野抽了抽嘴角，心道：打麻将、出馊主意，也不知道是哪门子的用武之地。

"大刘是因为亲爸听信后妈的谗言，不能给小孩子钱，有钱就乱花，挥霍就变坏。所以每天他不管多饿，一分钱也没有，在学校啥东西都没的吃。有一天徐晚星看见他在小卖部偷偷拿了一袋面包——"说到这里，于胖子忽然反应过来，一脸警惕地侧头盯着乔野，"欸欸，我讲的这些都是过去的事了，他只是一时鬼迷心窍，你可得听在耳朵里，烂在肚子里啊！"

乔野点头。

大概是乔野看上去很可信、很沉稳，又或许是于胖子没心没肺、盲目轻信，话题仍在继续。

“总之，徐晚星拿出自己仅有的晚餐钱，替他把那袋面包买了下来，自己反倒什么也没吃。后来大家知道了他家里面的情况，就从家里带了点吃的来，要不就是去小卖部买东西，总之一人分一点儿给他。”

于胖子挺感慨的：“要说徐晚星跟个男人似的粗枝大叶吧，其实不全对，有时候她又挺细心的。考虑到大刘的自尊心，怕他不接受，她居然还回去想了好久。最后，她是打着打麻将的旗号——毕竟她常赢，赢了请大家吃东西，大家又礼尚往来，把自己的东西分享出来，这也是天经地义嘛——然后大刘的问题就解决了。”

于胖子插科打诨，拉家常似的，三言两语勾勒出了高一一整年的时光。

那一年，乔野还在北京，尚未见识过麻将小分队的集结，也没有目睹徐晚星三番五次挺身而出，天不怕、地不怕，有什么事就打一架的盛况。

可简短的语言，竟令他心头一动，有些说不清、道不明的情绪上下起伏，难以平息。

最后终于轮到于胖子本人。

“我嘛，也是校园霸凌的受害者。”他愤愤不平地握紧双拳，还不忘自我辩解一句，“当然，我现在是站起来做人了，但年轻的时候，谁还没有经历过挫折呢！你说对吧，乔同学？”

乔野从善如流，点头鼓励他接着说。

“我也是因为体型问题，所以被几个混蛋揍了。”回想起当初的场景，于胖子咬牙切齿，“那几个人动手不说，还用垃圾筐扣到我的脑门上，把我锁在体育器械室里……”

“所以，也是徐晚星帮了你？”

于胖子咧嘴笑了，一直紧握的拳也松了开来：“那当然。她不仅帮我解了围，还跟那几个浑蛋约了架，谁也打不过她。她还放话说，要是以后再给她逮到他们欺负我或者别的同学，她见一次打一次。”

少年人的狠话听上去也是幼稚可爱的，并没有什么威胁感。可乔野能清楚地想象出徐晚星说那话的样子，大抵是不可一世的，有天不怕、地不怕的狂妄，也有一身浇不灭的正义。

而说这些的于胖子，眼底有光，提及“徐晚星”三个字时，仿佛有了底气与信仰。

说话间，有人从治疗室出来了。

“欸欸，这些我没给钱，您可别给我啦。再给就亏本了！”徐晚星拼命推辞，不愿收下医生的慷慨馈赠。

“小姑娘还挺倔，让你拿着就拿着！你将来再乐于助人的时候，这不也好预备一下，免得受伤嘛。”

“那，一瓶药就成，别的也别给我啦，意思意思就好。”

乔野和于胖子都侧头看去，徐晚星的脸红红的，胳膊上包扎着绷带，挠挠头，不好意思地接过医生递来的塑料袋。

她昂首挺胸，像个凯旋的英雄，朝他们走来时，扬了扬胳膊。

“看到没，我又是一条好汉了！”

乔野静静地看着她，笑了。

对，英雄好汉。

此前乔野一度认为徐晚星江湖气太重，身为学生没有学生的样子，反倒像个地痞流氓，动不动就打打杀杀，只会用武力解决问题，可是，现在看来，似乎是他太偏执。

她是人们传统思想下的问题少女，却也是平凡世界里的盖世英雄。

乔野接过她手中的药，说：“回家吧。”

出了诊所，重新打开山地车锁，两人又一次无比熟稔地进入“共乘模式”。

徐晚星回头冲于胖子挥手：“赶紧回家吧，明天到了学校，别告诉春鸣我被人扎了一刀啊！”

然后，她就和乔野一起消失在马路上。

于胖子目瞪口呆地看着这一幕——

不是，你俩是不是也太自然了？！

秋末的蓉城，夜色不再温柔。

风里带着湿冷的寒意，迎面而来，像刀子戳在脸上。

徐晚星只穿了一件卫衣，袖子还被割破了，风呼呼地往里灌，简直冻得她一个激灵。

下一刻，山地车蓦地刹住，乔野单脚支地，把外套脱了，往她的跟前一递。

“嗯？”徐晚星愣住，“这么客气干吗？”

“穿上。”他言简意赅。

“也就一件衣服，总有一个人穿不了，不是我冷，就是你冷。”徐晚星想也不想就拒绝了，“你可别把我当普通的女孩子——”

“我把你当病号。”乔野淡淡地看着她。

“……”

行，病号，这还真是让人无话可说。

乔野手一松，那厚实的棒球服外套就这样落在她的怀里。

徐晚星也不矫情，三下五除二就穿上了，还回头哈哈笑着冲他扬了扬过长的衣袖。

“来，我给你跳支甩袖舞。”

她是真的没心没肺，没有发觉两人的姿势过于暧昧，也没有计较就这样穿上男生的衣服有什么不好。

他说她受伤了，她就上车了。

因为她是病号，所以她就把衣服穿上了。

她这样光明磊落，心里没有一丝一毫的矫情忸怩。乔野低头看着毫无防备、笑容明朗的人，顿了顿，才说：“坐好了。”

下一秒，山地车重新上路。

一路上，也说些有的没的，两人之间终于完全没有了曾经的剑拔弩张。

“徐晚星，跆拳道练了多久？”

“五年。”

“为什么想学这个？琴棋书画不好吗？”

“欸欸，你这什么意思？性别歧视啊？”

“没有。只是我感兴趣的就是琴棋书画。”

徐晚星像是在想什么，破天荒地没有不假思索就回答问题。

乔野也不催促，只在夜色里载着她朝清花巷的方向骑去。夜风虽冷，但他并不太冷，反倒觉得，若是可以，这样一路说下去，似乎也没什么不好。

他不是多话的人，成长的路上，鲜少跟人谈心，也不曾对人有过今日这样的好奇。

徐晚星是个例外。

她大概也是衡量了片刻——他是不是一个值得交心的人，最终自我妥协了。反正说就说呗，她光明磊落，有什么好怕的。

“我爸，你见过了。”这是她的开场白。

乔野微微点头，察觉到她是后脑勺对着他的，看不见，又低低地应了一声。

“他腿脚不便，从我出生起就这样了。”徐晚星声色如常，甚至带了一点平和的笑意，像在说家常，“我呢，不是我爸亲生的，而是他某天半夜收摊回来，在清花巷捡来的——”

吱的一声，车停了。

“欸欸，好好骑，把我摔了，我跟你翻脸啊！”徐晚星很凶。

乔野看了一眼她，默不作声，继续骑车。

“你也看见了，于胖子能因为体型就被人欺负，春鸣因为——”她顿了顿，含糊其辞地带过去了，“因为比较特别，也被人欺负。万小福还是班长呢，打个篮球也能被砸脑袋。像我这样的，一来是养女，二来老徐腿上又有残疾，被欺负简直再寻常不过。”

“可我是谁啊，我是徐晚星啊，我才不喜欢动不动就找家长出头呢。”她不屑地说，“我有手有脚，还有脑子，我想自己解决。”

少女坐在山地车的横梁上，神气十足地说着过往，但因为神经大条，她只感受到了自己的勇敢，忘了去想往事的心酸。

其实，她不是不愿找老徐替她出头，第一次被人欺负，哪能不找老徐呢？！

可是，对方拿起石头就冲老徐扔，嘴里骂着“死瘸子”，却偏偏因为童言无忌，老徐还不能跟人计较。

徐晚星气坏了，偏偏打也打不过，骂也骂不过。回家的路上，老徐一个劲地安慰她：“没事，咱们不跟他们一般见识。咱们是有礼貌的人，得明白拳头不能解决问题。”

可是拳头不能解决问题，那什么才能解决问题？

法律吗？法律制裁不了童言无忌。

师长吗？师长“事不关己，高高挂起”，即便是想管，也只能进行口头批评，不痛不痒。

那一天，徐晚星坐在父亲的三轮车后，看着父亲有些佝偻的背、逐渐斑白的发。她不是什么小公主，这一点她从小就明白。说真的，和粗糙的“抄手侠”老徐生活在一起，她也不可能想当什么小公主。

可不当公主，不代表她愿意受人欺负。

她尤其不愿看见老徐这样无力，用充满歉意的目光看着她。虽然他没说对不起，但满眼都是“我拖累了你”诸如此类的情绪。

不，他并没有拖累她。

如果没有他，哪来今天的她？！

那是徐晚星生平第一次感受到失眠的滋味。次日，她把老徐从床上摇醒，说：“爸，我要学跆拳道。”

徐义生揉揉眼睛：“啥玩意儿？”

“我要学跆拳道。”

家里没有多余的钱，父女俩的温饱问题都马马虎虎解决，哪来闲钱给她练跆拳道。更何况，小孩子学一学书法绘画都好，跆拳道是个什么必需技能吗？！

老徐：鸡肋！

可徐晚星一向懂事，从不乱花家里一分钱，这一次在跆拳道的事情上却铁了心要败一次家。

“以前两个月买一次新衣服，那大不了以后我半年买一次，你把多出来的钱给我。每周不是有五块钱的零食钱吗？我也不吃零食了，我攒着去报跆拳道班。”十岁的小姑娘一本正经地坐在爸爸的床头，掰着手指头数数。

这里五块，那里五十块……嘿，半年的跆拳道班都能报上了啊！

徐义生看她这么坚持，又怎么会不满足她的心愿。他也没少给她买新衣服，更没少那每周五块的零用钱，自己咬咬牙，从生活费里挤出了每月三百元的跆拳道课时费，把她送去了培训班。

清花巷到了，徐晚星说到一半，戛然而止：“欸，到家了！”

她跳了下来，从肩上取下外套，递给乔野：“喏，衣服还给你。”

乔野没有接过去，看着她：“后来呢？”

“后来？”徐晚星咧嘴一笑，特别神气地说，“后来我就成打遍天下无敌手的徐女侠了啊！”

她要保护自己，不让老徐担心。

更要紧的是，她要保护老徐，不让他伤心。

再后来，她从老徐那里耳濡目染的江湖气、不拘小节，都促使她路见不平、拔刀相助。她从不爱用暴力威胁他人，可她愿意匡扶正义，去帮助那些饱受欺凌的人——无其他别的原因。

“因为我也曾经是其中一员。”她笑得光风霁月，落落大方地望着乔野，“我帮不了所有人，但身边有人被欺负，我能出手就出手。因为他们每一个人都是曾经的我。”

“好啦，我走了。”她把衣服塞进乔野的怀里，从包里掏出钥匙，满脸得意，“还好老徐要摆摊，不然，我这胳膊被他瞧见了，一准儿罚我跪键盘！”

她哗啦啦一声，拉开了卷帘门，回头冲他摆手：“谢谢了啊，学霸。钱我明天还你。”

乔野张了张嘴，却只说出一句：“不客气。”

卷帘门又哗啦啦地合上了。

他在门口又站了片刻，才推车往宽巷那头走。

走到一半时，他又没忍住，回头朝二层的棚户望去。那里的灯亮了起来，他却看不见徐晚星的身影。

他想起了Coldplay的那首歌。

Sat on a roof, named every star, you showed me a place where you can be who you are.

The whole milky way in your eyes, I drifted away.

当徐晚星没心没肺地讲着那些故事时——

他低头看着她的后脑勺，明明看不见她的眼睛，却觉得，星河万千，真真切切地映在她的眼底。

过去的十七年里，他从未见过如此闪耀的星。

Chapter 07

# 萤火之光

胳膊被扎伤的徐晚星，趁老徐还没回家，偷偷摸摸把破掉的卫衣洗干净，晾在屋顶。

看着那道显然不可能糊弄过去的大口子，她琢磨了老半天，从抽屉里找出老徐那并未拆封的针线盒，捏着衣袖左右比画，然后认认真真地动起手来。

想她不仅能执笔解奥数物理压轴题，还能舞刀弄棍惩戒地痞流氓，针线活这种小事，肯定也不在话下。

然而，愿望总是美好的。

半小时后，徐晚星瞪着衣袖上歪歪扭扭、不堪入目的“大蜈蚣”，深刻感受到了来自命运的恶意。

她有点窒息。

糙汉父亲养大了一位糙女儿，在这种心灵手巧的家务活方面，徐晚星简直一窍不通。

可是，能怎么办呢？缝补得丑，衣服也得穿，毕竟她一个季节就那么几件衣服，一只手也能数得过来。并且，这件还是她最喜欢的。

徐晚星唉声叹气地回到书桌前，也就悲伤了那么五分钟，很快又和数理化死磕上了。

期中考试马上就到，多练一练手没毛病。

其实，过往一年，徐晚星对数理化从未如此认真过，天赋和努力顶多也就八二开，随便写写也能碾压一众学子。这学期的改变，起初是为了和乔野较劲，毕竟她也有不服输之心。

可后来呢，这样死磕着，她和乔野转眼从仇人变成了朋友。

也许“朋友”二字也不尽然，竞争关系之下，他们还是隐秘的同道中人，今日从游戏厅归来，又算得上是患难之交了。

直来直往的徐晚星，非常大方地为乔野盖上了“好兄弟”的章。

习惯成自然，她每天归来都和数理化死磕，磕着磕着，就磕嗨了。出于对数字的热爱，她乐在其中。

隔日踩点到了教室，徐晚星大大方方地跟乔野打招呼：“来得早啊，学霸。”

乔野对这个称呼沉默了几秒钟，说：“我有名字。”

徐晚星恍然大悟，敢情人家嫌这称号没有指向性，分辨不出来是叫谁，赶紧讨好地补充一句：“好的，乔学霸。”

“……”

还不满意？

她火速再换：“野学霸？乔野学霸？乔霸霸？野霸霸？”

乔野面无表情：“你还是叫我学霸好了。”

徐晚星没忍住，扑哧一声，把书包往椅子上一放，回头眉开眼笑地叫了声：“乔野。”

倒是乔野一愣，忽然间忘了说话。

下一刻，她从书包里掏出三十块钱，递过来：“谢啦，昨天的看诊费。”

乔野知道她家条件不好，这钱其实不想收的，可她看似大大咧咧，内心也有自己的坚持——这一点，从她选择跆拳道就能看出。

顿了顿，他也没有多言，收下了钱：“胳膊怎么样了？”

徐晚星眉开眼笑，像个金刚芭比一样，一点不娇滴滴，伸伸胳膊给他瞧：“呵，这点小伤小痛，我才不放在眼里。”

尽管她不放在眼里，还是有人放在眼里。

徐晚星是数学课代表，早自习前，要把前一天的数学家庭作业抱去放在罗学明的桌上。数学练习册很厚一本，全班的加起来能压死人。

乔野看她收齐了，放在桌上最后数一遍，刚想开口，就见第一排的万小福跑了过来。

“徐晚星，我帮你抱过去吧。”

徐晚星：“嗯？”

万小福凑过来，忧心忡忡地看了眼她的胳膊：“早上买油条的时候碰见了于庆庆，他都跟我说了。”

徐晚星：“于胖子这个大嘴巴！”

下一秒，万小福当仁不让，抱起厚厚一摞练习册，稳稳地朝办公室去了。

乔野顿了顿，话都到了嘴边，又咽了回去，眼睁睁地看着徐晚星笑成狗尾巴花似的跟万小福称兄道弟，连连道谢。

体育课，威武雄壮的肌肉老师是新来的，新官上任三把火，还不想把体育课变成孩子们的自由活动时间。

他非常有气势地教育大家：“现在的孩子，成天就知道打游戏、做题。看看你们这样子，一个个精神萎靡，没有一点朝气蓬勃的样子！”

他指了指于胖子：“要么营养过剩，肥胖——”他又指指春鸣，“要么营养不良，干瘦——”

最后，他充满热情地朝大家拍拍手：“来，跟我一起，咱们今天练一练扔铅球！”

徐晚星：“……”

很好，她胳膊废了的第一天，碰上了扔铅球。

乔野在她的前一排，听见“扔铅球”三个字，回头看了一眼斜后方的她，低声问：“要不要请假？”

话音刚落，就听见边上的大刘声音洪亮道：“报告老师，我们班的徐晚星同学身体不适，不能扔铅球！”

肌肉老师：“哪个是徐晚星？”

徐晚星出列：“我是，我是。”

老师看看她：“你身体怎么了？”

徐晚星看了一眼春鸣，不想说出自己胳膊受伤，一时之间卡住了，干脆侧头去看大刘，把难题又抛了回去：“哪有你这样说话说一半的？喏，快跟老师讲清楚，我身体到底怎么不适了。”

"……"

大刘：怪我，吃饱了撑的没事干，非得插这么一嘴！

还是于胖子机智，赶紧补充一句："报告老师，徐晚星她这是每个月例行不适。"

老师："……"

大刘："……"

全班："……"

徐晚星："！"

肌肉老师沉默片刻，咳嗽两声："既然身体不适，那就不用扔铅球了，回教室休息吧。"

末了，他忍不住嘀咕，"现在的小姑娘还挺奔放啊，来个'亲戚'，全班都知道了……"

徐晚星面无表情地朝教室走，半路上回过头来，指了指于胖子，在脖子上比了个"咔嚓"的动作。

于胖子吓得花容失色，四处求救："完犊子了，徐晚星要制裁我了！"

四周一片哄笑声。

整整一天，徐晚星都活在众人默契十足的照顾之下。乔野是个局外人，哪怕有心帮忙，机会也总是在片刻的迟疑后就失去了。

他唯一能做的，是在课间她与麻将小分队去走廊上观光闲聊时，从课代表处把她的作业一并领回来，放在她的课桌上，抑或在她的纸和笔被匆忙经过的同学碰掉时，默不作声地替她捡起来，整整齐齐地放好。

甚至，他在课间去饮水机处接热水，经过她的座位时也顿了顿，看了一眼水所剩无几的水杯，状似不经意地拿了过来，一齐接满后，又放回原处。

徐晚星站在走廊上，将一切尽收眼底，没忍住，失神片刻。

上课铃声响起时，她回到座位上，不经意般问起"咦，谁给我接水了？"

后座的人仿佛没听见，自顾自地看着英语书。

她干脆回头问他："乔野，看见谁动我的水杯了吗？"

被点名的乔野抬起头来，淡淡地说："没看见。可能是辛意接水的时候，顺便替你也接了吧。"

徐晚星定定地看着他，片刻后，弯起嘴角："哦，那还真是谢谢她了。"

所以，学霸都这么别扭的吗，做了好事不留名就算了，还留别人的名。这种操作，她生平第一次见。

她坐了下来，拿起水杯，慢悠悠地拧开盖子，喝了一小口。

还挺贴心嘛，水温掌控得恰到好处，不至于烫死人，也不会太凉。

徐晚星背对着他，目视黑板，笑了。

大扫除时间，高三的走廊上传来一声怒吼。

卫冬猛地一拍桌子，噌的一下站起来："谁造的谣？！"

几个男生你看我，我看你，最后还是爆料的那个板寸头开口了："这事儿吧，早就有人在传了。其实，徐晚星偷拿转学生的校牌已经是上个月的事了，不光他们年级，咱们年级不少人也都知道。主要是怕影响你的情绪，大伙儿才没敢告诉你。"

卫冬不可置信地反问："她偷拿人家的校牌？"

"是啊。"

"不是，她偷人家校牌干什么？！"怒不可遏之际，卫冬还能理清头绪。

几个男生下意识地后退了一步。

总而言之，消息严重滞后的卫冬，在校牌事件发生一个月后，才终于得知了这个消息。火冒三丈的他，很快带人怒气冲冲地杀去了高二（3）班。

徐晚星听说这个消息时，人还在小卖部。

当时她正犹豫不决地在三块五的热狗面包和两块钱的红枣蛋糕间徘徊着，心里还惦记着昨晚那三十块钱的看诊费。

辛辛苦苦从半个多月的晚餐钱里每天节省一两块，好不容易攒够了三十块钱，被那发胶男一刀就捅没了。

她都要呕出一口血来了！

辛意在她的旁边，非常善解人意地说："你买红枣蛋糕吧，热狗面包反正我买了，我分一半面包给你，你分一半蛋糕给我。"

"哪能这么占你便宜啊！"徐晚星当机立断，拿了热狗面包。

正结账时，她就见一个胖乎乎的身影从大老远一路飞奔而来，毫不夸张地说，带起一路灰尘，效果不亚于地动山摇。

于胖子气喘吁吁地停在小卖部门口，扶着门一边喘气，一边说："徐晚星，快、快跟我回去，乔，乔野他——”

“他怎么了？”

于胖子好不容易把气喘匀了：“乔野被卫冬带走了！”

“什么？”

“卫老哥带人气势汹汹地跑到我们班，几句话的工夫就把人弄到天台上去了，我看不妙！”

徐晚星把手里的面包往食品架上一扔，扭头就往天台跑。

辛意叫了一声，没见她回头，想了想，又从食品架上拿起那个惨被抛弃的面包，一起结了账。

人都有两面性，卫冬也不例外。

徐晚星知道这个道理，却从未提防过他，一来是因为，她也是众人眼中不学无术、只会打架的问题少女，可她并不觉得自己是坏蛋；二来是因为，至少卫冬在她的面前时，永远都像条无害的大狗子。

当于胖子说卫冬把乔野带走时，她才真真切切地意识到，卫冬也是个不良少年。

他会对乔野动手吗？

学霸那肩不能扛、手不能提的斯文少年，要真打起架来，岂不是毫无还手之力？！

何况他那么骄傲，不管在什么情况下都嘴硬得要命，真把卫冬惹毛了，把他打得满地找牙可怎么办？！

脑子里浮现出春鸣被欺负的样子，学霸也没比春鸣壮实到哪里去……徐晚星越想越怕，拿出百米冲刺的速度，一阵狂奔，大冷天里竟然跑出了一身汗。

天台的铁门仍是锁着的，她气喘吁吁地停在门口，一眼看见被五六个人堵在中间的乔野，刚想大喝一声“你们干什么”，话还没说出口，就隐隐察觉到哪里不对。

等一下，事情好像和她想象中的不太一样……

乔野的的确确被几个凶神恶煞的社会哥堵在中间，但他面无惧色，反倒是几个社会哥一脸犹疑不定的样子。

他背脊挺得笔直地站在卫冬的面前，说：“如我所说，这事不划算。”

卫冬呸了一声："我管他划不划算！所有人都知道我对徐晚星什么态度，你一个新来的，不讲先后顺序，也不跟我打个招呼，一言不合就抢人，这是人干的事儿吗？！"

乔野很淡定，就跟上课讲解题思路似的，条理清晰、思路顺畅——

"我就说三点，说完随你，想怎么解决都在于你。"

卫冬也还算讲道理，眯着眼睛，表情不善："行，那大哥我就给你一个机会，你好好解释一下。"

乔野的解释还真是一目了然的学霸模式——

"第一，我和徐晚星不是你想象中的那种关系。你也没有权利插手她的人际交往，也不可能对所有和她来往的男性都用暴力进行处理。"

卫冬嗤了嗤："我就管了，怎么着？！"

"第二，如果今天真的动了手，明天我们就该在政教处碰面了。上了天台，又打了群架，如果我没猜错，你还有处分在案，新旧罪名加起来，留校察看恐怕都兜不住你。"

卫冬眼睛一瞪："大不了被开除。我怕这个？！"

有人在旁边附和："就是啊，开除怕什么！"

乔野淡淡地说："被开除倒没什么，但被开除了，你就见不到徐晚星了。"

卫冬眼睛瞪得更大了，嘴唇动了动，没能说出话来。

"第三，徐晚星是什么性格，你应该比我更清楚。如果让她知道你对我动了手，你觉得她今后还会拿正眼看你吗？"

卫冬的脑子里有一道闪电劈下，浮现出徐晚星高一那年在篮球场为陌生人挺身而出的场景。

即便是陌生人被欺负了，她也会二话不说地站出来，那么，今天被欺负的是乔野……

卫冬迟疑了。

乔野见他面露难色，从容道："想通了吗？如果你想通了，今天这事，我们权当没发生过。我不会告诉徐晚星，你也不会成为她心里的恶人。"

"那如果没想通呢？"

"没想通，大不了按你的原计划行事，我挨一顿打，但你也不过是伤敌八百，自损一千。"

卫冬整整挣扎了半分钟，无从辩驳，却犹自气不过："那你得跟我保证，你绝对不会对她动什么歪脑筋！就算，就算真要做什么，也得提前知会我一声，咱们公平竞争！"

他是一根筋的恶霸，也是热血耿直的少年。心仪的姑娘迟迟不青睐他，可至少他要争取一个公平竞争的机会，才不能让眼前这个小白脸"近水楼台先得月"！

乔野笑了，不紧不慢地说："一言为定。"

"你拿什么保证？"

"拿我的名字。"他微微一笑，那一笑里居然有一种无言的气势。

其实，卫冬是想反问，你的名字有什么了不起的。可对上乔野的目光，他有一瞬间的错觉，好像这个名字真的挺牛的……

乔野没再跟他磨蹭，说完话，身姿笔直地从人群里走出来，闲庭信步般，仿佛刚才完全没有面临过即将被群殴的风险。

身后传来几个少年的声音——

"欸欸，就这么放他走了？"

"是不是太便宜他了？"

卫冬咬牙："不然呢？动了他，等着徐晚星跟我反目成仇？"

众人不说话了。徐晚星，这是卫冬此行的目的，也是他的软肋。

下午六点半，夕阳的最后一抹余晖洒在乔野的身上，那件白色外套仿佛泛着柔和的光华，少年皎皎如月，一身傲骨。

徐晚星下意识地侧过身去，心跳都慢了一拍，下一秒，逃难似的往楼下飞奔。

姗姗来迟的于胖子在楼梯上与她撞了个正着，哎哟一声捂着胳膊："干吗呢，干吗呢，欸欸，楼上怎么样了？"

徐晚星顿住脚："解决了。"

"嗯？这么快？"于胖子一脸震惊，"果然是星姐一出手，恶霸哪里走！"

徐晚星气笑了，回头看一眼通往楼顶空无一人的楼道，说："他才不需要我出手呢。"

"啊？你没出手？那他——什么啊，原来他会打架啊！"

"没出息，一天到晚就知道打架！"徐晚星瞥他一眼，径直往教室走，

"能不能动动脑子，用聪明一点的方式解决问题，成天喊打喊杀，一点不像个正经人！"

"？"

于胖子目瞪口呆地望着她的背影，摸不着头脑。

等一下，是谁一天到晚喊打喊杀了？是谁就知道用打架解决问题了？

这不是她徐晚星吗？！

期中考试的前一周，人人都奋战在熬夜的前线，毕竟佛脚这种东西，不抱白不抱。

偏偏有人想得开，放学回家第一件事：倒在床上睡觉。

半夜一点半，闹钟响了，她才又风风火火地爬起来，全副武装地准备上山看月食。

由于是半夜一点半，徐义生还在夜市摆摊呢，万一回家来推开她的屋门一看，发现没人，那可就大事不妙了。

徐晚星非常有先见之明，从柜子里抱出一床被芯，用被子盖住，捂得严严实实，伪造出床上有人的假象。

老徐顶多也就摸黑推门看一眼，也不会真过来仔细瞧她，她伪造的假象完全可以蒙混过关了。

甚至，徐晚星连最近常穿的冬季运动鞋也不敢穿走，从鞋柜里摸了双夏天的帆布鞋，套上就溜了。

她鬼鬼祟祟地跑到窄巷的口子上，找了辆共享单车，开锁后都要骑走，忽然又停了下来。几秒钟后，她掉头往宽巷的方向骑去。

小院里漆黑一片，叫不上名字的白色花朵在院子里迎风招摇。

显然，主人已经睡下了。

徐晚星并没有跟乔野约好，但下意识地觉得，他是不会错过今天的半影月食的。当下虽有些犹豫，但她还是翻过了栅栏，踮脚站在某扇窗外，透过窗帘隙缝往里瞧。

一扇窗一扇窗地找，她总能找到乔野的房间吧。

她刚走到第二扇窗前，踮脚往里探时，就听见背后传来一声："你在找什么？"

脚一软，她张嘴就要叫出声来，下一刻，被人眼明手快地捂住了。

乔野把那声尖叫给她堵在口中，一刹那的工夫，便松了手，退后一步。

掌心有些湿热，方才柔软的触感稍纵即逝，却让他不容忽视。

徐晚星脸色煞白，心有余悸，压低了嗓音："你要吓死我吗？！"

显然，她神经过于大条，完全没体会到刚才他的掌心接触到她的嘴唇有什么问题。

乔野挪开视线，问她："找我看月食？"

"是啊。"她瞧了眼他背上沉甸甸的包和身后那辆山地车，咧嘴一笑，"我还担心你要准备期中考试，这次就不去了呢。"

乔野悄无声息地打开栅栏的门，推着山地车走出去，声色如常："你都这么想得开，我有什么好准备的。"

徐晚星点头："说得也是。"

片刻后，回过神来有哪里不对，徐晚星道："等一下，我都这么想得开。我怎么了？你是看不起我吗？！"

说话间，乔野脚下一蹬，山地车朝着夜色奔去。

徐晚星骑着共享单车，一路呼哧呼哧地追上去："不是，你给我解释清楚，你刚才是不是又在歧视我？"

混蛋！大家都是好兄弟了，还这么一言不合就开启嘲讽技能，这合适吗？！

学霸了不起啊！

学霸就可以随意嘲笑学渣了吗！

徐晚星的话多得像她的名字，繁星万千，一路都说不完。

奇怪的是，乔野从前觉得她聒噪，如今被她一路追着吐槽，反倒觉得心情无端地轻快起来。他想，大概是最近复习得比较辛苦，听这种不费脑子的口水话，有助于放松。

龙泉山上的观星台一如既往地被十来个天文爱好者占据了。

观星台其实不叫观星台，平常被人拿来野炊、烤肉了，只在这零星的爱好者口中，才得到了观星台这样的芳名。换作白日，它的名字一般叫"烤肉那旮旯"。

徐晚星笑哈哈地把车停在一边，冲上去跟人打招呼："老梁，来得早啊！"

然后，她又左顾右盼地找到了几张熟面孔，虽叫不出人家的名字来，但还是热情地冲人家点头示意：“来啦！”

“来了。”

“这天有点冷啊，得多穿点。”

“好嘞，你也是。”

乔野慢她一步，把车锁好，走向她的过程里，就这么看着她没心没肺地跟众人打招呼。

他和徐晚星的差别，就好像两人在双语成绩上的差别那么大。他永远是彬彬有礼的，但谦和里带着肉眼可见的疏离与距离感。可她不同，明明在夜市长大，童年里也遭受了不少白眼和欺凌，却好像永远不会被世俗沾染半分，永远用爽朗的笑面对周遭的一切人和事。

他看着她像交际花似的晃了一圈，又回到他的身边：“欻欻，你调设备，我帮你安三脚架吧。”

乔野看她一眼：“你会安？”

徐晚星顿了顿，“……不会。”

下一秒，她又理直气壮地说：“都是理科高才生，这有什么难的。我只是没安过，你口头指挥一下，我分分钟给你弄好。”

于是，在乔野的口头指挥下，她果然分分钟安好了。

徐晚星神气地站在那里，握三脚架的姿势就跟雅典娜握着她的长矛。

“既然我都帮了你大忙——”她眼珠子一转，凑过来笑意盈盈地说，“你这设备，借我看三十秒？”

乔野看她一眼：“一共就一分钟左右，你看三十秒。你帮的这忙是挺大的。”

“大老爷们儿，别这么斤斤计较。”徐晚星默认他同意了，把背包往地上一扔，拿出两个香蕉来，把大的那个给了他，“喏，给你的。”

下一秒，她又低头掏出两个保温杯，分了一个给他：“桂圆红枣汤，我之前熬在电饭煲里的。”

倒是乔野愣住了。

香蕉也许是她随手塞了两个，但保温杯也有两个，这就不是巧合了。

“干吗不拿着？”徐晚星一脸警惕地把保温杯塞到他的怀里，强行送了出去，“反正你要不要，你的望远镜，我都要借来看三十秒，别想反悔！”

“……”

乔野顿了顿，捧着那个保温杯，扯了扯嘴角。

看来，这家伙对他的天文望远镜是早有企图，还精心准备了贿赂他的东西。

这一天的半影月食，乔野并没能看得很全，一是因为一台望远镜两个人看，不可能看得全；二是因为，徐晚星看得过于专注，忘记了时间，说好的三十秒却一再拉长，最后留给他的，只有那么十几秒了。

发现这一点时，徐晚星尴尬地站在三脚架旁，搓搓手：“我不是故意的……”

乔野的双眼还贴在望远镜后，心思却过多地分给了耳朵，而不是眼睛。

月亮的边缘由暗影变回了莹白色，光华重现，仿若玉盘。

夜空是浩瀚无边的墨蓝色，宇宙苍穹，藏着万千繁星，或在黑暗里寂寂地移动，或在光影中熠熠生辉。

他站在望远镜后，淡淡地说：“下次你送我人参鸡汤，设备也不外借了。”

“别呀，好兄弟说这些，咱俩谁跟谁啊！”徐晚星开始一个劲地找补，急得在原地跺脚。

她并不知道借着望远镜的掩护，少年的嘴角弯起了多愉悦的笑，哪怕望着夜空，心思也不在那上面了。

他是故意没有出言提醒的。

过往那些年，着迷于星空时，他都是孤身一人。他望着浩瀚的宇宙，苍穹也注视着他。而今日，他第一次体会到何为共享。

有人和他一样着迷地沉浸在遥远的奇迹之中。

她望着月亮，他却望着她，好像看不看全这场盛况，也不是那么重要了。

他们骑车回家的路上，冷风吹得人脸上发麻。

徐晚星问他：“你复习得怎么样了？”

“还好。”

她翻了个白眼：“最讨厌你们这些学霸，学得好就算了，还虚伪。每次考试前，我说没复习好，那就是没复习好，你们说没复习好，那是书颠来倒去看了三遍，还没达到学霸对自己的严格要求，看上五遍。”

乔野侧头看她一眼。她这么义愤填膺，看来是被人坑过。

他轻描淡写地说：“一场期中考试都要把书看上三遍，那也叫学霸？！”

徐晚星：“？”

“对我来说，一遍都嫌多。将重点难点复习一遍，也就够了。”

吱嘎一声，徐晚星刹住车，愤怒地大喝道：“怎么着，你想跟我大战龙泉山巅吗！”

乔野笑了，低低的笑声打破夜色，轻快又放松。

“徐晚星。”

“啊？”

“双语及格过吗？”

“我警告你，引发战事就过分了啊！”

“只是问一句，没有恶意。”

“哼，也不是没及格过。”她撩了撩耳旁的发，冥思苦想，“刚上高一的时候，还是及格过的。不过，也有可能是刚入校，老师手下留情了，不忍心一开始就让场面那么难看。所以，后来大家都撕破脸了，我就离及格线越来越远了。”

听她说话，简直一句一百个笑点，偏偏你还不能笑，因为她是在认真地回答问题，若是笑了，估计场面立马会变得血腥、暴力起来。

“没有考虑过多付出一点时间和精力，往及格线努力靠拢吗？”

“我讨厌背东西。”徐晚星眉头一皱，“什么文言文、古诗词，根本看不懂的东西，还要强行背下来，无聊又浪费时间。”

“你不是记忆力很好吗。于胖子说过，高一刚开学的时候，你只是看了一眼黑板，就把圆周率的小数点后十五位都背了下来——”

“是后二十位。”她扬起嘴角，骄傲地纠正。

片刻的沉默。

乔野直奔主题：“想读大学吗？”

徐晚星一愣。

“你双语不好，严重偏科，哪怕高三全力冲刺，也一定会被拖后腿，考不上多好的学校。”乔野望着无边的夜色，轻声说，“徐晚星，考虑过走特招这条路吗？”

“……”

“走特招这条路吧，以你的理科水平，很有机会。”乔野侧头看她，眼里一片澄澈，“期中考试之后，有全国物理竞赛。徐晚星，你不是一向对我不服气吗？时机正好，比一比吧。”

要走特招这条路，不可能仅仅参加现场测试理科水平就可以了，而拿点奖，未雨绸缪，名誉傍身，路也会通畅得多。

乔野素来是个心思周全的人，看问题有远见，也有计划。

可徐晚星没想那么多，也想不到那么多。她就是一根筋，被乔野把话题从偏科拉到特招，最后绕到了物理竞赛，她还以为这家伙就是顺嘴一提，事实上是想跟她一较高低。

后半夜到家，徐晚星思索了五秒钟，实在扛不住睡意，咕咚一下跌进了周公的怀抱。

天亮时，她顶着浓重的黑眼圈爬起来，一边打呵欠，一边想，行，比就比吧。以前是她没出手，这次得让乔学霸输得心服口服，让他知道什么叫“人外有人，天外有天”，她徐晚星出手能通天！

距离期中考试还有五天时，徐晚星终于良心发现，合上了数理化的练习册，瞪着一摞书最下方的英语和语文课本老半天，认命似的把书抽了出来。

“想读大学吗？”

她的脑子里不断地重复着乔野的那句话，有些可有可无的坚持总算断了线。

她知道张春月不待见她，事实上，她也不待见这个英语老师。

高一那年，刚入校不久，她就发现张春月区别对待学生。事实上，老师们喜欢成绩好的孩子，不喜欢成绩差的调皮蛋，这是天经地义，也无可厚非的。可是，在一众老师里，张春月做得尤其明显。

她对春鸣人身攻击，说他如果把心思多用点在英语上，也不至于成绩这么糟糕了。

她讨厌于胖子，就因为他体型不好看，夏天爱出汗。每次看见他，她都一副嫌恶的表情。甚至，有一次在他去问题时，她声音尖刻道：“这么简单的题，你也好意思来问我，上课我都讲过多少遍了？！”

打那以后，于胖子就缩回了乌龟壳里，再也不去办公室问题了。

最要命的是，徐晚星发现她也不是对差生都这么过分，班里有几个学生也和麻将小分队的人一样英语成绩糟糕，长期垫底，可她对人家就没有这种冷嘲热讽，甚至有时候还单独开小灶，给予亲切的鼓励。

徐晚星不明就里，和麻将小分队说起这件事时，是春鸣轻蔑地一语道破。

“你也不看看她那点工资，怎么用得起 Chanel 的包，穿得起 Gucci 的裙子。”

“嗯？”

于胖子也挠挠头，说：“上次家长会，我也看见了。蒋小燕他爸开家长会的时候找了她。”

大刘点头：“后来，她对蒋小燕就和咱们不一样了。”

原本张春月对徐晚星并没有太大意见，毕竟除了英语差，徐晚星长得也算是个可爱的小姑娘。当然，最重要的也许是，她理科好，是数理化老师的宠儿，张春月多少要留几分薄面，尤其是要给班主任罗学明留点面子。

可徐晚星是谁？她为兄弟两肋插刀，为陌生人都能挺身而出，但是不待见张春月这样的老师。

总而言之，也是从那时候起，徐晚星干脆自暴自弃，对英语老师的厌恶感直接上升到了英语这门科目。

你要我背书，我就不背。

你要我记单词，我偏偏不记。

你说作文有套路，我偏不走寻常路。

于是，她也不负众望地陷入了个人英雄主义的悲壮结局里，英语再也没及格过，还一路以迅雷不及掩耳之势朝及格线的反方向狂奔而去。

可她也有脑子，乔野的那句话点醒了她，甚至不知为何，比罗学明和徐义生一直以来更为严肃的批评都更叫她清醒。

高三再努力，真的来得及吗？

她的聪明才智，真的能将她从及格线下深不见底的低谷里拯救出来吗？

徐晚星抽出课本，一言不发地翻到了末尾的单词表，从第一单元开始背。

Addiction，上瘾。

她没对乔野说的是，十岁那年，有人用石头砸徐义生，骂他死瘸子时，其实还伴有别的侮辱。他们说她是捡来的孩子，是没人要的孩子。

也是在那一夜，徐义生说出了她的身世。

他说：“不管别人怎么看你，那都只是暂时的。人活一口气，将来如何，选择权都在你自己的手里。”

“晚星，爸爸给你取这个名字，是因为老天爷把你带给我的那一晚，清花巷上的天空全是星星。我希望你也和那晚的星星一样，这辈子努力发光，活出人样。”

兴许是从那一天起，她对星星上了瘾，也对浩瀚的宇宙着了迷。

她想，满天繁星，多少人叫不出它们的名字，可它们每一颗都在用力地闪耀。她徐晚星也一样，会依靠自己的努力，在这偌大的世界里发出自己的微弱光芒。

Prejudice，偏见。

就因为她是捡来的孩子，众人就用奇特的目光看待她。

势利的人看不起她，认为她是弃儿，养父又是个没有出息的瘸子，他们断定她不会有多么光明的未来，所以欺凌她、歧视她。而心怀善意的人哪怕出发点是好的，看她的目光里也是同情和好奇居多。

她讨厌偏见。她不要恶意，也不要怜悯。她是徐晚星，拥有一个胜过无数父母的老徐，也拥有最坦荡、最健康的童年。

Stubborn，固执。

他们徐家父女都是一根筋的固执之人，认定了的路，就会头也不回地走下去。

徐义生不愿将就，不愿在婚姻里成为别人的累赘、受人白眼，所以坚定地拒绝了成家。后来捡到她，他不论旁人如何劝说，都认定她就是他的女儿，甭管什么是不是有血缘关系、什么东郭先生的故事。

她是知道的，就连邻居家好心的大婶也来劝过老徐：“孩子是好的，我也信你不会养出什么白眼狼。可你有没有想过，如果将来孩子大了、有出息了，亲生父母找来了，一句‘有苦衷’，就能把孩子带走。”

“老徐啊，血缘关系是割不断的，你别付出了一切，将来还是个孤家寡人。”

可徐义生是怎么说的？

他用那样固执的目光望着大婶，爽朗地一笑：“我知道你是为我好，可我这人，你也知道。我养着她，是因为我愿意，我就想看着她健健康康地长大。至于将来她有没有出息，又会不会回到父母的身边去，这是她自己的选择。”

固执如他，从未认为自己抚养晚星是为了养老。

他没有求过回报。这一点，躲在门口偷听的小晚星，前所未有地明白。

Unfair，不公平。

世间有那么多不公平，那又怎么样？！

徐晚星奋笔疾书，一遍一遍地在草稿纸上默写单词，拼命将那些陌生的词汇往脑袋里塞。同时，她思绪不断，似乎每一个词语都能找到对应的故事，牢牢地印在心里。

她当然知道这世间从未有过绝对的公正，可她身为少年人，亦在用自己的方式追求所谓的公平。

而到目前为止，乔野是与她最平等的那一个。

说来奇怪，明明他们俩，一个是在知识分子家庭长大的好少年，一个是在市井阶层摸爬滚打至今的江湖少女，可唯独从他身上，她找到了旗鼓相当的感觉。

于胖子和春鸣他们不行，他们对她是依赖和敬服居多。

辛意也不行，她是耳根子软，性格更软，对她言听计从。

卫冬更不行，他对她那是一种狂热，用春鸣的话来说："舔狗，舔狗，舔到最后一无所有。"

只有乔野，哪怕两人天差地别，却让她感受到了前所未有的棋逢对手。他们有共同的热爱，也有针尖对麦芒的竞争感。

想到他，她的笔尖一顿，却恰好停在了 Flash 这个单词上。

Flash——闪光，闪耀。

平心而论，乔野是她过往十七年里出现过的最耀眼的存在。她羡慕他，欣赏他，也许偶尔也会翻个白眼吐槽他，可如今想起他时——

徐晚星低头，看着那一整页的单词，笑了。

春风吹，战鼓擂，物理竞赛谁怕谁！

哼，她要让他知道，她徐晚星也是可以 flash 的！

乔野惊讶地发现，他的前座开始学双语了。

当然，徐晚星是要面子的人，才不会大张旗鼓地表示出"我要努力"

的意图。她只是在张春月上课时，表面上依然一副漫不经心的样子，耳朵却竖得尖尖的，笔下似乎在鬼画符，但仔细一看，会发现她在记笔记。

乔野也是在课间经过她的座位时，一不留神瞄见了蛛丝马迹。

怎么，她竟然不是在给书上的小人画翅膀？他脚下一顿，看见了和黑板上一模一样的知识点。

下一秒，徐晚星发现有人窥见天机，啪的一声合上书："你干吗！"

乔野："上厕所。"

徐晚星："我是马桶吗？你站在我这儿干啥！"

乔野："……"

对不起，打扰了。

语文课上，她开始给文言文做批注，眉头就没松开过。

乔野听见她嘀嘀咕咕："简直了。古代人可真能干，不会写的字就写错别字，最后一句'通假字'解释一切，真是厉害。"

乔野："……"

语文课变得前所未有地有趣，甚至，徐晚星破天荒地拉下面子来，主动向他请教英语。

毕竟要她去办公室问张春月，还不如要她去死。两者一对比，乔野是不二之选，毕竟他俩是好兄弟，这个章盖得明明白白的。

于是，乔野在看书，忽然被前座扭过头来的人叫住了。

"乔霸霸，帮个忙。"

"？"

"快帮我看看这几道翻译题，前面两个，我还勉强能翻译一下，后面几个，简直让我脑壳痛。"

既然她诚心诚意地发问了，他当然要大发慈悲地告诉她。

乔野接过她的练习册，看了一眼上面两行中式英语，一边看，一边讲解，直到看到第三行，目光一顿，话音戛然而止。

中译英：滴水之恩当涌泉相报。

徐晚星：You di da di da me, I hua la hua la you.

乔野：……

对不起，这学生没法教。

Chapter 08

# 清花巷陌

全国中学生物理竞赛开始了。

初赛就在自己学校选拔，按师爷的意思来讲：“也就是意思意思，走个过场。谁能去，谁不能去，大家心里都门儿清。”

一个学校也就三个参加省级复赛的名额，其中两个，基本上被高二的“物理双雄”承包了。

徐晚星呸了一声：“于庆庆，你敢不敢取个好听点的称号？”

于胖子不服气：“物理双雄怎么了，我没叫你俩雌雄双煞，已经很给面子了。”

然后，他理所当然地遭到了徐晚星的一顿暴打。

下一秒，有同学从办公室回来：“徐晚星，师爷找你去办公室！”

然后，他又扭头冲教室里吼了一声：“乔野，你也去，师爷找你俩！”

徐晚星回头看了一眼乔野，挑眉，两人一前一后地下楼去教师办公室了。

春鸣对于胖子说：“你吃亏就吃亏在脑子不好使，取个称号也能被暴打一顿。”

于胖子：“我明明是夸她物理好——成，那你给取个好听点的？”

春鸣淡淡地说：“叫什么不好，非得物理双雄、雌雄双煞，戾气也太重了。你该直接说美女与野兽，刚好还呼应了乔野的名字。待会儿徐晚星回来，你把这个称号说给她听，看看她高兴不高兴。”

于胖子肃然起敬——这才是我辈楷模、一枝独秀的马屁精。

罗学明找乔野和徐晚星，当然是为了物理竞赛的事。

虽说这是张永东他们物理老师的热闹，但身为班主任，罗学明充分发挥了“家住海边管得宽”的风格，掺和得风生水起，仿佛他才是物理老师似的。

“今天晚自习，咱们会发一套卷子，学校老师自己出的题，权当是做个初选。你俩好好答题，认真对待，复赛的名额必须给我拿下来，听见没？”

张永东在一旁点头如捣蒜：“一共就三个名额，咱班要占两个，人家肯定不服气。所以，你俩好好做，拿实力说话，让人无话可说。”

这意思就是，甭管你们平时物理多好，关键时刻没人给你们开小灶，必须自己撸起袖子好好干。

乔野言简意赅，点头说：“我知道了。”

问题少女吊儿郎当地在一边挠耳朵，被师爷一瞪眼：“你呢，徐晚星，听清楚了没？”

徐晚星揪着耳朵冲他比了比：“这么大的招风耳，能听不清吗！”

下一秒，她在张永东的哈哈大笑里，被师爷的“卷书一击”命中，飞快地回教室了。

于是，距离期中考试还有一天时，张永东抱着一摞卷子在晚自习时抵达班上：“今天我们来场物理突击考试。”

全班同学叫苦连天：“明儿就要期中考试了，今天怎么还突击啊！”

“题比较难，权当练练手，会做就好好做，不会做就当见见世面。”张永东就跟没听见大家的抱怨似的，把卷子分发下去，最后目光定在教室的一角那“物理双雄”的身影上，“虽说不是什么严格的考试，但大家也要认真对待，这次突击，我们会在学校里选拔三个学生，去参加省里的复赛，最后冲击全国物理竞赛的决赛。”

卷子从第一排开始往后传，教室里窸窸窣窣的，全是唉声叹气。

把卷子传给乔野时，徐晚星嘴角一勾，说：“那我们就从现在开始比试了？”

乔野抬眼看她，淡淡地一笑：“随时奉陪。”

俗话说得好，关门打狗，要坑就坑自己人（？）。

几个物理老师出的题是真不简单，一半都超纲，剩下一半全是陷阱。你以为是力学题，sorry 啊，解到一半发现还要用热学来解答。你以为是普普通通的电路图，不，那是蜘蛛网，四通八达，眼花缭乱。

徐晚星铆足了劲，起初满心都是“我不能输给他”，渐入佳境后，就沉浸在了热爱的学科里，只剩下“这题我会，想难倒我，做梦”。

初冬的夜晚，许多学生写得云里雾里的，不时搓搓手，呵口气，暖一暖被物理和天气冻至冰点的心。

可徐晚星越写越入神，脑子飞速运转，额头上居然出了一层薄薄的汗。

有时候，她觉得写字的速度跟不上脑子转动的速度，草稿纸写了一页又一页，写不完脑子里的思路，只能鬼画符似的记个大概，最后飞快地往卷子上写几个重要的解题思路，然后直接填答案。

物理竞赛题和平常的物理题是不一样的，它不需要你多么详细的解题思路，只要列出你用到的主要原理，就算最后一步直接过渡到答案，也无妨。

讲台上的张永东低头看了眼手表，说：“可以了，时间到，大家交卷吧，从最后一排往前面传。”

徐晚星才大梦初醒般抬起头来，回到了考试现场。

嘿，最后一题检查第二遍时，她发现自己出了岔子，在草稿本上重新演算了一遍，还没往卷子上誊写完解题步骤！

她想也不想，唰唰两下画掉原先的解答，把最终结果填在了偌大的空白处。下一秒，背后的人轻轻敲了下她的椅背，把自己的卷子传了过来。

徐晚星接过来，飞快地瞄了一眼，发现乔野也写完了一整张卷子，只是目光落在最后一题上时——

嘿，他俩的答案不一样！

她顿了顿，一目十行地扫过他工整漂亮的字迹，嘴角一弯。

前桌的高个子在提醒她：“徐晚星，传卷子了。”

“OK。”她把卷子递了过去，然后回头看着乔野，本想说什么，但心头一动，又忍住了。

思索片刻，她笑嘻嘻地说：“既然是比赛，有没有什么说法？”

乔野：“你要什么说法？”

“比如，输了的三鞠躬，或者磕几个响头之类的？”

乔野沉默片刻：“你们江湖上都兴这种吗？”

徐晚星扑哧一声笑出来，不紧不慢地拍板："这样吧，初赛、复赛和决赛，就当我们赛三轮。每输一轮，输家答应赢家一个条件。"

"什么条件？"

"我还没想好，所以才说是一个条件，不是具体的什么啊。"她看了眼乔野谨慎的目光，知道自己前科太多，他有所顾虑，干脆洒脱地说道，"你别怕，我不会让你三鞠躬之类的。顶多我赢了，你替我背一个月的书包，或者请我吃顿大餐，这总行了吧。"

乔野懒洋洋地说："只要在我能力范围以内。"

"那就一言为定了。"

"一言为定。"

徐晚星眉飞色舞，还得努力克制住内心的狂喜。

哈哈，第一轮她赢定了！一目十行地扫过他做的最后一题时，她发现这厮跟她第一次的解题思路是一样的，掉进东哥的陷阱了，哈哈！

不，稳住，别笑。

她还能接着装！

而乔野看着她充满自信的后脑勺，失笑。她只顾着答应他，不会提任何令他为难的要求，却压根没考虑过也许他会提出什么过分的要求……这是她过分自信、觉得自己一定能赢，还是对他的人品拥有充分的信任？

乔野在想什么，徐晚星不得而知，她兀自沉浸在第一轮她已经赢定了的喜悦中。

直到五分钟后，下课铃声响起，她背起书包想往外冲，却忽然被乔野叫住。

"徐晚星。"

"啊？"她都走过了他的座位，又回头看着他。

乔野递来了一本笔记本："给你的。"

"什么东西？"她一头雾水地接过来，翻开来看，却看见是他的英语笔记，"欸？给我这个干吗？"

"最新一页。"

徐晚星哗啦啦地翻到一半处，看见了最新的一页笔记——满满当当、巨细无遗的中文笔记。

乔野说："昨天你问我如何做古诗词赏析题，只分析一首诗的话，也帮不了你什么。"

所以，他写了一整页，粗略地写了一点他的心得。字迹虽一如既往地干净漂亮，但也看得出，他写得很急，仿佛在赶时间。

当然赶了。明天上午考的第一科就是语文，他得赶在今夜落幕前，把笔记写给她，否则就是无用功。

徐晚星一顿，看看笔记，再抬头看看乔野，第一轮初赛能赢他的狂喜似乎被冲淡了。

可乔野很淡定，只看了一眼她手里的笔记本，说："前面是半个学期的英语语法重难点，你也可以大致扫一眼，以张老师出题的特点，选择题应该大部分都出自这里。"

"……"

徐晚星拿着他的笔记本，一时之间竟不知该说点什么。但他显然也不需要她说点什么，交代完自己要讲的，就拎起书包往外走，嘴里扔下两个字："走了。"

"欸！"她望着他消失在门口的背影，张了张嘴，后知后觉地发现，自己连谢谢都忘了说。

乔野的笔记字如其人，干净好看，也言简意赅。

古诗词鉴赏题是高考必考题，整整八分，弄懂了套路，八分其实很容易到手，毕竟是针对高中生出题，也不会出现多难、多晦涩的古诗词。

乔野用了一整页，将自己的经验和盘托出，知无不言。

他说，论题材，山川河流多为怀古伤今，春花秋月多为惜时怀旧，月与流水常随游子思乡，寂寞宫花抒写深宫闺怨，百姓生计常为忧国忧民，心怀天下多是杜甫、白居易，山河烂漫、壮丽风光，可参考诗仙李白。

他说，论风格，唐诗乐天大气者居多，气势磅礴；宋词婉约伤怀，靡靡之音以抒愁绪。分析时最好结合时代背景，国力强盛时，浪漫主义盛行不衰；而国力衰弱时，现实主义诗人感怀天下、忧国忧民，格局拘于一室，则个人伤怀、感慨离愁别绪者居多。

……

他匆忙写下的一整页笔记，是徐晚星从未接触过的知识点。

事实上，这所有的心得都来源于乔野的努力，哪怕换一个人，愿意将自己两年来的诗歌鉴赏经验告诉她，也不可能和这些笔记一模一样。

二楼的书桌后，阿花不知何时从屋顶跳下，喵喵叫着想讨晚餐吃。

可这一次，徐晚星没空理它。

她呆呆地坐在书桌前，目光在笔记上停留了很久，有些说不清、道不明的情绪升腾而起。

为什么写这些东西给她？

他俩不还是竞争关系吗？今天还春风吹、战鼓擂呢，他居然把两年来的诗词鉴赏心得毫不吝惜地馈赠给她。

喂，你们学霸不都是保密工作者吗？连解题思路都不喜欢透露给别人的，哪有这种一言不合就给机密总结的？！

有那么一瞬间，徐晚星想起自己在交卷时的那点小心思，忽然觉得对比起乔野的光明磊落，她的小人得志心态真是，真是太——

太小人了，呜呜呜。

她对自己说，就算第一轮初赛赢了，也不要太过分，原本还想着让他私底下鞠三个躬呢，算了，算了。

看在笔记的分上，算了。

徐晚星不爱背课文，也不爱记单词。

可乔野都把学神级别的个人心得拱手相送了，责任感像是大山一样压在她的心上，不牢牢背完，她总觉得辜负了别人。

她把那一页笔记都记在了心里，顺便翻开了柜子里被灰尘掩埋很久的《唐诗宋词三百首》，进行了一遍实战演练。

朝闻游子唱离歌，昨夜微霜初渡河。

乔野说“月与流水常随游子思乡”，中了。

风暖鸟声碎，日高花影重。年年越溪女，相忆采芙蓉。

她往诗歌下方的解析看去——“寂寞宫花抒写深宫闺怨”，也被他说中了。

广泽生明月，苍山夹乱流。云中君不见，竟夕自悲秋。

“山川河流多为怀古伤今”，她看了看解析，与乔野说的依然不谋而合。

她一首一首地看下去，捧着笔记本，神情也越发专注。其实也并不是多难，至少看了乔野的总结后，她好像也摸到了一点门道。

沾沾自喜地想着这次的诗词鉴赏题总该得点分时，徐晚星并没有意识到，她对乔野的笔记，又或是对他这个人，似乎不知从何时起产生了一种笃信的情绪。

他说的话都是对的，她一点犹豫都没有，简简单单地选择了相信。

初冬的夜里，蓉城夜色辉煌，清花巷却灯火阑珊。

家家户户都歇下了，但还有三盏灯久久不灭，在这寒夜里宛若星月。

小院里，乔野在家默写出了初赛卷子上的最后一道物理题。其实，写答案时，他已觉得不妥，可看了眼手表，只剩下六七分钟的时间了。他只停顿了片刻，不假思索地拿出了笔记本，将卷子放到一旁，开始写与诗词鉴赏的相关总结。

那道题前一半的思路是没有问题的，出问题的只是后半截，即便这道题不拿分，他也自忖分数够了，能拿到参赛名额。

此刻，重新默写出题干后，他在草稿本上重新演算，开始寻求正确答案。

窗帘后，辛意在父母的碎碎念中继续做题。

“你理科不好，还不多做几道练习题？！勤能补拙，笨鸟先飞，笔杆子下头出高人！”

辛意便翻开一本又一本练习册，眉心紧蹙地将自己埋进题海里。

她想，努努力吧，还剩一年，高考后，一切都会结束。

徐晚星也没睡，背完诗词鉴赏要点，又翻到了前面的英语笔记，一目十行地看着。

天气冷了，阿花不爱在寒风里四处乱窜了，懒洋洋地蜷缩在她的桌角，一边打呼噜，一边不时地抬头看她一眼。

这个平日里总爱和它玩闹的姑娘最近很少搭理它，把晚餐给它准备好后，就一个人埋在书桌上不知在干什么。

阿花打了个呵欠，重新换了个姿势，陷入温暖的梦里。

人类总是忙忙碌碌，还是当猫比较舒服。

对徐晚星来说，每一次大考的安排都极度不合理——以语文考试拉开帷幕，以英语考试进行收尾，这是哪个毫无人性的野兽定的传统？

这完全是人性的泯灭、道德的沦丧！

总而言之，考完英语的那一刻，她感觉身体被掏空。

但也是在这两门魔鬼科目的考试里，徐晚星生平第一次收获了属于文科渣的惊喜。

语文考试，八分的古诗词鉴赏题，这一次考的是杜甫的《月夜忆舍弟》。当然，为免考生们一看见杜甫二字，就心照不宣地想起他心怀天下、忧国忧民的好名声来，考题省略了诗人的名字——盲考。

从前的考试里，徐晚星基本上是一到诗词鉴赏题，就慌得很。

今天不一样，她觉得自己拿到了乔霸霸的学神 buff，居然心潮澎湃起来，看到诗歌的第一时间，油然生出一种“终于等到你”的豪迈情怀！

先不说这道题能不能拿分了，她能在语文考试里体会到这种自信，及不及格都圆满了。

再看题——

戍鼓断人行，边秋一雁声。

露从今夜白，月是故乡明。

有弟皆分散，无家问死生。

寄书长不达，况乃未休兵。

第一次读完，徐晚星是蒙的。

欸，这跟说好的不一样啊？！乔野说了，写山川河流的是怀古伤今，写月亮流水的是思乡之情，写家人别离的是思念亲人，写什么鼓啊，笙啊，边塞风光的，是感慨战争、忧国忧民。

可是，这首诗，这怎么什么都有啊！

大杂烩可怎么搞？

徐晚星傻了眼。

可她徐晚星是谁？！既然看不懂大杂烩想讲什么，那就按乔霸霸的笔记来，能写的全写上去，总有哪个知识点能得分吧。

反正，她不和以前一样得零分，也算是一大进步，对得起乔野的 buff 加持了。

徐晚星奋笔疾书，基本解题思路如下：

第一句，戍鼓断人行，边秋一雁声。

有战鼓了，那就是战争年代了嘛。那么，本诗的背景应该是在战乱年代，大雁都在号啕惨叫呢，那是真的惨无人道了。

第二句，露从今夜白，月是故乡明。

来了，来了，月亮来了，妥妥的思乡之情。那么，诗人在这个战乱年代，充满感情地思念着自己的故乡。

正所谓“举头望明月，低头思故乡”，好狡猾一男的，这怎么开始模仿李白了呢。

徐晚星的脑子里开始无限循环起了一首红极一时的歌。

第三句，有弟皆分散，无家问死生。

这句比较白话，她毫无障碍就看懂了。这位李白模仿者真惨啊，和弟弟分开了，家也散了，亲属是生，还是死，也无从得知。

徐晚星收敛起笑意，顿了顿，在卷子上写下了这句：家破人亡，无亲无故，生死两不知。

其实，她也和这位老兄一样，甚至更惨。至少这位兄弟知道自己曾经有家，家在哪里，还有亲人可以挂念。

最后一句——寄书长不达，况乃未休兵。

按照乔野给的艺术手法鉴赏套路，既然没有借景抒情、寓情于景，也没有什么睹物思人、借物喻人，那就只剩下一个可能性了。

徐晚星干脆利落地套用了乔野给的模范解析：本诗末尾直抒胸臆，将诗人的情感表现得淋漓尽致。

是什么情感呢？她写到这里，似乎不用再寻求buff的帮助。

诗人日复一日地写着家书，渴望能得知亲人的消息，无奈战事连连，亲人杳无音信。他思念故土，也思念亲人，思念旧日的山山水水，也渴望战事停止，百姓安居乐业。

徐晚星为诗词鉴赏题画上句点时，沾沾自喜已然消失不见。

她只是愣愣地看着答题处那些密密麻麻的字，不敢相信有朝一日她也有这样多的思路能填满诗词下方的空白。

好像诗词鉴赏题也不是那么难了？！

那一刻，她有一种冲动，想回头对乔野道个谢，或者笑一笑。可她刚扭过头去，就听见陈老师在讲台上叫她的名字：“徐晚星！”

她嗖的一下回过头，才反应过来，这是考试！

再看陈老师的眼神，毫不意外，她因为“试图偷看乔野的答案”，被严厉警告了。

“……”

英语考试，她也因为乔野的笔记，至少在选择题上做得顺手很多。

徐晚星没办法在一夜之间将英语水平提升多少，但至少她记忆力惊人，能够将词组的搭配死记硬背下来。

阅读题可以凭感觉来，或是在原文找答案。

改错题，她基本上是自暴自弃。

作文，不好意思，昨天她背了一段乔霸霸的议论文万能套用模板。让我们看看今天要议论什么来着？哈，辩论爱好者李雷和韩梅梅，今日要讨论的主题是——题海战术的利与弊。

Nowadays,with the development of our society, education becomes a big issue for both students and parents.

万能句子套一个 education，完美的开始。

On one hand…… on the other hand…… 经典台词用起来。

After all，generally speaking…… 结尾词也一应俱全。

写完作文时，徐晚星伸了个懒腰，侧头看看窗外。天仿佛格外蓝，空气仿佛格外清新，胸前的红领巾——

嘿，套路用多了，一个不留神就自然而然地冒出来了。

交卷时，她把自己卷子连同乔野的，一起递给前桌后，回头一看他，忽然就笑了。

不管这次双语及不及格，她好像都没有什么遗憾了，很圆满，也很涨士气。

所有科目都已考完，教室里弥漫着一股终于解脱的气息。有人在扔书，有人在转笔，有人在唱歌，有人在拍桌子，有人在焦头烂额地对答案，也有人考完就解放，考好考差都随便。

徐晚星倒是坐在座位上，心里一片祥和，甚至还有点小开心。

乔野看她一眼，问：“考得怎么样？”

“反正会写的都写了，不会写的，也填满了。”徐晚星伸伸懒腰，“但愿老师看在我态度端正的分上，给个人情分，争取让我及格吧。”

乔野嘴角抽了抽：“加油。”

徐晚星不满意了：“加油？我真情实感地抒发了一通，学霸，你好像有点敷衍啊！”

所以说，祝福也要详细一点吗？

乔野思索片刻，十分配合地加长了回答：“加油。有志者，事竟成。人家书山有路勤为径，一天比一天努力。你学海无涯苦作舟，一次比一次靠近及格线。”

？

徐晚星面无表情：“我谢谢你啊，把我形容得像个智障。”

可两人对视片刻后，也是她率先笑出了声，像个货真价实的大傻蛋，朝他伸出手来。

她说：“谢谢你，乔霸霸。”

不掺杂任何揶揄或别的情绪，她真心诚意地道谢。

乔野看了看她伸在半空中的那只手，顿了顿，虽然觉得这样挺蠢的，但非常顺畅地伸出手，与她的手握了握。

“不客气。”

说完，他飞快地松开交握在一起的手，回头收拾书包，嘴角却莫名其妙地弯了起来。

英语考试结束时，下午四点半，考生们可以回家狂欢了吗？

NO！

大家也就放松了那么十来分钟吧，罗学明就捧着一摞卷子进来了。

“好了，好了，期中考试只是测试一下大家这半个学期来的学习成果。这会儿就放松成这样，怎么，期末考试不考了？高考还考不考了？”

大家闻言稍微消停了些，转笔的不转了，拍桌子的也不拍了。

罗学明的表情很放松，显然心情不错。

“前天的物理竞赛初赛卷子，成绩已经出来了。喏，这次的参赛名额一共三个，前两个都在我们班。”

话音刚落，众人齐齐地回头，条件反射地看向最后两排那“物理双雄”。

罗学明紧接着就笑了：“对的，就是乔野和徐晚星。他俩会和高三的李佳远同学一起，代表学校去参加省级复赛。”

全班都躁动起来，鼓掌的鼓掌，哎哟嘿地瞎起哄。

起哄当然不可能是因为这两位为班集体争光了，大家还没有那么强烈的集体荣誉感好吗？！一片乱七八糟的叫声，完全是因为他俩是绯闻主角，这下还要去大杀四方了。

从四面八方投来的目光里，充满了不言而喻、热辣滚烫的揶揄和八卦之光。

徐晚星：“……”

她想打人。

乔野：“……”我看不懂。

罗学明又咳嗽两声，说：“好了，好了，虽然学校的初赛比较简单，但是，系主任和校长商量了一下，觉得毕竟还是咱们学校的荣誉。所以，这三位同学都有奖状，还有一点奖金，以资鼓励。”

哎哟嘿的起哄声又来了。

众人窃窃私语：“我的天，学校还给他俩发红包。”

……

罗学明还在继续：“咱们班两位同学分别考了第一、第二名。徐晚星，九十四分，一等奖，来，这是你的三百块奖金。”

徐晚星只差哈哈大笑起来，一蹦三尺高，雄赳赳气昂昂地上台拿奖状和奖金了。

你看，你看，她说什么来着？那天看到乔野做的最后一题，就知道他死翘翘了，哈哈哈！

“乔野，第二名，89 分。来，这是你的两百块奖金。”

乔野也起立，领奖的时候，与返回座位的徐晚星擦肩而过。

其实，这一天徐晚星早已想象过无数次，也许没有这样详细，也没有盘算到会在物理竞赛的初赛中完成这一壮举。在她的幻想中，无非就是一次什么考试，她风风光光地碾压了乔野，重回第一的宝座，将由于他到来后，她那动荡的地位给稳住了，扬眉吐气一次。

而这一天终于到来。

可她捧着奖状和装了三百块钱的信封，走下讲台，和迎面而来的乔野四目相对时，却不知怎的，忽然就没法得意了。

她本该对他露出志得意满的笑容，最好还非常中二地来一句：“怎么样，学霸，见识到我的厉害了吗。”

可乔野向她走来，一如既往地从容不迫，眼里没有失落和黯然，一片宁静。她就忽然说不出早已想好的台词，也无法再摆出小人得志的模样了。

妈呀，他毫不吝啬地分享了他的笔记给她，她拿人手短，心虚得没法欢天喜地了！

徐晚星张了张嘴，也不知该说什么，脸上的表情十分僵硬，笑也不是，讨好也不是。那奖状和信封明明轻飘飘的，此刻拿在手里却又沉甸甸的，让她手脚都不知道往哪放。

直到两人都落座，罗学明开始说起下半个学期的安排时，徐晚星才回头去看乔野的表情。她想知道他是不是在失落，是不是故作不在意的样子，其实很介意。

可乔野对上她的视线，嘴角浮起一抹笑意。

他无声地道了句："恭喜。"

眼里、脸上都是毫无掩饰的坦荡。

徐晚星一愣，动了动嘴，最后艰难地说了句话："你也考得很好，同喜，同喜——"

说完，她就只有一个念头：好傻，好蠢。

该开心的，但这开心里似乎总掺杂了一点别的什么，徐晚星心不在焉地等到了放学，挠挠头，说："那我先走了，学霸。"

她总觉得有话要说，又不知该说点什么。

还是乔野主动叫住了她："第一轮比赛，你赢了，想好提什么条件了没？"

换作平常，徐晚星一准儿会说"你要是输了，就给我鞠三个躬"，可眼下，手还短着呢，她琢磨片刻，四平八稳地说："那你就请我吃顿饭吧。"

这倒是出乎乔野的意料。出于这半个学期以来对徐晚星的了解，他根本没想到她会高举轻放，就这么放过他了。

所以，只是一顿饭……

他拎起书包，和她一起朝外走："想吃什么？"

"大餐！"徐晚星觉得这买卖自己着实亏了本，当即狮子大开口，"要贵的！吃到我扶墙而进，扶墙而出！"

乔野失笑，侧头看她一眼："没问题，管饱。"

这对话被来找徐晚星一起回家的于胖子和春鸣听见了，两人面面相觑，半天没说话。

于胖子小心翼翼地问："是我想多了吗？"

春鸣望着两人离去的方向，幽幽地道：“怕是我们想得太少。”

考试结束在周五，两个雷厉风行的人，周末补了半天课，约在了下午五点，清花巷的口子上见。

第二次与学霸共进晚餐，气氛和心情都和第一次在屋顶吃抄手时大不相同了。

徐晚星看了眼墙上的挂钟，在四点四十分的时候出了门。除了上课爱迟到，其他时候，她都是个准时准点的好孩子。况且，她也不是故意要上课迟到，实在是生物钟作祟，天崩地裂都爬不起来。

从巷尾走到巷口，也就几分钟时间。

今天太阳很好，初冬的日光晒得人暖洋洋的，她也走得优哉游哉，盘算着到底要吃顿什么好的，才能一饱口福，同时也不花乔野太多钱。

虽然嘴上说要吃大餐，越贵越好，但穷人家长大的孩子，对钱的概念很严谨。不管是自己的钱，还是别人出钱，她都心知肚明不可刻意占人便宜。

徐义生即使粗糙又没文化，也十分注重孩子的品德教育。至少长这么大，除了调皮了点，徐晚星从未因为作风与品格问题被人诟病。

四点四十五分，徐晚星提前抵达了巷口，没想到乔野来得比她还早。

隔着大老远的距离，少年站在巷口的一棵梧桐树下，穿着一身浅灰色牛角扣大衣，里面是米色毛衣，背上还背了只黑色双肩包。

整个人挺拔修长，书卷味里带了点学生气。

初冬的阳光透过树叶缝隙，洒在他的脸上、肩上，整个人都仿佛在发光。

他从容而立，低头看着手机，并没有注意到从侧面而来的她。

徐晚星下意识地低头看了眼自己，天蓝色运动棉服，下面是洗得快褪色的牛仔裤，运动鞋倒还好，就是昨晚放学下楼时被人踩了一脚，左边有个黑乎乎的印记……

下一秒，趁乔野还没发现，她掉头就跑。

徐义生正在家里收拾摆摊用的东西，都在收尾了，忽然看见徐晚星气喘吁吁地冲进来，二话不说地往卧室里跑。

“欸，不是和同学出去吃饭吗？”他摸不着头脑，“怎么又回来了？”

“换件衣服！”卧室里传来手忙脚乱的动静，片刻后，徐晚星探了个头出来，“爸，我的大衣在哪呢？”

“衣柜最上层。”

“哦。那我的毛线裙呢？”

“左下角的柜子里。”

窸窸窣窣好一会儿，徐晚星对着镜子一照，不耐烦地抠抠头皮。

疯了吗这是，居然还穿裙子？！

她皱着眉头又换了一身，最后只在牛仔裤和浅灰色连帽卫衣外面套了件过年穿的米白色大衣，出门前又拿抹布擦了擦鞋子，才往外走。

徐义生在后头问她：“和谁吃饭呢这是，穿得这么隆重？”

徐晚星脚下一顿：“我没有，我就随手拿了件。”

“是吗？随手一拿，拿了你最好看的衣服？”

徐晚星低头看看自己，一脸惊讶的样子：“欸，还真是！”

徐义生：“……”

算了，女孩子爱美一点也好，天知道他每天都在发愁，生怕自己把小兔崽子养得太糙、太男孩子气，都到这个年纪了，还一点都不知道收拾自己。

徐晚星再一次抵达巷口时，刚好五点整。

乔野听见她的脚步声，抬头一看，表情有一瞬间的凝滞。

徐晚星难得穿得漂亮一次，平日里都是穿校服，外面加的外套也大多是普普通通的运动服，并且，因为家境拮据，她换来换去也就那么几件，异常男孩子气。

可今日，她扎了一束马尾，刘海天然带了点鬈，松散地落在光洁的额头上。

她皮肤白，浅灰色的卫衣外套了件米白色大衣，看上去一下子脱离了江湖气，笑嘻嘻地站在眼前，像极了春日里初绽的一朵花。

“久等了啊，学霸。”徐晚星一笑，眼睛都弯成了月牙。

乔野顿了顿，说：“不久，我也刚到。”

闻言，徐晚星也愣了愣。

不对呀，明明十来分钟之前就到了，他怎么说刚到呢。

她张了张嘴，很不开窍地想反问他，还好人情世故不够，但智商勉强能凑。话出口的前一秒，她猛地打住，意识到了什么。

冷漠疏离的表象之下，刻薄的话不断，但其实他一直有他独特的方式表达好意。比如说第一次从龙泉山上载她回家，比如把书换回来，比如一边骂她，一边送她去诊所，又比如那份助力良多的笔记。

再比如说，明明已经等了十来分钟，他却还云淡风轻地说刚到。

徐晚星多看他两眼，行吧，这怎么还越看越顺眼了。

“吃什么？”

“炸鸡怎么样？”

乔野一顿：“不是要吃贵的吗，还越贵越好？”

徐晚星理直气壮地说：“那是昨天的想法，今天的想法是吃肉，越多越好。”

“……”

所以，她是在家没肉吃，被老徐刻薄了吗？

乔野说：“之前我在市中心吃过一家餐厅，就去那吧。”

“贵吗？”徐晚星忧心忡忡。

乔野好整以暇地看着她，说：“肉多，管够。”

徐晚星：“……”

不是，你真的误解我了，学霸。

误解她的乔学霸带着她一起坐公交车去了市中心。

蓉城的老旧与繁华，在这一片核心地段完美融合。老城区的疮痍与陈旧被现代化的高楼大厦掩映其中，于快节奏的都市生活里，烟火气不经意间流露出来。

那家餐厅就在大慈寺旁，三进小院，窗明几净。

小院门口的服务生礼貌地询问：“请问有预订吗？”

乔野点头，报上手机号。

徐晚星一愣：“欸，原来你早订好了？”

跟在服务生身后往里走时，乔野回头看她，还是似笑非笑的一句：“放心吧，肉管够。”

“……”

不是，这个梗还能不能过去了？！

这间神奇的餐厅，提供了中西餐结合的美味料理。

服务生先送了两杯晶莹剔透的柚子水来，然后递上两份菜单。

徐晚星在打开菜单的第一秒，吧嗒一声合上，瞪圆了眼睛盯着对面的人。

乔野被这么火辣辣的视线盯着，也抬起头来：“？”

下一秒，徐晚星开始拉他的胳膊：“走了，走了，换一家！”

“为什么换？”他一头雾水。

对面的小矮个还在拼命地拉他的衣袖：“太贵了，太贵了，我拿了你的笔记还手短着，这要再吃一顿天价大餐，这张嘴还要不要了？！手短，嘴又变软，以后岂不是要给你做牛做马了？！”

乔野：“……”

嘴角一抽，他把小矮个摁回座位：“大胆地吃，我不缺牛和马。”

“真的太贵了！”她从来没吃过一道菜的价格就上三位数的饭，她心有余悸地揪住他的袖口，淡定不起来，“我爸说了，谁的钱不是钱，哪能因为羊毛出在别人的身上，就尽情地薅。”

乔野实在忍不住，笑出了声。

“徐晚星，你们家的人说话都这样吗？”

徐晚星一顿，狐疑地眯起眼来：“什么意思？”

这个家伙好不了两天，又要开始人身攻击了吗？

她在别的方面或许大大咧咧、没心没肺，但在自尊这方面，尤其是涉及老徐时，尤为敏感。如果乔野真的说出什么不尊敬老徐的话来，她会当场翻脸。

可乔野的回答也出人意料。

他说：“放心，不是坏话。你爸爸很好。”

徐晚星一愣，翻了个白眼：“废话，我爸爸当然很好。但是，你夸我爸也没用！这地方太贵了，我还不起这个人情。”

“你是怕复赛或者决赛输了，我也让你请我来这种地方吃饭？”

“才不是。”徐晚星的表情很严肃，“不管下次谁输谁赢，朋友之间本来就该你来我往，我不能让你一个人付出。今天你请吃饭，下次我也该表示点心意。”

乔野靠在椅背上，指尖敲了敲菜单：“上次在你家，你请我吃过饭了，忘了吗？”

“那和这个怎么能比？！”

“你都说是朋友了，心意相当就够了，谈钱多伤感情。”他三言两语化解难题。

徐晚星撇撇嘴，嘀咕：“谈钱伤感情，谈感情伤钱。对比起来，我宁可伤感情。”

话是这么说，她还是心惊胆战地坐了回去，握拳在心里说：“我只点最便宜的菜！”

然而，在乔野的关照下，她那两道最便宜的菜后又追加了两道价值不菲的。

乔野替她点了一份牛排，因为她说过想吃肉。

一顿饭吃得战战兢兢，可牛排入口时，她又觉得舌头都在尖叫。

怎么可以这么美味！

徐晚星泪眼婆娑地望着那份牛排，生涩地动手切着，一边往嘴里送，还一边感动地说：“我会记得你的。”

乔野咳嗽一声，佯装不在意地拿起水杯：“一顿饭而已，不用这么认真。”

“不是，我在跟我的牛肉说话。”徐晚星擦了擦并不存在的泪水，感慨万千，“这种地方，以后我估计也不怎么来。萍水相逢，尽是他乡之客，和我的绝世牛排相识一场，当然要好好道个别了。”

“……”

乔野正在喝水，没稳住，噗的一声喷了出来。好在他眼明手快，一把拿起餐巾捂住嘴，才没有出现“高空喷泉”现象。

对面的徐晚星也眼明手快，在他有喷水迹象的第一秒，伸手护住自己的牛排，生怕它被玷污。

乔野：可以，相识不到五分钟的牛排，地位比他这个朋友还高了——货真价实的塑料友情。

他面无表情地抽走她面前的牛排，说：“一人一半，别吃独食。”

“喂，我从来没见过请客的和客人抢吃的！”

“所以，我今天让你开开眼界。”

“不是，你少切点！那么大一块，你也不怕噎着！喂、喂，我来帮你！”

“不需要，我一个人能行。”

“不，你不行——”

服务生站在一旁恭候客人的指示，目瞪口呆地看着两人对着一盘牛肉展开了争夺战，嘴角不断地抽搐。

Chapter 09

# 热血江湖

冬日天黑得早，从餐馆出来时，夜幕已然低垂。

中心广场上亮起了不灭的灯火，树上、草里也都是灯串，熠熠生辉，恍若坠入尘世的繁星万千。

乔野问：“直接回家，还是溜达一圈？”

“走一走，消消食呗。”

高二的学生难得有这样的闲暇时光，还能在夜里的闹市区溜达。

徐晚星感慨：“真难得。”

“难得什么？”

“我啊。我可太难得出来闲逛了，一没时间，二没钱的。”她把手拢在嘴边，呵口气，白雾缱绻，“要么就在家写作业，要么在夜市帮老徐摆摊子——”

“要么在茶馆打麻将。”乔野适时地插了一句。

徐晚星翻白眼：“老徐不让我去了。”

“看样子，你还挺遗憾。”

“那可不。”她惆怅地拍拍衣兜，“以前在张姨那儿打麻将，至少还能赢点钱，交一大半给老徐，自己还能留点儿。现在我一穷二白，一拍两散。”

除了麻将小分队的各位成员，乔野也见识到了徐晚星“出类拔萃”的成语使用水平。

他问她："你就那么喜欢打麻将吗，徐晚星？"

"嗯？"徐晚星侧头看他，挑眉，"麻将怎么了？你对麻将有意见哦。"

"不敢。"嘴上说着不敢，他的表情却很诚实。

徐晚星理直气壮地反问他："好歹也是国粹，你喜欢的奥数物理题可没这种地位，谁看不起谁呢。"

麻将的话题没能进行一会儿，下一刻，一个手捧鲜花的七八岁小男生忽然从一旁冲了上来，语气稚嫩地说："哥哥，给姐姐买枝花吧！"

徐晚星一脸尴尬地摆摆手："不了，不了，我们不是买这种花的关系。"

小男生泫然欲泣，手足无措地抱着花站在那里，回头看看不远处鼓励他勇敢上前的母亲，又抬头看看徐晚星，小嘴一撇，眼看就要哭出声来。

徐晚星："欸欸，别哭，别哭——"

话音刚落，小男生哇的一声哭了出来，一边哭，一边叫："妈妈，他们不要我的花！"

徐晚星："……"

一边哭，小男生又一边攥住她的衣角，哭哭啼啼："我的花很好看的，你买一枝吧，大姐姐……"

终于看不下去的乔野，适时地指指他手里的花："别哭了，我买。"

几乎就是一瞬间的事情，前一刻还在号啕大哭的孩子立马不哭了，把怀里的花往乔野的面前一递，破涕为笑："哥哥真好！"

徐晚星：这业务水平真的可以，很厉害啊！

乔野也沉默了一瞬。

递向他的这一整束花里，全是火红的玫瑰花，压根儿找不着适合送给徐晚星的。

他心里为难了一下，表面还兀自镇定地问小男生："有别的花吗？"

"没有了。"

"你妈妈那里也没有吗？"

小男生嘴一撇，又有要大哭的迹象："怎么，你不想买我的花了吗？"

赶在他大哭之前，乔野果断地从他的怀里抽了三枝花："多少钱？"

小男生拿了三十块钱，心满意足地抽身走人。

灯火辉煌的步行广场，两人被这突如其来的插曲弄得有些蒙，大眼瞪小眼了好一会儿。

最后，乔野把手里的花艰难地递了过去：“友谊之花。”

去你的友谊之花，哈哈。

徐晚星噗的一声笑出来，满不在乎地接过花：“OK，我就当它是康乃馨好了。”

“康乃馨？”乔野一顿。

却见徐晚星冲他邪魅地一笑：“是啊，献给‘长辈’的花，不是康乃馨，那是什么？！”

乔野眯眼，伸手要拿回来：“花还给我。”

“成、成、成，不占你便宜了！”她护住自己的花，嘻嘻哈哈，“送出去的花，哪有收回去的道理。”

乔野淡淡地说：“跟自己的‘长辈’，没那么多讲究。”

这回轮到徐晚星一噎，随即哈哈大笑起来，一巴掌拍在他的肩上：“可以啊，乔野，还能屈能伸，大丈夫啊！”

灯火之下，小矮个得努力蹦起来，才能拍到他的肩，他垂眸看她，只看见一双流光溢彩的眼。

算了，他让她一次。

她不过是嘴上功夫厉害罢了，不值得较真。

回程的公交车上，乔野拿出耳机，顿了顿，分了一只给徐晚星：“听吗？”

“听啊。”她不假思索地接过耳机，塞进耳朵里。

伴随着公路上嘈杂的行车声，窗外是飞速掠过的城市的剪影，耳机里流淌着动人的乐章。

车水马龙里，她听见了 Coldplay 的歌。

某一刻，她忽然想到什么，侧头问身旁的人：“乔野，你为什么一直当独行侠，对身边的人都拒之千里啊？”

“一直都是这样吗？”她换了个问法。

这一次他倒是回答了：“从初一开始吧。”

“可这个年纪，大家不都希望自己讨人喜欢，身边总是围了一堆人吗？为什么你要特立独行？”

“怎么，谁规定同龄人都要用一个模板吗？”

“也不是。”她皱眉望着他，“只是觉得像你这样的学霸，应该是那样的。”

“我这样的学霸？”乔野哂笑，慢条斯理地问，“那你说说看，我是怎样的学霸？”

“成绩好，不偏科，所有老师都喜欢你。”徐晚星不假思索，然后又掰着手指细数，“家境富裕，高知家庭，父母婚姻美满，家庭氛围和谐，从小锦衣玉食，不愁吃穿，还得过那么多的奖……啊，你还有个很酷的爷爷，扛着摄像机满世界拍星星。反正，我想不到你为什么会这么孤僻。”

右耳听到的是窗外的喧嚣，左耳听到的是她热爱的乐队动听的音符。

在这样的鲜明对比中，她看见乔野低下头，望进她的眼底，很轻、很随意地说了句：“那不是我。”

“？”徐晚星一愣，定定地仰头看着他，有些不解。

“有时候你看见的，未必是真的。”乔野将头转了回去，目光直直地望着前方的归途，沉默了很久，又仿佛只停顿了一瞬间。

很久很久之后，在那首耳熟能详的歌都结束时，另一首歌的前奏响了起来。

她听见乔野说：“我的生母过世了，在我小学的时候。现在这个，是我爸后来娶的妻子，我的继母。”

在那一刹那，徐晚星的脑子里仿佛被雷劈过，许多念头不受控制地浮现出来，弹幕似的飞速掠过。

那简短一句话成功地打碎了她对乔野的所有认知。

欸，所以根本不是什么健全的家庭？

她曾以为他含着金汤匙长大，一路顺风顺水，在恩爱的父母的陪伴下成长至今，却没想到会突然得知这样一则重磅消息。

更何况“继母”二字，似乎极少有什么正面的形象。

徐晚星几乎是下意识地幻想出了一幅场景，弱小的男孩在父亲的漠视下，被继母在言语上、精神上进行虐待，抑或是更严重的肢体冲突。

大概是内心活动太过剧烈，她的情绪波动直接从眼神里体现出来。

乔野瞄她一眼，说：“收起你的想象力。”

“嗯？”徐晚星回过神来。

“没有八点档的剧情。她没有虐待我，相反，她对我很好。”

“……是吗？”她还在偷偷怀疑。

“我十岁那年，知道了她这个人的存在。我们相处了整整一年，我爸才放下心来，和她结婚，重组家庭。”

徐晚星有点摸不着头脑了，所以，不但没有对儿子不好的继母，就连父亲也这么细腻，让儿子和女友相处了整整一年，确定家庭能够和谐了，才做出重要的决定——

“那你孤僻个什么劲啊？”

乔野张了张嘴，下一刻，却听见车内传来报站名的声音。

清花巷到了。

他从徐晚星的手里接过耳机，也摘下了自己耳朵里的那一只，放回包里，两人一同下了车。

“先送你回家。”他站在巷子口，没有急着回自己家。

徐晚星摆手，另一只手里还拿着那三枝玫瑰：“送什么送啊，你以为你演偶像剧呢！”

乔野也不说话，反正说送就送，随便你说什么。

徐晚星心道：也行吧，送就送，反正你的话也还没讲完。故事说一半是要折寿的，虽然你折寿跟我没关系，但是，我心里痒，会睡不着嘛。

她问他：“然后呢？”

“然后什么？”

“你还没说完，你到底为什么这么孤僻啊！”徐晚星不可置信地说，“哥，你是金鱼吗？只有七秒的记忆吗！”

寂静的巷子里，乔野笑出了声。

片刻后，他望着前方，低声说：“因为我一直以为我妈是病死的，直到初一那年。”

嗯？

初一那年怎么了？

徐晚星的大脑又开始不受控制了。

难道是父亲出轨，在一个月黑风高的夜晚，和新欢一起谋杀了旧爱？

“停。”乔野再一次把她从思维脱缰的状态拉了回来，“说了，不是八点档电视剧。”

徐晚星一脸警惕地望着乔野，他怎么老知道她心里在想些什么，太邪门儿了！

下一秒，乔野说："对，我就是知道你在想什么。"

徐晚星直接被吓蒙了。

他不但知道我在想些什么，还能读出我的弹幕？！

乔野抬手想戳她的脑门，可动作进行到一半，又觉得不妥，索性把手放了下去。他说："徐晚星，你心里想什么，脸上就摆着什么。有没有人告诉过你，这样一点城府也没有，真的很危险。"

"所以，我去练了跆拳道啊！"她踢踢腿，一副理直气壮的样子。

"……"乔野嘴角抽搐。

"那，那你妈妈……"她知道这样直接询问有所不妥，有些犹豫，可到底还是问出了口，眼巴巴地看着乔野，带点小心翼翼，又带点固执的探寻。

寂静的深巷里，他们已然走到了她的家门口。

紧闭的卷帘门外，她听见乔野平静地说："因为赌博，她欠了巨额债务，又借了高利贷，利滚利，再也还不清。

"后来，她不想连累我和我爸，爬上三十层楼的楼顶，直接跳了下去。

"那一天，我没有见到我妈，只知道她出差了很久，后来忽然就得急病走了。同一年，我爸因为工作调动，辗转各地，带着我离开了。离开了熟悉的环境，我连有关我妈跳楼的只言片语都没听说过，所以对他的解释笃信不疑。"

徐晚星忽然就丧失了语言能力，怔怔地望着他，不知能说些什么，又该说些什么。

乔野却忽然侧头，问："吓到你了？"

她脖子一拧："开玩笑，我是谁啊？我是徐晚星啊！我会被吓到？！"

乔野又笑了，这一次带了点温度，是真心实意的笑。

徐晚星想了想，还是鼓起勇气问他："所以，你恨你爸爸吗？"

"不懂事的时候，伤怀过一阵，后来很快就明白了，他是为我好。"

徐晚星松了一口气，这才放下心来："爸爸们总是这样，大男子主义，自以为是为孩子好，有时候会做出一些奇奇怪怪的事，还可能会伤害到我们的感情。可是，他们的出发点是好的。"

像是为了宽慰他，她还装作义愤填膺地说："我上小学的时候，老徐知道我被欺负了，跑去找我班主任说明情况，要她严肃处理那几个小孩。喂，挨打这么丢脸的事，闹得全班都知道很光荣吗？！我气了整整一个星期，一句话都没跟他说！

“还有啊，他觉得小姑娘就应该穿裙子。上小学时，我个头蹿得很快，有一次半年就长了半个头那么高，换季之后，往年的衣服就穿不了了。结果，他自作主张给我买了一堆裙子回来，花光了那个月手头的所有余钱。唉，穿什么都不问问我吗？害我一个夏天都只能穿裙子！”

她声情并茂地诉着苦，却见乔野笑起来，一声一声，低沉悦耳，带着少年人的一丁点柔软、喑哑。

他不疾不徐地打断她的话，叫她的名字：“徐晚星。”

“啊？”

“上小学时，你的个头蹿得很快——”他抓住了关键，“是有多快，长到今天还只有一米五几？”

？

徐晚星先是蒙了，然后震惊，最后怒不可遏。

“好你个乔野，我尽心尽力安慰你，你就是这么回报我的！”

乔野笑得肩膀都在抖，并且笑意还有加深的趋势。

他又叫了一次：“徐晚星。”

“干吗？！”这一次，她的语气里带着实打实的暴躁了。

却见他低头望过来，眼神明亮地道：“谢谢。”

“……”

他总是这样，给出莫名其妙的反应，不走寻常路。她以为他该感谢她的时候，他居然挤对她。她以为他要和她吵架了，他又这么和颜悦色地跟她说谢谢。

“你神经病是不是，乔野？”她撸起袖子，假装要跟他干架，可撸到一半，悬在半空的心终于踏踏实实地落了下来。

这一次的“兄弟聚餐”，以徐晚星破天荒地臭美换衣服开始，在清花巷尾乔野的大笑和她的暴躁中落幕。

徐晚星：“懒得理你这神经病！”

说完，她丢下一个白眼，扭头噔噔地爬上了木梯。

乔野的声音从身后传来："走了。"

她都已经爬到屋顶，下一秒，从上面露出个脑袋来："欸欸，周一就要去参加复赛了，你准备好没？"

楼下，乔野回过头来，漫不经心地反问道："复赛而已，还需要准备吗。"

"……"

很好，这位哥有精神分裂症吧，前一分钟还在装忧郁青年，下一分钟就开始装×。

徐晚星暴躁地瞪了他一眼："当我没问！"

楼下的人又笑了。

他说："下次还接着赌吗？"

"为什么不。"徐晚星趾高气扬，"能多吃几顿免费大餐，干吗不吃。"

"就这么笃定复赛还能赢我？"

"那是。毕竟这次我连二分之一的功力都没拿出来。"

乔野低声笑了，不紧不慢地点头："那我就拭目以待了。"

周一一大早，徐晚星就被叫去了办公室。

她还以为是期中考试的成绩提前出来了，要挨批斗了，特地从春鸣的身上扒拉下来一件非常厚重的面包服，套在了自己的身上——

"这样比较扛打。"

于胖子扑哧一声笑出来："那你该戴个头盔，毕竟师爷揍你一向往脑门儿上去——"

他话音未落，先挨了徐晚星一记。

于胖子："我做错了什么！"

春鸣优哉游哉地把徐晚星的外套披在身上，拉了拉短了好长一截、堪堪齐腰的衣摆，说："错在你嘴贱还不自知，竟以为自己挺幽默。"

结果，徐晚星到了办公室一看，哟，乔野也在呢！

这下，她松了一大口气。

和学霸一起出现的场合，一般来说，场面不会太难看。反过来说也合理，毕竟难看的场面，学霸一般不会出现。

罗学明正在跟乔野说话，余光瞥见门口出现的人，视线一转，眉头一紧："你这穿的什么玩意儿？"

乔野背对办公室的大门，闻言，也回头一看，只见姗姗来迟的徐晚星穿了件长及大腿的面包服，衣服看上去比人大了一倍，衣袖也拖得老长。

徐晚星一顿，当然不可能明说：我是怕您老揍我，所以穿了件“扛打服”。于是，她灵机一动，抖了抖衣袖，在半空中摆了个架势——

“我这不是惦记着您连续上了两节课，特疲倦吗？特地来给您跳一段甩袖舞！”

罗学明：“……”

乔野：“……”

办公室里的其他老师：“哈哈哈。”

罗学明没好气地咆哮：“别跟我插科打诨，过来，我这儿有正事要说！”

所谓正事，就是下午两点在市中心的肃德中学举行的全国中学生物理竞赛的复赛了。

“一会儿，第三和第四节课你俩就不上了，我和张老师开车送你们回家，先跟父母说一声，收拾收拾东西，之后我们直接出发去肃德中学那边。”罗学明看了眼手表，“今天下午笔试，明天上午还要进行物理实验比赛，所以今晚要住在市中心。”

徐晚星一听就乐了：“一会儿不上第三和第四节课？”

第三节是英语课，第四节是语文课，哈哈哈，没想到她徐晚星也有今天，还能光明正大地逃课，逃的还是她最头疼的课。

罗学明一眼就看出她在想什么，眼睛一眯，动手要卷书了。

下一秒，徐晚星抱头就跑：“那什么，我先回去收拾书包了！”

罗学明面无表情地放下书，又看向乔野，表情瞬间春回大地，语气都放温柔了不少：“你也回去收拾书包吧，一会儿和徐晚星一块儿下来。”

乔野点头：“要麻烦罗老师了。”

罗学明真想把徐晚星拖回来，看看，看看人家——这么有礼貌、这么贴心的好孩子，对比一下，他的课代表真是典型的“欠揍的调皮孩子”。

都是一样大的孩子，怎么人和人的差距就这么大呢。

正午时分，学校的公派面包车停在清花巷的口子上，两个孩子分别回家收拾东西了。

罗学明想了想，对张永东说：“我去徐晚星家，你去乔野家，也跟他的父母说明一下情况，讲一下今晚要外宿的事情。”

于是，徐晚星走了没几步，就被紧随其后的人叫住了。

她大惊失色：“您要跟我回家？”

罗学明不紧不慢地反问：“怎么，不欢迎？”

“不是，您老坐在车里等着不挺好的吗？”徐晚星的心脏都悬在了半空，“您放心，我爸特善解人意，对你们老师那是言听计从。我跟他说一声，别说外宿一宿了，就是外宿一学期，他也绝对没意见！”

开玩笑，让师爷一起回家，万一他告状什么的，老徐那边可就没她什么好果子吃了。

上回罗老师跟老徐打过一通电话，她可是被鸡毛掸子一路追来学校的！

可罗学明才懒得搭理她，只扔下两个字：“带路。”

徐晚星彻底蔫了，一路萎靡不振地带他回了家。

像徐义生这种没什么文化的手艺人，对老师一向敬重有加。果然，得知班主任来了，他又惊又喜，连连收拾沙发请人坐下，又是端茶递水，又是嘘寒问暖。

罗学明也是个爽快人，从来没有老师的架子，只摆摆手：“别忙活，您可别这么客气。我这次来，主要是跟您打个招呼，毕竟孩子要参加物理竞赛，留宿在外一晚上。我也是怕您担心，所以亲自上门来说明情况。”

徐义生连连点头，罗学明说什么就是什么，他完全没意见。

他唯一能多说两句的，就是回头嘱咐徐晚星，要好好听话，不许淘气，认真考试。

最后，他还挺纳闷地问了句：“学校还挺破费呀，把这么多学生弄出去考试，还都住外面？”

罗学明一愣，看看徐晚星：“你没跟你爸说，全校就三个学生去参加复赛？”

徐晚星挠挠头：“我爸晚上摆摊子，半夜才回家，可那时我已经睡下了。早上我起床，他还在补觉，就一直没来得及说。”

后来她是忘了，也没觉得是多大的事。若是真拿了奖，她再说也不迟。

罗学明是班主任，对徐晚星家中的情况再有耳闻，可今日真来了，才发觉她的家境远比自己了解的还要拮据。

这样简陋紧凑的家，说是家徒四壁也不为过，还有这样一位和正常人作息时间差异巨大的父亲，连女儿代表学校去参加物理竞赛也一无所知……

他看看徐晚星，把物理竞赛的情况说给徐义生听，末了，追加一句："晚星是个好孩子，在理科方面非常有天赋，我们老师都很看好她，您也该为她感到骄傲。"

徐晚星的眼睛都看直了。

欸，太阳打西边儿出来了？灭绝师爷今天非但不灭绝，还闪耀着人性的光辉……

父女俩都是一样的表情。很显然，对于老师会开口夸徐晚星这件事，徐义生也感到不可思议。

欸，所以，上门不是告状，还夸了她一番？！

父女俩对视一眼，在沉默中艰难地消化了一番。

离开徐家后，两人往巷子口的面包车走。

罗学明想了想，问徐晚星："为什么不申请贫困生奖学金？"

徐晚星匪夷所思："我交得起学费啊。"

"家里的情况并不算很好，能多一点补助是一点。"他蹙眉，"下学期交一份申请，我帮你递上去。"

"嘿，谢谢您啦，真不用！"徐晚星一口回绝，还挺骄傲，"我爸说了，我们比上不足，比下有余，也不是交不上学费，何必占用资源。您把钱留给更贫困的家庭，真正有需要的人，这不挺好的吗？"

她一点没觉得有什么难于启齿的，贫穷之于她，不过是现在的状况。穷就穷一点过，富就富一点活，没什么大不了。

倒是罗学明沉默了好一会儿，侧头认真地看了看自己的课代表。

他对她的偏爱溢于言表，所有老师都看在眼里。即便孩子们觉得他对她比别的人更严厉，那也是出于重视和关心。

班里有一大把的优秀学生，诸如万小福、辛意之流，听话又懂事，把老师说的话都记在心里，从不违背。而徐晚星呢，她是个异类，不仅调皮捣蛋到让男孩子都望尘莫及的地步，还上能顶撞老师，下能打架。

可他偏偏就对这个孩子有着过多关注。

为什么喜欢她？也不仅仅是因为她的理科天分。缘分本来就是最说不清的事情。也许是眼缘，也许是性格投缘，他就喜欢这孩子没心没肺又无法无天的样子。

应试教育培养出了一大堆温顺听话的好孩子，他亦是教育从业者，哪怕不愿让孩子都按照同一模板批量生产，却在多少年的工作中不得不妥协。徐晚星的存在，是一众好孩子里最特别的异类。她鲜活可爱，有灵气，也有不可磨灭的韧性与乐观精神。

罗学明看了她半天，看得她头皮发麻，内心惴惴不安。

她小心翼翼地试探着问了一句："罗老师，我又犯什么错了吗？"

犯错了，您打我就是，我把头伸过去，咱们速战速决，别用死亡凝视来挑战我内心的极限了！

她简直惶恐。

罗学明白她一眼，只说："这回竞赛给我好好考。考好了，有奖金。"

"那要是考差了呢？"

"考差了？"罗学明冷哼一声，"考差了，三千个下蹲！"

"……"

徐晚星膝盖一软，险些没跪下去。

这顿午饭，徐晚星吃得没滋没味。

东哥和师爷带着他们俩在肃德中学外面找了家不错的餐厅，她生平头一次和老师们一起吃饭，吃得异常沉默。

师爷主打心理战——

"你俩呢，不要紧张。乔野我倒是不担心，毕竟他有过那么多大赛经验。主要是徐晚星，你是第一回出来参加比赛，好好调整心态是关键。"

徐晚星一边扒饭，一边点头如捣蒜。

东哥负责讲解如何做题——

"读题之后，首先定个基调，看清楚到底是力学题、热力学题，还是电学题。然后别急着动笔，分析一遍要用到的公式和原理，把大方向搞明白……"

她继续不停地点头。

罗学明在肃德中学旁边订了酒店，三间房：他和张永东住一间，乔野和徐晚星一人一间。

饭后，他督促着两个孩子各自回屋睡觉。

“不多不少，休息半小时，然后，我送你们去考场。”

徐晚星进了自己的房间，先是感慨酒店的奢侈，然后好奇地跑进浴室、阳台都参观了一圈，最后兴高采烈地发现咖啡台上有一堆免费零食，小冰箱里居然还有冰饮料。

她和衣躺上了柔软的大床，大脑还处于兴奋又迷茫的状态，想着自己也不可能睡得着，干脆又爬了起来，去走廊上溜达一圈。

酒店的客房里不能抽烟，罗学明和张永东就在走廊转角处，一边抽烟，一边说话。

徐晚星刚走近，就听见了他们说话的声音。

罗学明说：“咱们学校都好几年没有拿过奖了，肃德中学也好，三中、四中也好，有教育局撑腰，每年中考都优先录取好苗子，咱们这儿什么也摊不上，只能捡漏。”

张永东也感慨：“谁让咱们是厂子弟校出身，不如人家根正苗红的国家重点中学啊。”

“呵，国家重点中学。”罗学明笑了一声，不紧不慢地说，“不瞒你说，去年徐晚星入校，我就在盼着今天了。去年高一，好多知识点是超纲的，她也没法来考试。今年都高二了，该学的也都学得差不多了，是时候让那群势利眼看看了，咱们教出来的孩子可不比他们差。”

张永东笑了：“何止不比他们差。我看这两个孩子，都比他们强。”

罗学明点头，又想起什么：“对了，要是这次他俩拿了奖，我准备给他们一人发点奖金。”

“发奖金？”张永东一愣，“之前不是都发过了？而且，就那点钱，还是咱们跟刘校长磨了好半天嘴皮子，才拿下来的。他怎么可能还会批第二回。”

厂子弟校有厂子弟校的难处，因为早年不归教育局管，后来即便被重新划分进去，经费也还是紧张。

罗学明最后吸了口烟，把烟掐灭。

“这钱我来出，想必刘校长也没什么意见。”他把烟头扔进一旁的垃圾桶里，目光有力，“徐晚星是个好孩子，但是，家里贫困了点。前一阵子降温，我瞧着她连件像样的羽绒服都没有，手都被冻得长出冻疮来了……”

沉默片刻，他说:“我想帮帮这孩子，但是，她自尊心强，不能明着来。”

……

后续的话，徐晚星没有再听下去。她怔怔地在走廊上站了片刻，默不作声地回到了房间。

她低头看看自己的手，那一点小小的冻疮，连她自己都没有在意过，却被罗学明看在眼里，记在了心里。

徐晚星抬手，用力地揉了揉眼眶，然后拍拍自己的脸。

打起精神来，徐晚星！

这次一定要拼尽全力好好考！

踏进考场前，罗学明一反常态，没有一句碎碎念，只拍拍两个孩子的肩膀，言简意赅道：“放轻松，好好考。”

张永东和他一比，还是嫩了点，面上显露出些许紧张的苗头，还在拼命地想着注意事项，好提醒提醒两个孩子。

最后是罗学明拍拍他：“行了，孩子们都知道了。”

在两位老师期盼的目光下，徐晚星和乔野走进了考场。

全市十几所中学，选拔出几十个物理好苗子，填满了两间教室。

六中还有一个叫李佳远的高三学生也参加了复赛，但他是和他的班主任一起来的，没跟罗学明他们同行。

在教室门口看到考场座位排序后，徐晚星才发现，她和李佳远在第一考场，而乔野在第二考场。

她往教室里看了一眼，陆陆续续来了一半考生，全是陌生的面孔。

就连教室也异常陌生，和六中的截然不同。

乔野就在她的身旁，目光从座次表挪到她的身上：“怕了？”

“开什么玩笑？！我会怕吗？！”徐晚星一如既往地嘴硬，翻了个白眼，“这回我来了，里面坐的那二十个好苗子才该瑟瑟发抖吧。”

在她身后，有人扑哧一声笑了出来。

徐晚星一回头，看见一张陌生的面孔，白白净净的男孩子。

那人笑着说："你是徐晚星吧？我是李佳远，高三的。"

可惜座次表上，六中的人都隔着十万八千里远。徐晚星在第一排，李佳远在最后一排，乔野直接在另一间考场。

三人很快往各自的座位走。

临走前，乔野看了徐晚星一眼："比赛要开始了。"

徐晚星一下子显得斗志昂扬起来，下巴一抬："开始就开始，谁怕谁？！"

她像只斗鸡一样雄赳赳、气昂昂地往自己的座位走，却在落座那一刻，猛然愣住。

在她的座位旁边，有个异常眼熟的人坐在那里，似笑非笑地看着她，嘴角浮起一抹挑衅的笑："哟，这不是我们六中的校霸徐晚星吗。"

徐晚星打过不少架，也结了不少仇，帮过不少朋友，也得罪过不少小人。

眼前这个就是跟她仇怨最大的一个——李奕辞。

高一那年，李奕辞在她隔壁班，也是个理科出色的学生。他家境优越，父母是上市公司的高管，之所以把他送去六中，而不是国家重点中学，纯粹是因为他爷爷是六中的退休老教师，在六中也能给他提供更多的照顾与资源。

张永东在年级上带两个班的物理，一个是徐晚星的班，另一个是李奕辞的班。

所谓"一山不容二虎"，就因为张永东时常在隔壁班提起徐晚星的名字，再加上每次小考大考，她的理科成绩都名列前茅，总是压了李奕辞一头，他很不服气。

两人未曾见面，已生嫌隙。

徐晚星一度听说隔壁班有人看她不顺眼，成天背地里说她闲话，起初也没工夫搭理，只是后来流言越传越难听——

"三班的徐晚星是关系户，家长成天给他们班主任送礼，要不，她一个偏科生，早被开除了，还能当什么课代表。"

"她不是她爸领养的吗？爹不疼，娘不爱的，非亲非故一个没文化的大老爷们儿，干什么养着她？"

说她没有关系，但人身攻击涉及了老徐，她是一分钟也不能忍。

她在某天大扫除时，亲自站在隔壁班的门口，气势汹汹地说道："李奕辞在吗？"

李奕辞家里有钱，平日里又是带游戏机又是带零食来学校，天长日久，身边也围了一群狐朋狗友。

闻言，那群人纷纷回头。

"欸欸，是徐晚星！"

"她找上门来了！"

"辞哥，别跟她起冲突，她特能打，咱们硬碰硬不是她的对手！"

李奕辞从小到大也是不吃亏的主，家里人众星捧月似的把他养这么大，从来都顺着他来，养出了这么一副恶霸大少爷的性子。

他皮笑肉不笑地走出去："怎么，找我有事？"

徐晚星冷笑一声，从包里掏出一个牙刷递给他："同学，我来拯救一下你恶臭的嘴。没事儿多刷牙，弄清楚嘴是嘴，屁股是屁股，别弄错了器官的功能性，成天嘴里放臭屁。"

教室里一阵哄笑声。

三班的人在走廊上看热闹，二班的人在教室里看热闹，大家都不敢插手恶霸们的争斗，只目不转睛地望着这一幕。

在夜市长大的徐晚星，见惯了麻将馆里大人们的川味斗嘴，也与抄手摊的客人们插科打诨惯了，李奕辞这种大少爷可不是她的对手。

说吧，他说不过。

打吧，他打不赢。

可人在气头上，说不过就只能动手。实在打不过，他从地上爬起来，眼看着教室内外看热闹的人都一脸同情或鄙夷地看着他，一股热血往脑子里冲。

肢体冲突中，徐晚星被他推倒在地，不偏不倚被地上的玻璃碎片扎中。

有人惊呼："上午张瑞的杯子打碎了，没收拾干净！"

后来，徐晚星被送去医院，小臂上缝了七针。

再后来，两人进了政教处。

那一幕被两个班的学生看在眼里，不处理是不可能了。即便李奕辞的爷爷亲自来学校求情，也压不住这事。

刘校长的态度很坚决："这种恶劣风气，如果不严肃处理，那学校里岂不是个个孩子都会有样学样，稍有不顺就打架？！”

处分的结果是，徐晚星和李奕辞分别被记了大过。

那一次，徐晚星被老徐拎回家痛打一顿，写了千字检讨书。

而李奕辞在家大闹一通，一整个星期没来上学。第二周，他转到了肃德中学。

徐晚星万万没想到会在今日又碰见这个人，表情一滞，冷下了脸来。

“哟，看见我不高兴啊？”李奕辞阴阳怪气地说着，跷着二郎腿，手里拿了支笔转个不停，“我倒是挺开心呢，在我的地盘遇见了老熟人。”

徐晚星没搭理他，从书包里拿出文具，目不斜视。

“欸欸，我跟你说，以前我在六中的时候不觉得，还以为天下之大，就咱俩之间在物理方面有一拼。后来多亏你让我转学，我才发现天外有天，人外有人。”

“……”

“徐晚星，来了肃德中学，我才知道你根本不算什么。我们学校有人才，有精英教师，还有你们六中压根儿比不上的资源。”李奕辞冷笑，“这一次，我让你看看什么是真正的精英教育、精英学生。”

徐晚星还是没搭理他，只在监考老师走上讲台那一刻，举起手来。

那位中年女教师看过来：“什么事？”

徐晚星指指旁边的人：“老师，您能让他闭嘴吗？我在备考，这人一直在我旁边瞎叨咕，吵死人了。”

考场里的人陆陆续续到齐了，闻言都笑出了声。

李奕辞的脸都气白了：“你说谁瞎叨咕？！你再说一次？！”

徐晚星一脸诚恳地望着老师：“您看，他还在瞎叨咕呢。”

老师：“……”

侧头看了眼男生，老师说：“李奕辞，别说话了，专心准备考试。”

然后，老师就低头看着密封袋，自顾自地忙去了。

徐晚星略微一顿，忽然意识到这不是在六中，而是肃德中学。他是肃德中学的学生，而老师也是肃德中学的，人心是会偏的。

她看见李奕辞得意扬扬地朝她看了一眼，压低声音说：“继续告状啊。看看有没有人搭理你。”

他们坐在第一排，即便压低了声音说话，那女老师也听得见。可她毫无反应，压根不搭理这边的动静。

徐晚星笑了笑，冷冷地说："仗着自己是地头蛇，耍嘴皮子很有一套啊。我们考试见真章。"

李奕辞也笑了："成，我今儿让你开开眼，看看你们那破学校有多垃圾，你有多垃圾。"

徐晚星能听脏话，能听阴损的谣言，但最不能听的，就是有人侮辱她在意的一切。

她火气很大，但此刻不是发作的时候，干脆当旁边停了一只苍蝇，内心默念了十遍"我不生气"。

发卷子那一刻，她很快老僧入定。

即便要比，也不该比谁的嘴皮子更利索。她心知肚明，要在真正的战场上碾压李奕辞，才会让他最难受，才是最好的反击方式。

更重要的是，她的脑子里牢牢记得午后在走廊上听见的那番话。

她不能让罗学明的期待落空。

因为一无所有，所以在这一路上收获的每一道期待的目光，她都觉得难能可贵，她都不愿辜负。

试题很难，但有六中的物理老师们绞尽脑汁出的超纲题在前，这份考题，她做起来居然要顺手得多。

徐晚星还乐呵呵地发现，有几道选择题，包括大题，都和东哥他们出的初赛题有所重合。

初赛是自己学校出题，但从复赛起，就是北京的老师出题，分发卷子到各个省市进行决赛选拔。

李奕辞那家伙还说六中垃圾，开什么玩笑，这是垃圾学校的垃圾老师能押中的题？！

她聚精会神地从头写到尾，草稿纸要了一张又一张。

身旁的李奕辞看她好多眼，发现她进度比自己快，当下加快速度，一步也不愿落后。甚至，她要草稿纸，他也跟着开口要。

那女老师似乎也发现了李奕辞的状态不对，在他第四次紧跟徐晚星讨要草稿纸后，皱眉走到他的旁边，压低了声音说："自己写自己的，别被别人影响！"

李奕辞这才不那么关注徐晚星，当下收敛心神，写自己的去了。

徐晚星提前交了卷。

她从头到尾检查了一遍，觉得实在没什么可改了，当即举手：“老师，交卷。”

那女老师愣了愣，看了眼墙上的挂钟。这女生提前了十五分钟交卷。

物理竞赛不是寻常考试，每一道题都是难度系数非常高的。多少学生到时间了都做不完，鲜少有提前交卷的。

条件反射，她原本想说“先别急着交卷，好好检查一下”，可转念一想，这孩子又不是肃德中学的学生，随她去吧。

她说：“把卷子放在讲台上，安静地出去吧。”

徐晚星照做了。

经过对面的第二考场时，她探头看了眼，发现乔野坐在靠窗的第二排，也没再动笔了，只浏览着自己的卷子。

很显然，他也做完了。

她走到前门，故意多晃了两下。第二考场的老师侧头看她：“有什么事吗，同学？”

教室里不少人抬头看过来，乔野也看见她了。

她冲他咧嘴一笑，然后才回答老师的话：“没事，没事。”

然后，她一溜烟地跑到了走廊尽头。

果然，两三分钟后，乔野也提前交卷了。

他从考场走出来，一眼看见走廊尽头的她，步履从容地走近了。

“怎么样？”

她咧嘴笑：“相当简单。”

乔野也笑了，瞥她一眼：“还挺膨胀。”

“那是，说了要吃你第二顿，就一定要吃到。”

“是吗？”他勾勾嘴角，不紧不慢，“我跟你的预感恰好相反。”

两人一边往外走，一边对答案。

徐晚星：“最后一题，你的答案是啥？”

“六欧姆。”

“哈哈，我也是。”她眉开眼笑，“可以啊你，吃一堑长一智，上次的陷阱没再往里掉了！”

乔野很淡定："其实上次交卷之前，我就知道我答案不对了。"

徐晚星一愣："那你怎么不改？没时间了吗？"

乔野顿了顿，笑笑，也不多言："嗯，没时间了。"

的确没时间了，他忙着给她写笔记。他侧头瞥她一眼，希望她这次双语能考好一点，也算对得起他的"没时间"了。

两人走到操场上时，李佳远也交完卷子，急匆匆地追了上来。

"欸，乔野，徐晚星！"他气喘吁吁地赶了过来，"你俩跑得真快！"

于是两个人的对答案之旅，瞬间变成了三个人。

当然，也没人能把题目全部记在脑子里，他们对了几道印象比较深刻的题的答案后，也就没什么好对了。

李佳远这才想到什么，一脸好奇地问徐晚星："欸，你认识你旁边那人？"

提起李奕辞，徐晚星脸色一冷，不咸不淡地嗯了一声。

"挺眼熟的，我好像也见过他。"李佳远在回想。

徐晚星提了一句："他以前也是六中的，后来转学了。"

李佳远一拍脑门儿："想起来了，是不是去年和你打架那个？欸，当时好像还闹得挺大的，他好像还把你给扎了，缝了十七八针？"

"……"

谣言的威力真是巨大。

徐晚星都气笑了："哪来十七八针？！缝那么多针，我这胳膊还要不要了。"

她满不在乎地撸起衣袖，把小臂内侧那条浅浅的疤痕亮出来，配了句台词："人在江湖飘，哪能不挨刀。"

李佳远哈哈笑出了声。

乔野却没笑，他只低头看了眼那条难看的疤痕，眉心一蹙。

Chapter 10

# 人生如梦

两个小时的考试时间里，罗学明与张永东就候在肃德中学的校门口，一人捧了一杯从奶茶店里买来的咖啡，望夫石似的杵在那——说是翘首以盼，也不为过。

没过一会儿，李佳远的班主任找到了“大军”，也加入了望夫石的行列。两小时后，三人终于等来了自己的学生。

对答案小分队兴高采烈地跑了过来，各自叫着各自的老师。

张永东迫不及待地问：“考得怎么样？”

李佳远挠头：“还行吧，有两道题拿不太准。对答案的时候，有道大题，他俩的结果一样，我不一样……估计是我错了。”

他的班主任安慰他：“没事儿，会做的都做了就挺好。”

罗学明看向自己的学生：“你俩呢？”

乔野一如既往地淡定，波澜不惊：“挺好的。”

徐晚星也是一如既往地膨胀，咧嘴一笑：“我掐指一算，也就能考个满分吧。”

罗学明：“……”

张永东：“……”

李佳远：“……”

李佳远的班主任：“……”

乔野还是很淡定，他觉得对比起这几位，他对徐晚星的脾性已经有充分的了解了，宠辱不惊。

最后是罗学明一巴掌不轻不重地拍在她的后脑勺上："谦虚使人进步，骄傲使人落后。就你最没分寸！"

徐晚星不服气，梗着脖子辩驳："要不咱俩打个赌，我要是没考满分，我做三百个下蹲！"

罗学明一顿："那你要是考了满分呢？"

徐晚星嘿嘿一笑："我要是考了满分，您来做三百个下蹲——"

话音未落，罗学明又一次举起"如来神掌"："小兔崽子！"

所有人都在笑。

有徐晚星在的地方，果然时时刻刻都很热闹。

晚饭还是在那间餐厅吃的，这回不止四个人，还加上了李佳远师生两人。一顿饭在罗学明和徐晚星的插科打诨里，也算是欢乐。

饭后，老师们带着自己的学生回酒店休息。

罗学明嘱咐两人："明天早上八点还有一场实验比赛，今晚好好休息，养精蓄锐。"

张永东点头，开始念经："记得我上课说过的话，如果是电路连接，记得先画电路图……"

最后，依然是罗学明把他拖走："好了，好了，让他俩喘口气吧！"

两个孩子不见得多紧张，反倒是张永东紧张得要命。

徐晚星回了自己的房间，打开电视看了一阵，提不起兴趣，干脆把免费零食拆开来试吃，又从冰箱里拿了罐饮料，四下看看。

阳台上有一张小圆茶几，两张户外椅。

她拉开窗帘看了一眼，发现今晚有星星，索性抱来棉被裹在身上，抱着一堆零食坐在冷风里。

掏出手机，她给老徐打电话。

老徐碎碎念了一堆，依然是老生常谈的调调：别给老师添麻烦，外出要注意安全，听话，别调皮……

最后，他才问起来："考得怎么样？"

徐晚星往嘴里扔了一片薯片，嚼得咯嘣脆："考得特好。"

“……”

老徐：“好好说话！”

徐晚星笑嘻嘻：“真的，我觉得这次我能考满分。”

“你要是考了满分，我带你去吃火锅！”

徐晚星一下子欢呼起来：“我要吃小龙坎！”

“别说小龙坎了，大龙坎我都带你去吃！”老徐放下狠话。

父女俩又聊了几句，老徐哎哟一声：“好了，好了，我生意来了。你好好休息，明天好好考啊！”

通话结束。

徐晚星把被子裹得严实了些，刚抬头看星星呢，就听见旁边传来一声笑。

欸？

她猛地一扭头，就看见隔壁的露天阳台上，学霸也拎了一罐可乐，懒洋洋地倚在栏杆上看着她。

徐晚星：“干吗偷听我讲电话！”

“你嗓门儿那么大，我想听不见都难。”

徐晚星翻了个白眼：“怎么，你也睡不着，大晚上出来吹冷风？”

乔野笑出了声。

可以，这很徐晚星。

没事干的星夜，两人隔着点距离，在各自的阳台上吹冷风，如乔野所说，讲相声似的打发时间。

她坐着，他站着。

她胡乱地往嘴里塞着零食，他拎着一罐冰可乐闲闲地看着她，自有思量。

直到徐晚星天花乱坠地从物理竞赛扯到了李佳远，又从罗学明聊到了学校外面的奶茶店时，乔野才漫不经心地问了句：“对了，李佳远说的那人，谁啊？”

“啊？”徐晚星一愣。

却见乔野下巴朝她手臂上一扬：“给你留了道疤的那个。”

徐晚星脸色一沉，恶狠狠地说：“是个人渣！”

她是个没城府的人，素来有什么说什么，也藏不住事。哪怕藏得住，她也不在自己人面前藏。

是的，乔野现在已经被她纳入了自己人的范畴。

徐晚星就跟吐槽似的，把和李奕辞的过节一股脑地吐了出来。

“就因为他，我被记了大过，老徐差点没把我打死。”说起来还心有余悸，越忌惮，越讨厌李奕辞这个人，她恹恹地说，“其实师爷也帮我跟校长求过情，说明过情况，可刘校长说我有前科，不记大过没法敲打。”

“大过——”乔野淡淡地说，“问题也不算大，高二表现良好，高三是可以撤销记录的，不会影响到之后的什么。”

尤其是，她若要走特长生这条路，不能受这种记录的影响。

徐晚星并不知道他想得比她要远很多，只撇撇嘴，说：“刘校长还说了，要是我再打架，就不只是记过这么简单了。”

乔野一顿：“被开除？”

她没精打采地点了点头：“所以，上回我学聪明了，替春鸣出头也没在学校里动手。反正校外的事情，只要不闹出大动静，学校里也不怎么管。”

乔野眉头一皱：“替人出头是好事，但总是这么蛮干，只会连累自己。”

徐晚星不服气：“那你说，我还能怎么办。难不成把人拎过来讲一堆大道理？”

“你可以告诉老师，让成年人来解——”

“呵呵，得了吧您。管教有用的话，春鸣又怎么会一而再、再而三地挨打。”徐晚星犹自愤怒，“你是不知道那群人有多过分，明明跟他们什么关系也没有，就因为春鸣与众不同，他们就人身攻击，还动手动脚！”

“可你想过没有，如果再动手，真被开除了，一时之气是解了，你的前途还要不要？”乔野一针见血。

徐晚星噎了噎，最后只说了句气话：“要是做人什么时候都瞻前顾后，一切都为自身利益考虑，那活着还有什么意思。”

乔野看着她，平静地说：“那要是做人任何时候都意气用事，只考虑一时爽快，那家人和老师的期望又有什么意义？！”

徐晚星张了张嘴，脑子里再一次响起罗学明在走廊上和张永东说的那些话。她知道乔野说得对，他总是这样理智，总是这样一针见血，甚至，他时常让她觉得自己就是个毛头小孩，从未长大，不懂理智思考为何物。

可很多事情，她不愿意承认自己是错的，就算他说得对，难道每个人活着都要像他一样吗？！

犯错也有犯错的意义，更何况她从不觉得替春鸣他们出头有什么不对。

徐晚星有些烦躁，一把将薯片扔在桌上，负气地说："是、是、是，你说的话都对。我就是不懂事，就是热血中二，这样，你满意了？！"

她别过头去不看他，全然不知这样更显得中二了。

乔野看她片刻，想开口跟她讲道理，顿了顿，又闭上了嘴。

行吧，瞧着她那倔强的后脑勺，他也知道她听不进去。

最后，他只淡淡地问了句："徐晚星，你当我是朋友吗？"

她那后脑勺微微一动，转过来看着他："只要你别老讲大道理，咱俩还能做朋友。"

乔野笑了，有这句话就够了。

他举了举那罐冰可乐："你愿意为朋友两肋插刀，我也一样。所以，今后要是真遇到难题，别只顾着动手——"

他将可乐凑到嘴边，喝下一口，激起浑身的凉意。

他笑了笑，平静又自负："如果你愿意，让我当你的军师。"

从第一次见面起，徐晚星就知道乔野很帅。

但是，迄今为止，刚才他说要做她的军师那一秒，是他最帅的时刻，没有之一。

徐晚星呆呆地望着他，少年姿态闲适地倚在阳台上，背后是不夜城的车水马龙、万家灯火。而他定定地看着她，眼里似有光。

她张了张嘴，想说点什么，却又觉得"谢谢"远远不够形容这一刻的内心感受。

最后，她茫然地说："欸，这感觉还挺陌生的……"

乔野给了个"继续说"的眼神。

她挠挠头："这种话吧，一般都是我来说，春鸣和于胖子他们都是被助人为乐的对象。今天忽然换了角色，变成我被帮助了，还挺奇妙的。"

"……"

“这可不，心跳都加速了。”她毫无顾忌，没心没肺地捂住胸口，“妈呀，你是第三个让我有这种心跳的人！”

乔野一顿：“……第三个？”

徐晚星掰着手指头数给他听：“第一个是老徐，第二个是师爷，第三个就是你。”

乔野沉默片刻：“你对着你爸和师爷，会心跳加速？”

“是啊，被他们骂得狗血淋头的时候，我一慌就紧张得不行。”徐某人心有余悸地拍拍胸口，“奇了怪了，难道是你太有威慑力，我也怕你？”

她在那边兀自琢磨着这突如其来的心跳加速是怎么回事，乔野面无表情地放下可乐：“睡了。”

“欸欸，不讲相声了？”

“不了。”乔野往屋里走，“你慢慢玩单口相声吧。”

徐晚星莫名其妙地坐了片刻，又扯着嗓门儿喊了句：“不管怎么说，我谢谢你啊！”

乔野人都消失了，声音还不咸不淡地传出来：“我也谢谢你，别跟我说话了。”

？

什么情况，火气还挺大啊。

徐晚星抱着一堆零食，打了个呵欠，也回屋了。洗漱完毕，躺在床上回想这一整日时，她撇撇嘴，又笑了。

她见到了仇人，也收获了感动，还是两份。总的来说，这还是很奇妙的一天。

她抱着被子，翻了个身，弯起嘴角。

啧，学霸说要当她的军师呢。即便她不想承认，但他是那么聪明的一个人，有他当军师，她好像还挺骄傲。

她在被窝里扭了扭，像毛毛虫似的翻来覆去，最后笑着睡着了。

次日，她精神奕奕地起了个大早，把自己收拾得人模人样，开开心心地出了门。

巧的是，在她开门的一刹那，隔壁房间的人也走了出来。

两人视线相对，她咧嘴一笑，响亮地打了个招呼：“早啊，军师！”

乔野：可以，我又有了新名字。

他扯了扯嘴角，不置可否："虽然有点蠢，但总比乔霸霸好听。"

两人并肩去了一楼的餐厅，罗学明正准备给他俩打电话呢，被张永东一拍："欸欸，那不是来了吗。"

师徒四人吃了个丰盛的早餐，雄赳赳、气昂昂地往肃德中学进发。

张永东一点也不担心乔野，毕竟这孩子心细，一向没什么好操心的。他主要担心徐晚星，一路都在耳提面命："你最粗心了，老不注意细节。我跟你讲啊，做完实验，千万记得整理实验器材，千万记得！这种分扣了不划算！"

徐晚星掏耳朵："成啦，成啦，耳朵都起茧子了。"

又一次，在望夫石们殷切的目光里，徐晚星和乔野踏入考场。

被用作考场的教室依然是昨日那两间，两人轻车熟路地走到考场门口，各自又放了一番狠话。

"你钱包准备好了吗？"

"还是你准备一下吧。"

"笑话，我是要考满分的人啊。"

"是吗？我怎么看怎么不像。"

豪言壮语说完，两人昂首挺胸，各自走向自己的考场。

路人：真是目中无人！

今日要做实验，实验室在走廊尽头。但学生们依然要坐在考场候考，被叫到名字后，一个一个去抽签，完成相应的实验。

在讲台上守着考生的，依然是昨天那个女老师。

徐晚星神经大条，并未发现，自己踏入教室时，那位老师用很奇特的目光看了她很久。她径直坐在自己的座位上，又一次听见了李奕辞的挑衅。

"可以啊，徐晚星，昨天还能提前交卷，挺神气啊！"

徐晚星淡淡地掏了掏耳朵，假装掏出了什么东西，朝着他那边掸了掸。

下一秒，李奕辞跳了起来："你往哪儿扔耳屎呢？！"

"这么大惊小怪干什么？！"徐晚星咧嘴一笑，"你的嘴比屎还臭呢，谁嫌弃谁啊。"

一年过去，李奕辞还是半点没长进，脾气大，嘴上功夫差，被人说了三两句就暴跳如雷，只会翻来覆去地骂脏话。

徐晚星忽然怀念起隔壁考场的学霸来，至少和乔野斗嘴时，能感受到来自学霸的才华横溢，怎么说，怎么有趣。和这种低水平人士对话，她总觉得智商都被拉低了。

女老师护犊子，皱眉批评徐晚星：“这是来考试的，还是来吵架的？”

徐晚星：“我可没吵架，骂脏话的都是旁边这位。”

“一个巴掌拍不响。”老师淡淡地说。

这一次，徐晚星抬头看了看她，终于迟钝地发觉，昨日这位老师不过是偏袒自己的学生，今日却好像对她多了点敌意。

怎么回事？

她当然想不到，因为这次竞赛是在肃德中学举行的，自然参与更多的是肃德中学的老师。昨天的笔试，她提前交了卷，这位老师在讲台上从头到尾将她的试卷看了一遍，当时脸色就变了。

下班后，整理好试卷，她急匆匆地抱着卷子走进办公室：“欸欸，六中什么时候出了这么个学生？”

物理科目的组长侧头：“怎么了？”

她把密封袋往桌上一放，回头看了看办公室外，压低声音说：“今天我的考场有个六中的小姑娘，提前十五分钟交了卷。我从头到尾看了下，应该是满分。”

组长也惊疑不定了：“满分？你没看错？”

“不会有错。”女老师眉头一皱，说，“一共就三个孩子能去北京参赛，难道这回要让六中抢咱们一个名额？”

肃德中学是蓉城乃至全国的知名中学，一向以傲人的成绩闻名，每年能够向清华北大输送近百人。并且，他们有一个出国班，班里的孩子从小接受精英教育，连清华北大都没放在眼里，年年被世界名校录取率高达百分之九十五。

出国留学，除了成绩以外，个人简历尤为关键。因此，这个出国班最重视的就是每年举行的各大重要比赛，如机器人竞赛、物理竞赛、数学竞赛和计算机编程大赛等。

理科出色的孩子，目标一般定在麻省理工或南加州大学。而肃德中学每年都会耗费比别的学校多数倍不止的人力、物力在这全国物理竞赛上，就为了把孩子们成功送入这顶级高校，并且几乎从未失手过。

如果今年被抢走一个名额，就会少一个孩子拿奖，那就会有一个孩子后续的出国计划受到影响。

组长眉头一皱：“就算真被抢走名额，我们也没办法。”

他的目光落在那密封袋上，定住了。

即便老师不友好，邻桌坐了个狂躁症患者，徐晚星也没有烦恼多久。因为李奕辞很快被叫到名字，抽签做实验去了。

她又等了五个人的样子，终于轮到她，二话不说地往实验室走。

她的运气不错，抽到的是电路连接题。进教室后，和三位监考老师打了招呼，她就径直朝有电路器材的课桌前走。

深呼吸，她在脑子里回忆了一遍东哥说过的话。

她也知道自己是个大大咧咧、粗心马虎的人，可这一次，不论是为了自己，为了老师，还是为了这群看不起六中的人，她都决定拿出百分之两百的专注力来，一丝不苟地完成这次实验。

哦，对了，她还为了赢过军师，吃到那顿大餐。

徐晚星笑了笑，聚精会神地看着桌上的器材，开始在草稿纸上画电路图，检查一遍后，才开始动手。

一切都很顺利，虽然连接完后，她一拍屁股就要走人，可零点零一秒后，她就回过神来，迅速转身，记起了要整理实验器材。

把桌子上的器材所在的位置复原后，她抬头朝老师们笑了笑，心满意足地朝外走。

她有预感，这一次，学霸一定会输给他。

赢一次可以说是偶然，那赢两次呢？

她优哉游哉地吹着口哨，朝第二考场探了探头。乔野还在座位上，想必还没轮到他。

倒是李佳远刚好从第一考场走出来，和她打了个招呼：“做完了？”

“做完啦。你这是要进去？”

“是啊，老天保佑，我不想连电路！我这会儿手还抖着呢，跟发羊癫疯似的！”李佳远哆哆嗦嗦地抬手示意。

徐晚星哈哈大笑，往他的肩上一拍，说：“定！”

李佳远一脸发蒙：“什么？”

“我给你贴了定身符，放心，这下不会抖了。”

“……”李佳远表情一言难尽地飘进了实验室。

有监考老师在走廊上巡逻，皱眉提醒徐晚星：“考完了就离开这层楼，不要影响到其他考生。”

徐晚星点头：“立马就走。”

一切都很美好，她也继续吹口哨，朝着楼梯间走，准备挑个安静的地方等李佳远和乔野。

这栋楼是肃德中学的实验楼，正值工作日，学生们在教学楼里上课，当然不能被考生们影响。所以，学校把考场设在了这栋安静的实验楼里，给学生，也给考生提供独立的空间。

也就在二楼转角处，徐晚星忽然被人叫住。

有人好整以暇地站在那，阴阳怪气地说：“看你这样子，第一名十拿九稳了啊？”

这声音，这语气——

徐晚星拉长了脸，极不耐烦地回过头来，看着那个讨人厌的李奕辞。

“我说你考完试不走，在这儿等我干什么？”

李奕辞生平就没吃过亏，从来都被家里人宠着，出门被人捧着。爷爷又是德高望重的老教师，他从小到大在学校都是老师们特殊关照的对象，也没几个学生想不开，跟他这个关系户对着干。

他唯独摔过一个大跟头，栽在了徐晚星的身上。

为此，他挨了打，被记了过，还转了学。这次的物理竞赛，没人知道他准备了大半年，就是为了在今日碰上徐晚星时，能打压她的嚣张气焰。

可是，昨天交完卷子后，他今早来做实验题，和监考他的物理老师在走廊上相遇。

魏老师皱眉说：“你昨天考试时老是看你旁边那个女生干什么？”

他迟疑着没说话，就听见了下一句——

“考试不用心，难怪最后的两道大题都没做对。这回竞赛，你是别想去北京了！”魏老师很生气，“机会就在眼前，还拱手让给别的人。”

李奕辞是魏老师的学生，如今他败了，肃德中学自有其他学生继续竞争。

魏老师的一番话无异于致命一击。原本他是想借着这次物理竞赛好好挫挫徐晚星的锐气，却没想到自己直接就倒下了。

他当然不肯承认这是自己的失误，只能把一切都归结在徐晚星的头上。

要不是她，他怎么会受影响？！

都是她坐在旁边嘚瑟，又是唰唰地做题，又是疯狂地要草稿纸，最后还提前了十五分钟交卷，完全扰乱了他的心神！

这才是旧恨未了，又添新仇。

气不过的李奕辞，在二楼无人的走廊等了二十多分钟，终于等到了徐晚星。

理所当然，两人爆发了争执。

如今不在考场，徐晚星也没什么顾虑了，反正打嘴炮，李奕辞从来不是她的对手。她就一个钉子一个眼，他说什么，她还什么。

理智仍在，她想，反正她又不打架，口头争执罢了，乔学霸也不会说她什么。

况且，真打起来，难不成她还怕这个手下败将？

哼，他弱鸡一只，她怕什么啊。

徐晚星狠狠地羞辱了一番李奕辞，扬长而去。哪怕真的想对着那人的脑袋来一脚，她也克制住了自己。

回头等到了乔野，她还邀功似的凑上去："嘿，有件好事我要跟你说。"

乔野："怎么，你实验考砸了？"

"？"徐晚星怒发冲冠，"这是什么好事？"

乔野："你要请我吃大餐了，当然是好事。"

"我呸！"徐晚星翻白眼，"告诉你，这回我考得那叫一个惊天地、泣鬼神，你要是现在鞠三个躬，说不定我还能大发慈悲地留点情面，不狮子大开口要你请我吃什么米其林五星。"

乔野笑了："巧了，我也是这么想的。"

插科打诨后，她献宝似的把自己刚才的所作所为讲给他听，末了，抬头挺胸："怎么样，昨晚你说的话，我可都听进去了吧。"

乔野瞥她一眼，想笑，又绷住了。

“一次而已，再接再厉吧。”

徐晚星瞪眼睛，一脸“你怎么不夸我，你居然不夸我”的表情。

乔野终于忍不住笑出了声，抬手往她的脑袋上拍了拍，像是拍小狗似的。

下一刻，徐晚星愣了愣，他也手上一顿，察觉到这个动作好像哪里不对。

乔野默不作声地收回了手，淡定地说了句：“行，夸你。”

徐晚星也迷茫地抬起手，摸了摸胸口。

奇了怪了。

实验考试时，三位老师依然雷打不动地在肃德中学的大门口充当望夫石，等李佳远最后一个出来后，仍旧在之前那间餐厅里吃了顿庆祝饭。

张永东依然碎碎念：“考完就是过去式了。能进决赛当然好，不能进，也别影响心情。你们都是高二高三的学生了，高考才是最重要的。”

徐晚星左耳朵进，右耳朵出，注意力都在今晚的大餐上。

一桌子菜里，香辣虾最合她的胃口。她一边对老师的教诲点头如捣蒜，一边剥着她的第七只虾，然后塞进嘴里，伸手去够第八只。

餐桌上有旋转的玻璃圆盘，在她剥虾时，那盆香辣虾被转到了对面。

徐晚星伸长了手，但按照小矮个的比例，一米五八的个子也只配备了一米五八的人能有的胳膊。她艰难地伸到最长，也没够着。

手短也是个要命的缺点。她收回手来要转盘子，谁知道下一秒，身侧有条长长的胳膊伸了出来，夹了一只虾，默不作声地放进了她的碗里。

老师们还在热火朝天地聊着，罗学明叫了一壶酒，没人注意到这一幕。

徐晚星定睛一看，乔野给她夹了一只超级大虾。

她侧头去看他，却看见他若无其事地低头吃饭，一旁的碟子里一点虾壳也没有。

“你不爱吃虾吗？”她扬了扬手里的超级大虾。

“太麻烦。”他的回答在意料之中。

徐晚星翻了个白眼，其实不是太麻烦，是怕脏了手吧。学霸总给人干干净净的印象，其实也是因为他太爱面子，连剥虾这种行为都觉得有损形象。

她三下五除二地剥好了那只虾，一点也没犹豫，径直把虾放到了他的碗里。

“喏，这只给你。”

她脸上的表情带着点得意扬扬：你看我多疼你！

肉眼可见，乔野动作一顿。

“我的手很干净的，饭前洗了好几遍呢。”徐晚星以为他嫌她手脏，立马抬手示意，“尝一下呗，这虾真的巨好吃。”

毫不讲究的徐晚星，在家时和老徐也是一样的相处模式，会给对方夹自己爱吃的菜，也会嫌麻烦不去倒水，端着老爸的水杯一股脑地喝光。

但在乔野家里，父母都只会说：“小野多吃点青菜。”

“这次的鸡汤很香，多盛一碗啊。”

却没有人会亲自夹菜给他，更别提为他剥虾。

父亲是严父，不适合做出这样亲昵的举动。母亲是继母，即便全心全意地待他，也很讲究小节、注意分寸。

乔野顿了顿，把虾吃了。

一旁，徐晚星像奸臣谄媚地献宝似的，凑过来讨要认同感：“是不是贼好吃？”

乔野淡淡地说：“也就那样吧。”

舌尖的火辣感却蔓延开来，带来辣椒特有的爽利。

他的心里响起与嘴上截然不同的回答：“是。”

饭后，已近晚上七点，回学校也就能赶上晚自习。

罗学明大发慈悲，决定让孩子们回家好好休息。

徐晚星说：“我就不回清花巷了，让司机师傅把我载到金茶路的夜市吧。”

罗学明一听，眉头都竖了起来：“你去夜市干什么？”

金茶路的夜市，也就是茶馆一条街。

“欸，欸，我可不是去打麻将的。”徐晚星立马解释，“我爸这会儿已经开始摆摊了，我去帮帮忙。”

罗学明不悦：“都让你好好休息了，还去帮忙，帮什么忙啊？！没了你，你爸的摊子是要倒闭，还是怎的？！”

徐晚星一把捂住他的嘴，迅速呸呸呸：“快别说这种倒霉话，太不吉利，快，跟我一起呸！”

罗学明：“……”

乔野：“……”

最后，前排的司机师傅哈哈大笑起来：“小姑娘可真有意思！”

罗学明：有意思个鬼！

最后，徐晚星在茶馆一条街下车了。

她跳了下去，扭头笑嘻嘻地摆手：“罗老师再见，乔同学再见！”

罗学明白她一眼：“早点滚回家，明天要是敢迟到，下蹲加倍！”

乔野的目光落在她的脸上，直到车都走了，还从后视镜里看着那个背影。

罗学明没话找话说：“你俩现在关系没那么僵了吧？”

“挺好的。”乔野言简意赅。

“唉，你也别瞒我，这家伙什么德行，我知道。”罗学明非常有气势地说，“她要是敢欺负你，你就来找我，保管治得她服服帖帖，再也不敢找你麻烦！”

乔野说“好”，视线还落在后视镜里。

冬天的蓉城依然是不夜城，天气虽冷，但挡不住大家爱吃爱玩的心。茶馆里的麻将机统一配备了烤火炉，上面搓麻将，下面烤脚，暖洋洋的。

茶馆外，小吃摊子也都配备了蓝色大棚，只开一面，三面挡风。虽说温度还是很低，但至少吃着热气腾腾的食物，也吹不着风。

徐晚星每一次走在这样的夜市，都忍不住深吸一口气。

昏黄的灯光，烟雾缭绕的炉子，深蓝色的大棚，还有空气里各种食物混杂在一起的香气，完美诠释了“人间烟火”的含义。

可还没走近兴旺茶馆的门口，大老远，她就看见那边围了一群人。

徐晚星一愣，加快了脚步，匆匆往人群里挤。

“让一下，麻烦让一下。”

她拨开那群人，才刚走近，就看见令她血液凝固的一幕。

徐义生的摊子让人给砸了。

老徐也有一个孤零零的蓝色大棚，平日里放在兴旺茶馆里头，每天做生意时便支起来。而今，他的蓝色棚子被划得七零八落，插在地上的支架也给人踹倒，奄奄一息地躺在那。

那辆装着炉子和各种食材的三轮车四仰八叉地翻倒在地，食材散落，炉火也熄了。

地上有水渍，有沾了灰的抄手，白生生的小面团变成了灰扑扑的土疙瘩，好几大盆馅也被人扣在了地上——这是被人恶意损毁的。

那堆每天被洗得干干净净、一尘不染的瓷碗悉数成了碎片，没有一个好的。

老徐正跛着脚，一声不吭地收拾一地狼藉，试图找到还能用的东西。

可他捡起面团，面团脏了，捧起肉馅，无一可用。

炉子倒扣在地，他将它翻转过来，只见正面歪歪扭扭，显然是被摔坏了。

徐晚星不可置信地冲上去，叫了声爸："谁干的？！"

她的心都缩成了一团，仿佛被人紧紧地攥在拳头里，透不过气来。

兴旺茶馆的老板娘也在帮忙，身后还跟着茶馆里的几个伙计，都出来帮徐义生收拾。

张姨拎着一只破碗，气急败坏地说："不知道哪来一群超嚣张的混混，二话不说就掀摊子，嘴里还不干不净地骂什么死瘸子，简直是畜生！"

徐晚星的脑子都是蒙的，下意识地走到老徐的身边，去拉他的衣袖："爸——"

一出手，她碰到了他的手腕，他倒吸一口凉气，把手腕缩了回去。

徐晚星想也不想，一把抓住他的胳膊，抬起来看。

手腕上好长一道红肿的痕迹，显然是被重物击中了。

张姨破口大骂："那群畜生拿着铁棍到处乱砸，你爸想上去拦，被一棍子敲在手上……脚上也挨了一下！"

张姨走过来扶着徐义生，下巴朝他跛的那条腿一扬："赶紧坐着，看看有没有事。"

徐义生急着挣脱："别胡说八道，没有的事——"扭头，他冲徐晚星笑，"别听你张姨胡说八道，她就爱夸大事实、危言耸听！"

徐晚星一声不吭地蹲下来，要去掀他的裤腿。

老徐一把摁住她的手，急道："大街上的，干什么啊。都跟你说我没事了，你张姨她看花了眼！"

“我可没看花眼，我视力二点零，好得不得了！”

……

徐晚星没理会那么多，只往老徐的腿上一按，立马听见他倒吸一口凉气，瑟缩着往后躲。

抬眼时，她看见他那原本就粗糙黝黑的大手上遍布伤痕，不知是给砸了，还是收拾一地狼藉时被碎片划伤了。手背和手指还红肿不堪，那是一入冬后就长出来的冻疮。

不论如何保养，成日里做这些小摊小贩的生意，他那一双手免不了要浸在水里。

大棚再挡风，也挡不住冬日的寒意刺骨。于是，那双手在水里泡过，又裸露在空气里，被风一吹，就遍布冻疮。

徐晚星是知道的，他每天回家都在热水里泡手泡脚，又拿生姜去擦拭那些冻疮。

在别人看不见的地方，他的后脚跟上，还有无数道因为长年累月站着而出现的口子。因为干燥，因为劳累，因为这降下来的气温，一入冬，皮肤就会皲裂，裂开好多能看见血肉的小口子。

她怔怔地看着那双手，再起身时，眼里一片滚烫。

旁边有好心人出主意：“报警吧，让警察调一调附近的监控，抓了人好赔钱！”

张姨与老徐面面相觑。

茶馆里的伙计叹口气：“报不了，这地方不让摆摊。还是因为远离市中心，一般没有什么整理市容的大项目，城管没工夫管到这儿来，外面这些小摊子才有生存的空间。”

“是啊，要是咱们这儿报警了，这些东西都给赔钱，最多也就几百一千块。可论起乱摆摊子，被城管罚的钱可都不止这么多。”

隔壁的摊主也插嘴：“万一这事儿给报出去了，上面还指不定就要整治夜市乱摆摊呢，以后大家伙再做生意，可就难了。”

徐晚星声音喑哑：“看见是谁干的了吗？”

徐义生像是一下苍老了十来岁，沉默地摇头。

张姨也说：“不认识，一群社会小青年，社会的渣滓！”

倒是一旁的伙计插了句嘴：“欸，但是他们好像认识你！”

这话是对徐晚星说的。

她一愣："认识我？"

"是啊，有个人骂骂咧咧的，提了你的名字，好像是说老徐没管好自己的女儿，子不教，父之过。"

那一瞬间，她所有的血液都往脑子里冲。

这一句话，今天下午考完实验时，徐晚星也曾听见过。

当她在实验楼里与李奕辞发生口角时，他口里不干不净，辱骂她，辱骂六中，也辱骂老徐。他说徐义生是死瘸子，养不出什么好东西。他说"子不教，父之过"，徐义生也不会有好下场。

在一群围观者同情的眼神里，徐晚星看着满脸疲倦的老徐、一脸怒火的张姨，还有那一地无从下手的狼藉，只觉得胸口被人敲了一闷棍。

为什么她没有想过？

她以为自己口角上不会吃亏，她只想着哪怕动起手来，李奕辞也不是她的对手，却从未想过也许对方还能从其他地方报复。

徐义生。

徐义生是她的全部依靠，是她唯一的软肋。

"张姨，你带我爸去医院，这地上的东西，先别理了。"她咬紧牙关，强忍住泪水，又侧头去寻和她关系最好的茶馆伙计，"黄叔，你照顾茶馆生意，也麻烦你替我爸稍微守一下摊子，别让人把东西捡走了。"

最后，她的目光才落在徐义生的脸上。

"爸，我出去一趟，你听我的话，别说省钱，也别逞强。"她一眨眼，终究还是有眼泪吧嗒一声滚落，沿着面颊飞快地淌下，最后砸在地上，了无痕迹。

"你上哪儿去？！"徐义生不安地喝住她，"徐晚星，你可别给我惹事儿！"

可徐晚星恍若未闻，头也不回地跑了。

她一路跑到了转角处，从明晃晃的路灯光下消失，站在了街角的阴影里，掏出手机，拨通了万小福的电话。

"班长，你每周都和肃德中学的不少人一起上补习班，对吧？"

"对啊。怎么了？"

“你能帮我问个事吗？”徐晚星一字一顿地说，“帮我打听一下李奕辞这个人，他住不住校，不住校的话，家在哪里。如果可以，最好能帮我问到他现在在哪。”

万小福重复了一遍：“李奕辞？你说的是那个从六中转去肃德中学的李奕辞吗？”

“是。”

“欸，我知道他住校。他有个室友和我一起补课，我这儿有他室友的电话呢。”万小福乐了，“你找他有事儿啊？那我现在打个电话过去，问问他室友李奕辞在哪。”

“麻烦你了。”

五分钟后，徐晚星接到万小福打来的电话，只说了一声好，就一声不吭地跑到公交车站，坐车去肃德中学。

夜里最后一趟的班车，车上除了司机，只有最后一排坐着一个中年女性。

徐晚星找了个靠窗的位置坐下来，把头抵在车窗上，触感冷得像冰，激起浑身寒意。

她闭上眼睛，看见那一地狼藉，老徐跛着脚、弓着腰，艰难地拾起地上的碎片。

除了清花巷里那间矮小破旧的房子，这个摊子是他们父女俩的一切。她从小坐在摊子旁帮父亲卖抄手，仰头看着他忙忙碌碌地与客人对话，低头手脚麻利地包起一个又一个小圆团。

他说：“在这夜市打麻将的都爱吉利，你瞧，你爸自创了元宝抄手，厉害不。”

她就乐不可支地拍手说：“厉害死了！”

天热时，他从车里抽出一把偌大的蒲扇，递给她：“一边儿扇扇子去，别热坏了！”

结果，她搬来小凳子，坐在父亲的腿边，一边扇，一边说：“这样咱俩都能凉快，嘿嘿。”

老徐就斜眼看她，说：“瞧你那小胳膊，能有多大劲儿，还是自己给自己扇去吧，你爸耐热，不用扇。”

可她清楚地记得，说这话时，老徐汗流浃背，头发缝里都在往下淌汗。

偶尔她困了，老徐就把几张小凳子拼起来，摆在三轮车后，让她躺在上面打盹。就连她睡着时，梦里、耳边也是“抄手多少钱一两”“多放辣椒，不要醋”的声音。

那是她的童年、她的青春和她的全部人生。

那也是老徐仅有的手艺，是他将她从婴童养到今日这么大赖以为生的活计。

徐晚星咬紧牙关，心里像是被人撒了把种子，荆棘漫天。

凭什么？

李奕辞究竟凭什么毁了别人的一切？

她在肃德中学的校门口跳下车来，一言不发地朝一旁的步行街跑。一个一个招牌看过去，从烧烤店到快餐店，从奶茶店到服装店，最后，她停在了网吧门口。

她攥紧了拳头，一头扎了进去。

Chapter 11

# 勇敢的心

乔野到家时，孙映岚正在客厅看电视剧，手里织着毛衣。

“回来了？”她抬头冲他笑，招招手，“过来试试，我把领口给弄好了，你套一下，看看大小合适吗。”

乔野走了过去，把那羊绒衣领往脖子上套了套，说：“天冷就别织毛衣了，回头冻着手。”

孙映岚笑了：“为了你爸这项目，咱们举家搬迁，我也辞了北京的工作。现在闲在家里反正也没事做，给你们爷俩织织毛衣，权当打发打发时间。”

“其实在外面买也一样，您这样费眼又费心。”

“小孩子不懂，外面卖的和家里自己织的哪能一样呀。”孙映岚从他手里接过脱下来的衣领，接着织，笑着说了句“欸，我跟你说什么呀，说了也是白说”，最后才想起来，“欸，这次考得怎么样？”

和孙映岚说了一会儿话，乔野去洗了个热水澡。

接连两日的物理竞赛，他精神一直高度集中，说不疲倦是假的。

他洗完澡时，乔慕成已经加完班回到家了。最近他们地质监测中心有个挖掘项目，是国家重点项目，身为顶梁柱，他和老李长期加班，每天都没法准时到家。

乔野一边擦头发，一边往客厅走，恰好听见了父母的对话。

“那可不，砸得相当厉害。”乔慕成的眉头都皱成了一团，“也不知道究竟得罪谁了，周围的摊子都好好的，就他的被砸得稀巴烂。”

“大家不都说他是个忠厚老实的人吗，能得罪什么人啊。”

“我和老李经过那的时候，下车帮了点忙，也提议报警。但是，那一带都是非法摆摊，要真报了警，大家都要遭殃。”

“欸，他女儿呢？刚才小野回来的时候，还说那小姑娘去她爸的摊子上帮忙了。”

乔慕成摇头：“我没看见她。不过，我和老李在那里帮忙的时候，倒是一直听老徐在那焦头烂额地念叨，说是怕女儿闯祸。”

两人谈话间，乔野面色难看地走进客厅：“爸，你说谁的摊子被砸了？”

“你那同学徐晚星她爸爸。”乔慕成抬眼一看，发觉儿子神情有异，愣了愣，“怎么了？”

下一秒，乔野扔了毛巾，拿起背包就往外跑。

“上哪儿去啊你？”乔慕成目瞪口呆。

孙映岚也着急地叫他：“欸欸，怎么穿件毛衣就往外跑！头发也没吹干，小野——”

后面的话，乔野一个字也没听见。

夜色浓烈，冬寒入骨。

乔野并没有意识到自己穿着毛衣和拖鞋，也没去理会湿漉漉的头发。他一口气跑到巷尾，对着那扇尘封的卷帘门使劲地拍。

“徐晚星！”他大叫。

卷帘门哗哗作响，灰尘簌簌而下。

周围有人探了个头出来，不耐烦地说：“谁啊这是，大晚上的，还让不让人休息了。”

无人应门。乔野掉头跑到木梯旁，飞快地爬了上去，却发现二楼的书房大门紧闭，一丝光也没有。

徐晚星不在家。

他面色难看地站在二楼门外，拿出手机给徐晚星打电话，可连拨三次，电话都是无人接听。

乔野又顺着梯子下了楼，最后四五级楼梯压根儿没踩，直接跳了下来。他跑回自家小院，也没理会父母的叫喊，只扔下一句：“我一会儿就回来！”

然后，他骑上山地车就往夜市奔去。

途中，他的手机一直在响，父母的电话不间断地打入。可他并没有时间停下来接通，只不知疲倦地朝夜市一路骑去。

可徐晚星也并不在夜市。

他停在传说中的兴旺茶馆的门口，那一地狼藉已经被收拾了一大半，徐义生不在那里，更别提徐晚星。

他找了个正在打扫卫生的人："这儿的摊主呢？"

那人是兴旺茶馆的伙计，回答说："上医院去了，你是谁啊？"

"那徐晚星呢？"他几乎是扯着嗓门儿问出了这句。

"不知道啊，一脸杀气腾腾地跑了，一准儿是知道谁干的，找人算账去了。"伙计也认识徐晚星这么多年，对她的性格再清楚不过。

若是换作别的女孩子，这时候大人们都该担心她会不会吃亏了。可因为对象是徐晚星，仿佛大家都条件反射地认为，是不是她又要闯祸了，又有谁会吃个大亏了。

乔野心头的那点预感正无限逼近应验的方向。

他在原地站了几秒钟，拿出手机，忽略了父母的无数个未接电话，又打给了徐晚星。

是在最后一秒，当他都快放弃时，手机已拿离耳边，却忽然听见嘟声消失，那头有片刻的沉默。

又过了片刻后，是徐晚星的声音："乔野……"

——声音是紧绷的、喑哑的，全然不似往日的轻快欢乐。

乔野几乎是迫不及待地打断了她："你在哪里？"

徐晚星沉默不答。

"你去找那姓李的了吗？"他停顿了一会儿，依然没听见她的回答，似是怕她挂电话，厉声道，"徐晚星，不管你现在想做什么，都不要冲动！"

那头传来行车的声音，他听见司机按车喇叭的声音，也听见公交车的广播在播报公交站名。

那是从清花巷通往市中心的某一站。

"徐晚星，你忘记我说过什么了吗？"他死死地捏着手机，说，"你有身手，我有脑子，我说过我可以替你出主意，当你的军师——"

"别的事情都能过去，唯独这件不行。"徐晚星终于开口，一字一顿，

“对我进行口头侮辱，用成绩碾压我，他就是把我骂成狗，在全世界张贴大字报损我，我都可以忍。但是，他碰了我爸。”

“徐晚星——”

“我一向守信用，答应过的事情都会做到。但是，这次我做不到了，乔野。”

“还有别的解决办法——”

“没有了。”徐晚星说，“报警，告家长，通报学校，就算他被开除，对我来说也没有任何意义。他对我爸动了手，不原封不动地还回去，我就不叫徐晚星。”

乔野心跳一滞：“徐晚星！”

然而下一秒，通话结束。

他迅速回拨，可是不管拨几次，那头都没有再接听。

她会去哪里？

乔野握着手机，在原地站了片刻，下一秒，他回忆着通话过程中公交车报的站名。

……那是去肃德中学的必经之路！

他把山地车一锁，扔在了麻将馆外，冲到路口去拦出租车。

“师傅，去肃德中学！”

一个是坐公交车，一个是坐出租车，时间差终于得以弥补，不至于差得太多。

乔野在肃德中学的正门下车，抬眼就看见不远处的网吧门口已经闹了起来。

几个二十七八岁的小青年烫着金色鬈发，穿着网管的统一工作服，不耐烦地把两个不良少年从网吧里拽出来，往外一扔——

“要闹事就出去闹，别在我们网吧里乱来，砸坏了东西，你们赔得起吗？！”

李奕辞踉踉跄跄地往前跌了几步，回头就想跑，却被徐晚星一把扯住胳膊，用力一拽，四仰八叉地倒在了马路牙子上。

李奕辞大叫：“来人啊，救命啊！”

徐晚星一言不发，脸色前所未有地冷，抬脚就往他的手腕上踩。

路人都惊呆了，纷纷停下脚步，离得近的人下意识地往旁边躲，生怕伤及自身。

那一脚刚要碰到李奕辞，下一刻，有人重重地拉住了徐晚星，把她猛地朝后一扯。那一脚终究还是落空了。

徐晚星毫无防备，被拉得一个重心不稳，朝后倒去。

她以为是李奕辞的帮手来了，下意识地想稳住身形，可那人拉得太用力，她根本来不及防备。

意料之外的是，她并没有倒在地上，反而被人用身体撑住，落进了谁的怀里。

她猛地直起身，回头一看：“……乔野？”

地上，李奕辞飞快地爬起来，一边叫着“救命”，一边朝学校大门跑。

徐晚星挣脱出来，一个箭步冲上去，扯住他的后衣领，几乎要把高她半个头的少年提了起来：“你跑啊，再跑啊！”

李奕辞又歪歪扭扭地被掀翻在地。

乔野厉声喝道：“徐晚星——”

他再一次拉住了她的胳膊。

徐晚星几乎是立刻回头，用前所未有的尖厉嗓音冲他吼：“乔野，你再拦我，我连你一起打！”

她死死地摁住地上的人，而乔野死死地攥着她的胳膊。

“不以牙还牙把他打一顿，我白叫了老徐十七年爸！是朋友就别拦我，不然，咱俩现在就绝交，这辈子都老死不相往来！”

网吧就在校园旁的步行街上，离肃德中学的正门并不算远，再加上李奕辞跑了一小段路，这动静很快就被肃德中学的保安注意到了。

两名穿制服的壮汉已经开始朝这边小跑：“欸欸，那边，干什么呢？”

李奕辞穿的是肃德中学的校服，蓝白相间，一目了然。

自己学校的学生在校门口跟别人发生肢体冲突，保安神色紧张，立马要赶来现场。

徐晚星咬牙切齿，想抽回自己的胳膊，可乔野死不松手。

她倒是不知道原来他也有这么大的力气，看似斯斯文文、弱不禁风，结果她使出吃奶的劲也没能挣脱。

“乔野，你——”

话音未落，她被他一把拉到身后，跌跌撞撞地退了好几步。正欲破口大骂时，她却发现他一弯腰就拎住了李奕辞的衣领，接替了她的位置，把他从地上拎了起来。

“他打你爸哪儿了？”乔野一字一顿。

徐晚星也一愣：“手和脚——”

下一秒，她看见乔野一把扯过李奕辞的胳膊，冲着他的小腿就是一踹。

李奕辞尖叫一声，抱着脚又倒在了地上。

马路牙子上有人在摆地摊卖玩具，距离他们不过三两步，只不过摊主早就跑到了十丈开外。

乔野一把拾起地摊上一根明晃晃的“金箍棒”，照着李奕辞的手臂就是一下。

又一声惨叫里，保安近在咫尺。

为首的那人掏出了警棍：“你们干什么？！赶紧停手！”

“走！”乔野蓦地松手，金箍棒发出一声闷响，落在地上。也就在那一瞬间，他用另一只手拉住徐晚星，朝着街的另一头跑。

耳边是呼啸的风，手心是滚烫的汗。

徐晚星张着嘴，不知所措地被他拉了一路，最后停在了转角的阴影处。

转了个弯后，眼前的街道与先前的步行街宛若两个世界。这里原本是树木茂盛的林荫道，两边都没有什么商铺。可在这寒冷的冬日里，草木凋零，万物颓败，林荫也成了“零荫”。

无数枝干孤零零地伸在头顶，一片叶子也没有，还挡住了路灯的光线，颇有些哥特式童话里鬼影幢幢的意味。

乔野停了下来，回头对上徐晚星的眼。

她还茫然地站在那里，望着他时，眼底一片惊异。

“你干什么？！”她不可置信地把手抽回来，心跳如擂鼓，脑子里像是被雷劈过。原先的愤怒被震惊取代，连带着这一路以来把她烧得理智全无的仇恨，也在一刹那被冻结。

“你不是要报仇吗，不是要以牙还牙吗？！”乔野的声音也变得很暗哑，带着急促的喘息。

“你脑子进水了？！”徐晚星张大了嘴，“你，你——你不让我动手，自己瞎动什么手？！”

她的脑子已然不听使唤，心跳如擂鼓，手还在哆嗦。

愤怒回笼，理智不在，震惊有之，迷茫有之。她简直不知道乔野在做什么，他打断她的计划，然后又来这么猝不及防的一手。

他神经病吗？！

却听下一秒，一贯冷静的人开口就是一句：“我也觉得自己脑子进水了。”

冷冰冰的、隐忍的、带着怒气的声音。

乔野的眼神像锋利的刀刃：“徐晚星，你还记不记得你是被记大过的人了？要是不记得，我来提醒你。是你自己说的，如果你再打架、再出事，校长说了他会亲自开除你，谁都保不住你！”

那一字一句带着少年的怒火与心急，却像街角的风，刹那间吹灭了她心头的火。

原本是火光滔天，此刻却尽数熄灭了，仿佛兜头被泼了盆冷水。

徐晚星怔怔地望着他，只感觉到他声线紧绷，仿佛恨不得掐住她的脖子，最好能咔嚓一下掐死她的那种。

也是到了这一刻，她才来得及去看他那洗过之后还未擦干，来的一路上又被风吹乱的头发。素来干净整洁的少年，此刻穿了件单薄的毛衣，脚下还趿着双棉拖鞋……

可面上的表情与这身装备毫不匹配。

夜色浓烈，树影幢幢。

乔野低头看着她：“你不能动手，我帮你打。”

他嘴唇紧抿着看着她，而她茫然无措地望着他。

空气里仿佛有一刹那的沉寂。

明明是剑拔弩张的一幕，徐晚星却忽然大笑起来，还笑得前仰后合。

“你笑什么？”乔野难以置信，都什么时候了，她竟然还笑得出来。

徐晚星一边笑，一边摇头：“不是，我之前气得要命，在公交车上一路都在幻想怎么把李奕辞打得半身不遂、生活不能自理。只是，万万没想到，最后竟然是你帮我动了手。”

乔野冷冷地说："看来，我的使命完成得很圆满，你现在火气全消，甚至还有点精神分裂的前兆。"

徐晚星也不跟他计较，只问："你还记得你昨天跟我说什么了吗？"

不待他答话，她就重述了一遍："你说，那要是做人任何时候都意气用事，只考虑一时爽快，那家人和老师的期望又有什么意义。

"乔野，你今天的所作所为，好像违背了你的初衷。"

她眼睛明亮，带着显而易见的骄纵与满意。

乔野沉默片刻，扯了扯嘴角："要是做人什么时候都瞻前顾后，一切都为自身利益考虑，那活着还有什么意思。"

看她一怔，他低头望进她的眼里，说："我想了想，你说的话好像也有点道理。"

有那么几秒的呆滞，徐晚星都不知道该说点什么。

从来没有人这样挡在她的面前。

从来都只有她挺身而出，撸起袖子替人打架。

她有些动容，仿佛有种柔软的情愫击中了曾经像顽石一样的灵魂。

那感觉很陌生，让她惊慌失措，于是，她伸出手来拍了拍他，想蒙混过关，说"你还记得我的话，我也是很欣慰"，可手刚碰到他的胳膊，就听见他嗞的一声后退一步。

她一愣："怎么了？"

然后，她就看见，打人时还帅得惊天地、泣鬼神的学霸，捂着右手手臂，眉心紧蹙，面色难看地停顿片刻。

"我可能，骨折了。"

徐晚星："……"

不是，您也就拿了根"金箍棒"冲人来了那么一下，人家都没骨折，您倒……

您这也太娇弱了吧？！

可她对上乔野的视线，强行咽回了这句话，赔笑说："那真是，真是委屈您老人家了。"

为了我，您挺着这娇躯上去见义勇为了。

两人面面相觑，最后是乔野开了口："去医院。"

和乔野一同去医院的路上，徐晚星才看见手机上全是触目惊心的未接来电，有张姨的，有徐义生的，还有乔野的。

那些被她刻意忽略的关怀，在这一刹那毫无防备地涌来。

她顿了顿，内心忽然一片潮湿。

窗外是一闪而过的夜景。她从前总觉得蓉城太大，她的天地就只有清花巷里那低矮逼仄的小房子。她像棵野草，躲在徐义生的荫庇之下，偏安一隅。

穷人的孩子早当家，她从不曾外出旅行，也没有闲逛的时间。

抄手摊的生意太忙，她甚至连学校组织的春游、秋游都会逃掉，老老实实地节约那点钱，待在老徐的身边帮忙。

尽管从未言说，但她对这偌大的城市有向往，也多少感到惶惶。

她总觉得自己拥有的东西太少，可今日看见那些未接来电，低头看见公交车上成双的影子，又忽然觉得，其实她拥有的东西已经很多。

拨通老徐电话的第一刻，她刚叫了一声："爸——"

下一刻，铺天盖地的咆哮声席卷而来，几乎震破耳膜。

"爸？你还知道你有个爸？！

"徐晚星，你到底跑哪儿去了？电话不接，你知不知道我快要急死了？！

"你闯祸了没有？啊？你是不是去打架了？

"你在哪里？现在、立刻、马上给我滚回来！要是半小时内没看见你的人影，你今天晚上别想睡觉了！给我跪到天亮！"

……

徐晚星把老徐的怒火全部承受下来，最后才低声说："我没闯祸，也没打架——"

"我信你才有鬼！"

"我可以对天发誓，要是我刚才打架了，我就一辈子一米五八！"她的确没打架，这话说得非常有气势。

徐义生："……"

倒是一旁捂着手臂的人，低低地笑出声。

徐晚星问了徐义生，他只是皮外伤，现在已经回家歇着了。

"摊子那边，你张姨他们替我收拾了，东西都堆在茶馆里头的。"

徐晚星总算松了一口气，向父亲保证自己会尽快赶回去，然后挂了电话。

乔野淡淡地瞥她一眼："发的誓还挺毒。"

徐晚星理直气壮："反正我没打架，要一辈子不长个，那也是你。"

"长不长都随意，我一米八五已经凑合了。"乔野云淡风轻。

徐晚星气不打一处来，伸手去推他："我说你什么时候能不这么嚣张啊？"

她推到一半，看见他眉头一紧，又是嘶的一声。她这才反应过来，他现在是病号，而她是罪魁祸首……

她松了手，讪讪地说："秋后算账，这会儿不跟你计较！"

乔野不咸不淡地说："也不用等到秋后，一会儿去医院治疗，你去收费窗口结账。"

"……"

挂急诊，照X光，最后进了骨科，打石膏、缠绷带，乔野做这一系列事情的时候，徐晚星一直像条尾巴似的挂在他的身后。

最后，他坐在治疗室里，胸前挂着白色的"大猪蹄子"，听医生说注意事项时，余光瞥见治疗室的门口，有个脑袋一直鬼鬼祟祟地往里探。

尽管小臂还传来一阵一阵的痛感，但他低头看着白得刺眼的绷带，嘴角泛起些许笑意。

这一幕似曾相识，只是他们换了角色。

上一次，是她助人为乐伤了胳膊，进了诊所。而这一次，换成他变身莽夫，破天荒地打了一次架。

乔野静静地坐在那里，耳边是医生的耐心叮嘱，心情却莫名地轻松。

原来，偶尔不考虑那么多，全凭冲动行事，即便下场惨烈了点，心里也是熨帖的。

回家的路上，徐晚星显然没那么放肆了。大概是他这挂在胸前的"猪蹄"震慑了她，她终于显露出些许不安和愧疚来。

"一会儿你回家……怎么跟你父母说啊？"

"就说不小心摔了。"

她目瞪口呆："那得多不小心，才能摔成这样。"

乔野压住嘴角那点上扬的冲动，言简意赅地道："放心好了，不会牵扯到你。”

“我才不怕你把我供出来。”徐晚星很有义气，“我是想说，要不我陪你回家跟你父母解释一下？”

“不用了，这么晚，他们已经睡了。”他垂眸，一本正经地胡说八道。

他先前那样慌张地跑出门，家里的两位睡得着才怪，这会儿指定是正襟危坐、严阵以待。

“真不用？”

“你还是担心担心自己，想想回去怎么应付你爸吧。”

他这句话果然管用，徐晚星立马蔫了，忧心忡忡地把额头磕在车窗上，不说话了。

他们在乔野家门前分别。

乔野略微抬了抬胳膊：“病号，就不送你回去了。”

徐晚星连连点头，迟疑地看着他，显然在犹豫该如何表达自己的愧疚和歉意。

在她开口的前一秒，乔野打断了她：“不用道歉。”

“……”

“我今天做的，和你为春鸣他们做的，都是一样的。”

徐晚星一怔。

“如果你觉得值，不希望春鸣他们耿耿于怀、对你有什么愧疚——”他站在夜色里，背后是那座童话一般的小楼，院里开着不知名的白花，在这寒冬的夜里也依然未曾凋零，“那么，我也一样。”

然后，少年不紧不慢地笑了一声，瞥了眼自己的手臂：“可惜你做起来的时候只有帅，我就难看了点。”

徐晚星张了张嘴，脑子里一片空白，最后艰难地找了一句苍白无力的安慰：“没关系，虽然帅不过三秒，但是，只看那三秒，还是帅的。”

乔野：“……”

他面无表情：“你可以回去了。慢走，不送。”

这一夜，两个家庭都炸开了锅。

徐晚星那边自然不在话下，一连串审问、跪搓衣板的处罚，轮番上演。

而乔野这一边，父母也破天荒地发了火，只因从不让人操心的孩子如今似乎变了个人，从前的冷静理智没有了，冲动莽撞，回家时还带了一身伤。

“小野！”孙映岚吃惊地冲了过去，想碰儿子的手，却又不知从何下手，“你，你这是怎么弄的？”

乔野拿出早已想好的说辞：“骑车去夜市的时候，没留神撞在了花坛上，没什么大碍。”

“都这样了，怎么可能没什么大碍？！”孙映岚急了，“骨折了？医生怎么说？”

“医生说也就一点骨折的迹象，稳妥起见，才包扎了一下。”他安慰母亲，“医生还说，年轻人，骨头长得快，几天就复原了。”

“那你之前跑得那么急，到底上哪儿去了？电话也不接！”

“同学出了点事，我去看看。”

“是那个徐晚星吗？”孙映岚眉头紧锁。

“不是——”

下一秒，乔慕成终于气得一拍桌子，站了起来：“你现在嘴里就没一句真话！”

可是，不论父亲如何斥责，乔野都一言不发，只沉默以对。

直到最后一刻，他才说：“让你们担心是我不对，但是，爸，我已经快成年了，知道自己在做什么，也有分寸。”

少年说这话时，沉默而坚定，眼神里有不可撼动的力量。

乔慕成忽然就说不出话来。

这些年来，乔野从不曾开口说过心事，永远都是个听话懂事的完美孩子。有的时候，连他都觉得自己面对的并不是一个十来岁的少年，而是一个成年已久的沉稳青年。

是从什么时候开始，儿子再也没有撒过娇，再也不曾闯过祸、提过什么令人为难的要求呢？

大概是从他得知生母真正的死因那一天起。

而徐晚星不像乔野那么能藏事，在老徐的威慑下（最主要是搓衣板的威慑），她很快招了。

祸是她闯的，人是她得罪的，梁子在一年前就已经结下。可今天她忍气吞声，在肃德中学完全没与李奕辞发生任何肢体冲突。

“我只是万万没有想到，我只顾着自己不会吃亏，却忘了他还能来报复您。”

徐晚星直挺挺地跪在搓衣板上，哪怕龇牙咧嘴，也还是老老实实地跪着。

她梗着脖子仰头说：“我是想揍他来着，我还恨不得把他的脑袋砍下来当球踢，可是——”顿了顿，她说，“可是他们学校的保安及时赶到，我没能动手，就回来了。”

徐义生狐疑地问：“真没动手？”

“我对天发誓，要是我真的揍了他，我一辈子一米五——”

“得、得、得，你还是赶紧闭嘴吧！”徐义生没好气地抽她一后脑勺，“长这么矮，嫁不出去怎么办？我可不想一辈子养一个一米五多的小矮子！”

“嘿，您还人身攻击了！”徐晚星眼珠子一转，“那，我能起来了不？”

“你想得美！给我好好跪着！”徐义生瞪圆了眼睛指指她，自己回卧室去了。

“别啊，爸，我帮你看看你的伤啊。不是开了药吗？我进来帮你涂一涂？”

“老实点儿跪着！动一下，多加五分钟！”

徐晚星跪在客厅，听见他进屋后窸窸窣窣的动静，终于还是没忍住，悄悄地爬了起来，蹑手蹑脚地跑到门口去看。

昏黄的灯光下，徐义生拿了一管药膏，把裤腿掀了起来，自己上药。

借着昏暗的光线，徐晚星清清楚楚地看见他的小腿上有一道泛紫的痕迹，显然是被棍棒重击造成的。他一边抹药，一边伸手去揉，疼得脸都白了，却还不敢发出声。

显然，他不愿让她知道他身上这伤，所以才让她继续跪着。

视线从瘀痕下移，她又一次窥见了那双遍布裂口的脚，干裂的伤口像是婴孩的嘴，露出红通通的血肉来。

心里像是破了个洞，刺骨的冷风呼呼地往里灌。

徐晚星一动不动地看着那一幕，片刻后，默不作声地回到了客厅，重新跪在搓衣板上。

没一会儿，徐义生出来了，板着脸冲她吼了句：“知道错了没？！”

她耷拉着头，说：“知道了。”

“知道了就起来，赶紧给我睡觉去！”徐义生虚张声势，指着她的卧室，“明天给我滚去学校好好念书，再弄这些有的没的，下次你就跪到天亮！”

徐晚星埋头往屋里走，走到门口，又被他叫住。

“徐晚星！”

徐义生张了张嘴，有些犹豫，可最后还是开了口：“是，我是不许你仗着自己学过一点功夫，就仗势欺人——”

她背对着父亲，并未回头，却听见了一声沉重的叹息。

徐义生坚定、坚决又坚硬地对她说：“可是，比起让你闯祸来，爸爸更不希望你吃亏。如果真的是别人主动挑衅，你该动手就动手。你保护好自己，我才放心。”

“至于你爸——”他哈哈一笑，拍拍胸口，说，“放心吧，你爸壮实着呢，况且夜市上那么多老熟人照看着，不会出什么事的。”

他允许她为了自保与人打架，却不允许她为了他挺身而出。

他可以藏起一身疼痛与疲倦，却见不得她受一丁点委屈。

徐晚星努力平稳语气，说“好”，然后扭头进屋，关上门。

下一秒，十七岁的小姑娘趴在床上，把脸埋在被子上，重重地抽噎了两声。

她知道老徐不愿意拖累她。

她拼命捶了几下床，徒劳无功地挣扎着，却到底没能找到什么解脱的办法，内心酸楚难当，却无处宣泄。

如果她不是十七岁就好了。

如果她有更多能耐，能替他扛下生活的艰辛，那就好了。

次日清晨，乔野出门的时间比以往早了一些。

右手骨折了，他没办法再骑车，原本十分钟的车程就变成了将近二十分钟的步行时间。

乔慕成自昨晚开始就没再与他说过话，父子俩面对面地吃早餐，谁也没开口。

只剩下孙映岚一直叮嘱：“别乱动，也别磕着碰着。”

乔野点头。

“我给你们罗老师打过电话了，说了下你的手骨折的情况，所以，如果没做笔记，你也先别着急，之后有落下的，你们班长会借给你。”

“啊，作业也暂时不写了，等取了石膏，你要是觉得耽误了学习，我们再想想办法。”

孙映岚没有自己的孩子，与乔慕成在一起那年，两人都是奔四的人了，也没有再去考虑要孩子的事。

他们虽是重组家庭，但她与乔慕成显然是真心相爱，这么多年来，几乎没有红过脸，凡事有商有量。连带着乔野，她也当成了自己的亲生孩子，全心全意地呵护着。

乔野背着书包出门时，她还站在门口思索着有什么遗漏，最后补充了一句：“课间操也别去了，下课走廊里人多，小心被挤着！”

乔野：“知道了，您快回去吧。”

懂事如他，也对唠叨爱不起来，当下加快步伐，匆匆地往外走。只是，刚走了几步，他脚下一顿，下一秒，又顺畅地转过了弯。

院子旁边有人在等他，探头探脑，像个小贼。

乔野一转弯，就以迅雷不及掩耳之势摁住她的脑袋，把她往后一藏：“别让我妈看见。”

“嗯？”徐晚星一愣，“你不是说不会把我卖了吗？”

“我是没卖你，但我父母不傻，心里有数。”

徐晚星也就沮丧了一秒钟，然后又打起精神来：“没事，咱俩做好兄弟就行，我又不跟你爸妈做好兄弟。”

“……”明明是个女孩子，“兄弟”二字却说得那么流畅自然。

乔野：“你在这儿干吗？”

“等你啊。”她一把从他左肩上拎走那个书包，背在了自己身上，于是前面挂一个，后面挂一个。高中生学习任务繁重，书包的重量也不轻，她倒好，就跟拎小鸡似的拎过来，轻而易举就挂了两个。

“这不是惦记着你是病号吗，特地来当搬运工，你感动不感动？”她还挺得意。

乔野也不和她争，只似笑非笑地反问：“伤筋动骨一百天，怎么，你准备帮我背三个月书包？”

徐晚星理所当然地点头：“那是。你这手是因为我受的伤，你疼多久，我就背多久。”

她从自己的书包里掏出一个食品袋，递给他："喏，我煮了两个鸡蛋，还热了一袋牛奶，给你补补身子。"

乔野还没来得及说话，她又殷勤备至地伸出手来："来，我搀着你去学校。"

"……"

乔野："徐晚星。"

"啊？"

"我是骨折了。"

"我知道啊。"

"不是全身瘫痪。"

"……好的，您自个儿走，自个儿走。"

物理竞赛占去了周一周二的时间，两人正式上课已经是周三。

周末外加两个工作日，已足够老师们批阅完期中考试的试卷。

徐晚星是在接近校门口的地方，听见身后有两个学生在讨论考试的事情，才一拍脑门儿，想起这回事。

"我都快忘了还有期中考试了！"

和每一次考试结束后一样，徐晚星非常自然地陷入被考试成绩（或者是老徐的搓衣板）支配的恐惧。

而在她面如土色、忧心忡忡的同时，身旁的学霸却面色如常，闲庭信步。

她不可思议地问："你都不担心考试成绩吗？"

"卷子都交了，担心也无济于事。"

"你都这么想得开吗？"片刻后，她顿悟，"是了，反正你考差了，你爸妈也不会揍你，更不会罚你跪搓衣板，你有什么好怕的！"

乔野："逻辑有误。"

"哪里有误？"

"首先，你应该问我——你考差过吗？"

徐晚星：……

这天没法聊了。

她面无表情地摩拳擦掌："我看你是想全身瘫痪了。"

其实考好还是考差，自己不会一无所知，总会有点预感。

徐晚星很快想开了，再差也不会比以前差，毕竟有学霸的笔记开小灶，哪怕双语还是不及格，但至少会如学霸所说，学海无涯，她一次比一次靠近及格线。

只是，她万万没有料到，就在第三节课下课时，她的期中考试成绩在办公室掀起了轩然大波。

起因是，张春月整理完英语试卷，在文科办公室里狐疑地说了一声："欸，这个徐晚星，怎么可能考得这么好？！"

一旁的（4）班英语老师凑了过来："怎么，她考了多少分？"

"八十七。"

"……这不还是没及格吗？"黄老师笑喷了，"怎么就值得你说考得好了？"

"你是不知道，她从来都在四五十分左右徘徊，根本不可能上六十分，离及格线差了十万八千里。"张春月面色凝重，仔细看着她的卷子。

"说不定人家这次机选，准确率有所提高。"黄老师开玩笑。

张春月的视线落在选择题上，一顿。

十五道选择题，一共三十分，徐晚星拿了二十八分。

开什么玩笑，如果是运气好，阅读题连蒙带猜得分高，她也就认了。可选择题是她出的，考的全是这个学期的语法，徐晚星怎么可能只错一道？！

她皱着眉头翻来覆去地看着，也没看出个所以然来，只好把这份疑点重重的试卷放在一边，继续翻阅下一份。

然而，试卷是按照座位次序由后往前传上来的，下一份试卷，赫然是乔野的。

一百四十六分，全班最高分。

张春月的视线触及那个醒目的分数，眉头霎时舒展开来。然而看着乔野全对的选择题，她的神情一滞，下一刻，眉头再一次蹙起。

隔了两张办公桌，语文老师也插了句嘴，说："你还别说，徐晚星这次的语文也有进步，连字迹都工整不少——"一边说，她一边翻出徐晚星的卷子，"最难得的是，以前每次遇到诗词鉴赏题，她不是胡说八道一番，就是空着不写。这次居然讲得头头是道，我给了满分。"

黄老师笑着问："那她语文及格了没？"

"按理说还是差点的，但我看在她已经很努力的分上，还是觉得要多鼓励一下。以前我还当她自暴自弃了，没想到她想通了，知道努力了。"陈老师欣慰地笑笑，说，"所以，作文我多给了五分，让她及格了。"

然而，下一刻，好一会儿没说话的张春月蓦地站了起来，大步流星地走到陈老师的办公桌前，说："陈老师，你把乔野的卷子也找出来。"

陈老师一愣："怎么了？"

"找出来吧，对比一下。"张春月神情笃定，眼睛一眯，"我怀疑徐晚星作弊。"

那句话掷地有声，砸在办公室里，也为徐晚星的星期三埋下了浓墨重彩的伏笔。

十分钟后，罗学明在办公室迎来了风风火火的张春月。她的身后还跟着被她一起拉来的语文老师——陈琼。

罗学明还以为是分数统计出来了，抬眼笑道："你俩倒是快，我催张永东可催了半天了，一直不给我记分册——"

"罗老师。"张春月眉头紧锁，把两份英语试卷，连同从陈琼那里拿来的语文试卷，一同摆在了他的面前，"不是分数统计的事，我和陈老师是想来跟您说说徐晚星的考试成绩。"

罗学明一愣："徐晚星？徐晚星怎么了？她又乱写一气，差得没底了？"

他下意识地接过桌上的两份试卷，低头一看。

"欸？这不是挺好的吗？！"细看之下，他乐了，"语文及格了？欸欸，英语也只差三分及格？"

看得出，他是真心喜欢这孩子，万小福和辛意考得特别好时，他也没有这么开怀大笑过。反倒是徐晚星，语文刚好及格，英语这还没及格呢，他都能乐成这样。

陈琼自然也看得出来，遂侧头看了张春月一眼，想让她别往下说了——没影子的事，别说得这么笃定。

可张春月根本没有接收到陈琼的信号，只斩钉截铁地打断了罗学明的话："罗老师，我怀疑徐晚星作弊。"

在罗学明明显一僵的表情里，她上前一步，抽出徐晚星的试卷下的那两份：“您看看乔野的，再看看徐晚星的。我怀疑徐晚星抄了乔野的一部分答案，不然，以她的水平，怎么可能忽然进步这么多。”

她指着乔野做的选择题，再指指徐晚星的。

“这次的选择题是我出的，为了在半期给学生们一个警醒，特意挑了难度比较大的语法题。十五道题全做对的，我们班总共也没有几个人，乔野是一个，而徐晚星对了十四道。”

下一步，她翻开卷子的第四页。

“还有作文。徐晚星的英语作文从来都是胡说八道，语法混乱就算了，单词都拼写不对。可是，您看看，这次她不但写了这么长，还用了一些她自己根本不会的表达。什么 Nevertheless，还有 on one hand，on the other hand 之类的……”

她眉头一皱，又指着乔野的作文。

“有的关键词，还有好句子，她和乔野用的几乎一模一样。虽然细节是差得很远，但是，就这些东西，已经大大地超出她的水平了。”

罗学明神情凝重，没有说话。

张春月这才记起还有陈琼在旁边，于是一把拉过她：“陈老师，你也跟罗老师说说，你刚才不是还说考语文的时候，徐晚星回头去看乔野的卷子，被你逮了个正着吗？”

陈琼急忙摆手：“我可没这么说。我只是说当时她的确回了头，至于是回头干什么，是不是作弊，这个谁也不能肯定。”

……

办公室里吵吵嚷嚷，陈琼是不确定，张春月是一脸笃定。

“如果考试作弊都不给予处罚，那学生们岂不是有样学样。我认为这次必须严肃处理徐晚星，以正视听！”

罗学明仔细看了卷子良久，才抬头说：“张老师，仅凭徐晚星考试进步，就断定她作弊，是不是太武断了一点？”

张春月一愣：“您还觉得她没有嫌疑？”

她只差把“你就是偏心这学生”写在脸上了。

罗学明没有为自己辩解，只拿出数学老师的逻辑思维，说：“这件事，我有两点要说。”

“第一，徐晚星一向是个坦坦荡荡的孩子，即便是打架、顶撞师长，我罚她的时候，她也从来没有狡辩过。是她做的，她就认下来，从不推卸责任。虽然她成绩的确不好，但一向在拼的方面，我是信得过的。她没有理由因为一次半期考试，就把自己的信誉给砸了，毕竟她看起来也不是那么在意成绩的人。第二，你刚才说她作弊，最有力的证据是她和乔野的选择题得分相近，作文用词有重合——”罗学明的目光落在那两份试卷上，眉头紧蹙，“选择题，我没有什么好说，但是就作文用词而言，我相信你在上课时也讲过不少得分要点、好的句式。不光我们班，就算从其他班孩子的试卷里随意抽出几份来，都不可能没有重合之处。”

“那您是说徐晚星她不可能作弊了，你为她打这个包票？”张春月的声音有些尖刻了。

“不，我没说她毫无嫌疑。”罗学明温和而谨慎地站起来，“我相信你是为了孩子们好，想要杜绝不公平现象。但是，冲着这个前提去，我们首先要保证的是自己要做到公平对待。”

他的话令张春月表情一滞。

“您是说我对徐晚星不公平？”

“不、不、不，你千万别误会我的意思。我是说，即便徐晚星有作弊嫌疑，我们也不能先入为主，直接给她定下了罪名。除非有实质性的证据，否则绝对不能直接把孩子叫来对质，开口就给她扣一顶作弊的帽子。”

张春月笑了：“那也就是说，我没证据，这事儿就算了呗？”

罗学明的太阳穴疼得紧。他摇摇头，捏了捏眉心，说：“如果您相信我这个班主任，让我来和她谈谈。好歹我也教了三十多年书，她有没有作弊，是不是说谎，我不会一点都看不出。”

相信他？

张春月只差翻个白眼，但又能怎样？！

他是班主任，他说了算。他要偏袒学生，她难道还能对着干不成？！

“那么这件事就交给您了。”张春月客客气气地笑了，温柔地说，“我相信您会公平公正地对待每一个学生。”

最后一句，意味深长。

Chapter 12

## 一往无前

徐晚星被罗学明叫去办公室时，已经是下午的事情。

正值课间时分，麻将小分队照旧在走廊上观光闲聊。

于胖子体型原本就圆润，裹上厚重的羽绒服后，越发圆了。

他搓着手感叹：“这天越来越冷了，穿这么厚，我都觉得自己像个球。”

春鸣斜眼上下打量他，笑笑：“你就是啥都不穿，也像个球。”

“你才像个球。你就是个球！”于胖子爆出了四川粗口。

“你才是个球。”

“你是，你是个球！”

徐晚星拍拍他俩的肩，主持公道：“大哥不说二哥，别争了，你俩都是个球。”

其余人哈哈大笑。

大刘说：“反正现在麻将也打不成了，干脆咱们改名叫‘是个球小分队’。”

众人交换了一个眼神，一致同意开除大刘的队员资格，原因是脑子不大好使。

话锋一转，他们又说到了乔野的身上。

于胖子斜眼看向徐晚星，问：“欸欸，我说乔学霸的手骨折了，为什么是你帮他抄笔记啊？”

春鸣点头，一脸“我并不八卦，只是有点好奇”的表情：“你俩现在关系还挺好啊。咱们混了一年多，也没见你为了谁这么勤劳的，又是找班长借笔记，又是替他奋笔疾书。”

徐晚星瞪眼睛：“我倒是想给你们抄笔记呢，问题是你们看吗，看得懂吗？！”

大刘点头：“这话有理，学渣拿笔记干吗啊。”

万小福从楼下的教师办公室回来，见徐晚星站在走廊上，上前告诉她罗老师找她。

徐晚星的眼皮跳了两下，回头问春鸣：“右眼跳财，还是跳灾来着？”

春鸣亲切地笑着回答说：“甭管跳什么，师爷找你，有过好事吗。”

行吧，他说出真相了。

于胖子揣测：“多半是期中考试成绩出来了，师爷要制裁你了。”

大刘：“说不定双语老师又去告状了，说你又离及格线遥不可及。”

春鸣同情地扫了一眼她的腿：“三千个下蹲之后注意拉伸，别练出猛男的肌肉了。”

“我说你们思想就不能积极点吗？”徐晚星挑眉，“就不能想想好的方面，万一是因为我进步了，双语及格了，师爷老泪纵横地想表扬我呢。”

在场的人没有一个说话，集体用鬼哭狼嚎似的嘲笑声回应了她。

徐晚星面无表情地转身往办公室走，扔下一句：“都给我等着！”

嘴上虽然放了狠话，但心里还是略微忐忑，徐晚星试探着敲了敲办公室的门，就看见窗边的罗学明侧过头来，冲她点头。

“进来。”

她打量着罗学明的表情，好像还可以，反正看不出怒气。

罗学明只字未提作弊的事，只将她的双语试卷摆在桌上：“说吧，这是太阳打西边出来了，还是天上下红雨了？我们的偏科大魔王，居然认认真真地做了题，还两科都在及格边缘徘徊了。”

徐晚星一愣，下一刻，不可置信地一把扯过卷子，定睛一看。

欸？

欸、欸、欸？

然后，她就笑开了花。

“哈哈哈，我就知道，我说什么来着——”她简直恨不得春鸣和于胖子那几个瞧不起她的臭家伙近在眼前，这样就可以把卷子糊他们一脸，好好给他们擦擦眼睛。

遗憾的是，他们不在。

她打住了，嘻嘻哈哈地把语文试卷展开，翻到了诗词鉴赏部分。

“哎哟，八分？！哈哈哈，我猜到了得分会很高，但还真没想到拿了个满分！”她惊喜地掸了掸卷子，一脸耀武扬威，“学霸的笔记还真是没话讲！”

罗学明一直笑着看她瞎扯，直到这一句，他抓住了关键：“谁的笔记？”

“乔野啊。”徐晚星一点没有瞒着他的念头，像与有荣焉一样，抬眼道，“前一阵我不是问他题吗，他估计是看我有上进心，居然主动把他的英语笔记给我了，还写了一整套诗词鉴赏心得给我。”

她笑嘻嘻地把卷子放回桌上，还神气地背给罗学明听。

“什么唐诗大气磅礴，乐天者甚众。宋词优柔婉约，多抒发离愁别恨……”

罗学明先是一怔，然后就笑了，看她跟念经似的，赶忙挥挥手：“得了，得了，别搁我这儿小和尚念经，我对语文又一窍不通，你念了也是白念！”

“那您找我来干吗呀？”她又笑嘻嘻地凑过来，“是不是想表扬我？来，我洗耳恭听。”

一边说，她还一边把耳朵竖起来，表明自己会用心听。

罗学明的巴掌不轻不重地落在她的脑门儿上。

“语文刚好及格，英语还没及格呢！这分数换成别人，哭都来不及，你还好意思给我嬉皮笑脸地求表扬。”

“您也说那是别人了，我是别人吗？我可是连及格线在哪都没见过的偏科大魔王啊！”她振振有词。

罗学明这下是真的笑开怀了。

“还算你有自知之明。”他隔空点了她两下，虎着脸说，“这次是有进步，下次给我再努力点！都要高三的人了，这点程度才哪跟哪啊，离考上重点大学还差老远。”

可他即便没有夸她，听这语气，也和实打实的夸奖没什么两样了。

徐晚星笑了，昂首挺胸，端端正正地敬了个礼：“得令！”

临走前，她冲他眨眨眼：“您等着瞧吧，下次我铁定超出及格线，嗯，至少五分！”

徐晚星不是个心思细腻的人，也并没有细想光是双语有进步，值得罗学明把她叫来单独谈话吗。而若是真的要鼓励她，他又为何只是简短的三言两语。

她去走廊尽头的厕所耽误了两分钟，然后一路优哉游哉地哼着歌往教室走。经过文科办公室时，她冷不丁地听见了自己的名字，脚下一缓。

张春月的声音很尖锐，带着显而易见的怒气。

“他就是偏心眼。谁都知道他喜欢那个徐晚星。呵，她打架，他去跟校长说情。她迟到，就让她做下蹲完事。就连考试作弊，他也替她担保。这么明显的事，不知道他还有什么好担保的！”

徐晚星心跳一滞，不敢相信自己的耳朵。

她说什么？

考试作弊？！

同为英语组教师，一旁的几位老师都在劝张春月。

“也不是替她担保，这事儿没凭没据，怎么能直接给人安罪名呢。”

“是啊，就算她真的作弊了，没有证据，也不能乱说话的。再说了，现在的小孩子气性可大了，万一觉得委屈，直接去教育局告你，说你污蔑她作弊，吃亏的是老师，可不是孩子。”

“罗老师是老教师了，我也跟他当了这么多年同事，他不是那种偏袒学生的老师。”

“还说不偏心眼，他心眼都偏到哪去了。徐晚星的英语是我教的，我比谁都清楚她到底有没有作弊。不管这事罗老师怎么处理，在我看来，弄虚作假就是弄虚作假！”

下一刻，有人冲进了办公室。

“你说谁作弊？！”徐晚星攥着拳头，强压住怒火，劈头盖脸就是这么一句。

老师们都没想到，正主居然听见了他们的对话，都是一惊。

一直没有插话的陈琼站了起来，说：“徐晚星，你们张老师是说气话，你别当真——”

“她是该当真。”张春月打断了陈琼，斜眼看着徐晚星，“你还好意思问。你的成绩是真还是假，你比我更清楚。”

没有人再说话。

张春月硬要说徐晚星作弊，其余老师劝也劝了，各自心里也有思量，不论相信谁，也都不愿过多插手。况且，在场其他的老师中除了陈琼是徐晚星的语文老师，其余教师跟她八竿子打不着，也不会为了一个学生给张春月这个同事难堪。

徐晚星只觉得怒气全都在往脑袋里冲，她笑了一声，咬牙切齿地说：“是，我的成绩是真还是假，我比你更清楚。那你有什么资格说我作弊？！”

张春月没想到她竟然伶牙俐齿，拿自己的话原封不动地来反驳自己，当下一噎：“你别以为有班主任偏袒你，你就无法无天！这事我要是跟校长说，你不被开除，也会被全校通报批评！”

“你凭什么说我作弊？就因为我考得比以前好？”徐晚星拼命压下沸腾的怒气，“我就不能进步吗？我就只能一直那么差？”

“是，你就是那么差。我教你一年多，烂泥扶不上墙，我比谁都清楚。”张春月斩钉截铁地说，说完又回头质问陈琼，“陈老师，你说给她听啊，你不是抓到了现行吗？”

陈琼一慌，赶紧摆手：“不，我没这么说过！”

众目睽睽之下，所有的目光都落在徐晚星的身上，带着探寻，带着同情，带着不齿，带着各种各样的偏见，一如她考前背的那个单词——prejudice。

那些目光像针一样扎在身上，可她一动不动地站在原地，只慢慢地扭头看着陈琼。

她轻声问：“陈老师，您也认为我作弊了吗？”

陈琼迟疑道：“也不是——”

张春月在这里言辞凿凿，她总不能断言说：“不，我相信你没作弊。”

哪怕她心里也认为徐晚星并不是那种偷奸耍滑的孩子，可在这种情况下，她确实不好与张春月站在泾渭分明的两个立场上。毕竟她们是同事，低头不见、抬头见的……

成年人的处事方式，从来都没有孩子那么直白、简单。

徐晚星梗着脖子站在那，始终不曾低下头。她是大大咧咧，但不代表她不会看人眼色。事实上，像她这样不在健全的家庭长大的孩子，对他人的目光和脸色有着超乎常人的敏感。

是“也不是”，而非“我相信你”，也就是说，陈琼也认为她有作弊的嫌疑。

这一刻，徐晚星只觉得讽刺。

她知道自己大可以当众说出乔野将笔记借给她的事，更可以背诵诗词鉴赏的总结，她可以自证清白，可以讲出一百个连夜背下的知识点。

可是她没有。

张春月没有问过她为何进步，没有问过她是否付出过努力，单方面否定了她的所有努力，只板上钉钉地为她定下罪名，说她考试作弊。

她高高抬着下巴站在那里，喉咙堵得慌，却放声大笑。

她说：“张春月，考好还是考坏都是我的本事。我可以因为讨厌你而不学英语；也可以因为我自己的前途，努力学好英语。像你这种唯利是图、谁给了好处就巴结谁的人，没资格评判我！”

这几句话无异于平地一声雷，让办公室里的所有老师都变了脸色。

黄老师慌忙制止她：“徐晚星，不许胡说八道！”

张春月气炸了，冲上前来就要拎她的衣领：“你说什么？！”

陈琼上前一步，牢牢拉住张春月的手臂：“不要跟孩子计较！她有口无心，有口无心的！”

徐晚星生硬地说：“不，我不是有口无心。我是真情实意、发自肺腑。”

张春月尖叫：“你有什么证据，居然在这里信口开河！”

“那你又有什么证据，对我的考试成绩信口开河？！”

……

办公室里乱成了一锅粥。

等罗学明闻讯赶来文科办公室时，徐晚星已经不见了。

老师们把张春月团团围住，而她埋在办公桌上，正放声大哭。

“这书没法教了！随便一个差生都能侮辱我的人格，这简直是奇耻大辱！”

罗学明环视一周，问：“徐晚星呢？”

张春月哭着抬头：“都这种时候了，你们看，他还只关心那个徐晚星！”

罗学明脸色并不好看，却没说什么，只定定地看了张春月一眼，转身走了。

没人知道徐晚星去了哪里。

上课铃声响了，走廊上的学生陆陆续续地回到教室里，该来上课的英语老师却缺席了，迟迟没来。

万小福站起来，把嘈杂的说话声压了下去，又让英语课代表带领大家一起读课文。

她去哪了？乔野的目光落在空空如也的前座上。

罗学明很快赶来教室，班里的人明显规矩不少。原本只有三分之一的人在朗读课文，在班主任出现的第一秒，音量顿时暴涨。

他扫了一眼教室后方，没看见徐晚星，悬在半空的心更加紧绷。

“张老师临时有事，暂时不能来上课。课代表上台监督一下，大家自习。”

说完，他匆匆走到徐晚星的座位旁，低声问辛意：“徐晚星回过教室没？”

“从课间到现在，还没有回来过。”辛意回答，察觉到罗学明神情有异，又小声地问了句，“罗老师，怎么了？徐晚星出什么事了吗？”

罗学明安抚她：“没什么事。”

然后，他又匆忙地从后门离去。

自习了大约十分钟后，有调皮蛋就闲不住了——反正闲着也是闲着，倒不如……

于胖子伸伸懒腰，站起身来：“课代表，我想去上厕所。”

讲台上的课代表点头，提醒他说：“经过其他班的时候，小声一点，别影响到他们了。”

然后，于胖子一边大大咧咧地说“好的，您放心，没问题”，一边在众目睽睽之下走出后门，往厕所的反方向走了。

课代表：“……”

紧接着，春鸣也慢腾腾地站起来：“课代表，我也想去上厕所。”

这群人都是一个德行，课代表敢放一个出去，可不敢放第二个。并且，他心知肚明，若是春鸣也走了，下一个站起来的估计就是大刘，再下一个……

“等于庆庆回来，你再去吧。”课代表和颜悦色地说。

如果不出他所料，只要张老师不来教室，于庆庆大概一节课都不会再从后门踏进来了。

但春鸣也不是吃素的人，当即把手一摊，说：“可我憋不住了呀。”

教室里响起一片哄笑声。

最后，春鸣也通过胡搅蛮缠，离开了教室。

所有人都以为这节课不会再见到这两人的身影，他们却不出五分钟就跑了回来。

于胖子二话不说跑到了乔野的身旁，拎住他的衣领就是一句：“我问你，徐晚星根本没抄过你的卷子，对不对？”

乔野一怔：“什么卷子？”

在于胖子的身后，春鸣阴沉着一张脸，替他补充完整：“张春月在办公室哭哭啼啼，说要去找校长理论，因为徐晚星期中考试作弊，抄了你的卷子——”

话音未落，乔野猛地站起身来，头也不回地从后门走了。

课代表在讲台上叫他的名字，可他理都没理，最后只得把目光转向这两位：“欸欸，你们俩不是去上厕所吗，怎么跑楼下办公室去了？”

因为于胖子提议去小卖部溜达一圈，两人为了确认张春月不会突然去教室，特地从办公室门口鬼鬼祟祟地经过，准备查探一番，却没想到看见了那样一幕，听到了令人大为吃惊的事情。

乔野去了办公室，直奔主题。

其实并不是多大一件事。说来好笑，考试作弊，这是学生时代每所学校、每个班甚至大部分人都有过的经历，不论成绩优劣——大到直接拿起卷子抄袭，小到写字条，往桌面或笔袋上写两个公式、写几句古诗词。

乔野的出现，很容易解开这个误会，轻而易举就洗脱了徐晚星的罪名。

“她没有抄我的答案，而是我在考试前把笔记给了她，所以我们的作文用词才有所重复。”

张春月已经没有再哭，却不肯相信徐晚星是清白的。

“那她也不可能突然一下子进步三四十分！”

“为什么不可能？”

“她根本不学习，也从来不记单词，这种人怎么可能考好！”

办公室里，老师们都在，包括罗学明和他的妻子——教务处主任灭绝师太。

这种人？

乔野淡淡地说：“也许正是因为您这样的态度，她才根本不学习英语，也不记单词。毕竟，考好了也会被说是作弊，又何必努力呢？！”

他是传统意义上的好学生，从不顶撞师长，各科成绩都令老师们满意得地笑得合不拢嘴。而眼下，他却不卑不亢，沉默着与张春月对峙。

罗学明想说什么，被师太拉住了：“别出声，你现在说什么，都是被人认为偏袒徐晚星。让我来解决。”

师太把罗学明赶到身后，又多问了乔野几句，包括那本笔记上有些什么要点，诗词鉴赏方面又大概说了些什么。

她是教务处主任，对问询事情很有技巧，三言两语就问清了细节。

乔野一一回答了，还说：“需要的话，我现在可以回教室把笔记本拿给您。”

师太温和地摆手，说“不用”，然后回头。

“陈老师，你还有疑问吗？”

“没有了。”陈琼只差说自己打从一开始就没有任何疑问，看了眼张春月，又看了眼办公室里闹成这样剑拔弩张的情况，终于说出了那句，“我相信徐晚星，哪怕考不好，她也不是会作弊的人。”

“那你呢，张老师？”师太看向张春月，“你是坚持要去找校长，说徐晚星作弊，还是也愿意相信这是一场误会？”

张春月直起腰站在那里，望向办公室里的一众人，咬牙说：“作弊的事情可以算了，但她空口无凭就污蔑我，大家都听见了。这事不能就这么算了，她必须给我道歉，写检讨书承认错误。”

师太正要说话，罗学明笑了。

他被妻子赶到角落的窗口旁，一言未发地看着局势的变化，甚至点了根烟抽。眼下，形势明了，他掐灭了烟，笑了两声，还是站了出来。

“张老师，恕我直言，这事可没你说得这么简单。”

张春月目光微闪：“罗老师的意思是——”

“我的意思是，徐晚星有没有作弊，有乔野帮他做证。但是，你有没有收受家长贿赂、区别对待学生，恐怕也要走个调查流程，才能证明徐晚星是污蔑你，后续才有道歉事宜。”

罗学明把烟头捏在手里，不动声色地看着她。

离开办公室后，乔野没回教室。

他在后门看了一眼，徐晚星的座位依然空着。于胖子和春鸣不见了，大概是四处找人去了。

他在门口站了片刻，对上讲台上课代表殷切的目光，转身走了。

“……”

课代表想摔书，这活儿不是人干的。

她会去哪里？乔野思索片刻，往天台走了。

隔着沉重的铁栏杆门，果然看见了她的身影，他稍微定下心来。

做从铁栏杆门翻过去这种事，不太像他的风格，但他隔着门看了她一会儿，还是这么做了。

此刻的徐晚星前所未有地没有警觉性，压根听不见门口的动静，只背对他站在不远处，然后泄愤似的拼命踹墙。

天台风大，太阳正在西下，已有半边隐没在城市的高楼之后。

余晖的温度在急速消失，光线也在变暗。

“墙做错了什么，你要这么对它？”

徐晚星明显一僵，猛地回过头来，看清了来者是何人：“你管我？！”

她回头，他才看清那双泛红的眼。

“不管你，怕你因为破坏公物被抓去政教处。”乔野一只手打着石膏、挂在胸前，另一只手垂在身侧，动了动，掌心有点空落落的，心里更是。

她哭过。

这样的念头令他呼吸都有些沉重。他从未想过天不怕、地不怕的徐晚星也会有流眼泪的一天。在他心里，她一向是胡搅蛮缠的，是爱逞英雄、身手了得的花木兰。

被刀扎了胳膊，她就像毫无痛感似的，还能咧嘴和他辩驳。

乔野低头看着她："你哭了？"

"你瞎了。"徐晚星矢口否认，别开脸，不耐烦地抹了把脸，又问，"你来干什么？出去，让我一个人静静。"

乔野想说什么，却看见她满面泪痕，不知是否与他出现有关，她一别过头去，眼泪就开始一颗一颗地砸在地上，仿佛停不下来。

那一刻，他不知该说些什么，或许言语反而太苍白。

夕阳的最后一抹余晖也消失在高楼之后，夜幕铺天盖地压下来，熄灭了城市的光。

灯火渐次亮起，别有一番辉煌。

"别哭了，徐晚星。"

"我没哭。"

"那地上湿漉漉的是什么。"

"都怪你。"她呜咽着，抬手擦眼泪，"你长得太让人伤感了，一来天台，就叫人想哭。"

乔野笑了，安慰的话说不出口，只能低声说："晚自习下课想吃什么？一会儿去小卖部，我请你。"

"吃不下。"她摇头，"没心情。"

乔野思量片刻，又问："那你有什么想要的东西吗？"

他没哄过人。因为父亲的工作，他家反复搬家，长到这么大，他都没几个朋友，更何况是会哭哭啼啼的女性朋友。

但他年幼时不高兴了，父母就是这样安慰他的——

"你想要什么？"

"玩具。"

于是，玩具有了。

"你想要什么？"

"机器人。"

于是，机器人有了。

即便很多事情是玩具和机器人也无法弥补的，但聊胜于无，他总能得到些许慰藉。

他问出这句话时，其实有所预感，若是她开口讨要的是他的天文望远镜，他会欣然答应与她分享——哪怕从今往后看不全任何一次天文盛况，看一半也就行了，就当自己用的是共享望远镜吧。

可徐晚星并没有打这个主意，她只是放下擦眼泪的手，说："什么都可以？"

"什么都可以。"

"那好。我要公平。"

乔野哑口无言。

一切物质形式的存在哪怕昂贵，也有等价交换的可能性，然而公平不在其中。

他定定地看着徐晚星，呼吸沉重而困难。

他以为他能给予一点力所能及的帮助，哪怕笨拙，也可提供给她些许慰藉。可她要的，他给不起。

出人意料的是，徐晚星说完后，又笑了出来，侧头拍拍他的肩："行了，走吧，别在这儿耗时间了，我徐晚星是那种狮子大开口的人吗？！"

她还笑话他。

"你是傻子吗，看别人一不高兴，就慷慨大方地任人压榨，还'什么都可以'，真够心大的。"

"你是别人吗？"

他淡淡地看过来，四目相对时，那样平淡又真切的眼神令人屏息。

徐晚星的心跳突然就漏了一拍。

"那我要是说我要一万块钱呢？"

"你不会。"

"你怎么知道我不会？"

乔野笑了："那你会吗？"

徐晚星瞥他一眼："算你说对了，我不会。"

她转身往天台入口走，说："冷死了，赶紧下去吧。"

乔野没动，他只站在她倚过的墙边，静静地望着他。

徐晚星没听见身后有动静，回头望去时，就看见这一幕。

万家灯火，夜空低垂，一颗星也没有。

但乔野立在风里，姿态从容，眼神寂静有光。

他看着她的眼和眼里那抹若有似无的光，是这夜空下唯一的亮色。

他仿佛借着那几秒钟下了什么决心似的，朝她走来，最后停在她的面前：“徐晚星，这个世界上没有绝对的公平。我能给的，只有我们之间的那一点。”

少年目光沉静，神色安然。

“你在我这里，不论说了什么，做了什么，我都相信你、尊重你，任何时候不因他人的言行而动摇。这点公平微不足道，但也是我唯一给得起的。”

他抬眼，嘴角有一点笑意。

“如果你不嫌弃的话。”

徐晚星动了动嘴，想说的话有很多，心里地动山摇，可最后出口的，也只有三个字——

“足够了。”

能得到这样的绝对公平，她还有什么不满足的。

被误解、被污蔑时，她气得发抖，甚至想狠狠地揪住张春月的衣领将其痛打一顿。

办公室里那么多老师，所有人都只站在张春月的身后看着她，而她势单力薄，无力抗衡。

她冷笑着说：“好，我有前科，我是差生，我话多、刻薄，我没有后台，也没有钱，给不起你们要的红包、购物卡。随你们怎么想好了。”

他们无视她的努力，擅自为她贴上了“差等生”和“作弊”的标签。那样的轻视和侮辱，足够她刻骨铭心记一辈子。

可原来委屈也不过是一时之气，他简短几句话，轻而易举地抚平了她心里那点伤痛。

她长长地舒口气，望着他，说：“足够了。”

——是真的足够了。

胸腔已然充满着感动。

乔野手臂有伤，翻过栏杆门时多有不便。上天台时，他还没怎么注意，回去时才因用力过度，手臂一阵剧痛。

他的手一松，稳稳地落地，但当场白了脸色，在原地缓了好一会儿。

徐晚星吓了一跳："怎么了？又伤了？"

平缓了那一阵，乔野直起身来，摇头："没事。"

其实，医生说了，伤筋动骨一百天，石膏没取下时，一点劲都不能使。他看了眼徐晚星，笑了笑，没再多说。

从天台下来的两人，在教室后门口和罗学明撞了个正着。

罗学明都不知道自己在办公室和教室之间奔波了多少次，乍一见徐晚星，张嘴就有一肚子话要说。

徐晚星先叫了他："罗老师。"

他应了一声，看看她的表情："去哪了？"

"天台。"她如实地回答。

罗学明太阳穴一跳："天台？天台不是锁了吗？！"

"那种锁锁不住我，一翻就过去了。"

你还挺得意啊？！

罗学明吹胡子瞪眼睛，在一肚子话和一肚子火之间犹豫不决，最后才说："乔野都跟你说了？"

"说什么？"

"考试作——考试那事，都解决了。"

徐晚星一愣，看看乔野，又看向罗学明："他什么也没说啊。"

乔野："刚才在天台，场合不合适，想着下来了再说。"

徐晚星的脸都黑了，怎么，您是担心我当场跳下去？

罗学明把徐晚星叫到一边，三言两语说清楚了后续——她的作弊嫌疑已经洗清，同时，学校会审查张春月过去的从教生涯，若真有受贿舞弊现象，就会有更多后续。

徐晚星霍地抬头，定定地望着他："是因为我说的那些话吗？"

罗学明笑了："你记住，若要人不知，除非己莫为。如果清清白白，谁也冤枉不了谁。"

他抬手按了按她的肩，说："不要受影响，徐晚星。每一步都走好自己的路，目光常看向远方。无关紧要的人，不值得你挂怀。"

于胖子等人早就知道她回来了，都在教室里探头探脑，盼星星、盼月亮似的，好不容易才盼到罗学明离开，放她回来。

“没事儿吧你，平白无故玩失踪，吓死人了。”

“就是啊，我们几个来来回回往小卖部、操场跑，结果，你的人影都看不见。”

“张春月也太不靠谱了，看不起谁呢？咱是那么在乎成绩的人吗？！考好考差，反正也及不了格，谁费这劲儿去作弊啊！”

“你放心吧，她已经不敢找你麻烦了！刚才师爷进教室公布了期中考试成绩，还特地点名表扬你有进步呢。清者自清，浊者自浊，他那么一说，等于直接就帮你澄清了。”

徐晚星脚下步子一停，然后风风火火地往教室里冲：“欸，考试成绩出来了？”

众人：？

于胖子蒙了：“哥，你的重点在哪儿呢，我咋找不到啊！”

这不正安慰着她吗？怎么人家好像压根儿不在意被冤枉作弊一事，全身心都扑在了成绩上啊。

大刘抗议了：“欸欸，这是怎么回事啊？说好一起当学渣的，你却偷偷变学霸！”

成绩表已经打印出来，就张贴在教室的后黑板上。

徐晚星凑到跟前，仔仔细细地找自己的名字。按常规来说，倒着找比较容易找到她，但这一次，她的视线由下而上，比往常多费了点时间才看见“徐晚星”三个字。

她排在第三十名的位置，单科排名差距很大——

物理第二名，数学第一名，化学第五名，生物第七名。

英语第四十七名，语文第三十八名。

视线逐渐上移，她下意识地去找乔野的名字，最后发现，他的名字赫然位列顶端。

除了被她占据第一名的数学，六门功课，他一共拿了四门第一，剩下的数学排名第二，语文排名第六，并且，他的化学和生物都是满分。

徐晚星看着那一行遥遥领先的数字，长长地呼出一口气来。

从第一名到第三十名，真是隔了很远的距离，远到拇指和食指分开至最远，也无法将他们的名字连在一起。

那天夜里，徐晚星又一次放了于胖子和春鸣的鸽子。

“你们先回家啊，我和乔野一起回去。”

于胖子震惊了：“你现在非但要帮他抄笔记，还要当跟班送他回家了？！”

徐晚星一巴掌拍在他的脑门儿上：“想什么呢你？我们家住得近，人家的手又受了伤，我帮助一下老弱病残怎么了？！”

“那隔壁班的李小二之前还骨折了呢，怎么没见你帮忙。”

“我跟他很熟吗？”

“那你跟乔野又能有多熟，也就认识半个学期而已，还又五分之四的时间都在当仇人。”

“所以我打算以德报怨，感化一下他冷漠的心灵。”

“……”

于胖子：你说得好有道理，我竟无法反驳。

他扭头寻求春鸣的帮助，却见春鸣和颜悦色地拉着他往门外走：“那你和他一起走，我和于胖子就先行一步了。”

于胖子还在挣扎：“你怎么就把她拱手让人了，咱们好端端一棵白菜，可别到头来被猪拱了！”

“胖子，你可长点心吧。谁是白菜，谁是猪，心里没点数吗。”

于胖子一僵，停止了挣扎。

行吧，你说得比她还有道理。

徐晚星等乔野收拾好书，姿态娴熟地把书包接了过来。他也没有推拒，表现得自然而然。

他们一路回到清花巷，昏黄的路灯光将人影无限拉长。

“你怎么知道我在天台？”

“很难猜吗？”

“于胖子他们可没猜着。”

“于胖子他们的成绩也排在倒数。”

徐晚星眯眼："好啊，你歧视差生。"

乔野笑了，看看远处数盏路灯，说："不，我很羡慕。"

"还反向嘲讽一次，可以。"徐晚星以为他在开玩笑。

"我爸做地质勘察，我很小的时候就开始跟着他奔波。长这么大，我转过四五次学，搬过无数回家，常常是一个新环境刚熟悉下来，就又要准备离开了。

"所以，我没有什么朋友。"

徐晚星并没有问他——那老朋友不可以再联系吗。十七岁不是一个多么成熟的年纪，但在不长的岁月里，时间的强大已足够令人心生畏惧。

她不无感慨地回忆起来："我小学的时候有一个好朋友，好到班主任常常说我俩穿连裆裤、一个鼻孔出气。那时候在学校午休，我们睡同一张床。我去看星星，她哪怕什么也不懂，还愿意陪我熬夜、陪我奔波。"

"后来呢？"

"后来毕业了，我们还哭了一场，说要一辈子做好朋友。即使不在同一所学校，没办法朝夕相处，也要每周一起出来玩，每晚打电话。"

乔野笑了，没有再问后续。

后续的故事，所有人都明白。新的环境有新的朋友，旧日故交终究会停在旧日，哪怕再相见时情分仍在，可彼此的近况再不是三言两语就能说清楚的，那些烦忧与欢喜哪怕进行了连篇累牍的铺垫，都不足以令人感同身受。

某一个瞬间，她停在某盏路灯下，抬眼问他："所以，等我们分道扬镳，去了不同的大学，以后大概也不会再联系了吧。"

乔野不是小姑娘，不会天真又矫情地对她说："会的，我们要做一辈子的朋友。"

所以，她已有预感，他也的确如实回答道："大概不会了。"

那他们的时间，就只剩下这最后的一年半了。

徐晚星从来没有思考过别离这件事，哪怕与她的麻将小分队整日混在一起，他们也只聊开心的事，只没心没肺地肆意挥霍着青春，谁也不曾想过今后的离别。

这是她第一次意识到差距这件事。

她和乔野的名字在成绩单上隔着长长的鸿沟，那二十九名的差距猝不及防地提醒了她，在高考后，老师口中的分水岭就会真正分开他们。

其实也不过短短半个学期，于胖子说得很对，他们耗费了大多数的时间在作对上，真正作为朋友的时间少得可怜。

可他好像比任何一个人，都更快地走到她的身边。

至少她孤身一人时，是他在天台找到了她。

所以，在明知他的回答不会很圆满时，徐晚星依然为那句“大概不会了”感到低落。

“也对，毕竟你是祖国的栋梁之材，而我是麻将馆的中流砥柱。”她说着，又把自己逗笑了。

“如果没考上理想的学校，你有什么打算？”乔野看她一眼。

“回麻将馆当‘雀神’呗。”

他神情一顿。

“徐晚星。”

“啊？”

“如果你的目标这么短浅，那我们做完这一年半的同学，大概就真的分道扬镳，只是逢年过节时群发短信里再见了。”

徐晚星的呼吸都迟缓了。

他没说话，只停在巷尾，看着那道卷帘门：“回去吧。”

他从她的肩上拿过书包，道了声谢，回家了。

隔日，乔野没有来上学。

徐晚星在他家门口探头探脑了好半天，也没等到人，看看时间，知道再不走就真的迟到了，这才咬牙往学校跑。

第二节课开始了，乔野依然不见人影。

徐晚星回想着昨晚两人说过的话，天马行空地想着，难不成他爸又有工作调动，连夜举家搬迁了？！

她支着下巴走神，忘记了昨晚睡前紧握双拳下的决心——从今天起一定好好听课，努力学习每一科。

她低下头去，从抽屉里拿出手机，调出乔野的电话号码，思索了片刻，发出了两人之间的第一条信息。

“张春月今天没有来上课，代课的是七班的英语老师，你知道是怎么回事吗？”

短信石沉大海。

隔了五分钟，她又发去第二条。

“师爷说，大概明天物理竞赛的成绩就会下发到每个学校，你的钱包准备好了吗？”

——依然没有回应。

徐晚星每隔几分钟低头一看，然而始终没有新信息进入手机。最后，她在下课铃响起的第一秒，拿着手机跑出教室，拨通。

电话铃声响了七八声，才终于有人接听。

出人意料的是，接电话的不是乔野本人。

孙映岚礼貌地说：“是小徐吗？我是乔野的妈妈，他现在不方便接电话，请问你有什么事吗？”

“阿，阿姨好。”徐晚星没有心理准备，舌头都捋不直，“那个，我就是看乔野今天没来上学，所，所以——”

“他的手痛了一晚，今天早上才告诉我们，所以请假上医院来了。”顿了顿，孙映岚语气不变，补充了一句，“医生说骨裂有加剧的现象，再不好好调养，以后骨头变形了，可能会有后遗症。”

徐晚星下意识地说：“对不起——”

孙映岚沉默片刻，才道：“果然是你。”

Chapter 13

# 价值连城

乔野缺席的这一日，所有的科目都在评讲试卷。

徐晚星从后座拿过乔野的所有试卷，每节课都在奋笔疾书，替他做好笔记，打算整理了替他带回家去。

他的手伤打从一开始就是因为她，突然伤势加重，也是因为她。

徐晚星并不知道在孙映岚的口中，她被称作是“惹祸精”，但此刻连她自己也这么认为。

语文课上，陈老师讲解作文时，请徐晚星朗诵了一遍乔野的作文。

当众朗诵这件事，徐晚星还是第一次经历。毕竟双语成绩过于差劲，她只被当作反面教材拎出来批评过，从未得到过读范文的待遇。

起初还有点紧张，但念着念着，她就定下了心神。

作文的主题是，说一说那些遥不可及而你最想实现的梦想。

乔野的作文题目是——《暗淡蓝点》。

他说，在科技日益现代化的今时今日，娱乐方式也日新月异，沉浸于感官体验的人越来越多，愿意放下电子设备的人越来越少。曾经，头顶的日月星辰是漫长岁月里受人瞩目的存在，而今埋头的人越来越多，仰望的人却越来越少。

他的梦想是成为天文研究者。

他说，1990 年，在距地球六十四亿公里处回望地球时，旅行者一号拍摄下地球的照片。美国著名的天文学家卡尔·萨根这样评价照片：“我们成功地拍摄了这张照片，当你看它，会看到一个小点。那就是这里，那就是家园，那就是我们。你所爱的每个人，认识的每个人，听说过的每个人，历史上的每个人，都在它上面活过了一生。我们物种历史上的所有欢乐和痛苦，千万种言之凿凿的宗教、意识形态和经济思想，所有狩猎者和采集者，所有英雄和懦夫，所有文明的创造者和毁灭者，所有的皇帝和农夫，所有热恋中的年轻人，所有的父母、满怀希望的孩子、发明者和探索者，所有道德导师，所有腐败的政客，所有‘超级明星’，所有‘最高领袖’，所有圣徒和罪人——都发生在这颗悬浮在太阳光中的尘埃上。”

乔野说，除了地球，宇宙里还有浩瀚的星辰，每一颗都拥有与地球截然不同却又毫不逊色的美丽。

……

他说了很多，在结尾处，这样写道——

卡尔·萨根在他的书《暗淡蓝点》里献给自己一句话：献给卡尔·萨根，又一位漂泊者，也许你们这一代会看见，做梦都想不到的奇景。

这个梦想曾属于二十世纪六十年代，属于七十年代，属于我们的上一代。在所有遥不可及却又近在咫尺的梦想里，我希望成为下一个漂泊者，在我们这一代，也看见做梦都看不到的奇景。

……

那天夜里，徐晚星回到清花巷，并未急着去送卷子。

她从存钱罐里拿出一张百元大钞，去了趟超市，拎着一袋猪骨回家了。在厨房整整守了两个小时，严阵以待，她炖好了一锅浓香四溢的排骨汤。

她翻箱倒柜，终于找到一个保温桶，小心翼翼地倒满，拧紧盖子，最后才从书包里拿出乔野的各科试卷，用文件夹装好。她一只手拎着保温桶，一只手拿着文件夹，踏着夜色往宽巷那边大步走去。

乔野的房间亮着灯。

徐晚星小心翼翼地从栅栏外翻了进去，蹑手蹑脚地走到窗边，踮脚瞄了一眼。

隔着半透明的窗玻璃，她看见乔野半倚在床上看书。

屋里开着空调，隔绝了窗外的天寒地冻。他穿了一件白色毛衣，低头看书的样子专注而雅致，如画一般。

徐晚星在地上捡了颗石子，往玻璃窗上轻轻一扔，然后就蹲了下来。

屋内传来趿着拖鞋走动的声音，片刻后，窗户被人推开。她兀自埋头在窗下，恶作剧似的捂嘴笑。

直到——

“地上有钱？”

头顶传来慵懒的声音。

徐晚星：“……”

她抬头，与他四目相对，没想到自己这么容易被发现。

“找我？”乔野闲闲地立在窗口，居高临下地看着她，“怎么不走正门？”

“得了吧，我可不敢踏进你家半步。”

“还有你麻将馆中流砥柱不敢做的事？”

“喂！”

都过了一整天，他居然还记着她的玩笑话，她给予眼神警告。

“我可是好心好意上门服务，你给我好好说话。”

乔野的视线落在她的两只手上。

“什么服务？”

“这是快递服务——”她率先把文件夹递了过去，然后又把保温桶放在窗台上，“这是外卖服务。”

话音刚落，乔野的房门忽然响了。

“小野，你在跟谁说话？”

“关窗，关窗！”徐晚星一听是孙映岚的声音，急急忙忙拿了保温桶，赶紧蹲下。

乔野关了窗，为母亲开门。

孙映岚端着一碗排骨汤走进来，搁在书桌上：“吃哪补哪，把营养都吸收了，才好得快。”

乔野：“……这已经是今天的第三碗了。”

“不止今天。”孙映岚严厉地说，“你不爱惜自己，我和你爸只能盯着你了。年纪轻轻就伤筋动骨，会留下病根的。你看看你爸，成天风里来、雨里去的，老在工地上挖土，这不，一到下雨天，老寒腿疼得下不了地。

你将来也想和他一样？”

吃哪补哪。

乔野的目光落在那碗排骨汤上：“您也不怕我长成猪骨头。”

窗户底下的人差点没忍住，捂嘴堵住了笑声。

屋内的母亲问：“刚才我好像听见你在说话，有人打电话了吗？”

乔野：“同学打来的，问问我手怎么样。”

孙映岚不疑有他，只叮嘱他说：“这会儿汤还烫，你先让它凉一下，一口都别剩啊。”

“知道了。”

孙映岚出门时，顺手把门也带上了。

窗户又一次被推开，乔野看着抱着保温桶蹲在墙角傻笑的人：“不冷吗？”

十二月了，寒冬的风呼呼地刮着，孙映岚种在小院里的植株迎风招摇，险些被吹得折了腰。徐晚星蹲在墙角，刘海也被吹得直晃动。

她重新站起来，揉了揉发麻的膝盖，小声说：“走了？”

“走了。”

她踮脚瞄了眼书桌上的碗，撇撇嘴：“排骨汤？”

得到肯定的回答，她讪讪地后退一步：“那我走了。”

“等下。”乔野的目光落在她往身后藏的保温桶上，“那个不是要给我吗？”

“突然就不想给了。”

他定定地看她两眼，笑了：“排骨汤？”

“……”她不耐烦地挥挥手，“喝你的吧，废话那么多。”

说完，她转身要走。可窗后的人忽然探出半个身子来，用没受伤的那只手拉住了她：“徐晚星。”

“干吗？”

“保温桶给我。”

她回头白他一眼：“你不是都有汤喝了吗，还一天三碗呢。”

乔野勾了勾嘴角：“送都送来了，留下吧。”

“你喝得下？”

他索性把窗彻底打开了，屋内暖洋洋的空气扑面而来，带着一种淡淡的香气。

“翻墙翻门都不在话下，翻个窗，你没问题吧。”

“干吗，你这是请君入瓮？”

“不，我这是引狼入室。”

“你说什么？！”徐晚星发出死亡般的警告。

乔野笑了，从善如流地修正说：“好的，请君入瓮，请君入瓮——”

等徐晚星缓和下脸色，噌噌两下，身手了得地撑着窗台跳了进来，才听见他的下文：“然后瓮中捉鳖。”

“？”

她把保温桶咚的一声搁在桌上，瞪他：“你想死了？！”

最终，那桶排骨汤，三分之二都进了徐晚星的肚子。

他的房间很宽敞，但只有一张床、一把椅子，为了方便说话，她把保温桶放在椅子上，与他并肩坐在铺了地毯的床边。

客厅里有他父母在，他们说话也不敢太大声。她只能降低音量，凑到他的耳边，像说悄悄话似的，把他错过的一整天都讲给他听。

“今天虽然你人没到，但你的名字像龙卷风一样席卷了整个高二年级，牛得飞起。”

“听起来不像褒义。”

“各科老师都恨不得把你当活佛供起来，让全体学生顶礼膜拜。”

“有正常一点的比喻吗？”

“哦，托你的福，今天语文课我还站起来朗诵作文了。”

“我好像没有指点你写作文吧？”

“你的。”

“……”

说到这里，她一骨碌爬起来，在他占据一整面墙的书柜上浏览一圈。

“找什么？”乔野走到她的身后。

“你有《暗淡蓝点》这本书吧？”

他应了一声，从她的头顶取下那本书。暗蓝色的封面上有点点星光，书名是《Pale Blue Dot》。

徐晚星接过来一看：“怎么是英文版？”

她看看书，又看看他，泄气了：“本来还想看一看的，现在看个鬼啊。”

乔野的目光从书上移到她的脸上：“怎么看不了？”

他从书柜上取下一本厚重的《牛津词典》，又拿了一本天文学专用词汇书籍，一并放在她的怀里。

“少打点麻将，一天多看几页，到期末也就看完了。”他不咸不淡地说。

徐晚星抱着沉甸甸的书：“乔老师，你这是在给我布置作业吗？”

“选修课，看或不看，选择在你。”他淡淡地看着她。

片刻后，矮个子少女抱紧了几本书，撇撇嘴，说：“看。看、看、看！和学霸交朋友就是这么难，不是我把你变成校霸，就是你把我变成学霸。”

然后，她转身拎过空空如也的保温桶，准备翻窗逃走：“那我走了啊！”

她身手敏捷地跳出窗户，只露出个脑袋：“你也别光让我少打麻将。那你也少打游戏，多融入集体啊。”

乔野：“你这还提上条件了？”

“我这是规劝！”她振振有词，“打游戏有什么好的——越玩越孤僻，好学生就该融入集体健康成长啊！”

乔野刚想说“你知不知道你现在说话很像师爷”，就听见下一句——

“别打游戏了。来，不如一起打麻将。”

他面无表情，啪的一声关上窗：“不送。”

窗外传来笑声，她拎着保温桶，扬长而去。

和李奕辞的冲突结束后，徐晚星也曾担心过他会找上门来。以他那样锱铢必较的阴毒性格，她觉得他不是会吃哑巴亏的人。

乔野的反应很淡定：“来了再说。”

说这话时，学霸的胸前还吊着一只“大猪蹄子”，也不知哪来的勇气。

“万一他又叫了一群人来，像上次找我爸的麻烦一样找到你，你怎么办？”

乔野奇怪地看着她：“不是还有你吗？”

“……”

徐晚星：“不是不让我动手吗？”

“上次是你单枪匹马地去找人打架，的确不能动手。下次他要真带了一群人找上门来，这就叫正当防卫了。性质不同，后果也不同。”

徐晚星陷入沉思。

乔野瞥她一眼："怎么，怕打不过？"

"笑话，我怕？！他就是找一百个人来，你也放心大胆地坐在教室里好了，只要我守在门口，一夫当关，万夫莫开。"徐女侠豪言壮语，气势如虹。

"那你这个表情是？"

"我是在想——"徐晚星神情凝重道，"得罪谁都不能得罪你，你老谋深算，心机太重！"

乔野："……"

左等右等，就在徐晚星都认为李奕辞大概是被揍怕了，没胆子来找她复仇时，该来的还是来了。

只是，事态的发展和她想象中的不太一样。

历时一周，物理竞赛复赛的成绩新鲜出炉。与成绩一同抵达学校的，还有另一个诉求。

罗学明在看见成绩的第一秒，不可置信地从办公桌后站起来，捏着单子浑身发抖："张永东，张永东！"

张永东很紧张，坐在自己的座位上看着他，强行镇定，都不敢亲自来看一眼："怎么样？是好消息，还是坏消息？"

罗学明哈哈大笑，扬起单子，声如洪钟："一共三个决赛名额，两个都在我们六中！两个！"

他大步冲上来，激动得一把抱住张永东："他俩满分。他俩拿了满分！"

张永东起初还被他这拥抱吓了一跳，闻言，也顾不上那么多了，不可思议地反问："满分？两个满分吗？！"

然后，两个大老爷们儿在办公室里抱成一团，又笑又嚷，谁也顾不上形象，场面一时非常热闹。

只是，这热闹到底没维持多久，很快，师太从教务处匆匆赶来，带来了一颗重磅炸弹。

这已经是一周以来的第二次了，徐晚星在课上被叫去办公室，并且这一次，是罗学明亲自来叫的人。

讲台上，代课的英语老师说："我这儿正讲语法呢，罗老师——"

"之后再补笔记。"罗学明眉头紧锁，朝徐晚星招手，"赶紧出来！"

转身时，徐晚星与乔野目光相对，彼此都从对方眼中看到了心照不宣的猜想。

乔野低声说："不要冲动，什么都别承认，我稍后就到。"

徐晚星定定地看着他，点头："知道了，乔大军师。"

这一回，罗学明没带着她去教师办公室。那里人多口杂，不适合处理更为要紧的事。

一出教室，他就沉声问徐晚星："你和肃德中学的人发生了冲突？"

徐晚星顿了顿，回答说："算是，也不是。"

"到底是，还是不是？"罗学明怒道，"人家都找上门来了，说是被你打得脚都肿了，下不来床！"

徐晚星嗤笑："有那么弱不禁风吗，一脚一棍子，还下不来床了。"

罗学明脚下一停，面上山雨欲来："所以，你真动手打人了？"

师太已经在教务处候着了，室内还有另外两人，其中一位是个年过花甲、头发斑白的老人，另一位中年女性是肃德中学的副校长，双唇紧抿，略深的法令纹为她平添几分严肃。

徐晚星踏进门，正好听见那位副校长措辞严厉地说："肃德中学承办全国物理竞赛已久，年年都顺利举行，从未出过岔子，没想到今年会发生这种性质恶劣的打架事件。"

师太从容而立，安静地听她往下说。

"如果只是学生之间单纯的冲突，也就算了，但这事还涉及全国物理竞赛的后续进程，不好好处理，不仅对两所学校的声誉有损，肃德中学今后还怎么承办比赛？！小到年级物理竞赛，大到国家级的各种比赛，我们还拿什么底气去跟人竞争？！"

师太点头："这事如果属实，确实会带来不好的影响。但好在贵校的招牌一向靠升学率保障，和学生的作风关系似乎也不算太大——"

她目光平实而冷静，声色友好地说："我记得前年的市级演讲比赛，好像也闹过一点不愉快。既然当时都没能影响到肃德中学继续承办之后的比赛，今天这件事，应该也没您说得那么严重。"

师太说的是两年前的事了。当时肃德中学承办了市级的爱国主义演讲比赛，第一名的奖项也理所当然地颁给了主办方肃德中学的学生。其实，像这类比赛，多会考虑主办方的颜面，三个奖项不会都给同一所学校，但第一名大概率是内定好了的。

可那一年参赛者实力悬殊，肃德中学的参赛者获得第一名确实有些名不副实了。拿了第二、第三名的外校学生不服肃德中学参赛者拿下第一名，当场就在颁奖台上控诉评审不公，为此，那个第一名也和他们起了言语冲突。

教育厅的领导尚在台下，政府官员也端坐在其中，见状都是一脸错愕。

场面闹得十分难看。

肃德中学的副校长一听，眉头皱了起来，正欲反驳，就听见门口传来叩门声。

罗学明带着徐晚星走进来，说："这是肃德中学的黄副校长，这是十几年前我们学校的李校长，如今退休了。"

他口中的李校长，是那位头发斑白的老人。他目光锐利地看着徐晚星，把罗学明的话补充完整："也是李奕辞的爷爷。"

徐晚星当时就感觉一道天雷劈下，脑子里砰的一声炸开了。

李奕辞的爷爷官职这么大，她可万万没想到。

师太言简意赅地对徐晚星说明了现在的情况——

李奕辞受伤了，腿肿得三天没下来床，现在走路都还瘸着，手上也有触目惊心的伤。

根据他的指控，是徐晚星在物理竞赛当日，连夜赶去肃德中学的大门口，与他发生肢体冲突。

冲突的原因是，两人曾在他转学前就有嫌隙，竞赛当天又发生了争执，他因措辞不当，侮辱了徐晚星的父亲，遭到她的暴力对待。

"现在肃德中学方面希望学校能给个说法，对你进行严肃处理——"师太停顿片刻，才说，"同时，他们认为这次事件性质恶劣，应该取消你的竞赛资格，后续不能再参加北京的决赛。"

徐晚星一愣，回头看着罗学明："我进决赛了？"

罗学明面色凝重，点头道："进了。一共三个名额，你和乔野拿了头两名，满分。"

徐晚星瞪大了眼睛："我俩都是满分？"

不会吧，他们打了个平手。

黄副校长很不客气地打断她："现在不是说这个的时候。就事论事，我们也该先讨论你的打架行为。"

徐晚星干脆利落地说："行，你说。"

她这态度倒是把那位副校长激怒了，当场将茶杯重重地一放："你这学生，什么态度？我听说你也不是第一次打架了，违反校规校纪都是家常便饭。小小年纪不学好，还祸害别的好学生，你知不知道你给人带去多大的心理阴影？！身体的伤都是小事，好端端一个前途无量的孩子，被你打得下不来床。"

副校长这话与其说是讲给徐晚星听的，倒不如说是讲给李奕辞的爷爷听的。

"李校，您说说，这样的学生要是放在您当校长那时候，该怎么处理？"

徐晚星赶在老人说话前开口："怎么处理，还不都是你们说了算。是，他前途无量，他被我祸害得参加不了决赛了？没有吧。倒是我，说不定要去参加决赛拿个第一名，抢走你们肃德中学的风头。"她天真无害地笑起来，"这么一看，最好我被取消参赛资格。也别问缘由，他都没错，反正就是我打了人，好让你们再换个自己人去参赛呗——"

"你什么意思？！"黄副校长勃然大怒，"你在暗示我们别有用心？"

罗学明连拉都没拉一下徐晚星。

师太给他递眼色，怕徐晚星把事情弄得无法善了，可他压根动都不动，似乎铁了心要让她把事情说出来。

他脸色铁青，既有恨铁不成钢的不甘，又对肃德中学的做法感到愤怒。

学校与学校之间的打架事件年年都有好几十起，偏偏挑上这个时候来找人，还把老校长都给拉了出来。怎么，当谁是傻子，看不出他们居心叵测？！

那就破罐子破摔吧。他冷笑着想。你们不让我的学生去参赛，那谁也别装出一副冠冕堂皇的样子来。

最后还是老校长说话了。

他定定地看着徐晚星，说："我不管什么物理竞赛，我今天来，不是作为六中的退休校长，也不是肃德中学的说客——"

黄副校长的脸色稍微白了一下。

“我就想问你，都是父母带大的孩子，家中都有老人，如果换作是你被打成我孙子那样，他们做何感想？”老校长面色不悦，双目蕴含着愤怒，“今天我只是作为祖父，因为孙儿遭受了暴力对待，所以前来问罪。”

他抬起头来看着师太，威严甚重：“你们刘校长不在，没关系，我可以等，就在这里等到他回来为止。我亦是从教者，不可能主张以暴制暴，但如果今天没有一个满意的处理结果，我绝不会善罢甘休！”

最后一句说得斩钉截铁。

罗学明头痛欲裂。

在场两位不速之客，带着两种完全不同的诉求。

肃德中学的副校长显然只是想取消徐晚星的参赛资格，为自己学校多争取一个名额。可老校长的意思是，他要看到徐晚星受到应有的惩处。将事情捅到刘校长那里去，会有什么结果，他心知肚明。

去年徐晚星和李奕辞打架的处理结果，是她被记大过处分，刘校长在升旗仪式上全校通报：“如果下一次徐晚星同学还有这样恶劣的行为，学校将对她给予开除处分，绝不留情。”

刘校长是李老校长亲自带出来的学生，多年师生情分，他绝对不可能姑息徐晚星。

办公室内一时沉寂。

师太赶紧出来缓和气氛。

“先不急着说结果，事情的经过都还没弄明白。徐晚星，你说，你和李奕辞到底为什么发生冲突？”

黄副校长：“我说得还不够清楚吗，他们早有冲突在前，当天又生嫌隙。李奕辞也亲口承认是他言辞不当，侮辱了徐同学的父亲。可是，不管再怎么生气，动手打人远比口头侮辱性质恶劣。这种行为，必须严惩！”

徐晚星说：“你说得对，动手打人就得严惩！”

众人都是一惊。

罗学明伸手拉她，还以为她又一根筋了，要表现什么个人英雄主义，怒道：“闭嘴，少说气话！”

徐晚星却挣脱了，梗着脖子说：“先动手的不是我，而是李奕辞！”

他手下一顿，来了精神：“说清楚，说明白！”

徐晚星将老徐在夜市被人砸了摊子的事说得一清二楚：“如果不信，就去调金茶路的监控，看看我爸的摊子到底有没有被砸，他有没有被打。”

老校长又惊又怒，一时不语。

倒是黄副校长开口问：“就算你父亲的摊子被砸了，就一定跟李奕辞有关系吗？你也说了，你是去肃德中学找的他，他可没有分身术，一会儿在金茶路的夜市，一会儿又飞回了肃德中学。”

徐晚星怒道：“我去网吧找到他的时候，他还口口声声说下次就不仅仅砸摊子了。不是他，还能是谁？！”

老校长终于开口：“先别急着吵，我打个电话问清楚！”

他面色凝重地立在窗口，拨通了李奕辞的电话。

可李奕辞是什么人？他在电话里矢口否认砸摊子一事，甚至哭了起来。

“爷爷，你不信我的话吗？你宁可相信别人，也不相信自己的亲孙子？我是侮辱了她爸，的确是我有错在先，可我真的没有动手打人啊！”

黄副校长冷笑着，说：“小姑娘年纪轻轻，谎话连篇。”她催促师太，“联系上刘校长了吗？赶紧请他回来，坐下来把事情处理了吧。真相大白，也没必要再拖。”

黄副校长是“光脚的不怕穿鞋的”，微微笑着对徐晚星说：“为了避免你说我们肃德中学别有用心，现在我们也不取消你的参赛资格了，把事情全权交给你们校长处理。他留下你，你就去北京参赛，为校争光吧。他要是不留你，大不了浪费一个参赛名额，谁也别去。”

徐晚星怒道：“让我跟李奕辞说话！”

她欲与人对质，却被师太一把扣住肩膀。

“不要白费功夫了，没有用。”

气氛一时僵持。

她又惊又怒，飞快地思索着，究竟是如实说话，按照乔野的思路，把责任都推给他，还是自己担下来。

他挺身而出，不让她动手，无非是为了保住她，以免开除。

可眼下肃德中学拿物理竞赛说事，就是为了一个参赛名额。如果真把乔野供出来了，即便保住了她，他也一定会失去参赛资格。

说，还是不说？

“为什么不说？”

办公室门口，有人悄无声息地出现在最佳一刻。

所有人都回头看去。

可他只看着徐晚星，仿佛早已知晓她心中的问句，从容不迫地走进来，说：“人是我打的，跟徐晚星无关。”

全场哗然。

徐晚星急了，怕他不知道承担责任的后果，连忙伸手去拉他，却在半空中被他捉住了手腕。他很轻很轻地扣住她，用拇指压了压她的手背，示意她安心。

他的手臂还包扎着，俨然一个重度伤患。

扬了扬那只打着石膏的手，乔野：“人是我打的，很抱歉，因为一时冲动，让李奕辞下不来床。但我想他也不亏，至少他下得来床后哪怕再过去两个月，我的手还依然拆不了石膏。”

这惊人的转折，直接令众人张大了嘴，办公室里鸦雀无声。

黄副校长急了。

“这位同学，话不可以乱讲。明明是别人的事，跟你没关系，你可别开玩笑。”

乔野抬手：“您看看我这手，像是在开玩笑吗？”

“你随随便便冲进办公室，开口就说这是李奕辞把你打成这样的。空口无凭的，怎么能取信于人？”

乔野从容而立，字字清晰：“您不是也仅凭李奕辞的一面之词，就判定了他没有对徐晚星的父亲动手，只有徐晚星单方面施暴吗？”

罗学明眼中的亮光大盛，只差当场拍手叫绝。

他一把摁住乔野的肩，凝神道：“说，继续说！”

师太：“……”

乔野并没有说多少，但每一句都仿佛掐在了对方的七寸上。

“人是我打的，和徐晚星无关。金茶路的监控也许调不出李奕辞砸摊子的画面，但贵校外面的监控，大概能看出徐晚星究竟有没有动手打人。”

其实，那段林荫路即使有监控，也不一定看得清现场的画面。

“我认错，动手打人就是不对。但李奕辞受了伤，我也一样，要么法不责众，要么我和他同进退。”

要被开除，要被记过，谁也别落下谁。

“如果您信不过我——”他望着老校长，说，“这事也瞒不住我父母，学校总归是要请他们二人来一趟，我这手是什么时候伤的，又是为什么伤的，他们也一清二楚。我没必要为了帮同学一个忙，把自己弄成这样。”

办公室里静得可怕，谁也没说话。

老校长又打了一通电话给李奕辞，李奕辞声嘶力竭地辩解着自己不曾打人。可他的伤，老校长也清楚，不过是皮外伤，看着严重罢了。眼前这孩子的手却骨裂了……

这孩子总不可能是自己硬生生把自己弄成骨折的，就为了冤枉他孙子吧。

问问在场人，没谁产生这种怀疑。

最后是师太让两个孩子先行离开：“这事还是等刘校长回来，我们好好讨论，再做处理。”

罗学明稍微安心一些，底气比先前足了。

既然打人的不是徐晚星，那么，被开除这一项，应该是可以画掉了。而若要处分乔野，李奕辞伤得可没他重，人家都骨折了，那李奕辞该受什么处分呢？

他沉声道：“你们先回去上课，晚点我再找你们。”

徐晚星还想说什么，却被乔野用眼神制止。

“别多事。”

两人离开了是非之地。

阴冷的午后，天空中挤满了厚重的云，冬日越发冷了。

她在教学楼下站定不动：“乔野，你知道后果吗？”

“知道。”他答得平静、坦然，“你以为我和你一样，看不清形势就莽撞行事吗？”

她定定地看着他：“你在外面偷听多久了？”

“你前脚进去，我后脚就到了。”

“那你应该清楚，他们要的是一个参赛名额，不是你的，就是我的。”

乔野笑笑：“说漏了一点。如果罚的是我，失去的不过是个参赛资格。

但要是罚的是你，除了参赛资格，还会赔进你的高中生涯。”

少年立在梅树下，身姿笔直，哪怕手上缠着绷带，也丝毫不影响他的赏心悦目——立如芝兰玉树，笑如朗月入怀。

那一刻，她的脑中不合时宜地出现了练习古诗词鉴赏时读到的诗句：白马银枪，翩翩少年郎。

即便他身下无马，手中无枪，还有着身为学霸毫不发达的打架细胞，随便打个架都能把自己弄骨折，徐晚星依然觉得他像个盖世英雄。

她看他良久，某一刻，脸上传来些微冰凉的感觉，抬头一看，才发现下雪了。

蓉城鲜少下雪，南方的温润留不住冬日的冰晶。

教学楼里，靠窗的少年们也发现了这一幕，整栋楼都传来骚动声，不少脑袋从窗口探了出来。

徐晚星仰头看着灰蒙蒙的天，喃喃道：“下雪了。”

“嗯。下雪了。”

“你在北方长大，应该常看见雪吧？”

“嗯。”

“下雪的时候，你们都会干什么？会堆雪人、打雪仗吗？”

“偶尔。”他莞尔，“年年都下，也就不那么稀罕了。”

她伸手接住一片瞬间融化的雪，低声说：“大概是我少见多怪吧，我觉得稀罕。”

在过往十七年，她都是单枪匹马闯荡天下的徐晚星。

儿时，她读了不少童话故事，公主们总在城堡里等待王子的救赎。她们穿着华丽的裙子，唱着动听的歌谣，在窗边等待披荆斩棘而来的王子。

可她的视线总被别的什么牵住。

她要做骑士，做身披铠甲、一往无前的英雄。让春鸣去做公主吧，让于胖子去做等待救赎的小可怜吧。她徐晚星只想拿起宝剑，为自己开出一条路来。

她住在一颗孤独的星球上，试图用玻璃罩将老徐保护起来，将所有在乎的人挡在自己的身后。

小王子有他的玫瑰花，她亦有她的热爱和眷恋。

可是，忽然有一天，乔野来了。

他说他要做她的军师，无数次挡在了她的面前。

这是十七年来，最稀罕，也最古怪的事。他那么弱不禁风，稍微用力揍个人就骨折了，拿什么保护她？！

徐晚星：“值吗？赔上好学生的名声，还要被取消参赛资格。”

乔野：“从‘失’的角度来看，是挺不值的，英明一世，毁于一时。”

“那‘得’的角度？”

“得的角度——”他低头笑了，看她的时候，睫毛上落下一片温柔的雪，“用一点好名声和一个参赛名额，换一个凶神恶煞的前桌继续欺凌我……”

徐晚星的眉毛危险地扬起。

下一秒，他低低地笑出声来，漫不经心地抬手，拂去她头顶的几片雪花：“价值连城。”

Chapter 14

## 温柔夜色

老校长回到家，鞋也不换，第一件事就是冲进书房，一把拎起正在玩游戏的孙儿：“说，你究竟还瞒了我多少事？！”

李奕辞大惊，扔了鼠标就开始辩解，奈何信誉值已然清零。

李母从厨房匆忙而来，拉住老爷子劝慰，有什么事不能好好说，祖孙俩何必剑拔弩张。

老校长气血上涌，回头指着儿媳妇的鼻子便说：“若不是你，慈母多败儿，我也不至于一把年纪还去倚老卖老，丢人现眼了！”

女人撸起儿子的衣袖：“您瞧瞧这伤，分明小辞才是受害者，您倒好，不替他讨回公道，反倒回家指责我们母子。”

“这点皮外伤就值得你大惊小怪，那他把人家孩子的手打得骨折，人家父母难道不会痛心？！世上就只有你心疼儿子？！”

李奕辞大叫起来：“我没打他！我发誓，我一根手指头也没动他！”

“那你再发个誓，告诉我，你没去砸人家的摊子，没对人家的父亲动手！”老校长声色俱厉，在他开口前，再添一句，“你发誓也不是一天两天了，今天就拿我这条老命发誓，你若有半句假话，我折寿十年！”

李奕辞嘴巴一张一合，最终没有说出一个字来。

老校长指着他，颤抖不已，想骂人，可十来年过去，嘴皮子都磨破了，依然不见半分效果。

老校长老泪纵横，回头看着儿媳：“罢了，罢了，教了一辈子书，到今天我是黔驴技穷了。他次次闯祸，你次次护着。我打，你要替他挨。我骂，你要替他打抱不平。我在外面也算有头有脸，回家了半点信用都没有。说了多少回最后一次，结果次次都食言，次次都拿我这张老脸去给他擦屁股。从今往后，我是真的再也不管了！”

老人家垂泪而去，书房的母子俩面面相觑。

李奕辞拿爷爷当了小半辈子的挡箭牌，在李奕辞的眼里，他是座永不倒塌的巍峨的高山。也是在此刻，李奕辞生平第一次发现，眼前的也只是一位平凡的老人——他佝偻着背，头发也花白了。

母亲红着眼圈说：“你放心，就算老头子不帮你，当妈的也一定替你讨回公道！”

李奕辞动了动唇，最终颓丧地坐在椅子上，哭道：“我不要你帮。”

“那你要什么？”

他要什么？他双目无神地看着电脑屏幕上属于他的英雄早已死亡。他不知道自己要什么。从来都有人捧着一切物质财富送到眼前，母亲将他含着、捧着，父亲在外日进斗金。

只有爷爷与他不对付，从来都只会逼他看书，永远都嫌他不够上进。

可老头子决绝而去，表明了再也不管他的坚决态度，他反倒惶惶起来。

茫然地捂住脸，李奕辞哭起来，终于没忍住，冲出了门，大声叫着“爷爷，我错了”。

与肃德中学最后的协商在电话里达成一致，李奕辞接受停课一周的处罚，而乔野交由六中自行处理。

只是，肃德中学单方面将斗殴事件上报市教育局，乔野的决赛资格最终还是被取消，换成了肃德中学的另一名学生上阵。

罗学明沉默半晌，烟头都快烫手，仍想抓住最后的机会：“没有半点回旋的余地了？”

刘校长揉着眉心，摇头不语。

张永东对此事痛心疾首，六中好不容易出了两个物理苗子，竟然折了一个在这种事情上。

乔野倒是态度良好，对后续事宜十分配合，还主动上交了五千字的检讨书。这种悔过程度，令校长都无话可说。

他甚至追问师太：“需要我在升旗仪式上进行检讨吗？”

师太都惊了。当教务主任这么多年，她还是第一次看见学生自己提出这种要求。

她跟校长建议：“肃德中学都没处分自己的学生，咱们元气大伤，还是别再往伤口上撒盐了。那孩子认错态度良好，这事咱们私下处理，主要以教育为主，我看也就这样了吧。”

校长点头，准了。

然而，他们毕竟是未成年人，事情可以略过不提，却不得不通知家长。

罗学明把烟摁灭：“这事，你自己回家跟父母说，明天请家长来办公室见我。”

看得出，满是烟头的烟灰缸这几日负担颇重，也不知他抽了多少，总之，烦忧是半点没少，眉头依然打着结。

他算是发现了，他那课代表还真是影响力惊人，想当初乔野转来时，看着履历那么金光闪闪的一个孩子，没想到也就和她做了半个学期的前后桌同学的时间，如今……

他有气无力地挥挥手，让乔野走了。

即便是素来对徐晚星偏爱有加的罗学明，都忍不住这样想，更遑论一向看不上徐家父女的孙映岚。

她听乔野说了个大致，脸都青了。

踏进乔家的这七年来，她连老师的一句批评、一个冷眼都没受过。

乔慕成工作繁忙，孩子的家长会一向是她参加。哪次开会她不是在老师的盛誉之下，接受一众家长的目光洗礼？！

她是高知母亲，并不把孩子当作炫耀的资本，可七年来习惯了乔野的优秀、懂事，一夕之间还承受不住这样大的落差。

从被众人欣羡，到因孩子打架斗殴被请去学校，她就是做梦也梦不到这么离奇的程度。

乔野在这件事上从没后悔，唯独对父母感到愧疚，让他们一再担心、失望。

“妈，”他思忖着，低头认了错，可最后还是说出口了，“我爸最近工作压力大，又是加班，又是熬夜，这事，能先别告诉他吗？”

即便那日去肃德中学打架之后，父子俩就没开口说过几句话，他也仍记挂着父亲。

孙映岚想斥责他，却又明明白白地看到了他的愧疚，一忍再忍，把头一点：“行，这事不告诉他，我答应你。”

乔野直觉有下文，抬头望着她，果然——

“但你也要答应妈妈一件事，今后，少跟那姓徐的小姑娘来往了。”

他一怔，没有作答。

孙映岚难得威严，皱眉看着他：“搬来蓉城，即便邻居一个都不认识，环境乌烟瘴气，你爸成天加班，我也没什么不满意的，唯独一件事耿耿于怀。”

她掷地有声道：“小野，自打认识了徐晚星，你就越来越不像话。”

平躺在床上半宿没睡，乔野望着天花板沉默不语，最后起身看书。

他在凌晨收到徐晚星发来的短信，她问他：“睡了吗？”

他回复：“还没有。”

那边答：“我也没有。”

然后就没了下文。

若是平常，他大概已经问她有何贵干了。可今日，他低头看着手机，沉默半晌，搁在一旁，继续看那十来分钟还没翻过一页的书。

他问自己，是否和从前的乔野不一样了。答案是肯定的。

遇见徐晚星后，人生仿佛脱轨的列车，由波澜不惊的平缓大江转而投入跌宕起伏的惊涛骇浪。

他从前不会说谎，最多沉默应对，而今吊着这骨折的手，面不改色地去跟人玩心眼谈判。

他以前珍惜所有的竞赛与考试机会，哪怕从不迷信，也私心里认为，也许人走后尚有灵魂或精神的存在，若他足够闪亮，远在天上的母亲兴许也能看见一星半点。

他以前也不会这样阴晴不定，动辄被她扰乱心绪，甚至出手伤人。

可他后悔吗？

在面对孙映岚的失望时，令他心生愧疚的，恰好是他半点也不曾后悔过。

灯光下，翻开的书页黑白分明，字句清晰。缱绻的灯影里，只有他一人独坐在寂静的深夜中。

那一页写着王尔德的话：如果你浪费了自己的年龄，那是挺可悲的。因为你的青春只能持续一点儿时间——很短的一点儿时间。

他在不断改变的环境与反复搬离的居所间来来去去，过早地成熟起来，令父母骄傲与放心的同时，也提前告别了少年人的懵懂青春。可遇见徐晚星后，她像跳脱的火星，轻而易举地点燃了他孑然的人生。

在这仅剩下的、为数不多的时间里，他不想浪费哪怕一丁点。

正兀自思索，忽然听见窗外传来细微的动静，他抬头一看，有石子轻巧地击中了窗户玻璃。

乔野一怔，起身开窗，在打着旋儿的细碎的雪花里，看见了穿着棉衣和拖鞋而来的徐晚星。她连夜奔来，头发散落在肩膀上，染上了一星半点的白。

被冻得慌，她将手握成拳，凑在嘴边呵了口气，唇边有白雾缱绻。

“我看你的灯还亮着，就来看看你。”她踟蹰着，小心翼翼地抬眼瞧他，“欸，你爸妈骂你了？”

这是事情落幕的第一日，也是得知他要回家通知父母去学校的第一晚。

徐晚星辗转反侧，无法入睡，认为都是她的冲动导致了今天的局面。偏偏受罚的不是她，为她承担所有后果，甚至遭受父母责骂的，都是乔野。

天地良心，他那样骄傲的一个人，什么时候受到过这种待遇——在校长办公室、教务处和师爷那里轮流挨批。

一想到今晚在家他还不知道会被父母斥责成什么样，徐晚星简直坐立不安。

于是有了那条短信。

于是，她连夜赶来。

她不安的模样和平日里判若两人，乔野看着她，那点刚刚生出的对父母的愧疚，眨眼间像窗外的雪，落地无声，消融了。

打个不恰当的比喻，他觉得自己像是被妲己搞得晕头转向的纣王，为人子女的孝心，乃至于维系多年的优等生的自尊，在这一刻荡然无存。

乔野：“你来干什么？”

“关心你啊！”她答得理直气壮，“这么晚了还没睡，多半是被骂了。”

说着，她有些惆怅，忽然把脸凑过来，观察他的眼睛：“让我看看你是不是哭过。”

“……”

乔野被她的突然靠近搞得猝不及防，身体一僵，却下意识地察觉到她一路奔来，喘息很急促。温热的气息扑面而来，她的面容近在咫尺。

几乎是一瞬间，脸上的温度一路攀升，他连呼吸都停滞了。

徐晚星一脸奇怪地看着他：“咦，眼圈没红，脸倒是挺红——欸欸，你的耳根子也好红啊！”

乔野摁住她的脸，把她一把推到窗户外面，啪的一声关上窗。

徐晚星错愕地站在窗外，隔着窗户玻璃与他面面相觑，然后夸张地比嘴型：“干——吗——啊，真——生——气——啦？”

乔野面无表情地看着她，低头拿起手机。

窗外，徐晚星很快收到了新的短信。

乔霸霸：“慢走，不送。”

徐晚星惆怅地抬头看看窗户里面色不悦的人，欸，所以他真的生气了？也不知道他父母究竟说了什么，他居然气得满脸通红……

该！

她当着他的面，狠狠地给了自己一耳光，一边比口型说“对不起”，一边想：徐晚星，你这害人不浅的东西！

没想到下一刻，窗户忽地又被打开了。

少年的脸倒是不红了，转而变黑。漆黑的眼仿佛浩瀚的宇宙，充满了未知的、她不了解的情绪，好似生气，又好似不气了，就这么一眨不眨地看着她。

她讨好地凑过去：“不生气啦？”

乔野无语地看着她，想说她戏多，想让她打哪来滚哪去，想斥责她大冷天穿着棉拖鞋出来干什么，想……

他想了很多，最想捂住她那双眼。

她的眼睛太明亮、太澄澈，像是夜空里的星，充满了夺人的光彩，令人屏息，又令人沸腾。

“如果你浪费了自己的年龄，那是挺可悲的。因为你的青春只能持续一点儿时间——很短的一点儿时间。”

他定定地看着那双眼，慢慢地、长长地、沉重地叹了口气。

“徐晚星，剩下的那点，都给你了。”

徐晚星摸不着头脑，啊了一声，莫名其妙地看着他："都给我？你要给我什么？"

时间。热血。愚蠢。躁动。

所有青少年会闯的祸、会动的心和会犯的错。

他想得很快，也想得很慢。思绪无限拉长，像是要定格此刻，定格那黑夜里大开的窗，落雪中生动的脸，和有风涌进、被吹得哗哗作响的书。

他把那本王尔德的书合起，一把塞给窗外的人，堵住她的困惑。

给她什么？

"书、知识和来自学霸的力量。"

徐晚星一脸发蒙："啊？"

乔野面无表情地看着她，毫无感情地补充道："从明天开始，我给你补课。期末之前，你的双语必须及格。"

徐晚星："啊？！"

啪的一声，窗户又一次被关上，这次，再也没人替她开窗。

手机里涌入今夜的最后一条短信——

"慢走，不送，徐晚星。"

徐晚星的高二生活变得愈加繁忙。

物理竞赛决赛在即，张永东开始不断给她开小灶恶补。倒不是他真为了她而冷落班上的孩子们，毕竟竞赛题与高考物理题难度不同，并不在高考大纲内。

徐晚星不得不拿出额外的时间，在完成作业之余，攻克张永东布置的物理题。

另外，乔野说到做到，真的开始狠抓她的双语。

"五十个单词，二十道语法题，一篇文言文翻译。"他在放学时，将整理好的资料递过去。

徐晚星："等等，这是？"

"今晚的任务。"

她霍地瞪大双眼："今晚？确定不是这周？"

乔野平静地看着她："明天早上交给我，晚自习前听写单词。"

那沓资料握在手里很有分量，徐晚星沉默了一会儿："我要是不写，会有什么下场？”

乔野：“那就不用等到一年半之后了，现在就分道扬镳吧。”

“……”

徐晚星努力挣扎：“你在开玩笑吧？”

“试试？”他笑得人畜无害。

向来胆大包天的徐晚星，这次却连试试都不敢。

清花巷迎来了越发寒冷的冬日，在布满霜花的窗玻璃后，高二的孩子们奋战在题海里，试图在高考前打造出一双能越过那道分水岭的翅膀。

徐晚星没心没肺了十七年，忽然之间醒悟了。

即便旁人冷眼轻视，她也无所谓。因为她牢牢地记住了两件事：第一，目光在远方；第二，有人给了她信任与尊重。

除去日常作业，她在啃完东哥给的物理题、加班完成学霸给的任务后，还会留出半小时，翻开那本《暗淡蓝点》，一点一点地对照着乔野给的词汇书和字典，艰难地看那么一两页。

随手记下的，除了新背下的单词与笔记，还有令她耳目一新的观点与句子。

在某个挑灯奋战的夜里，她读到了卡尔·萨根的一句话，内心突然塌陷。

灯光温柔，照在疲倦却专注的眼里，好似有星光闪动。

徐晚星低下头来，默默地看了良久，将那句英文写在了乔野布置的文言文翻译题的最后。

次日清晨，乔野收到了徐晚星上交的“作业”，借着课间的时间审阅、检查。

徐晚星最近很少去走廊上和麻将小分队继续观光，作业任务太重，她不得不利用课间的一分一秒。但今天例外，今天下课铃一响，她就像火箭似的，头也不回地冲出了门。

乔野翻开她的文言文翻译题，注视着她虽然稚嫩但越发工整的字迹，耐心地用红笔批注出不妥之处。

翻译一共有两页，在第二页的末尾，他忽然看见这样一句——

*在广袤的空间和无限的时间中，能与你共享同一颗行星和同一段时光，是我的荣幸。*

笔尖一顿，重重地杵在纸上，留下了深深的红点，像一颗经年不散的朱砂痣。

物理竞赛的总决赛在十二月底举行，地点是北京。

自从厂子弟校归为教育局管理后，六中还是头一次有学生进入这项赛事，就连校长都给予了高度重视。

罗学明趁热打铁，隔三岔五地捧着保温杯去校长办公室闲聊。

“刘校长，您看看我这学生，本事不小吧。”

“你是说闯祸的本事？”刘校瞥他一眼，“确实不小。”

罗学明假装没听见：“要是她能给咱捧个奖杯回来，算不算是咱学校的一大喜事？”

“喜事称不上，也算是好消息。”

“那您看这样行不行——”罗学明眼珠子一转，憨厚地笑了，“要是她真给学校争了光，咱们也不说奖励她什么了，不如将功抵过，把她之前被记的那大过给撤销了，如何？”

刘校长指指他，压低嗓音道：“张春月说你是偏心眼，我还不信。今天一看，这心眼都偏到喜马拉雅山去了！”

“那我就当您答应了，我就知道您宅心仁厚，一心为学生着想。”罗学明捧着杯子往门外走，“那我们可就一言为定了啊——”

“你给我回来！谁跟你一言为定了——老罗？老罗！嘿，我说这人……”校长长叹一声，摇摇头，笑了。

徐晚星出发去北京前，最激动的当属徐义生了。他从包里掏出五张百元大钞，一把拍在桌上：“走，买新衣服去！”

徐晚星：“啊？参加个比赛，还要穿新衣服？”

“废话，你连蓉城都没出去过，这回一走就要上北京——”说到首都，徐义生眼睛都亮了，唾沫横飞，“那可是首都啊！咱可不能丢脸，得漂漂亮亮、风风光光地去北京！”

“……”

徐晚星：“我说老徐同志，你怎么这么肤浅啊。我是去比智商的，怎么还在乎外表来了。”

“这叫缺一不可。”

“这叫对我没信心。”徐晚星翻白眼，“你女儿天生丽质，十块钱的地摊货也能穿出阿迪、耐克的气质。”

徐义生：“得了，你还是别去北京了。这都还没出门呢，脑子就坏了，还比什么智商。”

“……”

口口声声说不买新衣服的徐晚星，在次日大扫除时分改变了心意。

起因是从小卖部回来的路上，她撞见了正往小卖部进发的乔野。

隔着十来步的距离，辛意说：“那不是乔野吗？”

徐晚星正在啃面包，抬头一看，发现乔野和一个女生站在路边。小姑娘穿着白色毛衣裙，外面套了件红色小外套，乍一看像是童话里走出来的小公主。

“那谁啊？”

“好像是六班的文艺委员，傅意雪。”

只见，没几句话工夫，小姑娘从背后拿出一封信来，双手往乔野的跟前一送。

乔野顿了顿，说了句什么，却没伸手去接。她急了，索性把信往他的怀里一塞，转身就跑。

几步外，她的同伴等着她，一脸贼贼的笑意。

辛意恍然大悟：“又来一个。”

徐晚星表情一滞：“什么叫做又来一个？”

“你还不知道吗？这一阵，追在乔野身后的人像是雨后春笋，啧啧，那个多。”不知从哪儿冒出来的春鸣，笑眯眯地啃着红枣蛋糕，凑上前来，理所当然地说，“虽然前一阵大家都在传你俩，但是，大家都在说那是谣言，毕竟你长着一副‘好兄弟’的脸。”

“你等会儿。”徐晚星暴怒，“再说一遍，我长了张什么脸？”

春鸣的连体婴——于胖子同学，紧跟着冒了出来，毫无眼力见地说：“简单直白点，也就是一张令人毫不心动的脸。”

理所当然，他立马遭到了一顿更加简单直白的暴打。

晚自习时，徐晚星频频回头。

乔野笔下一顿，抬头看她：“说吧，什么事？”

“没事。”

“那一直回头干什么？”

徐晚星扭动了一下脖子：“颈椎疲劳，我扭扭不行吗。”

“……”

以至于一同回家时，徐晚星也一直摆着一张若有所思的烦躁脸。

乔野也没问，定力十足，反正他们之间憋不住的一向是徐晚星。向来直来直往的她，这次真是绞尽脑汁才搞了一出旁敲侧击。

“乔野，你爸妈开明吗？”

“还可以。”

“平常让你玩电脑吗？”

“周末能玩。”

“那准你吃快餐、喝可乐吗？”

“偶尔吃没问题。”

“那，那——”她咳嗽一声，故作不经意地侧头看他，“那早恋呢？”

乔野一顿，对上她的视线：“早恋？”

徐晚星立马解释：“我今天听春鸣说，其他几个班上好像有不少人谈恋爱来着，突然想起来，随口一问。”

随口一问？

乔野抬眼看她：“早恋，和谁？”

“我哪知道啊，漂亮的小姑娘呗。”她稳住心神，佯装思考，“比如说我们班的刘澄、徐小霞，啊，还有，六班的文艺委员好像就挺漂亮的，叫傅、傅什么来着？”

“傅意雪。”他好心替她补充完整。

徐晚星脸色一沉。

他记得还挺清楚啊！

她斜眼看他：“对啊，这些都挺漂亮的。”

与她对视片刻，乔野扑哧一声笑了，慢条斯理地叫她：“徐晚星。”

“干吗？”

“做了那么久的铺垫，辛苦你了。”

“……”徐晚星一惊，“我做什么铺垫啊，都不知道你在说什么。”

“是吗？没关系，我知道你在说什么就好。”

他那悠闲自在的表情，让她一看就气不打一处来。

徐晚星翻个白眼，大步往前走，扔下一句“懒得理你”。

谁知道他在后面不紧不慢地说：“我也是。”

他也是？

他也是什么？

徐晚星停下脚步，回头，用死鱼眼看他：“哦，所以要绝交吗？”

高出她一个头的少年慢悠悠地走上来，低头看她一眼，似笑非笑道：“我是说，我也懒，懒到没空搭理无关紧要的人。”

无关紧要的人？

徐晚星迟疑着：“谁？”

“漂亮的小姑娘呗。”

他继续往前走。徐晚星看他片刻，没憋住，笑了，笑着笑着，又耷拉下脸来。

那他搭理她，也就是说，她不算漂亮的小姑娘了！

隔天是周末，徐晚星做了半天的题，对着老徐留下的钱发呆良久，推开窗冲对面喊：“辛意，辛意！”

那边探了个头出来：“怎么了？”

“下午有空吗？逛街去。”

辛意一愣：“逛街？你不是从来不逛街吗？”

徐晚星想也不想，把老徐的理由拿来搪塞人：“我爸说要上北京去比赛了，得穿好看点，不能丢脸。”

“我爸妈今天去参加婚礼了，都不在家，我应该能出去，但是，六点之前必须回来。”辛意大着胆子，狠下心来，打算趁父母不在，也放肆一次。

两个小姑娘凑了一对，坐公交车去市中心逛街了。

徐晚星的预算不多。她挑的也是针对学生的平价服装店。

辛意比她更像女孩子，俨然挑起大梁，替她精挑细选。

“试试这个，你皮肤白，穿艳丽的颜色好看。”

“裙子怎么样？我听说北方都有暖气，室内完全可以穿裙子呢。”

“一会儿买一套，你先别付钱，我替你砍价。”

……

徐晚星扭扭捏捏地穿着套装小裙子，走到镜子前，在老板娘和辛意的惊叹声里，挠挠头，别别扭扭地转了转："好像怪怪的。"

辛意冲上来，眼睛都放光了："哪里怪了？明明超美的！"

这是她替徐晚星挑的，米色针织衫，杏色小裙子，外套是粉色系的大衣，充满了梦幻的童话色彩。

最后，一整套衣服算下来共四百块，这还是辛意杀过价之后才拿到的价格。

徐晚星嫌贵，很想说不要了，可在镜子前再三打量，还是咬咬牙，买了下来。

就这一次。

她只挥霍这一次，寒假就去茶馆打工，替老徐多赚一点钱。

离开蓉城，去往北京那一天，她匆匆忙忙地起了个大早，谁知道老徐比她还能磨蹭。

"欸，行李箱再检查一遍！"

"昨晚都检查三遍啦。"

"那，那再看看你背包里的证件齐全了吗？"

徐晚星翻白眼："十分钟前不是还看过吗。"

"晕车药，风油精，啊，还有创可贴，都带上了吗？"

"爸，我是去首都，又不是去乡下，这些东西都能买到啊！"

直到罗学明的电话打来，扯着嗓门儿吼她："小兔崽子，上学不积极就算了，赶个飞机也迟到。我都在巷子口等二十分钟了，你再不出来，一会儿在飞机上给我做三百个下蹲！"

徐晚星拎起行李箱，背起书包，开门就跑。

老徐在后面嚷嚷："欸，我替你拿啊，送送你！"

"别啊，您昨晚还熬夜摆摊了呢，回去睡个回笼觉吧！"徐晚星从门外探了个头进来，大力挥手，"放心吧，老徐，罗老师在巷子口等着呢，我走了啊！"

她拎着行李箱，像风一样飞奔往巷子口，跑到一半时，脚下蓦地一停。

不远处，掉光了叶子的梧桐树下，乔野安静地站在那里。

她看看手表，走上前去："你怎么还没走？"

距上课时间只剩下十分钟，而他竟然还背着书包站在巷子里。

乔野："在等你。"

他说得云淡风轻，从书包里拿出一个墨色的礼盒，递给她。

“什么东西？”

“盔甲。”

“？”徐晚星一脸呆滞地看着手里的小盒子，“这能装下盔甲？”

他低低地笑了一声，说：“徐晚星，很遗憾我们的赌局只能进行一半，第一次输给了你，第二次打了个平手，最后一次也不能和你一争高下了。”

他说得安然又平和，可徐晚星比谁都明白，他那样一个骄傲的人，在自己热爱的领域又怎会甘心沉寂。

她抬头看他，低声说：“你别骗我了，你第一次输给我是怎么回事，我都想明白了。”

她又不是傻子，只要事后一回想笔记的事，轻而易举就能明白过来——他是用剩下的考试时间给她写诗词鉴赏心得去了，把赢的机会让给了她。

愧疚与感激都有，她脑子一热，冲他说：“第一局其实是你赢了，除了压轴题，你一道题都没错，我还错了个选择题呢。”

他没说话。

她拍拍胸脯：“我徐晚星是敢作敢当的人，来吧，该你提要求了，是要我请你吃饭，还是干什么，我都没有二话！”

树下，乔野凝神看她片刻，笑了：“好。”

他俯身，在她的耳边一字一顿地说：“那就全力以赴吧，徐晚星。让肃德中学的人，让所有人看看我们徐女侠的厉害，杀他个片甲不留。”

少年的话干净利落，掷地有声，在这明亮的冬天早晨里萦绕耳畔，仿佛一剂热血注入胸口。

徐晚星抬头看他，四目相对时，眼眶一热。

此刻虽无战鼓，亦无军旗，但她的军师安然而立，为她拟好了恢宏的战书。她忽然生出一种错觉，他哪里是什么军师。

将军有令，她必当全力以赴，万死不辞。

徐晚星定定地望着他，把头一点：“放心吧，我一定会赢。”

笑意乍现，像白日里的星辰万千。

她士气满满地跑向巷口，然后回头用力挥手：“连你的那一份，一起赢回来！”

树下的少年也在笑，他没有说话，只眼睛明亮地望着她。

那一天，那一刻，那样的乔野与那一个笑容，此后很多年，无论梦里，还是梦外，都像是烙印一般牢牢地刻在她的心上。纵使学生时代在岁月的打磨里逐渐褪色，笼上了薄雾，至少此刻定格，永不褪色。

“傻站着干什么呢，赶紧过来。”

徐晚星如梦初醒，亦步亦趋地跟上了罗学明，感慨道：“机场可真大。”

罗学明被她逗乐了：“这才哪跟哪呢，眼前这个快改成货运机场了，赶明儿新机场建好了，你就知道西南最大的机场有多宽敞了。”

徐晚星是头一回坐飞机。

她偷偷问罗学明：“罗老师，一会儿要是失重了、颠簸了，我能借用下您的手吗？”

罗学明：“我说不能，你就不抓了吗。”

二十分钟后，徐晚星在飞机的轰鸣声中，死死地抓住了罗学明的手，惊恐万分地靠在椅背上，气都喘不上来。

罗学明一边叫着“疼、疼、疼，你下手轻点儿”，一边被她那小脸煞白的模样逗得哈哈大笑。

飞机平稳后，徐晚星偷偷问他：“我是不是土里土气的，特丢人？”

他一边揉着手腕，一边瞪她：“这就土了？小兔崽子好好学，好好考，路还长着呢。别怕开始得晚，到达终点线之前，谁也说不准谁是赢家。”

徐晚星看他半天，感慨万千：“您老人家最近是枸杞红枣茶喝多了吧，句句话都像春风一般温暖。”

罗学明面无表情，要不是决赛在即，真想把保温杯往她的脑门儿上磕两下。

行李箱已被托运，徐晚星还随身带了一个背包。乔野送她的小礼盒就躺在背包里。

她侧头打量，罗学明正眯眼打盹，应该看不见她的动作。她这才放下心来，小心翼翼地从背包里拿出了那个盒子。

墨蓝色的礼盒上系着绸带，她轻手轻脚地解开，打开盖子，盒中躺着一支墨蓝色的钢笔。

她认出了那个牌子，为数不多的几次逛街经历里，她总会在商场顶层看见它的身影。她曾被辛意拉去柜台前，玻璃柜里展示着各种各样的钢笔，美则美矣，价格也昂贵到令人咂舌。

不过一支钢笔，哪里就值这么多钱？！

她嘀咕：“就我那写字功底，压根儿不配用这笔。”

辛意说：“等你用上这笔，一准儿不会再写出那样难看的字。”

两个小姑娘在商场顶楼对视一眼，笑得没心没肺。

而今，乔野将它送到了她的手中。

盒中另有一张卡片，乔野的字迹遒劲有力：岂曰无衣？与子同袍。

她低头看着那行字，良久，喃喃道：“与子偕行。”

大赛组委会为孩子们安排了一整天的培训，讲课的是在全国都排得上号的物理名师，地点是金碧辉煌的酒店大礼堂。

从蓉城去的三名学生被安排在一处就座，来自肃德中学的是两个男生，除了见面时与徐晚星打了个招呼，再也没搭理过她。

徐晚星也无所谓，自顾自听课，埋头写笔记。

身侧不时传来两人的议论——

“这道题李老师讲过呢。”

“这道也押中了。”

“还说是物理名师，我看也没有多了不起。”

“那也是因为我们是从肃德中学来的，起点不同。”

徐晚星翻了个白眼。

优越感这么强，你俩干脆申请免考，打着你们肃德中学的招牌，直接包揽头两名好了。

没一会儿，其中一人还压低了嗓音，用胳膊肘碰碰另一人：“欸，你看，这么简单的题，她还做笔记呢。”

“真不愧是六中来的。”

“他们学校也真是的，居然派个女生来比赛。”

最后一句透着浓浓的轻蔑。

徐晚星都准备摔笔了，意识到这是军师送的“盔甲”，半空中来了个急刹车。

她微笑着侧头，十分友好地反问：“请问二位，是男生很了不起吗？”

二人：“……”

徐晚星在吃午饭时，把这事说给罗学明听，他气不打一处来。

“好歹是国家重点中学，怎么教育孩子的，光顾着抓成绩，素质压根没管吧。”

徐晚星：“可不是吗，所以我才问他们是男生有多了不起——”

话音未落，她被罗学明敲了一记。

“你也给我注意点影响！”

考试的地点在北二环，距离一环内的景区还挺近。

下午三点培训就结束了，徐晚星本欲再消化消化培训的内容，却被罗学明拉上了地铁。

“这时候抱佛脚，佛都懒得搭理你。”他看她有些紧张，也不点明，只说，“来都来了，去看看四九城吧。”

罗学明可不是第一次上北京，因为工作，他来出差过不少次，也因此，自豪地承担起了向导的工作。

他们在天安门前拍了张照，罗学明找了个死亡角度，硬生生地把拥有黄金比例身材的少女拍成了身长腿短的小矮子。

徐晚星也不介意，还兴冲冲地说：“发给我，发给我。”

转头，她趁他不备，发给了乔野。

“我到天安门了！”

她还看了一眼时间，这会儿他正在上课。她回忆了一下课表，他应该是在上物理课。学霸那么刻苦的人，肯定不会看手机————

思绪还在半路，手机忽然震动了两下。

她低头一看，开小差的乔野：“今天北京艳阳天，这个时间正好，去景山公园看看故宫全景吧。”

她抿嘴一笑，回道：“好的。”

于是，在罗学明带着她晃了一圈故宫，从神武门出去后，她指着对面的景山公园，状似不经意地提起：“要不，咱们去对面爬景山，看看故宫全景吧？”

罗学明做虚弱状：“哎哟，我这老胳膊老腿——”

“我去买票了。”雷厉风行的徐晚星已经冲出十米开外。

“……”

罗学明干瞪眼，骂了句：“小兔崽子，跑得真快。”

今日的北京，的确天高云阔，艳阳高照。

景山不高，奈何人多。随着人流爬上景山的亭子时，徐晚星跳啊跳，无奈个子小，怎么也越不过那群北方大高个，看不见故宫全貌。

还是位中年大叔注意到她，把凭栏的位置让了出来，友好地说："小姑娘，上这儿来看。"

徐晚星一边道谢，一边挤了过去，一看之下，屏住了呼吸。

天是一望无际的蓝，昏黄的斜阳下，护城河苍翠如玉，琉璃瓦澄澈似金，朱红色的四方城壮阔无边，扑面而来的俱是历史的厚重感。

廊檐之上有飞鸟掠过，渺小得像是极速而过的黑点。

她站在景山上，身为洪流中的一分子，头一回感受到世界的辽阔，而她是这样不起眼。

良久，罗学明不知何时站到了她的身后："走吧，小家伙。"

她失魂落魄地随他一道下山，很久很久都没有说话。

倒是罗学明话多了起来，看看她，笑道："北京漂亮吗？"

她重重地点头。

"那就好好努力。"他揉揉她的脑袋，"蓉城也美，但南方和北方有着完全不同的风土人情。你们这些孩子，自幼生长在温润柔情的土地上，也该来见见北风的凛冽。"

那一天，他说了很多话，徐晚星已记不清具体内容，但她牢牢记住的是——

"徐晚星，老师能教给你的只有知识，那是应试必须掌握的，却不是人生最重要的事。"

"那什么才是？"

"探索、热爱和不愧对活着的每一天。"那个粗糙的师爷，头一次流露出些许温柔，在黄昏里注视着自己钟爱的小徒弟，"你很好，别学其他人。成绩固然重要，但做不到最好，也不是什么太要紧的事。哪怕没成为什么了不起的大人物，只要这一路上都在探索未知，寻找热爱，过得多姿多彩，也已经很了不起了。"

那一日的徐晚星并没能完全明白罗学明的话，但她仰头时，从他的眼里看到斜阳一缕。

他看着她，仿佛她也是某颗冉冉升起的璀璨的星星。

带着这样的厚望，徐晚星踏上战场。她从不是老师家长眼中优秀的孩子，生平第一次觉得自己也有了用武之地。

监考老师抱着密封的试卷袋步入教室。她深呼吸，仿佛看见了清花巷的一草一木。

严肃的女老师读着考前注意事项。她眨眨眼，想起了和老徐在夜市度过的每个日夜。

“现在，开始发卷。”

她从笔袋里拿出那支意义非凡的钢笔，眼前是掉光了叶子的梧桐树和树下眼睛明亮的少年。

他在等她的好消息。

她接过属于自己的试卷，埋下头来，奋笔疾书，眼里有闪亮的光芒，胸口是不灭的热血。

岂曰无衣？与子同袍。王于兴师，修我戈矛。

身后有爱与厚望，眼前是宽敞的大道，未来可期。

那一年的冬天，在一场温柔的雪中结束。

徐晚星回到学校的第二周，从北京来的好消息连同一本红通通的证书、一座载满荣誉的金色奖杯，齐齐抵达六中。

她做梦似的走上升旗仪式的主席台，从校长手中接过属于她的荣耀，听着台下整齐划一的掌声，还有些做梦似的云里雾里。

眼前的一切都很不真实。

她低头看看，证书上的“一等奖”字样就更加玄幻了。

刘校长把话筒递给她，说：“让我们用掌声欢迎徐晚星同学带来她的获奖感言。”

台下，罗学明原本还笑成狗尾巴花呢，忽闻此言，一拍大腿，暗道糟糕，还忘了这茬。

果然，他的好徒弟傻乎乎地接过话筒，咧嘴一笑，开口就是一句：“头一回站在这里却不是做打架检讨，还挺不习惯的。”

台下一阵哄笑。

“我想，大家对我有印象，认识我，多半也是因为我的劣迹斑斑。我猜刚才刘校长让我上台的时候，你们都在想，嘿，这徐晚星又犯什么错了。其实吧，我的第一反应也是这个。”

会心的笑声仍在继续。

她低头看着手里的证书，扬了扬：“这是我第一次拿奖，全国中学生物理竞赛的奖项。去之前，我因为自己的莽撞，险些错过这次比赛。那时候我想，不过是场比赛而已，不参加也无所谓，毕竟我是校霸徐晚星，还是逞一时之勇比较重要。”

高三那一拨，卫冬带头吹了声口哨，社会哥们捧场地拍手叫好。

她投去感激的目光，笑道：“可后来去了北京，如今又站在这里，我才发觉，其实这一路上的每个过程都很重要，都必不可少。

“我犯过很多错，因为莽撞和不成熟。我遇到过很多不友善的目光，因为没钱、没本事，还是个刺头。我偏科，曾经因为文科考好了一点就被认定是作弊。我偏激，因为总觉得自己一无所有，所以不撞南墙不回头，遇事懒得思考，骂骂就过瘾，打一架就完事。”

台下逐渐沉寂下来，所有人侧耳倾听。

台上，原本穿着粉色大衣，准备一身新行头上去领奖，最后却不知怎的，在上台前脱了外套，从于胖子身上扒拉下一件宽大的校服，披在肩上就冲上台去的少女，咧嘴笑着，望着台下众人。

“他们说我不是来自国家重点中学的优秀学生。他们说六中平庸。他们为自己拥有履历辉煌的名师而骄傲。他们应有尽有。可我坐在考场的时候，才发觉我和他们其实没什么不一样。非要找出不同的话，那大概是，我拥有一群最朴素、最真挚的同龄朋友；拥有履历没那么辉煌却将我当作自己的孩子一样信任关爱的老师，拥有破了好几年都没钱维护，但大家照样踢球踢得风生水起的塑胶跑道；哦，还拥有一双因常年做下蹲，差点长出腱子肉的雄壮的大长腿——”

台下再次哄堂大笑。

徐晚星也笑了，一边笑，一边举起金色的奖杯。

她说：“可我一想到我是六中的孩子，就感到由衷的骄傲。”

目光扫过台下众人，她看见了两鬓斑白的师爷，看见了看似严厉却总是维护她的师太，看见了激动得满面红光的东哥，看见了眼睛一眨不眨地望着她的麻将小分队，看见了目光真挚的辛意和万小福……

最后，她看着乔野，他静静地站在人群里，如诗亦如画。老天爷对他仿佛格外偏爱，这明亮日光都好似落在他一人身上，俨然聚光灯，令他成为人群中最受瞩目的那个。

她看着他，眼底是一片滚烫，嘴角却浮起一抹无比耀眼的笑。

她说：“这个奖杯是我的，也是我们的。”

它属于所有陪一个叫徐晚星的小姑娘走到今时今日的人。她捧着奖杯走下来，拥抱她的热爱与眷恋，拥抱无限可期的未来。

这个冬天，徐义生的腰板都比往常挺得更直。

约好的小龙坎火锅很快实现，父女二人坐在热闹的大厅里，夹一片薄薄的牛肉，在滚烫的红锅里涮几秒，冬日里的火锅吃得人心满意足。

老徐也想说点什么应景的话，咂咂嘴，绞尽脑汁，奈何文化限制了他的说话水平。

“拿奖这种事吧，你爸可从来不敢妄想会发生在你的身上。”在徐晚星期待的目光里，他就来了这么一句，末了，还补了一刀，“被记过倒是梦见过不少次。”

徐晚星拿死鱼眼看他：“这大喜的日子，您可盼着我点儿好吧。”

朴素的徐家父女在插科打诨里吃完了这顿价值不菲的火锅，出门时，摸着圆滚滚的肚皮，交流吃火锅的心得体会。

“也没觉得比咱们巷子外头那家好吃到哪儿去。”

“是吧，我也觉得，还贵。”

“毛肚不太新鲜。”

“价格倒是让我开了眼界。”

父女俩相视一笑，交换了一个“英雄所见略同”的眼神。

对于突然从校霸级名人变成了学霸界代表人物的徐晚星，麻将小分队表示欣然接受。

于胖子闲闲地倚在走廊上，摇头感慨：“咱大哥这跨界表演可以啊，跌破大伙的眼镜，惊掉了我的下巴。”

春鸣伸手朝他的脖子下一探：“掉了一个下巴都还剩下三个，你这下巴有点多啊，于庆庆。”

于胖子一把拍掉春鸣的手，瞪圆了眼睛：“你给我圆润地滚！”

“不好意思，人瘦，没办法圆润地滚。”

于胖子气得哆嗦，指着春鸣：“你一天不讽刺我几句，日子过得不舒坦是吧！”

春鸣柔情万种：“打是亲，骂是爱，不打不骂——”

于胖子吓得屁滚尿流，跑了。

大刘有点怅然若失，总觉得徐晚星从校霸变成学霸，和他们混在一起的时间就会越来越少。

春鸣拍拍他的肩，说：“往好的方面想，咱们几个学渣里，好歹还出了块金子。将来踏上社会，我们混不下去了，有徐晚星一口饭吃，就有咱们一口泔水赖以生存。”

大刘很生气：“呸，你才吃泔水。你们全家都吃泔水！”

大刘也紧跟于胖子的步伐，气呼呼地走了。

春鸣扭头，对一直站在墙后、只露出一点影子的人摊手：“我太难了，跟一群没文化的人交朋友，连修辞手法都没人懂。”

那影子动了动，走出来时，变成了矮个子少女。

春鸣看她两眼，挑眉：“你可别多心，你拿了奖，他们只有高兴的份儿。虽说你丢了咱们校霸的脸吧，但大家都是宽容大方的人，谁也没小肚鸡肠地嫌弃你。”

徐晚星斜眼看他：“那真是谢谢你们了。”

她久违地靠在栏杆上，与春鸣一起看着走廊上的人来人往，闲闲地道：“拿了奖也是徐晚星，只不过，我过去是单一的校霸，现在是校霸加学霸，双栖发展。”

春鸣：“三栖吧，说漏一个。”

“哪个？”

“脸皮之厚，也是一霸。”

徐晚星懒洋洋地一笑：“那我可就当仁不让了。”

收获了一座奖杯、一本证书，徐晚星想了想，把证书放回家中，偷偷将奖杯塞进了乔野的抽屉。

于是，早晨踏入教室的乔野，刚放下书包，从抽屉里拿书，就触到一件冰凉的物件。他低头一看，手里是一个金光闪闪的奖杯，上面写着：全国中学生物理竞赛一等奖。

再一侧头，他对上了谁的视线。

走廊上，那个总是迟到的矮个子少女破天荒地起了个大早，好整以暇地倚在教室的外面，嘴角噙笑地望着他，然后大摇大摆地走进来。

他挑眉："给我的？"

"给你的。"

"你不觉得我把这东西拿回去，我爸妈看了会更生气？"

"那就偷偷藏起来。"

"意义是？"

"进贡。"她冲他笑，语气轻快道，"你送我盔甲，我打了胜仗，当然要平分战利品了。"

"已经分过了。"乔野把奖杯还给她，低低地笑出了声，"荣耀、喜悦、胜利，我都体会到了。"

过往十来年里，他独来独往，喜是自己的，忧亦是私人的。遇见她之后，他才明白何为分享。

她站在台上光芒万丈时，他亦是最满足的人。

徐晚星闻言一怔，呆呆地看着他，而他面带笑意，漆黑透亮的眼珠像是融了光，带着柔软的神色与她对视。

这个期末，徐晚星依然活在学霸给的额外任务里。

她的单词量飞快地增长，阅读题正确率上升，文言文不再一知半解，理科题资源与学霸共享。

在乔野拆掉石膏后，她也并未意识到自己可以功成身退，重新回归麻将小分队的放学队伍里，而是依然与他一同回家。

他并非话多之人，他们走在一起，沉默的时刻多于交谈时分。

她和春鸣他们在一起时，从来都是话说个没完，绝不会冷场，可和乔野走在一起时，不说话似乎也很融洽。

他从校门口的小摊上买来两个烤红薯，分给她一个："暖手。"

她不假思索地啃了一口，含含糊糊地问他："乔野，你想好考哪所学校了吗？"

乔野一顿，侧头看她："怎么？"

"就随口一问呗。"

是吗。

他漫不经心地换了只手拿那滚烫的红薯："C大。"

这是鼎鼎大名的好学校。即便早有预感，徐晚星也禁不住倒吸一口凉气。

"那也太遥远了吧！"

"怎么，觉得我不行？"

"你当然行，我是说对我来说，太遥远了。"她浑然不觉自己在说些什么，他要考的学校跟她没有半毛钱关系。

乔野看了她片刻，眼底悄悄染上一星半点笑意。

她仍在问："那你要回北京？"

"跟地点没有关系，C大的天文专业是国内最好的。"

是了，他那么喜欢天文，选这个完全在她的意料之中。

当晚，徐晚星上网查阅了C大历年的录取分数线，以及……最低分数线是哪个专业。

然而——

查到的结果是历史专业，那她考什么啊！

等等，不对，她什么时候膨胀得觉得自己能考上C大了？！

徐晚星虎躯一震，关掉电脑。十分钟后，她又坐起来，搜索北京的其他大学，细看分数线是多少。

"我没有非要和学霸去同一个地方。"她一边敲着回车键，一边对自己强调，"是师爷说的，我生于南方，长在清花巷，也该去北方看看那里的冰糖葫芦、涮锅子，北方大妞、糙汉子。

"跟乔野半毛钱关系都没有。"

紧接着，高二（3）班就迎来姗姗来迟的换座位。

原本在罗学明的计划中，换座位是期中考试后就立马执行的任务，但一来出了张春月事件，二来又带着徐晚星去北京参加了决赛，一拖就拖到了学期的三分之二。

可该来的还是会来。

罗学明自认是个公平公正且公开的班主任，孩子们选座位拥有绝对的自由，反正按照考试名次，从第一名到最后一名，大家在走廊上排成排，叫到名字的就进教室选座位。

理所当然，第一个进去选座的是乔野。

十分钟前，在众人被叫离教室之际，他的前桌徐晚星同学回头问他：“要脱离我的魔爪了，怎么样，是不是有种农奴翻身把歌唱的喜悦？”

乔野：“你怎么知道我们俩不会继续当前后桌？”

徐晚星翻白眼：“第一名到第三十名，你以为中间的人都是傻的。你选个黄金座位，不出十个人，前后左右就满满当当了。”

那时候，她理所当然地认为乔野会选择学霸们最偏爱的核心位置。

乔野好整以暇地看着她，没说话。

徐晚星有点烦躁，却不知这烦躁来源于什么。

十分钟后，当罗学明叫了乔野的名字，他第一个拎着书包走进教室。徐晚星排在队伍中间，看不见进去的人最后坐在了何处，反正用脚指头想想，也能猜出不是第二排中间就是第三排中间。

她百无聊赖地靠在栏杆上，心道，也好，以后他就管不着她了，没法瞎叨叨让她别往书上画小人，也没那么多闲工夫占用她的课间观光时间来补习了。

前排的人一个一个走进教室，落座，终于轮到她。

“徐晚星——”罗学明点她的名，“进去吧。”

徐晚星兴致缺缺地拎着书包往里走，先在门口站定了，扫了一眼已被选定的二十九个座位。然而，一看之下，她的背影一僵，视线一顿，心跳都停了下来。

怎么可能？！

欸？

欸、欸、欸？！

第二排没有乔野的身影，第三排也没有。那两排黄金座位被热爱学习的优等生们填得满满当当，却唯独不见第一名的面孔。

而异常突兀的是在教室的左后方，那个她已然坐了三分之二学期的宝座后，全年级第一名像个傻子一般，抛弃了所有的黄金位置，坐回了那个孤零零的角落。

徐晚星怔怔地站在原地，一动不动，直到罗学明催促她：“愣着干什么，赶紧选座位啊！”

她定定地看着最后方那个“傻子”，嘴角一弯，大步流星地走了过去。

“看来你很享受我的魔爪啊，乔野同学。”

老位置，老面孔，乔野拿了本书在看，头也不抬，漫不经心道：“还好吧。天将降大任于斯人也，必先苦其心志，劳其筋骨。”

然后，他抬眼，似笑非笑地看着她：“权当是磨炼意志了。”

那一刻，徐晚星的焦躁一扫而光，坐下来时，甚至有点想仰天长笑。即便继续做前后桌意味着她还要继续接受来自学霸的“荼毒”，完成每日繁重的额外任务，可那些好像都不算什么。

事实上，她乐意之至。

临近期末时，徐晚星迎来一件烦心事。

上回在去小卖部的必经之路上撞见的那个傅意雪，对，就是送信的那一个，不知道哪来的精力，在高二全体教师的疯狂洗脑下——“高二的期末考试基本上决定了高三的水平，高考如何就从今日开始见分晓”——她居然还能将跟随学霸脚步的大业搞得如火如荼！

第一步是“挂羊头卖狗肉”。

傅同学每天都会趁着课间前来问题，站在门口温温柔柔地问一声：“请问乔野在吗？”

貌美声娇的少女，就连平日里五大三粗的于胖子也禁不住放轻了声音，斯斯文文地朝教室里一指：“在那儿呢。”

“谢谢你啊。”傅同学迈着轻盈的步伐走进教室，捧着书含笑叫道，“乔野，我想问你一道物理题。”

这样的场景，每天都会在高二（3）班上演一次。

大刘痴痴地望着那道曼妙的身影，感慨说：“傅同学真是热爱学习的好学生啊。”

于胖子也心醉神往地点头道：“是啊，人美气质好，觉悟还这么高。”

春鸣笑而不语。

徐晚星面无表情：“觉悟高不高，我不知道，但家里有钱，我看得出。她每天都换不同行头，花枝招展地来问题。知道的说她爱学习，不知道的以为她来参加选美呢。”

大刘为她争辩：“穿漂亮一点也不影响好好学习啊。”

于胖子点头如捣蒜：“这叫表里如一，注重细节。”

徐晚星冷笑：“呵呵。”

春鸣继续笑而不语。

乔野在傅意雪来问题的第三天，本欲告诉她今后不必多此一举了，谁知道一抬头，先注意到从走廊上投来的那道目光。

他侧头一看，徐晚星用校霸的眼神面无表情地盯着他。与他对视片刻，她翻了个白眼，率先挪开视线。

心下一动，他不动声色地收回目光，重新看着那道题——

“第三步有问题，该用欧姆定律。”

傅同学的第二步攻势，是圣诞节的小饼干。

她带着一盒包装精美的甜点来到高二（3）班，笑靥如花地递给乔野：“喏，谢谢你这段时间帮我讲题，这是我自己烤的小饼干，一点心意。”

徐晚星跷着二郎腿坐在前座，白眼都快翻上天。

她扭头瞄了一眼，透明的盒子里整整齐齐地摆着姜饼人和圣诞袜形状的小饼干，精致漂亮。

“挺好看的啊，这饼干。”她指指那盒子。

傅意雪笑容甜美：“第一次做，还不够好。”

徐晚星也冲她笑：“还不够好，都跟星光路那家甜品店卖的一模一样了，你不说，我还以为你就在那儿买的呢。”

傅意雪：“……”

顿时傅意雪的笑容就僵了。

而在跨年表演那一日，大礼堂中，徐晚星和众人一同坐在台下属于高二（3）班的方阵里，一边嗑瓜子，一边有一下没一下地看着台上的演出。

每个班都有一个节目，他们班的节目是辛意弹古筝。轮到自己班的人上台时，总有一个方阵会爆发出超乎寻常的掌声与尖叫，派系之分，俨然可见。

也在那样热闹的场景里，轮到高二(6)班时，傅意雪穿着一身古典汉服，娉娉婷婷地上台了。她抱着琵琶，说为大家弹奏一曲《高山流水》，伯牙三生有幸遇到钟子期，她也感激自己在人生中遇见属于自己的钟子期。

说这话的时候，她的目光落在了高二（3）班的方阵里，温婉一笑。

大刘和于胖子齐齐鼓掌尖叫：“女神！”

徐晚星翻白眼：“呕——”

平心而论，傅意雪的确是个漂亮的姑娘，琴艺也不错，至少作为高中生，这么一打扮，姿态优雅地抚着琴，的确与一众朴素的小姑娘截然不同，非常赏心悦目。

徐晚星浑身不自在，最终还是扭头去看身后的乔野——

学霸不愧是学霸，这种场合还拿了本英文原著来，低头不发一言地看着，眉头皱得有些紧，浑身上下散发着“这种大冷天不让人在温暖的室内看书，非逼着我来看这蠢节目”的不悦气息。

察觉到前排有人扭头看他，他抬眼，对上徐晚星的目光，用眼神发出一个问号。

徐晚星蓦地笑出了声，有一下没一下地敲着椅背，睨他：“乔子期，你的傅伯牙在上头弹琴给你听呢，怎么这么不用心啊？”

乔野定定地看着她，不紧不慢地合上书：“你嫉妒？”

一句话弄得徐晚星眼睛都睁大了：“我嫉妒？嫉妒什么？嫉妒你俩像伯牙、子期一相逢，便胜却人间无数？你想什么啊，这破脑子——”

“我是说——”乔野微微一笑，淡定地补全上文，“嫉妒她会弹琴，能上台表演。”

“？”

这下轮到他微笑着反问：“你想什么啊，这破脑子？！”

“……”

徐晚星在零点零一秒内回过头去，正襟危坐，发誓再也不跟他说一句话。

一旁的春鸣依然微微笑着，一副俨然洞悉一切的表情。

也是在那个期末，临近考试时，徐晚星终于没忍住，在傅意雪又一次前来问题时，一把扯过她的书，不耐烦地说：“我说傅同学，你都来问十天半个月了，问来问去都是那么些题，我看是乔野本事不够，老是给你讲不到位——”

在傅意雪震惊的眼神里，她眨眨眼，欢快地一笑：“你认识我吧？我——徐晚星。”

傅意雪下意识地点头，谁不认识校霸徐晚星呢。

“认识就好，上回我不还上台拿了个物理竞赛一等奖吗？”徐晚星理直气壮地拿着书，低头一看，“第三题是吧？乔野他讲不到位，浪费你时间，害得你一而再、再而三地跑来问题，多难为人啊！这样，我来给你讲，保证你只要不是智障，听一遍就明明白白，再也不用来问第二遍了！”

傅意雪：“……”

徐晚星才不管三七二十一呢，一股脑把那道题的步骤讲得清清楚楚、巨细无遗，最后还举一反三，把类似的题型全都罗列一遍。口干舌燥之际，她还不忘洋溢着春风般的热情，笑容满面地问她：“成了，以傅同学你的聪明才智，一定都懂了，对吧。”

傅意雪笑容僵硬地点点头。

“那就行了，题型我都给你讲完了，除非你脑子有问题，不然，短时间内不可能再来问了。”徐晚星笑得柔情似水，最后还不忘热情地冲她说，“当然啦，如果你还有别的问题，欢迎你继续来问，我一定知无不言、言无不尽。至于乔野——”

她回头，给他一个死亡凝视。

“乔野学习虽好，但语言表达能力太差，老是给你讲不清楚。我建议你放弃他这种垃圾顾问，今后都来找我。”

走廊上，春鸣爆发出剧烈的笑声，一拍大腿，眼泪都出来了：“人才，绝对是人才。”

这一次傅意雪走后，整整三天都没有再出现。

日常在走廊上观光的麻将小分队队员们都在问：“她怎么不来了？”

春鸣指指徐晚星这个罪魁祸首：“问她。”

大刘一副西子捧心状：“看不见女神的倩影，我真是怅然若失。”

于胖子也长吁短叹：“日日思君不见君，只能望梅止渴——”

话音刚落，他扭头正好看见面无表情的徐晚星，一个急刹车：“啧，歪瓜裂枣，不望也罢！”

徐晚星淡淡地举起拳头，伸到于胖子的眼前：“你看看这是什么。”

空气中有一刹那的寂静，于胖子以光速冲进教室，端出来一杯热水：“您消消气，降降火，要我给您捏腿捶背不？”

于胖子他们都这么怅然若失，乔野会不会也……

徐晚星观察乔野好几天了，但学霸长年累月顶着一张面瘫脸，她即使是火眼金睛也看不出个所以然来。

大概是感受到了她热辣的目光，乔野把书放下，头也不抬地道：“有事就说。”

“你怎么知道我有事？”

“照照镜子，只差用笔写上去了。”

徐晚星眼珠子一转：“那我怎么看不出你脸上写了什么？”

“你希望它写点什么？”

“比如：貌美如花傅同学不再来问题了，我怅然若失？”

“……”

“所以，看了我好几天，就想知道这个？”乔野笑笑，靠在椅背上，“光看就能看出来了，能耐了。徐晚星，你是福尔摩斯吗。”

徐晚星理直气壮地说：“我当然不是福尔摩斯了，要是，也只能是徐尔摩斯。”

乔野沉默两秒钟，选择粉碎她的理直气壮——

“福尔摩斯是姓，全名是夏洛克·福尔摩斯。”

“……”徐晚星翻白眼，“所以？”

“他不姓福。”

徐晚星：“他幸不幸福，随便他好了，反正我幸福。”

晚自习前，众人久违地下了次飞行棋，于胖子成了最大输家。

“就知道奴役我，一点都没有队友情！我拖着一百六十斤的娇躯跑上跑下，你们忍心吗？”

回应他的是众人整齐的声音：“忍心。”

输家就要肩负起搬运工的重任，大家的晚自习补给都交给于胖子了。他呼哧呼哧地从小卖部把面包、蛋糕运回来时，气还没喘匀呢，抬头就说：“欸，猜我刚才看见谁了！”

“张学友？”

“周杰伦？”

“还是 UFO？”

于胖子："能不能说地球话。我看见乔野在小卖部买那种死贵死贵的蛋糕，还拎了星巴克的瓶装摩卡咖啡！"

大刘："那又怎么样？"

"那又怎么样？！那不是我们六中的告白标配吗？！"于胖子咆哮，"他是不是要去跟傅意雪告白了？"

校园里物资有限，青少年们告白也只能因地制宜，选择小卖部的蛋糕和咖啡的大有人在。卫冬就曾经送过这两样东西给徐晚星——下场是被丢进垃圾桶。

徐晚星身形一顿："搞笑吧你，他俩八竿子打不着的关系，瞎说什么！"

"不是，怎么就八竿子打不着了，前几天不还打得火热吗？！"于胖子理直气壮。

"你傻吗？！那是傅意雪单方面的问题。"

一直没说话的春鸣目光一闪，笑了："这也说不定。毕竟是小仙女，成天花枝招展地在学霸面前晃悠，晃着晃着……"

果然，徐晚星不耐烦地说："那怎么这三天都没来晃了？谁要一天到晚在我面前瞎晃悠，我一脚把他踹到楼下去，还晃出感情来！"

春鸣似笑非笑地看着她，不说话了。

不出半分钟，徐晚星把棋盘一掀："不下了，一群菜鸟。"

于胖子一脸发蒙："不是，她这是怎么了？"

春鸣望着那道愤然离去的背影，中肯地说："她这是急了。"

"急什么啊？"

"说了，你也不懂。反正乔野会感谢我的。"春鸣伸伸懒腰，把棋子往于胖子面前一推，"收拾收拾，等着看好戏吧。"

徐晚星大步流星地往高二（6）班走，正巧在走廊上撞见傅意雪。果然，小姑娘手中拎了个粉色的纸盒——蛋糕标配礼盒。

忽然蹿出一个面色阴沉的校霸，傅意雪吓了一跳："有事吗？"

徐晚星死死地盯着那个纸盒，扔下一句"没事"，又死气沉沉地走了。

是真的了。

他竟然送蛋糕给傅意雪了。

徐晚星苦大仇深地在操场上转了一圈又一圈，最后踩着晚自习的铃声回了教室。乔野已经回来了，正坐在她后座姿态闲适地看着书。

从后门突然闯进来一个煞星，浑身上下散发着生人勿近的气息，存在感非常强。乔野下意识地抬眼看，就看见徐晚星面无表情地归位了。两人四目相对时，她的眼神非常不友好。

他打量她片刻："这是怎么了？"

徐晚星毫不客气："关你什么事。"

乔野一顿："我得罪你了？"

徐晚星不理他，坐下来，从抽屉里拿出练习册，啪的一声拍在桌上，心情十分暴躁。

换座位后，辛意已经进入黄金座位区域，徐晚星的新同桌是于胖子。

于胖子扭过头来，十分同情地看了乔野一眼，小声地说："体谅点，女生嘛，每个月都有那么几天——嗷呜！"

话音未落，他腰上的肥肉被人掐住，还拧了一圈。他的鬼哭狼嚎引来全班瞩目。

徐晚星："写你的作业吧，闭嘴。"

话是这么说，没心思写作业的人却是徐晚星自己。

她烦躁地拿着笔在草稿纸上乱涂乱画，心想：怎么就没一点预兆呢？前几天还一点苗头也看不出来，怎么这题问着问着，就问出猫腻来了？

徐晚星气得把笔一扔，过会儿又发现那是乔野送给她的"盔甲"，于是赶紧捡起来，左看右看有没有哪里磕坏了。

直到椅背被人轻敲两下。

她本来是不想回头的，心道：算是看错他了，原以为是个有内涵的学霸，结果还不是个肤浅到只看外表的生物。

可她的身体依然诚实，只停顿了两秒，回头不善地盯着他："干吗？"

乔野从抽屉里拎了个塑料袋出来，递给她："本来想课间给你的，回来的时候，你不在。"

"？"

什么东西？

徐晚星一愣，接过袋子，打开一看——

蛋糕和摩卡咖啡？！

欸，不是给傅意雪了吗？所以，所以那个不是他给的吗？！

一瞬间，她的大脑一片空白，什么思绪都挤不进来。

乔野淡淡地说：“今天我生日，想着意思一下，权当分享了。”

徐晚星张了张嘴，想说什么，又一个字都没说出来。

讲台上的万小福狠狠地咳嗽两声，无声地提示：给点面子，别在后面造次了。

徐晚星艰难地拎着蛋糕和咖啡，手中重如千钧，嗓音也变得生涩、喑哑：“……生日快乐。”

“谢谢。”他说完，收回目光，继续做题。

晚自习一共有两节课，俗称“一晚”和“二晚”。

徐晚星用了“一晚”的时间来走神，课间五分钟来悔过，最后听见上课铃声响起时，在走廊上一把揪住春鸣的衣领：“帮帮我，莫名其妙地冲他发了顿火，结果他以德报怨，我现在觉得自己不是人！”

春鸣：“不是，你好好说话，别揪我的衣领。我这是真丝的，揪了会起褶皱！”

好不容易扒拉下那两只手，他整了整衣服，说：“要我怎么帮？”

“帮我赎罪。”她要求还挺多，又补充说，“顺便弥补一下，让他感受一下生日快乐。”

“人家好心好意送蛋糕给你，你还冲人家吼‘关你什么事’，叫人家怎么快乐？！生日里超难过的目标倒是已经达成。”春鸣很不客气。

“少说风凉话了，到底帮不帮？”

春鸣扬唇一笑：“帮，怎么不帮？！谁让你是自己人呢。”

徐晚星：“……”

于是，“二晚”上到一半的时候，班里出了不小的动静。

起因是，春鸣用了十来分钟的时间冲徐晚星使眼色：行动啊，你在犹豫什么？

徐晚星到底还是个女孩子，脸皮没有厚到失去知觉的地步。她趴在桌子上装死，内心天人交战，这到底是馊主意，还是好主意？

秉承对自己人的信任，她觉得春鸣不会害她。

再说了，他们一伙人里，就春鸣有脑子，要是他的话，她都不听了，难不成以后找于胖子讨主意去。

可当众唱生日歌什么的，也太尴尬了，实在不适合她徐校霸亲自来。侧头看了眼红光满面、呼呼大睡的于胖子，她心里一动，给问题画上了一个句号。

于胖子睡到一半，忽然被笔尖扎了屁股，在一阵刺痛感中醒来。

“？”他茫然地望向徐晚星，摸着屁股委屈地问，“我又怎么你了，你要在我睡觉的时候伤害我？”

徐晚星朝他钩了钩手指，凑到他耳边，这样那样说了几句。

于胖子眼睛都看得直了，连连摇头：“我不，我也是有自尊的人。你造的孽，你自己去赎罪，关我——”

“下次挨揍，别说我不帮你。”徐晚星淡淡地威胁。

于胖子看她片刻，伸出萝卜似的食指：“就一次，徐晚星。没有下次。”

徐晚星无限温柔地揉揉他的头：“放心好了，过了今天，你有难，我一定为你冲锋陷阵去杀敌。”

于是，他动了。

沉寂半节课的高二（3）班的教室里，忽然站起来一个小胖子，声音洪亮如婚庆司仪，一旁的少女还在暗中提醒：“感情充沛点，对，热情洋溢些！”

小胖子的音量陡然变大：“同学们，今天是咱们班乔野同学的生日——”

忽然被提到的乔野笔下一顿，缓缓地抬头看着于胖子。

“乔野同学转来咱们班快一个学期了，在这个学期里，他扛起了咱们高二（3）班的颜值和成绩两面大旗，团结同学，助人为乐，尊敬师长，爱护老弱病残——哎哟，别掐我——咳，在这大好的日子里，我建议大家一起为他送上生日的祝福，同唱一首《生日快乐歌》！”

小胖子笑靥如花，起了个头：“祝你生日快乐——”

他胖乎乎的手臂一抬，俨然乐队指挥，带领全班高歌一曲：“祝你生日快乐———祝你生日快乐哦——祝你生日快乐！”

乔野：“……”

窗外夜色浓重，冬日里连只飞鸟也没有，更别提虫鸣。高二年级的教室里鸦雀无声，所有人都在埋头做题。

唯独高二（3）班忽然响起的嘹亮歌声，宛若夜幕中乍现的焰火，顿时令全年级炸开了锅。

“怎么回事？”

“这是哪个班啊，怎么还唱起来了？”

“哈哈哈，领唱的跑调跑到哪里去了！”

在那滑稽的一幕里，《生日快乐歌》被唱出了无数个调，高低不一。

乔野抬眼，看见他的前桌笑意盈盈地凑过来，说：“生日快乐啊，霸霸。”

她讨好似的为自己辩解：“女生嘛，每个月都有那么几天，今天心情不好，冲你发火了，您老人家大人大量，千万别放在心上。”

他似是斟酌片刻，才抬抬眉眼，道：“谁说我生气了？”

“真没生气？”她如释重负，哈哈笑起来，“没生气就好，没生气就好——”

下一秒，她手起蛋糕落，那个不知何时拆了封的蛋糕，吧唧一声冲他飞来，劈头砸在他英俊的脸上。

徐晚星拍拍手，在全班的尖叫声中一边笑，一边大叫：“生日快乐，乔野——”

蛋糕一点一点落地的时候，乔野面无表情地看着眼前大笑的人，只说了一句话。

“徐晚星，还有什么遗言，趁现在一起说了吧。”

“咦，还有遗言时刻，是不是我说什么，你都答应我？”她倒还真不客气，凑过来，在他的耳边一字一顿地说，“傅意雪不适合你。”

乔野一顿，抬眼定定地看着她。

眼前的矮个子少女神气地从他的脸上刮下一点奶油，递到嘴边尝了尝，轻笑：“还挺甜。”

其实，春鸣出的馊主意不过是站起来领唱一首《生日快乐歌》，但事情究竟是如何发展到把蛋糕往乔野的脸上拍的，大概得归功于于胖子的气氛调节能力。

要不是他那嘹亮又不在调上的歌声成功地把全班带入新的高潮，徐晚星觉得自己也没法膨胀到一个心血来潮，就把手里的蛋糕朝乔野的脸上砸了过去。

砸的那一瞬间，她还是很爽的，像是中了五百万大奖。

那可是学霸价值连城的头啊。

他让交代遗言的时候，她也完全没有细想，不假思索就凑了过去，说出了心声。

直到放学，她站在洗手台旁，看他用大冬天可以冻死人的自来水清洗脸上、脖子上的奶油时，才被一种名为后悔的情绪拉入自闭的境界。

深冬的水那个凉，凉得她白天上完厕所都不想洗手。而此刻，乔野脱了外套，连同书包一起往她的怀里一塞，又将衬衣上面几颗纽扣悉数解开，凑到水龙头前就开始冲洗。

头发边缘湿了，水珠顺着刀削似的面庞往下淌。

他的脖子上也是奶油，她看见他捧了水往下巴上拍，沾湿脖子时，浑身一个激灵。

徐晚星抱着他的东西站在一旁，这会儿才开始后悔。

水龙头还在流水，她鼻子不是鼻子，眼睛不是眼睛，从书包里掏出卫生纸递给他："……额头上还有。"

乔野用手抹了把脸，直起身来看着他："我看不见。"

"啊？"她迟疑着，琢磨他的意思，难不成……

"你来。"他言简意赅地证实了她的猜测。

徐晚星呆呆地看着他，下意识地说："你太高了——"

话音未落，眼前就落下一片温柔的阴影。

"愣着干什么？"细看之下，不知是灯光的原因，还是本身的色泽就如此，他的眼珠泛着琥珀色的光，定定地注视着她。

徐晚星不受控制地抬起手来，纸巾落在他的额头上，轻轻一抹，擦掉了那点白色的奶油。

走廊上人走楼空，教室里的灯也陆陆续续地被关上。厕所门口，就剩下他们二人站在洗手台前。

头顶是一盏昏黄暗淡的声控灯，恰好在这一秒忽然熄灭。

她惊得往后一退，奈何脚后是一级矮矮的台阶，绊得她一个踉跄。

就在距离狗啃屎只差一秒时，乔野身手敏捷地拉住了她。

"放、放、放，放开我。"

乔野如她所愿地松了手，好整以暇地盯着她："刚才说话的时候，怎么没见你不好意思。"

"谁，谁不好意思了？！"徐晚星脑子一热，抬头挺胸，"你哪只眼看见我不好意思了？！"

那只先前还拉住她的手，轻飘飘地落在她左边的面颊上，感受了一下温度。

"那你的脸怎么这么烫？"

徐晚星一蹦三尺高，噌噌噌地后退。

"少女的脸是你说摸就能摸的吗？！"

"怎么？"

乔野轻笑一声，又一次朝她伸出手来，见她警惕地往后退，他一把拎过自己的外套和书包。

"想冻死我？"

"……"

一路上也是鸡飞狗跳，热闹得很。

回家后，徐晚星扔下书包，第一时间冲进厨房。

不论何时，冰箱里都会有徐义生准备好的食材，除了当天带去夜市摆摊的材料外，家中总有剩下的。

"不吃羊肉，不吃萝卜，不吃香菜，不吃海鲜……"徐晚星一边碎碎念着，一边端出了香菇肉馅，"挑食挑成这样，难怪弱不禁风，随便揍个人，结果骨折的是自己。"

尽管嘴上吐槽，身体却很诚实。

徐晚星认认真真地包起了抄手，又从存钱罐里掏出一枚金灿灿的五角硬币，清洗干净后，包进了其中一只。

身为抄手侠的女儿，她也深得老徐真传，至少包得像模像样，动手能力极强。

当窗户又一次被石子叩响时，乔野已经能面不改色、心不跳地开窗，大大方方地让这小贼进来了。

徐晚星把保温桶递了过来，身手矫捷地翻窗而入。

“你爸妈呢？”

“睡了。”

“这么早？”

“十一点，不早了，同学。”

她稳稳地落地，把保温桶拧开，送到他的面前。

乔野：“这是？”

“夜宵。”她拉开椅子，悠闲地坐下来，还跷起了二郎腿，“勉强算是生日礼物。”

“那算你送的，还是你爸送的？”

徐晚星翻白眼：“这是我包的，才不是我爸包好留在冰箱里的。”

“晚饭吃饱了，这会儿还没饿。”

“你敢不吃？”徐校霸眯起眼，气势汹汹，“我辛辛苦苦一回家就包抄手去了，怎么，你要暴殄我的心意？”

暴殄心意？这登峰造极的使用成语水平……

乔野没说话，去厨房拿了两副碗筷，回到房间，把门关严。

“一起。”

他把她拉下来，靠着床坐在地毯上，椅子充当桌子，勉强摆下了两副碗筷和那个保温桶。

某个瞬间，嘴里咯嘣一下，牙齿咬住一个硬东西，乔野从嘴里吐出一个圆滚滚的玩意，一看，五角的硬币。

他沉默片刻，问：“这是什么？”

徐晚星扑哧一声笑了，理直气壮地说：“生日礼物。”

“你们家流行过生日送五毛钱大礼？”

“这是心意。”徐晚星一边大笑，一边翻白眼，“代表新的一岁，也会顺顺利利地滚过去。”

乔野用纸巾把硬币擦干净，一脸嫌弃。徐晚星气不过，干脆伸手去抢：“嫌弃就还给我，我还舍不得白白浪费这五毛钱呢。”

“都送出手了，还有收回去的道理？”

仗着身高优势，他把硬币举高了，小矮子无论怎么伸手去够，总也够不着。

可徐晚星是谁？软的不行，来硬的，她干脆利落地一下扑倒他，伸手就抢过硬币："反正不给了。"

话刚出口，她才意识到这姿势有多奇妙。

他被她扑倒在地，背后是柔软的地毯，眼前是她神气的脸。

徐晚星一惊，还没来得及说话，就听见由远而近的脚步声，最后是几声清脆的敲门声。

孙映岚的声音只隔了道门："小野，还没睡啊？"

徐晚星惊得浑身一个激灵，这下再也顾不得两人是什么姿势了，赶紧手忙脚乱地爬了起来，把保温桶一收，连带着两副碗筷都抱在怀里，四下看看，一下子钻到乔野的床底下。

"……"

乔野一言难尽地看着床下面，起身走到门边，也没开门，只说："还在看书。"

孙映岚嘱咐他："也别看太晚，早点休息，明天还要上课。"

"知道了。"

脚步声又逐渐远去。

徐晚星受惊不浅，还死死地抱着保温桶趴在床底下。

直到乔野蹲下来，与她四目相对，他说："还不出来？"

"不会回来了吧？"她心有余悸。

"那你在这趴一晚上好了。"

徐晚星从床底下钻出来，坐在地毯上，用死鱼眼看他："你妈怎么总挑我来的时候突击检查，这鼻子比——"

乔野一个眼神过来，她自觉失言，没再往下说，换了个话题。

"那个傅意雪——"拖长尾音，她打量着他的表情。

"？"

"是真不适合你。"她状似寻常地补充完整。

乔野抬眼看她，靠在床边："说说看，哪里不适合。"

"哪里都不适合。智商不够，成天问些浪费时间的题。兴趣方向也不对，你爱看星星看月亮，她爱对牛弹琴。上次讲题的时候，她连开普勒和费因曼都分不清。还有啊，她一看就是很爱漂亮的女孩子，将来你要带她去夜观天象，她还得花一个小时好好化妆、挑选裙子，保管折腾死你。"

徐晚星毫不心虚，理直气壮地掰着手指头说给他听。

乔野淡淡地点头："那依你所见，什么样的才适合我？"

"有共同的爱好，都爱看星星看月亮，大半夜风里雨里陪你负重登山。"她竖起食指。

"理科不求多好，至少知道卡尔·萨根和爱德蒙·哈雷，分得清开普勒、费因曼和拉尔拉斯。"她竖起了第二根手指。

"最好不那么肤浅，注重内在美。你那么怕麻烦的一个人，当然不能找成天就知道化妆打扮的小女生了。"他竖起第三根手指。

最后一点，她说得更加理直气壮——

"还有啊，你身娇体弱，又不会打架。好歹找个能保护你的，能替你冲锋陷阵，也能做你的安稳后盾。你当将军，她能上阵杀敌。你当军师，她能雷打不动地保护你——"

说着说着，她一回头，对上他似笑非笑的眼。

她脸上一热，明明先前还理直气壮呢，这下忽然就心虚起来。

奇怪，她心虚什么啊？这说的一是一、二是二的，有理有据、论据充分，她有什么好心虚的？

徐晚星咳嗽两声，不说话了。

屋内陷入难得的沉默里，他越是看着她不言语，她脸上的温度越高，她险些觉得自己快被烤熟了。

好在打破沉寂的也是他。

两人并排坐着，乔野也比她高出一个头。他居高临下地俯视着她，不紧不慢地笑了一声，那笑声明明很轻很浅，却像是平地一声雷，砸在她的胸口，吓得人不轻。

"徐晚星啊。"

"啊？"

"自我介绍够了吗？"

"……"

"第一个说的是你，第二个说的是你，第三个说的是你，第四个说的还是你。"

"不是，你误会我了，我就随口举了几个个人特质，拥有这些特质的人其实特别多，满大街都是。除了傅意雪，你一抓一大把！"

“那你举个例子，给我抓一个出来？”

徐晚星用死鱼眼看着他，两人大眼瞪小眼，一分钟后，她飞快地跳起来。

“天色不早了，我先走一步。”

推开窗前，手腕蓦地被人抓住，她像是被火灼了一样，猛地缩手，回头大惊失色地望着他。

她这胆小如鼠的样子，乔野还是第一次见。顿了顿，他松手，把保温桶递给她：“别急。”

徐晚星略一迟疑，竟不知他是告诉她夜还长，慢慢从窗户离开，还是今后的日子还长，有的事情可以慢慢来……

停！

她抓起保温桶，避如蛇蝎一样迅速跑掉。一口气跑回家里，拉上卷帘门时，她的心还怦怦乱跳。

这是怎么了？

徐晚星，你在娇羞个鬼啊！这还小鹿乱撞上了？！停下来！赶紧停下来，啊啊啊！

特别预告：

“十七岁那年，曾经有人对我说，那颗星星是她小时候第一次观星时看见的最亮的一颗。不管别人叫它什么，在她心里它就叫少女星，属于徐晚星独一无二的少女星。”阿拉斯加的冰天雪地里，二十七岁的乔野笑着说：“就好像徐晚星这个人，十七岁也好，二十七岁也好，哪怕七老八十，对我来说都一样。”

他爱的，永远是那颗独一无二的星星。

后来的后来，他把那颗星带回了家。

“少女星”系列完结篇：《少女星 2》，2020 年 4 月，全国震撼上市。